UN ÉTÉ AVEC LOUISE

LAURA MORIARTY

UN ÉTÉ AVEC LOUISE

Traduit de l'anglais (États-Unis)
par Christine Barbaste

Fleuve Noir

Titre original :
The Chaperone

MIXTE
Papier issu de sources responsables
FSC™ C003309
FSC www.fsc.org

Fleuve Noir, une marque d'Univers Poche, est un éditeur qui s'engage pour la préservation de son environnement et qui utilise du papier fabriqué à partir de bois provenant de forêts gérées de manière responsable.

ISBN : 978-2-265-09658-5

PARTIE I

« Quand une femme charmante s'abaisse à des folies,
elle peut toujours trouver quelqu'un pour s'abaisser avec elle,
mais elle ne trouvera pas toujours quelqu'un pour la relever
au rang auquel elle appartient. »

« Mr. Grundy » pour *Atlantic Monthly*, 1920

« Cela l'excitait aussi que beaucoup d'hommes
eussent déjà aimé Daisy – cela, à ses yeux, augmentait sa valeur. »

F. Scott Fitzgerald, *Gatsby le Magnifique*,
traduction de Victor Llona, Grasset, 1946

« Il n'y a pas de Garbo ! Il n'y a pas de Dietrich !
Il n'y a que Louise Brooks ! »

Henri Langlois, 1955

1

La première fois que Cora entendit le nom de Louise Brooks, elle attendait la fin d'une averse dans une Ford T garée devant la bibliothèque municipale de Wichita. Si Cora avait été seule et avait eu les mains libres, elle se serait peut-être élancée à travers la pelouse pour gagner l'escalier de pierre de la bibliothèque. Mais ce jour-là, avec son amie Viola Hammond, elles avaient passé la matinée à faire du porte-à-porte dans leur quartier afin de collecter des livres pour la nouvelle salle de lecture dédiée aux enfants, et le fruit conséquent de leurs efforts se trouvait à l'abri, et au sec, dans quatre caisses sur la banquette arrière. Cet orage ne durerait pas, et elles ne pouvaient pas prendre le risque de mouiller leur butin.

Et puis, songea Cora en contemplant distraitement la pluie, ce n'était pas comme si elle avait autre chose à faire. Ses garçons étaient déjà partis travailler pour l'été dans une ferme à la sortie de Winfield. À l'automne, ils iraient à la faculté. Cora cherchait encore ses marques dans la quiétude, et la liberté, de cette nouvelle période de sa vie. Désormais, lorsque Della avait terminé sa journée, la maison restait propre longtemps après son départ, sans empreinte de boue sur les sols ni disques éparpillés autour du phonographe. Il n'y avait plus de chamailleries à arbitrer pour savoir qui prendrait l'automobile, ni de match de tennis à aller applaudir au club, ni de dissertation à relire et porter aux nues. Le garde-manger et le réfrigérateur restaient pleins sans qu'il y ait besoin de faire des courses quotidiennes. Et ce jour-là, puisque Alan était au travail, Cora n'avait aucune raison de se hâter de rentrer.

— Je suis contente qu'on ait pris votre auto plutôt que la nôtre, observa Viola en ajustant son chapeau - un ravissant turban tout en rondeurs, orné sur le devant d'une plume d'autruche recourbée. On prétend que les voitures couvertes sont un luxe, mais pas un jour comme aujourd'hui.

Cora adressa à son amie un sourire qu'elle espérait empreint de modestie. Non seulement la voiture était couverte, mais elle était également équipée d'un starter électrique. *La manivelle n'est pas une affaire de dames*, clamait la publicité - mais Alan reconnaissait qu'il n'éprouvait, lui non plus, aucune nostalgie des tours de manivelle.

Viola se retourna et contempla les caisses de livres sur la banquette arrière.

— Les gens ont été généreux, approuva-t-elle. (Viola était de dix ans l'aînée de Cora, elle avait les tempes déjà grisonnantes et elle parlait avec l'autorité que lui conféraient ses quelques années en plus). La plupart, du moins. Avez-vous remarqué que Myra Brooks n'a même pas daigné nous ouvrir sa porte ?

Non, Cora ne l'avait pas remarqué. À ce moment-là, elle frappait aux portes sur le trottoir d'en face.

— Peut-être était-elle absente ?

— J'ai entendu le piano. Elle n'a même pas pris la peine de s'interrompre lorsque j'ai frappé. Je dois reconnaître qu'elle joue très bien.

Un éclair déchira le ciel. Les deux femmes sursautèrent, mais Cora, instinctivement, sourit. Elle avait toujours aimé ces orages de fin de printemps qui arrivaient sans crier gare, roulaient depuis la Grande Prairie en amassant toujours plus de nuages et apportaient un soulagement bienvenu à la chaleur qui n'avait cessé de croître. Une heure plus tôt, tandis que Cora et Viola démarchaient d'éventuels bienfaiteurs, le soleil était brûlant dans le ciel bleu. À présent, la pluie tombait avec assez de violence pour déchiqueter les jeunes feuilles du gros chêne devant la bibliothèque. Les lilas eux, tremblaient, malmenés par les bourrasques.

— Ne trouvez-vous que c'est une insupportable snob ?

Cora hésita. Elle n'aimait pas médire, mais Myra Brooks n'était pas vraiment une amie. Même si elles s'étaient régulièrement croisées à des réunions pour le droit de vote des femmes et avaient plusieurs fois défilé ensemble dans les rues. Malgré cela, si jamais elle recroisait Myra Brooks aujourd'hui sur Douglas Avenue, Cora n'aurait même pas droit à un salut. Cependant, elle n'avait jamais eu l'impression qu'il faille imputer ce manquement à un quelconque snobisme, mais plutôt au fait que Myra n'avait pas pris acte de son existence, et sans doute cette distraction n'avait-elle rien de personnel. Myra Brooks ne regardait jamais personne, avait remarqué Cora – sauf lorsqu'elle prenait la parole et cherchait à s'assurer de l'impression qu'elle produisait. Et naturellement, tout le monde la regardait. Elle était sans doute la plus belle femme que Cora ait jamais vue en chair et en os : un teint lumineux et uniforme, de grands yeux sombres, une somptueuse chevelure brune. Elle possédait un vrai talent d'oratrice – elle s'exprimait avec clarté et d'une voix qui n'était jamais stridente. Mais tout le monde savait que c'était son physique et son style qui faisaient de Myra un porte-parole particulièrement efficace pour le Mouvement, en ce qu'ils démentaient l'image stéréotypée de la suffragette façonnée et colportée par les journaux. On voyait qu'elle était intelligente et cultivée. On lui prêtait une connaissance encyclopédique de la musique et des œuvres de tous les compositeurs célèbres. Et elle s'y entendait pour charmer un auditoire. Un jour où elle se trouvait à la tribune, elle avait regardé Cora droit dans les yeux et lui avait souri, comme à une amie.

— Je ne la connais pas vraiment, répondit Cora en se retournant.

À travers le pare-brise brouillé par la pluie, elle distingua des passants qui descendaient en hâte d'un omnibus pour se mettre à l'abri. Ce matin-là, Alan avait pris l'omnibus, lui aussi, afin de lui laisser la Ford.

— En ce cas, je vous le dis : Myra Brooks est une insupportable snob, décréta Viola. (Elle se tourna vers Cora avec un petit sourire et la plume d'autruche vint lui effleurer le menton.) Tenez, le dernier exemple en date : elle vient d'envoyer un petit mot à la secrétaire du club. À ce qu'il paraît, *Madame* Brooks cherche quelqu'un pour accompagner une de ses filles à New York cet été. L'aînée - Louise - doit y suivre des cours dans je ne sais quelle prestigieuse école de danse, mais comme elle n'a que quinze ans, Myra souhaiterait que l'une d'*entre nous* l'y accompagne. Pendant plus d'un mois ! (Viola, avec ses joues rosies et ses yeux brillants, paraissait se délecter de son indignation.) Franchement ! Que s'imagine-t-elle ? Que nous sommes des domestiques ? Que l'une d'entre nous va lui servir de nounou irlandaise ? (Elle fronça les sourcils et secoua la tête.) Nous avons pour la plupart des maris progressistes, mais je vois mal l'un d'eux se passer d'une épouse pendant plus d'un mois, et pour la laisser aller à New York, qui plus est. Myra a bien trop à faire pour s'en charger. Elle doit se prélasser chez elle et jouer du piano.

Cora pinça les lèvres. *New York*. La douleur se réveilla aussitôt.

— Sans doute doit-elle rester pour s'occuper de ses autres enfants...

— Eh bien non, justement. Elle ne s'occupe pas d'eux. Ces malheureux, c'est comme s'ils n'avaient pas de mère. La pauvre Louise va à l'École du dimanche toute seule. C'est Edward Vincent qui fait la classe et, chaque dimanche, il passe chercher Louise chez elle, puis la raccompagne. Je le tiens de Mrs. Vincent elle-même. Myra et Leonard Brooks se prétendent presbytériens, mais les avez-vous déjà vus à l'église - non, n'est-ce pas ? Ils sont bien trop sophistiqués pour ça, vous comprenez. Et ils n'obligent pas non plus leurs autres enfants à y aller.

— C'est donc tout à l'honneur de l'aînée qu'elle fasse l'effort d'y aller par elle-même, observa Cora en redressant la tête. Je me demande si je l'ai déjà vue.

— Louise ? Oh, vous vous en souviendriez. Il n'y en a pas deux comme elle. Elle est brune, comme sa mère, mais ses cheveux sont aussi lisses et raides que ceux d'une Orientale, et coupés court - à la Buster Brown, précisa Viola en faisant un geste rasant sous ses oreilles. Ce n'est même pas une coiffure de garçonne. Louise les a fait couper lorsque la famille a emménagé ici, il y a des années de cela. C'est une coiffure trop courte et trop sévère, un style affreux, à mon sens, sans une once de féminité. Mais même ainsi, je dois reconnaître que Louise est une très jolie fille. Plus jolie que sa mère, encore. Il y a une justice à cela, je trouve, ajouta-t-elle en se calant contre le dossier de son siège.

Cora essaya de se représenter cette jeune fille brune dont la beauté surpassait celle de sa mère. Elle effleura de sa main gantée le haut de sa nuque et la naissance de sa chevelure. Cora, elle aussi, avait des cheveux bruns, mais leur couleur n'avait rien de remarquable. Ils avaient tendance à frisotter, aussi, mais une fois ramassés en chignon sous son chapeau de paille, ils offraient, du moins l'espérait-elle, une coiffure présentable. On lui avait dit qu'elle possédait des traits doux et agréables et, par chance, de bonnes dents. Mais tout cela additionné n'avait jamais égalé une beauté saisissante. Et maintenant, elle avait trente-six ans.

— Mes propres filles menacent de se couper les cheveux, soupira Viola. C'est ridicule. Ces coupes de garçonne ne sont qu'une mode. Quand elle sera passée, toutes celles qui auront suivi le troupeau et sauté du haut de la falaise mettront des années à les faire repousser. Bien des gens refuseront d'embaucher des filles aux cheveux courts. J'essaie de les mettre en garde, mais elles ne veulent pas m'écouter. Elles se moquent de moi. Et elles parlent leur propre langue, comme un code secret entre elles et leurs amies. Savez-vous comment Ethel m'a appelée l'autre jour ?

Matronelle. C'est un mot qui n'existe pas. Mais lorsque je le leur ai fait remarquer, elles ont ri.

– Elles veulent seulement vous faire bisquer, hasarda Cora avec un sourire. Et je doute qu'elles se fassent couper les cheveux.

Oui, vraiment, cela semblait improbable. Les magazines étaient remplis de filles aux cheveux courts mais, à Wichita, les coupes à la garçonne étaient encore une rareté.

– Cependant, je trouve ça très seyant sur certaines filles, ajouta timidement Cora. Les cheveux courts, je veux dire. Et puis, on doit avoir moins chaud, se sentir plus légère. Imaginez ! On pourrait jeter nos épingles à chignon.

Viola la dévisagea, sourcils haussés. Cora effleura de nouveau sa nuque et s'empressa d'ajouter :

– Soyez sans crainte, je ne le ferai pas. Mais j'aurais pu - si j'étais plus jeune.

La pluie, de plus en plus drue, martelait le toit de la voiture. Viola croisa les bras.

– Je peux vous assurer que si mes filles se coupent les cheveux, ce ne sera pas pour pouvoir jeter leurs épingles à chignon. Mais par provocation. Pour *avoir l'air* provocant. C'est ça la mode, aujourd'hui. Et c'est tout ce qui intéresse les jeunes filles, ajouta-t-elle avec une soudaine affliction, d'un ton plus perplexe qu'indigné. Je ne comprends pas, Cora. Je leur ai inculqué la décence et, tout d'un coup, l'une comme l'autre, elles n'ont plus qu'une idée en tête : exhiber leurs genoux et les montrer au monde entier. Sitôt qu'elles ont quitté la maison, elles roulent leurs jupes. Je le vois bien, les ceintures sont toutes chiffonnées. Je sais qu'elles cherchent à me défier. Et elles roulent leurs bas aux chevilles, aussi.

Viola contempla le rideau de pluie et une multitude de petites rides se creusèrent sous ses yeux. Elle reprit :

– Ce que je ne comprends pas, c'est pourquoi elles font cela. Qu'est-ce qui se passe, dans leur petite tête ? Pourquoi se moquent-elles du message qu'elles envoient ? Quand j'étais jeune, jamais je n'ai ressenti le besoin d'exhiber mes genoux devant le tout-venant. Ces deux-là me causent plus de chagrin que mes quatre fils réunis, ajouta-t-elle en secouant la tête. Je vous envie, Cora. Vous avez bien de la chance de n'avoir que des garçons.

Oui, peut-être, songea Cora. Elle aimait effectivement l'extrême virilité des jumeaux, leur santé robuste et leur assurance, leurs choix vestimentaires guidés par l'aspect pratique, les réconciliations faciles après des querelles animées. Des deux, Earle était le plus petit et le plus réfléchi, mais même lui paraissait capable d'oublier tous ses soucis dès qu'il tenait une raquette ou une batte. Elle était heureuse qu'ils aient l'un et l'autre souhaité découvrir les travaux de la ferme, qu'ils aient vu là l'occasion d'une aventure à la campagne, une expérience de vie et de labeur physique, même si elle craignait également qu'ils aient mal évalué la pénibilité des travaux qu'ils s'étaient engagés à accomplir. Et elle savait, ô combien, qu'elle avait eu de la chance avec ses fils, et pas seulement dans le sens où l'entendait Viola. Le fils des Henderson, ses voisins, n'avait que quatre ans de plus que les jumeaux, mais ces quelques années avaient fait toute la différence – Stuart Henderson avait été tué au début de l'année 1918, alors qu'il combattait en France. Quatre ans plus tard, Cora avait encore du mal à se faire à cette idée. Pour elle, Stuart Henderson serait toujours cet adolescent dégingandé qui, juché sur sa bicyclette, hélait les jumeaux, encore petits à l'époque et vêtus de culottes courtes. Franchement, quand on avait des fils, la chance semblait tributaire du calendrier.

Et quoi qu'en dise Viola, Cora était convaincue qu'elle se serait tout aussi bien débrouillée avec des filles. Elle aurait su élever des filles, en dosant peut-être au plus juste instruction morale et compréhension maternelle. Peut-être Viola s'y prenait-elle tout simplement mal.

– Je vous le dis, Cora, quelque chose ne tourne pas rond chez cette nouvelle génération. Elle se moque de tout ce qui est important. Quand nous étions jeunes, nous voulions le droit de vote. Nous aspirions à des réformes sociales. Aujourd'hui, les filles veulent juste... se promener à moitié nues pour se faire lorgner. On dirait que c'est là leur seule vocation !

Cora pouvait difficilement dire le contraire. C'était bel et bien choquant, tout cet étalage de peau nue. Et elle n'avait rien d'une vieille prude, ni d'une Mrs. Grundy[1] ; elle était quasiment sûre qu'elle n'avait rien non plus d'une matronelle - quoi que cela puisse signifier. Cora s'était réjouie lorsque les ourlets avaient remonté de vingt centimètres au-dessus des chevilles. Certes, on dévoilait un peu ses mollets, mais ce changement faisait preuve de bon sens : les jupes ne traînaient plus dans la crasse des rues et on ne rapportait plus la typhoïde ou Dieu sait quelle autre saleté chez soi. Et une longueur au mollet était de loin préférable à ces ridicules jupes entravées dans lesquelles elle-même, peu de temps auparavant, avait trébuché - tout ça pour suivre la mode. Cela étant, les jeunes filles arboraient maintenant des jupes si courtes qu'on voyait leurs genoux au moindre souffle de vent, et cela, aucune raison pratique ne le justifiait. Viola avait raison : une fille qui s'affublait de la sorte voulait juste qu'on la regarde, et qu'on la regarde *comme ça*. Cora avait même vu quelques femmes de son âge exhiber leurs genoux, ici même, à Wichita, et le moins que l'on puisse dire, c'était que ces matrones à moitié nues avaient l'air particulièrement vulgaires.

Viola se tourna vers elle et lança d'une voix enjouée :

– C'est l'une des raisons pour lesquelles je rejoins le Klan.

– Quoi ?

– Le Klan. Le Ku Klux Klan. Ils nous ont envoyé un représentant la semaine dernière, au club. Quel dommage que vous ayez raté ça, Cora. Ils veulent recruter des femmes, leur offrir des responsabilités.

– Je n'en doute pas, murmura Cora. Nous avons le droit de vote.

– Ne soyez pas cynique ! Ils ont évoqué des sujets bien plus spécifiques. Ils savent qu'il y a, nous concernant, des questions graves à résoudre, et que les femmes ont besoin de prendre part au

1. Nom d'un personnage fictif de la littérature anglaise du XVIIIe siècle, qui désigne depuis une personne d'esprit étroit et réactionnaire, prompte à vilipender tout comportement qui ne serait pas conforme aux sacro-saintes règles de la bienséance. (Toutes les notes sont de la traductrice.)

combat. (La plume d'autruche oscillait de plus belle.) Ils sont contre toute cette modernisation, toutes ces influences venues d'ailleurs qui corrompent notre jeunesse. Ils prônent la pureté raciale, évidemment, mais ils ont aussi à cœur d'enseigner vertu et décence aux jeunes femmes. Et c'est vrai que nous devons veiller à la pureté de notre race, Seigneur, et la perpétuer. Mon beau-frère dit qu'il se prépare un véritable coup d'État, et que tout a été fomenté dans les caves du Vatican. C'est la vraie raison pour laquelle les catholiques font autant d'enfants, vous savez, et pendant ce temps, nous, les réformés, nous n'en avons qu'un, ou deux, voire aucun...

Viola laissa sa phrase en suspens et se mordit la lèvre. Cora mit un certain temps à comprendre.

– Je suis désolée, reprit Viola. Je ne pensais pas à vous, en disant cela. Votre situation est différente.

Cora balaya la remarque d'un geste. Elle avait les jumeaux, un point c'est tout. Mais un assez long silence s'installa, ponctué par le martèlement de la pluie.

– Quoi qu'il en soit, je pense que cela ferait du bien à mes filles de fréquenter des gens vertueux, des gens décents.

Cora luttait pour reprendre son souffle. Elle portait un corset depuis tant d'années maintenant qu'elle prêtait rarement attention à son inconfort. Il semblait faire partie d'elle-même. Mais dans des instants de désarroi comme celui-ci, elle prenait conscience de la pression exercée sur sa cage thoracique. Elle allait devoir choisir ses mots avec soin. Elle ne pouvait apparaître comme personnellement concernée.

– Je ne sais pas, répondit-elle d'une voix joviale, sans se trahir d'aucune façon. Oh, Viola. Le Klan ? Ils enfilent ces tuniques blanches et ces cagoules avec des trous à la place des yeux qui font froid dans le dos. (Elle agita ses mains gantées.) Ils ont des sorciers et des grands sorciers. Et ils font des bûchers.

Sans se départir de son sourire, elle scrutait les petits yeux bleus de Viola et analysait ce qu'elle voyait dans ce regard. Il lui fallait soupeser ses options, choisir les arguments les plus à même de faire mouche. Viola était son aînée, mais Cora était plus riche. Elle allait capitaliser là-dessus.

– Ça semble juste un peu… commun, observa-t-elle avec un petit haussement d'épaules contrit.

Viola redressa la tête.

– Mais des tas de gens ont déjà rejoint ses rangs.

– Oui, exactement.

Cora sourit une nouvelle fois. Elle avait su choisir le mot juste. Un peu comme si elles avaient été en train de faire du shopping ensemble chez Innes, et que Cora avait montré du dédain pour un vilain motif ornant une porcelaine. Elle savait déjà, avec certitude, que Viola allait reconsidérer sa décision.

L'averse terminée, elles firent chacune deux voyages pour transporter les caisses de livres, en évitant soigneusement les flaques d'eau. Tout en attendant la bibliothécaire, elles bavardèrent de choses et d'autres et feuilletèrent un exemplaire immaculé d'*Alice au pays des merveilles*, dont les illustrations les firent sourire. Puis elles s'arrêtèrent prendre le thé à l'hôtel Lassen, avant que Cora ne reconduise Viola chez elle.

Quelques décennies plus tard, lorsqu'elle raconterait ce trajet de retour en bonne entente avec Viola, Cora perdrait momentanément l'estime d'une petite-nièce qu'elle adorait - et qui, soit dit en passant, portait à ce moment-là les cheveux bien trop longs au goût de sa mère. Cette même petite-nièce, en 1961, pleurerait de frustration parce qu'à dix-sept ans elle était encore trop jeune pour rejoindre les *freedom riders*[1] dans le Sud. Elle réprimanderait souvent Cora d'utiliser l'expression « gens de couleur » mais, d'une manière générale, elle montrerait à son égard plus de patience qu'elle n'en témoignait à ses propres parents, bien consciente que sa tante Cora n'était pas une personne haineuse, juste une vieille dame avec un langage d'un autre âge.

Cependant, la patience de la petite-nièce serait mise à rude épreuve par ce récit en particulier. La jeune fille ne comprendrait

1. Militants du Mouvement pour les droits civiques.

pas comment sa grand-tante avait pu rester amie avec une femme qui avait ne serait-ce qu'envisagé d'adhérer au Ku Klux Klan. Ignorait-elle donc ce que le Klan faisait subir aux gens ? La petite-nièce regarderait Cora avec dépit, les yeux pleins de larmes. N'était-elle pas au courant de leurs crimes lâches ? De ces assassinats perpétrés à l'encontre de gens innocents ?

Si, répondrait Cora, mais en fin de compte, Viola n'avait jamais adhéré au Klan. Parce qu'elle était trop snob, rétorquerait la petite-nièce. Non, parce que le Klan était abject. C'était une autre époque, et Viola n'était alors pas un cas isolé, dirait Cora, à bout d'arguments, pour défendre sa vieille amie depuis longtemps disparue. (Un cancer – elle s'était mise à fumer, pour imiter ses filles.) Cette fameuse journée d'orage en compagnie de Viola remontait à l'été 1922, à Wichita – une ville de seulement quatre-vingt mille habitants en ce temps-là –, le Klan était alors fort de six mille membres. Cela n'avait rien d'inhabituel, à l'époque. Le Klan était puissant et il gagnait du terrain dans de nombreuses villes, dans plusieurs États. Les gens étaient-ils plus bêtes alors ? Plus méchants ? Peut-être, concéderait Cora. Mais il était ridicule de supposer que si l'on avait vécu à cette époque-là on ne se serait pas rendus coupables de la même ignorance, qu'on aurait été capables de faire parler sa raison. Cora, pour sa part, n'avait échappé à cette bêtise-là en particulier qu'en raison des circonstances particulières de sa vie. Et dans d'autres domaines, elle avait mis longtemps à faire litière de ses préjugés.

Mais la bêtise est monnaie courante de nos jours, argumenterait la petite-nièce, et j'en sais quelque chose. C'est exact, concéderait Cora, je suis fière de toi et de ta lucidité. Mais parfois, il y a des choses dont on ignore l'existence. Tu comprends ce que je dis ? Ma chérie ? Quelqu'un qui a grandi à côté des enclos à bétail pensera que l'air qu'il respire a l'odeur de l'air en général. Tu ignores ce qu'une personne plus jeune pourra penser de toi un jour, et quelle puanteur nous continuerons à respirer sans la remarquer. Écoute-moi, ma chérie. S'il te plaît. Je suis vieille maintenant, et c'est là quelque chose que j'ai appris.

Cora raccompagna Viola chez elle puis repartit en ville et se gara sur Douglas Avenue, juste devant le cabinet d'Alan. Lorsqu'elle descendit de voiture, personne ne se retourna sur elle. À peine deux ans plus tôt, pourtant, la Parade des Conductrices avait été l'un des événements les plus commentés de la Foire annuelle des producteurs de blé. Même à l'époque, les organisateurs n'avaient eu aucun mal à trouver pas loin de vingt femmes désireuses de démontrer leur habileté au volant de différentes automobiles. Cora avait conduit la cinquième voiture du défilé, Alan fièrement assis sur le siège passager.

Il lui fallut mobiliser toutes ses forces pour pousser la lourde porte du bureau, et une fois à l'intérieur, elle vit et ressentit la raison d'un tel effort. La fenêtre de la réception était grande ouverte pour laisser pénétrer l'air rafraîchi par l'averse et un énorme ventilateur électrique était braqué vers la porte. À sa gauche, deux femmes que Cora ne connaissait pas tapaient à la machine. Derrière un autre bureau, la secrétaire d'Alan, vêtue d'un tablier taché d'encre par-dessus sa robe, actionnait à deux mains le duplicateur à stencils rotatif. Sitôt qu'elle aperçut Cora, elle s'interrompit.

– Oh, Mrs. Carlisle ! Quel plaisir de vous voir !

Cora remarqua une pause dans le cliquètement des machines à écrire ; les dactylos relevèrent la tête et l'observèrent. Cette curiosité ne la surprenait pas. Son mari était bel homme. Elle leur sourit. Les deux filles étaient jeunes, et l'une d'elle était jolie. Mais aucune ne constituait une menace.

– Je vais le prévenir que vous êtes là, dit la secrétaire.

– Non, non, protesta Cora en consultant sa montre. Ne le dérangez pas. Il est bientôt 17 heures. Je vais patienter.

Mais la porte du bureau s'ouvrit. Alan glissa la tête et sourit.

– Chérie ! Il me semblait bien avoir entendu ta voix. Quelle bonne surprise !

Il s'avançait déjà vers elle, bras tendus, grand et svelte dans son costume trois-pièces – un beau spectacle, vraiment. Alan avait douze ans de plus que Cora, mais il avait conservé sa belle chevelure châtain clair. Cora jeta un regard aux dactylos, bref, mais qui lui permit de constater qu'elles ne perdaient pas une miette de la scène, comme si elle était l'héroïne d'un film muet. Alan se pencha et déposa un baiser sur sa joue. Une discrète odeur de cigares l'enveloppait. Cora crut entendre un soupir quelque part dans la pièce.

– Tu es trempée, la gronda-t-il gentiment en passant deux doigts sur le bord de son chapeau.

– Ce n'est plus que du crachin à présent, mais la pluie pourrait reprendre, répondit-elle à voix basse. Je passais voir si tu voulais que je te ramène à la maison. Je ne voulais pas te déranger.

Elle ne le dérangeait pas du tout, la rassura-t-il. Il la présenta aux deux dactylos, en louant leurs compétences, tout en la poussant doucement vers son bureau d'une main posée au creux de ses reins. Il voulait lui faire rencontrer quelques personnes, lui dit-il, des nouveaux clients de la compagnie du pétrole et du gaz. Trois hommes se trouvaient dans le bureau ; Cora les salua aimablement en essayant de mémoriser les visages et les noms. Ils étaient enchantés de faire sa connaissance, assura l'un d'eux : son mari avait parlé d'elle en des termes très élogieux. Cora feignit la surprise, avec un sourire tellement bien rodé qu'il semblait sincère.

Et puis 17 heures sonnèrent, il était temps de partir. Alan serra la main de ses visiteurs, mit son chapeau, prit son parapluie et s'excusa en plaisantant de devoir attraper au vol son taxi. Les hommes lui sourirent, et sourirent à Cora. L'un d'eux suggéra de se revoir, autour d'un dîner par exemple. Son épouse pourrait-elle appeler Cora pour convenir d'une date ?

– Ce serait avec plaisir, répondit-elle.

Lorsqu'ils sortirent sur le trottoir, la pluie avait effectivement redoublé. Alan proposa d'aller chercher l'automobile pour l'avancer devant l'entrée, mais Cora insista pour marcher – elle pouvait parfaitement s'abriter sous son parapluie. Ils s'élancèrent ensemble, blottis l'un contre l'autre, tête rentrée dans les épaules.

Alan lui ouvrit la portière passager et lui offrit son bras pour grimper à bord, tout en veillant à l'abriter sous le parapluie.

Une fois dans la voiture, la conversation demeura amicale, même si l'atmosphère entre eux était toujours différente lorsqu'ils étaient seuls. Elle lui parla de la bibliothèque, de la salle de lecture pour les enfants, et il la félicita pour sa bonne action. Elle le prévint que, n'ayant presque pas été à la maison de toute la journée, elle devrait réchauffer de la soupe pour dîner, mais qu'elle avait été au marché, qu'elle pourrait préparer une bonne salade. Et il y avait du pain. Un dîner léger lui conviendrait parfaitement, l'assura-t-il. Ce n'était plus pareil de s'attabler devant un repas copieux maintenant que les garçons étaient partis, mais ils feraient mieux de s'y habituer. Et puis, s'ils dînaient rapidement, peut-être pourraient-ils ressortir et voir ce qui se jouait au cinéma ? Cora acquiesça, séduite par l'idée. Aucun autre mari de sa connaissance n'était toujours partant pour accompagner son épouse au cinéma, quel que soit le film. Il l'avait même accompagnée voir *Le Cheik*, sans que Rudolph Valentino lui fasse lever les yeux au ciel. De ce point de vue, elle avait de la chance. Elle avait de la chance de bien des points de vue.

Néanmoins, elle s'éclaircit la voix avant de se lancer :

– Alan, est-ce que tu connais Leonard Brooks ?

Elle attendit qu'il hoche la tête, même si elle connaissait déjà la réponse. Alan connaissait tous les autres avocats de la ville.

– Sa fille aînée a été admise dans une école de danse, à New York, poursuivit-elle. Sa femme et lui aimeraient qu'une femme mariée l'y accompagne et la chaperonne. Pendant le mois de juillet et une partie du mois d'août. (Elle frotta ses lèvres l'une contre l'autre.) Je pense que je vais y aller.

Elle coula un regard vers lui, vit sa surprise, et tourna la tête en direction de la vitre. Ils approchaient déjà de la maison, progressant le long des rues arborées, dépassant les jolies maisons et les pelouses immaculées de leurs voisins. Tant de choses allaient lui manquer pendant son absence : les réunions au club et les thés entre dames, le pique-nique estival à Flint Hills. Sans doute raterait-elle également la naissance du quatrième enfant d'une amie, ce qui était dommage puisqu'elle en serait la marraine. Ses amies lui manqueraient, ainsi qu'Alan, bien évidemment. Et toutes ces rues familières. Mais son univers serait toujours là à son retour, quand une telle opportunité inespérée pourrait ne jamais se représenter.

Alan resta silencieux jusqu'au moment où il se gara devant la maison. Lorsqu'il parla, sa voix était posée, prudente.

— Quand as-tu décidé cela ?

— Aujourd'hui. (Elle retira un gant et suivit du doigt le chemin d'une goutte de pluie sur la vitre.) Sois sans crainte. Je reviendrai. C'est juste une petite aventure. Comme le séjour à la ferme des jumeaux. Je serai de retour avant leur entrée à l'université.

Elle contempla leur maison, charmante même sous la pluie, même si elle était bien trop grande pour eux. Elle avait été bâtie - et achetée - pour une famille nombreuse ; le deuxième étage n'avait jamais servi que de salle de jeux, avant d'être réaffecté à des espaces de rangement. Cependant, malgré le départ des garçons, ni elle ni Alan ne voulaient la vendre. Ils appréciaient la tranquillité du quartier et la majesté de cette maison, en retrait de la rue, avec sa galerie couverte qui en faisait tout le tour et sa tourelle coiffée d'un toit pointu. Ils avaient conclu que ce serait agréable pour les jumeaux de pouvoir revenir dans un lieu familier. Ils retrouveraient leurs chambres comme ils les avaient laissées, les lits faits, leurs vieux livres sur les étagères - rien de mieux pour les attirer à la maison pendant l'été et les vacances scolaires.

— New York ? demanda Alan.

Elle acquiesça.

— Y a-t-il une raison particulière qui te pousse à aller là-bas ?

Elle se tourna vers lui et contempla ses yeux chaleureux, son menton rasé de frais creusé d'une fossette. Elle n'était qu'une très jeune fille, la première fois qu'elle avait vu ce visage. Ils vivaient ensemble depuis dix-neuf ans, à présent. La raison particulière, il la connaissait.

– Je pourrai faire quelques recherches, dit-elle.

– Es-tu sûre que c'est une bonne idée ?

– Je pourrai demander à Della de venir plus tôt le matin, ou de rester plus tard. Ou les deux. Au pire, tu grossiras, ajouta-t-elle en souriant. Elle cuisine bien mieux que moi.

– Cora, dit-il en secouant la tête. Tu sais que ce n'était pas là ma question.

Elle se détourna, la main déjà sur la poignée de la porte. C'était la fin de la discussion. Elle avait pris sa décision, et comme ils l'avaient très bien compris l'un et l'autre, celle-ci était irrévocable.

2

Les Brooks habitaient North Topeka Street, non loin de chez Cora. N'importe qu'elle autre femme aurait été rendue en moins d'un quart d'heure à pied, mais le trajet prit bien plus longtemps à Cora en raison d'une habitude maintenant bien ancrée consistant, chaque fois qu'elle entendait approcher une auto, à soulever son ombrelle pour voir si ce n'était pas une connaissance. Si une amie ou un ami d'Alan avait la gentillesse de s'arrêter pour lui proposer de la déposer quelque part, ou pour s'émerveiller avec elle de cette belle matinée de juin, Cora était ravie de bavarder un instant. Elle prenait plaisir aux relations de voisinage, surtout dans cette petite ville qui, même après toutes ces années, lui paraissait toujours aussi grande. Ce matin-là, cependant, elle déclina toutes les propositions, en se contentant d'indiquer qu'elle avait rendez-vous avec une amie.

Et comme elle s'était mise en route assez tôt pour se permettre ces diversions, elle parvint à destination à l'heure prévue. À 11 heures précises, la maison des Brooks était en vue. En dépit de sa façade d'un gris triste, il était difficile de ne pas la remarquer. Dans un pâté de maisons qui ne comptait que de vastes demeures, celle-ci était aisément la plus imposante, avec ses deux étages qui se prolongeaient, en profondeur, presque jusqu'à la venelle. Telle une végétation luxuriante, elle semblait avoir envahi la parcelle. En façade, toutes les fenêtres à guillotine étaient remontées pour laisser pénétrer la brise, sauf une, dont le cadre fendillé selon un tracé irrégulier était peut-être trop fragile pour être manipulé. La pelouse était fraîchement tondue, et plusieurs lilas encore en fleur encadraient le porche en grès. Lorsque Cora grimpa les marches du perron, un bourdon vint décrire deux cercles autour d'elle, avant de se désintéresser et de s'éloigner.

Myra ouvrit la porte, un sourire aux lèvres, et Cora s'étonna, une fois encore, de la petite taille de son hôtesse. Elle-même était tout juste d'une taille moyenne, mais elle n'était pas accoutumée à baisser les yeux en face d'une autre femme. Or là, Cora la dépassait de dix bons centimètres. Elle n'aurait pourtant pas décrit Myra comme « petite » car ce n'était pas l'impression qu'elle donnait lorsqu'elle se trouvait à une tribune, et elle avait, en outre, la voix grave et profonde d'une femme plus grande. D'ailleurs, en dépit de sa silhouette gracile, Cora n'avait jamais entendu personne accoler à Myra Brooks des épithètes tels que « mignonne », « adorable » voire « jolie ». On la disait « belle », « fascinante » ou « séduisante ». Ce jour-là, même son cou pâle émergeant du col plat d'une blouse en soie blanche paraissait long, et sa jupe, avec sa taille pincée et sa longueur sage, au ras des chevilles, paraissait elle aussi lui allonger la silhouette. Une mèche de cheveux bruns, échappée de son chignon, lui effleurait l'épaule.

— Cora. Quel plaisir de vous voir.

La voix était caressante, mélodieuse, et d'une sincérité presque convaincante. Au téléphone, Myra avait prétendu savoir qui était son interlocutrice.

Elle serra la main de Cora et la débarrassa de son ombrelle.

— Vous êtes venue à pied ? Par cette chaleur ? Impressionnant ! Tant de soleil m'étiole.

— Je n'habite qu'à quelques pâtés de maisons d'ici, protesta Cora, dont le dos était pourtant moite de transpiration.

Elle sortit un mouchoir de son sac et se tamponna délicatement le front. Myra patientait et, après plus ample examen, elle paraissait elle-même un peu défaite. Sa blouse n'était pas boutonnée correctement, laissant une boutonnière béante sous sa gorge et un bouton de nacre en trop en bas.

— Venez vous asseoir, je vous en prie. Je peux vous apporter de la limonade. Ou du thé ? Je suis confuse de l'état dans lequel vous trouvez cette maison. Notre bonne vient en général à 9 heures, mais aujourd'hui, allez savoir pourquoi, elle n'a donné aucun signe de vie. Et naturellement, elle n'a pas le téléphone. Il ne me reste qu'à attendre, soupira-t-elle en levant les bras au ciel.

Cora hocha la tête avec sympathie, même si, pour sa part, elle s'efforçait toujours de ranger au mieux avant l'arrivée de Della, pour ne pas donner une mauvaise impression et éviter que cette dernière, en rentrant chez elle, n'aille raconter que sa patronne était une souillon. De toute évidence, Myra ne s'encombrait pas de telles inquiétudes. La pièce en elle-même était charmante, spacieuse, lumineuse, et les deux grandes fenêtres ouvertes laissaient pénétrer une brise agréable. Mais elle était envahie de désordre. Par terre, se trouvaient rassemblés de façon parfaitement incongrue une cuillère, un stylo à plume, une raquette de badminton, une corne à chaussure, ainsi qu'une poupée, nue et borgne. Un peu plus loin, et vaguement glissé sous un ravissant canapé en brocart, des chaussettes sales gisaient à côté d'un exemplaire ouvert de *Candide*. Cora fit mine de ne pas les remarquer et s'efforça de respirer par la bouche : en dépit des fenêtres ouvertes, la pièce empestait le pain brûlé.

Myra soupira et se pencha pour ramasser la cuillère, la poupée et la raquette.

— J'ai travaillé toute la matinée là-haut. Je donne une causerie sur Wagner la semaine prochaine. Les enfants me font devenir folle. Ils ne sont même pas censés entrer dans le salon. Je suis vraiment confuse. Je reviens tout de suite. Thé ? Vous prendrez du thé, c'est bien ça ? Ou de la limonade ?

Cora ne répondit pas tout de suite. Elle s'était attendue à découvrir un intérieur immaculé, des pièces aussi ravissantes que leur propriétaire.

— De la limonade, ce sera parfait.

Myra s'éclipsa par une porte escamotable qu'elle referma derrière elle. Cora hésita à pousser du bout du pied les chaussettes sales sous le canapé, puis céda finalement à la tentation. Satisfaite, elle contempla à nouveau la pièce. Il y avait des livres partout, remarqua-t-elle. *Le Latin à portée de tous* était posé sur le siège dans le renfoncement de la fenêtre, avec son ruban vert effrangé qui flottait dans la brise. Quelques-uns étaient posés en pile au centre de la table. Cora s'avança d'un pas et lut les titres. *Les Poèmes de Goethe. Un artiste à Corfou. Les Aventures de Sherlock Holmes. L'Origine des espèces.* Une autre pile était glissée sous un fauteuil capitonné, tel un repose-pieds : les œuvres complètes de Shakespeare.

Cora entendit des pas agiles dévaler un escalier gémissant et, un instant plus tard, une fillette d'environ sept ans, aux cheveux bouclés, surgit du hall d'entrée, en tenant une cuillère et une tasse à thé remplie de ce qui ressemblait à du glaçage au chocolat. Des traînées brunes s'étalaient sur ses joues pâles et décoraient le plastron de son chemisier ainsi que l'extrémité de son nez. Lorsqu'elle remarqua la présence de Cora, elle sursauta.

— Bonjour, dit Cora de sa voix la plus douce. Je suis Mrs. Carlisle. Une amie de ta maman. J'attends qu'elle revienne.

La fillette enfourna une autre cuillère de chocolat.

— Où est-elle ?

D'un mouvement de tête, Cora indiqua la porte coulissante.

— Là-dedans, je crois.

La porte se rouvrit, justement, et Myra s'avança en donnant l'impression de flotter, un verre de limonade dans chaque main. Son sourire s'évanouit lorsqu'elle avisa la petite fille.

— Ma chérie, que manges-tu donc ?

La voix était douce et égale, mais elle s'empressa de tendre les deux verres de limonade à Cora pour confisquer tasse et cuillère. Puis elle jeta un œil au contenu de la tasse et se renfrogna.

— June. Ceci n'est pas un déjeuner acceptable. Je pense que je n'ai pas besoin de te le dire. Va te débarbouiller dans la salle de bains. Ensuite, tu iras voir Teddy.

— Il joue au badminton tout seul, répondit la fillette. Il a dit qu'il ne voulait pas de partenaire.

— Ne me raconte pas d'histoires. Je viens de trouver la seconde raquette à un endroit où il n'était pas censé la ranger, et je l'ai posée à côté de la porte de derrière. Une fois débarbouillée, tu iras la chercher et rejoindre Teddy dehors. Mère a de la compagnie. Allons, exécution !

Myra se tourna vers son invitée en ayant retrouvé le sourire et la débarrassa d'un des verres de limonade. Sa blouse, remarqua Cora, était maintenant boutonnée correctement.

— Je vous en prie, lui dit-elle en lui désignant le fauteuil capitonné.

Cora s'assit en faisant bien attention à ne pas assener de coup de pied à Shakespeare.

— Je suis impressionnée par tous ces livres, observa-t-elle.

Myra leva les yeux au ciel.

— Ah, les livres ! Les enfants les laissent traîner n'importe où. Ils ne peuvent pas les ranger dans la bibliothèque, à cause des ouvrages de droits de Leonard. Figurez-vous qu'un côté de la maison est en train de s'affaisser sous leur poids. Si, si, je vous assure, insista-t-elle en remarquant le sourire dubitatif de Cora. Les fondations se sont enfoncées de trente centimètres. C'est pour cela que les fenêtres se fendillent. Et Leonard refuse de se séparer d'un seul livre.

Cora, pour faire montre de compréhension, se demanda quelle doléance mineure elle pourrait exprimer concernant Alan, mais rien de comparable ne lui vint à l'esprit. Alan lui aussi possédait beaucoup d'ouvrages de droit, mais si leur poids avait menacé les fondations de leur maison, il aurait accepté sans nul doute de se séparer de quelques-uns.

Elles échangèrent un regard. Cora avait le sentiment qu'il revenait à Myra d'initier la conversation.

— Votre petite fille est ravissante, observa-t-elle néanmoins en indiquant d'un mouvement de tête la porte escamotable derrière laquelle June avait disparu.

– Merci. Attendez de voir Louise. (Remarquant que Cora la dévisageait, Myra haussa les épaules et ajouta :) Vous ne l'avez encore jamais vue, si je comprends bien. Je suis désolée, mais je préfère être franche. J'ai le sentiment de devoir l'être, étant donné la nature de... la mission pour laquelle vous vous êtes portée volontaire. (Elle regarda Cora d'un air sceptique.) Vous devez savoir que vous allez chaperonner une fille non seulement exceptionnellement belle, mais également très entêtée.

Cora, une fois de plus, fut prise de court. Apparemment, toute conversation était superflue : Myra avait d'ores et déjà décidé qu'elle ferait un chaperon convenable. Cora se doutait bien qu'au final sa candidature serait acceptée, et qu'on lui en saurait même gré, mais elle s'était imaginé devoir répondre au préalable à quelques questions, à un simulacre d'entretien.

– Oui, j'ai entendu dire qu'elle était très jolie.

– Que vous a-t-on dit d'autre ? Oh ! Je ne faisais pas allusion à des propos épouvantables ! protesta Myra en voyant Cora se raidir.

Elle se pencha pour la rassurer d'un tapotement sur le bras. Pour une femme aussi petite, elle avait de grandes mains, et des doigts longs et fins. Elle se recula contre son dossier et croisa les chevilles.

– Loin de moi l'intention de vous alarmer, reprit-elle. Simplement, j'imagine que vous avez beaucoup d'amies dans cette ville... et je me demandais si, par exemple, vous aviez parlé de Louise avec Alice Campbell.

Cora secoua la tête. La limonade avait un goût aigrelet. Elle réprima une grimace.

– Alice Campbell est professeur de danse et de diction au Conservatoire de Wichita, précisa Myra comme si c'était risible. Louise a suivi ses classes pendant plusieurs années. Et il y a eu... quelques frictions. Mrs. Campbell la trouvait... (elle regarda par l'une des grandes fenêtres, comme si elle cherchait ses mots)... trop gâtée, désagréable et insultante. Entre autres, si je me souviens bien. En tous les cas, elle a renvoyé Louise de ses cours.

Cora fronça les sourcils. Elle irait à New York. Elle l'avait déjà décidé. Si elle reculait maintenant, l'occasion ne se représenterait peut-être plus. Cependant, cette dernière information compliquait l'idée qu'elle se faisait jusque-là de ce voyage. Myra reposa son verre sur la table, et reprit avec un sourire :

— Je ne dirais pas qu'il ne s'agit là que de reproches infondés - certains sont pertinents, par moments du moins. Je suis bien placée pour savoir combien Louise peut être difficile. Mais je sais également que, peu importe la dureté qu'elle puisse montrer à l'égard des autres, elle est encore plus dure avec elle-même. (Myra balaya le problème d'un geste dédaigneux.) Ma fille a un tempérament artistique. En toute honnêteté, elle est déjà bien plus talentueuse que Mrs. Campbell ne le sera jamais, et cela ne date pas d'hier. Elle l'a compris alors qu'elle était encore toute petite. D'ailleurs, c'était là le vrai problème.

Un bruit sourd résonna au-dessus de leurs têtes.

— Idiote ! tonna une voix masculine.

Cora leva les yeux au plafond. Myra semblait n'avoir rien entendu.

— Êtes-vous en train de me dire qu'elle se montrera... indisciplinée ? demanda Cora.

— Non. Au contraire ! Je veux dissiper vos craintes. Voyez-vous, quel que soit le tempérament de Louise, vous disposerez d'un moyen de pression bien plus important que personne n'en a jamais eu - moi y compris. Vous êtes son sésame pour New York, et elle le sait. Une fois là-bas, si jamais vous décidez de rentrer à Wichita, elle devra rentrer elle aussi. Son père a été très clair là-dessus et...

À l'étage, il y eut un bris de verre, suivi d'un cri, féminin celui-là, mais rauque. Cora regarda à nouveau le plafond, puis son hôtesse, qui poursuivit, imperturbable :

— ... donc, avec vous, notre petit lion devrait être aussi docile qu'un agneau. Louise sait le mal que je me suis donné pour convaincre son père de la laisser partir, et elle ne va pas mettre en péril le résultat. Étudier avec Ted Shawn et Ruth St Denis est une opportunité incroyable pour elle. Vous connaissez Denishawn ?

Le ton impliquait qu'il s'agissait d'une question rhétorique, n'appelant pas vraiment de réponse. Cora était sur le point de hocher la tête mais la secoua finalement, rattrapée par un scrupule d'honnêteté. Myra eut l'air décontenancée.

– Vous ne connaissez pas Denishawn ?

Cora fit signe que non.

– C'est la compagnie de danse la plus novatrice du pays. Vous ne les avez pas vus, lors de leur passage en novembre dernier ? Au Crawford ?

Non, signifia de nouveau Cora - avec irritation cette fois. Elle se rappelait, vaguement, avoir vu des publicités pour une troupe de danse, mais ni elle ni Alan n'avaient été intéressés. À en juger à la façon dont Myra la dévisageait, les sourcils légèrement froncés, celle-ci venait de se forger une opinion sur sa visiteuse.

– Vous avez raté quelque chose. Ted Shawn et Martha Graham, les deux solistes, étaient sensationnels. Rien à voir avec ces fadaises auxquelles on a généralement droit dans notre coin. Denishawn fait de la danse moderne *vraiment* moderne, artistique. Ses chorégraphies doivent beaucoup à Isadora Duncan, mais pas seulement. Ils sont novateurs en eux-mêmes. Et ils sont les meilleurs. (Elle marqua une pause et regarda ses mains.) Je suis vraiment très heureuse pour Louise.

Cora distingua le claquement caractéristique d'une gifle, suivit d'un autre cri, qu'on aurait pu attribuer à un blessé de l'un ou l'autre sexe. Elle s'éclaircit la voix et désigna le plafond.

– Ne devrions-nous pas... nous préoccuper de ce qui se passe là-haut ?

Myra leva les yeux à son tour, puis lissa sa jupe.

– Inutile, marmonna-t-elle. Ne vous inquiétez pas. Elle va venir nous voir.

Quelqu'un dévala l'escalier d'un pas encore plus rapide et léger que celui de June.

– Mère !

Myra ne répondit pas.

– Mère !

– Nous sommes ici, ma chérie, lança Myra à tue-tête. Dans le salon. Entre personnes civilisées.

Une très jeune fille apparut sur le seuil, en pleurs, une main plaquée sur l'épaule. Cora comprit qu'il ne pouvait s'agir que de Louise : même avec ses grands yeux bouffis, et noyés de larmes rageuses, l'adolescente était d'une beauté à couper le souffle. Comme sa mère, elle était petite et menue, brune, avec une peau très claire et des yeux sombres. Mais sa mâchoire était plus volontaire, et elle avait encore des joues de chérubin comme la petite June. Le plus remarquable, cependant, c'était ce casque de cheveux très noirs, brillants et raides, coupés juste en dessous des oreilles. De part et d'autre du visage à l'ovale parfait, deux mèches dessinaient comme des flèches pointées vers une bouche charnue et sensuelle, et le rideau soyeux d'une épaisse frange s'arrêtait en une ligne bien droite au ras de ses sourcils. Viola avait raison. En dépit de tous les traits hérités de sa mère, la jeune fille possédait un physique unique.

– Martin m'a frappée !

– Frappée ? Ou giflée ? demanda Myra. Depuis le temps, je crois bien que je peux entendre la différence, même d'un étage à l'autre.

– J'ai la marque !

Louise écarta la main de son épaule et souleva la manche de sa robe ivoire pour dévoiler une trace rouge dont les bords commençaient déjà à bleuir. Cora étouffa un hoquet. Louise la regarda, l'espace d'un instant seulement.

– Il est plus fort que moi. Il est plus grand. Et il était dans ma chambre, en train de lire mon journal ! Comment pouvez-vous tolérer tant d'insolence de sa part ? Et de violence ? s'indigna-t-elle en pointant son épaule.

Myra, visiblement amusée par cette grandiloquence, esquissa un rictus. Cora jugeait pourtant les deux questions légitimes. La marque sur le bras de Louise était très vilaine. Si ce Martin était son aîné, alors il devait avoir environ l'âge des jumeaux or, pour elle, il était inconcevable que Howard ou Earle puissent lever la main sur une fille plus jeune – ou une fille tout court, d'ailleurs. Jamais ils ne feraient une chose pareille. Et si jamais l'un d'eux s'y risquait, dans un moment d'égarement, il devrait s'en expliquer à la fois devant elle et devant Alan, qui prendraient l'incident bien plus au sérieux que cette femme, en face d'elle, qui continuait à sourire d'un air amusé.

— L'insolence et la violence de ton frère ne seront bientôt plus ton problème, répondit Myra en réprimant un bâillement. Et à New York, grâce à cette dame ici présente, ton précieux journal sera en sécurité. Louise, j'aimerais te présenter Cora Carlisle.

La jeune fille dévisagea Cora sans rien dire, mais d'un air à la fois révulsé et indulgent. Cora ne pouvait imaginer ce qui, chez elle, pouvait susciter de tels sentiments. Elle avait veillé à être à son avantage pour cette visite. Avec sa robe, modeste mais au goût du jour, et son sautoir en perles, elle était à n'en pas douter aussi élégante que Myra. C'était pourtant bien du dédain qui se lisait dans le regard de la jeune fille - ce même regard qu'un enfant pose sur une assiette de brocolis qu'il faut impérativement manger pour avoir droit au dessert, ou sur une pièce qu'il faut ranger avant de pouvoir jouer. Un regard où se lisait de l'effroi, et que la jeunesse et la beauté de cette jeune fille, avec sa peau claire et sa moue, rendaient encore plus cuisant. Cora se sentit rougir. Cela faisait des années qu'elle n'avait pas été l'objet d'une telle condescendance.

Elle se leva avec empressement, tendit la main en souriant et regarda la jeune fille droit dans les yeux. La différence de taille, décida-t-elle, serait secourable.

— Bonjour. Je suis enchantée de faire votre connaissance. J'espère que nous allons effectuer un merveilleux voyage.

— Enchantée, bafouilla Louise.

Elle mentait beaucoup moins bien que sa mère. Elle serra mollement la main de Cora avant de dorloter de nouveau son bras.

— Je suis désolée pour votre bras. Ce doit être douloureux.

La remarque ne faisait qu'énoncer une évidence, mais Cora avait parlé avec bonté et, comme si elle avait tourné une clé invisible, un nouvel afflux de larmes embua les beaux yeux de Louise, qui parut la considérer sous un jour nouveau.

— Merci, répondit-elle. Oui, ça fait mal.

— Elle n'a jamais entendu parler de Denishawn, intervint Myra en souriant à sa fille, comme dans l'attente de sa réaction.

Cora ressentit les prémices d'une forte antipathie.

— Vous n'avez jamais entendu parler de Denishawn ? répéta Louise, aussi perplexe que l'avait été sa mère un peu plus tôt.

— Non, jamais, confirma Cora, en espérant qu'une réponse claire et nette leur permettrait de clore le sujet.

La mère et la fille échangèrent un regard, avant de dévisager Cora de leurs yeux bruns assortis.

— Pourquoi souhaitez-vous aller à New York, alors ? s'enquit Myra d'une voix agréable, même si son sourire ne l'était pas vraiment. Qu'est-ce qui vous attire là-bas ?

Cora hésita. Elle aurait dû anticiper cette question et préparer la réponse. Des images associées à New York flottèrent dans son esprit : la statue de la Liberté. Les immigrants. Les bootleggers. Les taudis du Lower East Side. Broadway.

— J'aime aller au théâtre et voir de beaux spectacles, répondit-elle.

Louise étouffa un hoquet. Son sourire était très différent de celui de sa mère, et son plaisir était aussi sincère que l'avait été plus tôt son mépris.

— À la bonne heure ! Vous n'êtes pas si mal, alors !

Cora ne sut trop comment prendre cette remarque.

— Pour moi, le théâtre est ce qu'on peut trouver de plus épatant, lança Louise. Je veux aller voir tous les spectacles de Broadway.

Cora sourit aimablement. Elle n'avait rien contre le théâtre.

— C'est drôle, intervint Myra en tournant la tête vers elle. Je ne me souviens pas vous avoir jamais croisée au théâtre, ici.

Cora s'efforça de se souvenir d'une pièce, n'importe laquelle, qu'elle aurait vue dans les cinq dernières années. Peine perdue. Elle préférait le cinéma, où on pouvait contempler les visages en gros plan. Et devoir lire les cartons de dialogue ne la dérangeait pas.

— Elle n'a pas dit qu'elle aimait le théâtre qui se joue ici, mère. Vous vouliez parler du théâtre de qualité, n'est-ce pas ? ajouta Louise en se retournant vers Cora. Ce n'est pas moi qui vais vous le reprocher. En matière de théâtre, il ne se passe jamais rien d'intéressant ici - et c'est pareil en ce qui concerne la danse. Je brûle d'impatience de voir un spectacle digne de ce nom.

— Moi aussi, l'assura Cora en souriant - elle supposait que les spectacles de Broadway lui plairaient.

— Louise, très chère, dit Myra, sans toutefois détacher les yeux de Cora. Je suis ravie de voir que vous vous entendez si bien toutes les deux, mais Mrs. Carlisle et moi devons encore discuter de quelques détails.

Louise regarda sa mère, puis Cora, comme si elle espérait discerner le sujet de cette discussion. Voyant qu'aucun signe ne le trahissait, elle haussa les épaules et fit demi-tour. En passant à côté de la table, elle prit le premier livre de la pile sans en regarder le titre. Puis elle tourna la tête et lança par-dessus son épaule :

— À bientôt, en juillet.

Elle agita le livre, et décocha à Cora le plus vif des clins d'œil.

Myra la mit au courant des détails pratiques : Louise et elle séjourneraient dans un appartement situé à proximité de Riverside Drive, recommandé par Denishawn. Leonard avait déjà acheté les billets de train et réglé le loyer de l'appartement pour toute la durée du séjour. Cependant, l'avertit Myra, mieux valait sans doute laisser croire à Louise qu'il payait le loyer à la semaine. Cora serait responsable de l'argent destiné à leurs dépenses courantes. Leonard lui donnerait au moins de quoi couvrir les frais d'une semaine entière lorsqu'il les accompagnerait à la gare, et lui câblerait les sommes supplémentaires à sa demande. Les fonds n'étaient pas infinis, mais elles n'avaient pas besoin de se montrer particulièrement frugales, insista Myra. Leonard et elle tenaient à ce que Louise profite de New York et découvre la ville, du moins en partie. Les musées. Les théâtres. Les restaurants. N'importe quelle distraction innocente à leur convenance.

En observant Myra lui délivrer ces instructions, Cora se radoucit un peu. Peut-être le snobisme dont elle avait fait montre à propos de Denishawn masquait-il de la jalousie, ou une simple inquiétude maternelle. Peut-être Myra aurait-elle aimé accompagner elle-même Louise. Ce ne devait pas être facile d'envoyer sa fille si loin, sous la surveillance d'une vague connaissance. Et Myra s'était donné la peine de chercher un chaperon, d'en exiger un. De toute évidence, elle prenait soin de sa fille. Peut-être était-elle juste inquiète, comme l'aurait été n'importe quelle mère.

Aussi, lorsque vint le moment de prendre congé et qu'elles se trouvèrent dans le hall d'entrée, Cora rassembla son courage, voûta légèrement les épaules pour atténuer la différence de taille et déclara :

— Sachez que j'apprécie que vous m'ayez parlé de ce professeur de danse - cette dame avec laquelle Louise ne s'entendait pas. Cependant, très franchement, Louise me fait l'effet d'une charmante jeune fille. J'ai entendu dire qu'elle fréquente même mon église.

— Fréquentait, corrigea Myra d'une voix plate.

— Oh... Bon. En tous les cas, sachez que vous n'avez aucune inquiétude à avoir concernant ce séjour. J'ai dit que nous irions au spectacle, c'est vrai, mais je peux vous assurer que je m'acquitterai de ma principale responsabilité avec le plus grand sérieux. Je suis certaine que Louise est une jeune fille convenable, mais je veillerai sur elle.

Myra haussa les sourcils et sourit, comme si Cora venait de dire quelque chose de drôle. Elle ouvrit la porte, mit une main en visière pour abriter ses yeux du soleil et dit, sans se départir de son sourire :

— C'est Leonard qui a insisté pour qu'elle soit accompagnée d'un chaperon. C'était son idée. En ce qui me concerne, je veux juste qu'elle s'en aille.

3

Avec sa façade percée de très hautes fenêtres cintrées et son entrée principale flanquée de colonnes en granit, Union Station était peut-être bien le bâtiment le plus élégant de Wichita. Construit quelques années à peine avant la Grande Guerre, il conservait encore un parfum de nouveauté. À l'intérieur se trouvait un hall unique, vaste et majestueux, et en cette belle matinée de juillet, de longs rais de lumière striaient le sol en marbre. Des voyageurs munis de billets et de valises évoluaient avec vivacité entre ombre et lumière, tandis que résonnait l'écho de leurs pas et de leurs conversations. Cora et Alan, ainsi que Leonard Brooks, avaient pris place sur un des bancs en bois disposés tout autour du hall, dont les dossiers très hauts évoquaient à Cora des bancs d'église. Assise le dos bien droit, elle levait de temps à autre les yeux vers l'énorme horloge fixée tout en haut d'un mur. Cela faisait plus de vingt minutes que Louise était partie aux toilettes.

— Vous prenez le Santa Fe jusqu'à Chicago, expliquait Alan en regardant le billet de Cora. Là, vous avez deux heures pour changer de train, ce qui est amplement suffisant. Mais je te conseille de chercher sans attendre le quai de votre correspondance. (Tout en s'essuyant le front avec un mouchoir, il décocha à Cora un regard insistant.) La gare de Chicago peut être assez déstabilisante.

Cora, ses mains gantées étroitement croisées sur les genoux, réussit à hocher la tête. Elle avait dix-sept ans lorsqu'elle était arrivée à Wichita par le train, passant pour ainsi dire directement de la ferme à l'ancien dépôt, qui était bien plus petit et bien moins impressionnant que la nouvelle gare. À l'époque, cependant, la foule, le mouvement, toutes ces femmes élégantes, avec leurs silhouettes corsetées, leurs tailles ceinturées et leurs blouses à col montant, l'avaient plongée dans un émerveillement teinté d'anxiété. Encore aujourd'hui, Wichita restait à ses yeux la grande ville. Alan, lui, avait grandi ici, et voyagé aux quatre coins du pays pour participer à des colloques de droit ; il était accoutumé aux foules et à l'agitation. Et pourtant, même lui pouvait se sentir déstabilisé par la gare centrale de Chicago, où elle se retrouverait le lendemain matin de bonne heure, afin de prendre un autre train, qui l'emmènerait dans une ville encore plus grande, et tout cela en devant veiller sur sa jeune charge !

– Si tant est que votre train arrive à l'heure, observa Leonard Brooks en se reculant pour extraire une montre du gousset de sa veste, comme s'il n'avait pas remarqué l'énorme horloge au mur. Cette grève pourrait durer tout l'été. Il faut que Harding intervienne.

Leonard Brooks avait un visage très expressif, un nez long et fin, des yeux très sombres, presque noirs, et des cheveux aussi bruns que ceux de Louise et Myra. Et bien qu'il ne fût pas grand, sa taille semblait être dans la moyenne. Il avait l'habitude de fixer un point dans le vide, comme pour suggérer des pensées profondes. Selon Alan, Leonard était un esprit brillant, avec des grandes chances d'être un jour nommé juge. Cora avait déjà remarqué qu'il semblait obsédé par son travail : à peine avait-il réussi à se frayer un passage dans le hall, une valise dans chaque main et Louise trottinant du mieux qu'elle pouvait à côté de lui, qu'il avait tenté d'entamer une conversation avec Alan à propos d'un nouvel arrêté sur les taxes foncières. Il avait fallu que ce dernier toussote et regarde longuement Cora pour que Mr. Brooks semble se souvenir que, pour l'heure, c'était à elle de bénéficier de l'attention de son avocat de mari. Il s'était montré aussitôt charmant, et lui avait dit combien Myra et lui se réjouissaient qu'elle prenne soin de Louise. Mais maintenant, il était lancé sur la grève des chemins de fer, même si sa fille - qui n'était toujours pas revenue de cette excursion singulièrement longue aux toilettes - s'apprêtait à embarquer pour son premier vrai voyage loin du domicile familial.

— C'est un débat intéressant, concéda-t-il en regardant Alan. Le droit de grève est acquis aux travailleurs, mais il me semble que les citoyens ont également droit à des transports fiables.

— Je vais à la rencontre de Louise, annonça Cora, avec autant de détachement qu'elle put.

Elle ne voulait pas donner l'impression d'avoir perdu la trace de la jeune fille avant même d'avoir embarquée, mais elle commençait réellement à s'inquiéter et n'avait su quel motif invoquer pour partir à sa recherche. Un peu plus tôt, Cora était elle-même allée aux toilettes et, à son retour, Louise avait décidé qu'elle avait besoin d'y aller à son tour. À présent que Cora traversait la gare en martelant le sol en marbre de ses petits talons, l'idée lui vint que Louise avait peut-être décalé délibérément sa propre excursion aux toilettes.

Ce soupçon sembla encore plus vraisemblable lorsque, au détour d'un mur, après un cireur de chaussures, elle découvrit Louise adossée à un mur, en train de siroter un Coca-Cola à la paille. Un garçon, grand, arborant un manteau soigné et un canotier, se trouvait à côté d'elle ; un bras calé contre le mur, pour mieux se tourner vers Louise et bénéficier d'une meilleure vue - à laquelle de toute évidence il prenait plaisir.

— Ah, Louise, vous voilà.

Les deux se redressèrent. Louise écarta la bouteille et la paille de ses lèvres. Le garçon - un homme, en réalité - devait approcher de la trentaine, et avait une ombre de barbe blonde sur le menton. Quand il posa son regard clair sur Cora, sa déception fut complète.

— J'avais peur que vous soyez perdue, ajouta Cora, avant de regretter immédiatement le mensonge trop grossier.

Sans accorder un autre regard à l'homme, Louise hocha la tête et s'empressa de la rejoindre. Elle était vêtue d'une robe ivoire à mi-mollets avec un col Claudine, ne portait pas de chapeau mais des souliers à talons très hauts - si hauts qu'elle était presque aussi grande que Cora. Elle avait le sourire, mais Cora remarqua que ses yeux noirs la scrutaient. *Vas-tu me chercher des histoires ?* semblaient-ils demander. *Là, dès le départ ? Quand on pourrait si bien s'entendre ?*

— C'était un ancien camarade de l'école, lâcha-t-elle sans réfléchir.

Cora préféra ne rien répondre. Les apparences indiquaient plutôt que, en moins d'une demi-heure, Louise avait lié connaissance avec un parfait inconnu - un étranger, peut-être même - et l'avait laissé lui offrir un soda. Mais il n'y avait aucun moyen d'en être certaine et Cora jugea peu judicieux de provoquer une dispute si elle ne pouvait rien prouver.

— Nous ferions mieux de retourner dans le hall, suggéra-t-elle aimablement. Nous allons bientôt monter dans le train.

— Voulez-vous une gorgée ? proposa Louise en inclinant la bouteille vers elle.

Cora secoua la tête. Une fois à New York, Louise ne pourrait plus prétendre avoir rencontré une connaissance, et Cora serait dans une meilleure position pour lui expliquer les dangers qu'elle - et sa réputation - encourrait en laissant un inconnu lui offrir quoi que ce soit. Elle n'était encore qu'une enfant, songea Louise. Innocente. Négligée par sa mère, avait dit Viola. Sans doute était-elle avide de conseils. Cette petite n'avait-elle pas fréquenté l'École du dimanche - et ce de sa propre initiative ? Elle avait simplement besoin d'attention et de direction de conduite. Sitôt qu'elles seraient dans le train, Cora était résolue à lui donner l'une et l'autre.

Elle fit ses adieux à Alan sur le quai. Comme la lumière du ciel, trop vive, l'empêchait de lever les yeux vers lui, elle regarda ses mains dans les siennes. Ce n'était pas leur première séparation. Quand les garçons étaient petits, elle les emmenait voir sa belle-sœur et ses enfants, à Lawrence, tandis qu'Alan restait à Wichita pour travailler. Mais jamais elle ne s'était absentée plus d'un mois. Et jamais elle n'était allée aussi loin.

— Ta malle a bien été enregistrée, dit-il. Elle devrait t'être livrée le soir de ton arrivée. Mais n'hésite pas à me faire savoir s'il te manque quoi que ce soit.

Il parlait à voix basse, pour éviter peut-être de sous-entendre devant Leonard Brooks que celui-ci aurait pu négliger de subvenir à quelques besoins.

— Quoi que ce soit, insista-t-il. N'hésite pas.

Elle hocha la tête et, sentant qu'Alan rapprochait son visage du sien, tendit sa joue pour qu'il l'embrasse. Par-dessus son épaule, elle surprit Louise en train d'observer effrontément la scène, la main en visière sous sa frange. Quand leurs regards se croisèrent, la jeune fille étrécit les yeux, et Cora détourna les siens.

— Je veux que tu obéisses à Mrs. Carlisle, disait Leonard Brooks, d'une voix assez forte pour être entendu de Cora et Alan. (Il se balançait sur ses orteils, les pouces glissés sous ses bretelles. Avec ses talons, Louise était plus grande que lui.) Je compte sur toi pour n'entendre parler que de ton travail acharné et de ta bonne conduite.

Louise, qui tenait son petit sac de voyage à deux mains derrière le dos, baissa la tête et regarda son père.

— Vous pouvez y compter, papa. C'est promis.

Elle pouvait paraître si juvénile, songea Cora, si petite fille. Mais uniquement par moments. Et uniquement quand elle le décidait.

Leonard Brooks s'épongea le front et observa le train à quai derrière sa fille en plissant les yeux.

— Et avec ce que coûte cette école, j'entends bien qu'à ton retour tu sois la meilleure danseuse de Wichita.

La remarque arracha un sourire à Cora et Alan, mais Louise se contenta de fixer son père, en accentuant sa ravissante moue et battant des paupières, l'air meurtri, comme si les mots lui faisaient momentanément défaut. Elle rentra le menton et son regard sembla se flétrir. Cora eut l'impression de la voir vieillir sous ses yeux.

— Ne soyez pas bête, Père, je le suis déjà, lâcha-t-elle en adoucissant sa riposte, autant qu'elle pouvait l'être, d'un sourire.

À la grande surprise de Cora, Leonard Brooks parut simplement amusé par la condescendance de sa fille. À moins qu'il n'ait eu la flemme de lui faire la réprimande qui s'imposait. Cora, elle, n'aurait pas laissé passer une telle impertinence. Mais ce n'était pas à elle d'intervenir. Pas encore.

Naturellement, Cora ne comprendrait que plus tard l'agacement de Louise face à l'ignorance de son père : devenir la meilleure danseuse de Wichita était loin d'être son ambition ultime. Quelques années plus tard à peine, Cora lirait dans les magazines des articles consacrés à Louise, à ses films, à sa vie mondaine débridée. Louise recevrait à ce moment-là plus de deux cents lettres d'admirateurs des deux sexes par semaine et, d'un bout à l'autre du pays, les femmes essaieraient de copier sa coiffure. Avant la fin de la décennie, Louise serait célèbre sur deux continents et, quand Leonard Brooks voudrait voir son aînée danser et éblouir son public, il lui faudrait payer sa place comme tout le monde et la regarder sur un écran de cinéma.

Dans le train, Cora et Louise disposaient d'un box pour elles seules, avec deux banquettes tapissées de velours marron en vis-à-vis. Des rideaux assortis étaient tirés devant la fenêtre et chacune d'elle avait au-dessus de sa tête une petite lampe de lecture. Le trajet jusqu'à Chicago ne nécessitant pas de couchettes, les différents boxes n'étaient pas séparés par des cloisons. En temps normal, pour les voyages de jour, Cora appréciait ce type de wagons mais, pour ce voyage particulier, cette disposition lui inspirait de la défiance. Avant même le départ du train, l'occupant d'un box de l'autre côté de l'allée s'était proposé de les aider à baisser leur fenêtre. Il n'avait pas échappé à Cora que cet homme, qui paraissait être de sa génération, n'avait pas offert son assistance aux deux dames d'un certain âge installées dans le box jouxtant le sien - et de surcroît, il s'était adressé directement à Louise. Cora s'était empressée de répondre pour sa protégée : elle ne manquerait pas de lui faire savoir, en temps voulu et le cas échéant, s'il fallait baisser la fenêtre. Le ton avait été poli mais ferme, et le message avait été on ne peut plus clair : elle était la gardienne du temple.

Si Louise était inquiète par sa mise sous séquestre, elle ne le montra pas. La bonne humeur qui se lisait sur son visage semblait irrépressible, dirigée vers tout et personne en particulier. Quoi qu'elle regardât - le plafond du wagon, les autres passagers, la vue imprenable sur Douglas Avenue depuis le chevalet -, sa jubilation était évidente, même si elle paraissait peu disposée à la partager. Elle n'adressa pas la parole à Cora, mais lorsque les essieux commencèrent à gémir et cliqueter, elle sourit tout en pianotant sur ses genoux et martelant le sol de la pointe des orteils. Quand le coup de sifflet annonça enfin le départ et que le train s'ébranla, elle renversa légèrement la tête en arrière, ferma les yeux et lâcha un soupir.

— C'est excitant, se risqua à observer Cora.

Du temps où ils étaient petits, et même plus grands, ses garçons adoraient les voyages en train. Ils se disputaient la place près de la fenêtre pour observer les panaches de vapeur, et pendant des années - à chacun de leurs voyages, lui semblait-il -, il lui avait fallu demander au conducteur s'ils pouvaient visiter la locomotive.

— Et comment ! s'exclama Louise en la gratifiant d'un sourire éblouissant avant de regarder à nouveau par la fenêtre.

Une odeur de cigarettes et un parfum de talc flottaient dans le wagon. À l'une de ses extrémités, de l'autre côté de l'allée, un bébé pleurait dans les bras de sa mère. Celle-ci tentait de l'apaiser avec des baisers et des gazouillis mais, quand elle vit que ses efforts étaient vains, elle se retourna vers ses voisins avec un sourire contrit. Cora croisa son regard et lui rendit son sourire.

— Adieu Wichita ! lança Louise en agitant la main tandis que le cordon d'automobiles noires le long de Douglas Avenue disparaissait sous le chevalet. J'aimerais pouvoir dire que tu vas me manquer, mais je doute que ce soit le cas !

Cora se pencha pour toucher le bras de Louise. Certains de leurs compagnons de voyage étaient assurément des concitoyens. Il était inutile de les offenser. Mais l'avertissement n'avait pas lieu d'être. Louise avait terminé ses adieux et cessé de manifester tout intérêt pour le paysage tandis que le train les emportait loin des rues de son enfance, des immeubles en brique, des parcs arborés et des clochers. Elle ouvrit son sac et en sortit de la lecture. Cora en fit l'inventaire à la dérobée : le numéro de juillet de *Harper's Bazaar*, le numéro de juin de *Vanity Fair*, et un livre intitulé *La Philosophie d'Arthur Schopenhauer*. Avant même qu'elles ne soient sorties de la ville, que les rues pavées n'aient laissé place aux chemins de terre et aux champs, Louise était absorbée dans la lecture de son livre. De temps à autre, elle le posait sur ses genoux pour souligner une phrase avec un stylo à encre bleue ou marquer une page. Mais la plupart du temps, le livre, avec sa sévère couverture brune, se dressait comme un mur devant son visage.

Très bien, songea Cora. Elle n'avait pas besoin que la jeune fille fasse des efforts de sociabilité. Elle aussi avait emporté de la lecture, et la sortit de son sac. Son salon n'était peut-être pas encombré de piles de livres divers et variés, mais elle prenait plaisir à lire une bonne histoire autant que n'importe qui. Pour ce voyage, elle avait pris le *Ladies Home Journal* ainsi que le nouveau roman d'Edith Wharton. En temps normal, elle se serait peut-être contentée d'une de ses lectures de prédilection – un roman de Temple Bailey, par exemple, qui n'avait son pareil pour raconter des histoires édifiantes d'héroïnes courageuses déjouant les manœuvres de vamps peinturlurées pour ramener des maris volages au bercail. Mais pour ce voyage, comprenant que quel que soit le titre qu'elle choisirait il tomberait sous le regard critique de la jeune fille – et serait sans aucun doute rapporté à Myra –, Cora était allée à la librairie et avait acheté *L'Âge de l'innocence*, qui, bien qu'écrit par une femme, venait tout juste de remporter le prix Pulitzer et, par conséquent, semblait au-delà de tout reproche, même de la part des pires snobs. En outre, le roman se passait à New York, et même s'il avait pour cadre la fin du siècle précédent, Cora trouvait intéressant de se plonger dans une histoire qui se déroulait dans leur ville de destination, de pouvoir se représenter ces personnages déambulant dans les mêmes rues que celles où elle-même marcherait bientôt. Jusque-là, l'intrigue lui plaisait. Et les détails historiques étaient charmants, avec toutes ces calèches et ses robes longues qui balayaient le sol. En dépit du vacarme du train, qui traversait des champs à perte de vue, et de la température qui augmentait dans le wagon avec le soleil du matin, Cora tournait les pages facilement, avec le sentiment d'être vertueuse et intelligente.

— Que lisez-vous ?

Elle releva la tête. Louise avait posé son livre sur ses genoux et la dévisageait. Ses cheveux noirs, même avec la chaleur, étaient aussi lisses que du verre.

Cora posa le doigt sur la ligne qu'elle venait de lire et montra la couverture à la jeune fille.

— Ce roman.

La lumière était plus vive. Elle ajusta le bord de son chapeau.

— Oh, fit Louise en fronçant le nez. Je l'ai lu. Et Mère aussi.

— Vous ne l'avez pas aimé ?

La réponse ne laissait planer aucun doute, compte tenu de la moue de la jeune fille. Restait à savoir si Louise et Myra étaient tombées d'accord sur le verdict. Cora se douta que tel était le cas.

— *Chez les heureux du monde* était meilleur. Mais en général les romans historiques m'ennuient, précisa Louise avec un soupçon d'excuse un brin dédaigneux dans la voix. Tout y est tellement guindé ! Toutes ces règles et ces usages ridicules, toutes ces histoires sur qui est invité à une réception, qui peut être vu avec qui... (Elle sortit un paquet de chewing-gums de son sac.) C'est ennuyeux, et artificiel. Ça ne m'intéresse absolument pas.

— Il a gagné le Pulitzer.

— Et ce héros – si tant est qu'on puisse l'appeler ainsi ! Il est tellement pathétique, tellement lâche ! (Elle glissa un chewing-gum dans sa bouche et en proposa un à Cora, qui refusa.) Il est amoureux de la comtesse Olenska, la seule vraie femme de tout le roman. Mais elle est infréquentable juste parce qu'elle est divorcée ? Quelle absurdité. Et quand il épouse cette idiote de May Welland, qui est un vrai bonnet de nuit, il se sent noble de ce geste ? C'est un imbécile. Il mérite son malheur. Mais je ne sais pas s'il mérite un livre.

Cora contempla le livre en question. Amoureux de la comtesse Olenska ? Une femme divorcée ? Cora ne s'était pas attendue à cela. Qu'il la convoite, à la rigueur… Peut-être la jeune fille avait-elle mal compris. Peut-être ne connaissait-elle pas encore la différence.

— Oh, fit Louise, redevenue une petite fille, les doigts sur les lèvres. Je vous ai gâché votre plaisir ? Désolée.

— Non, pas du tout. Je lis pour le plaisir d'un beau style, pas pour l'histoire.

Elle avait entendu quelqu'un dire cela un jour, et cela semblait le bon moment de le replacer. Elle tourna les yeux vers la fenêtre, les cheveux bruns de la jeune fille dans son champ de vision. Dehors, la prairie semblait écrasée de chaleur, sans un souffle de vent. Un troupeau d'Angus pataugeait jusqu'à mi-pattes dans une mare boueuse, à l'ombre d'un saule esseulé. Le train allait sans doute passer près de la vieille ferme, pas complètement à côté mais pas loin. Elle se souvint de ces nuits, couchée dans son lit, dans une obscurité totale, à écouter les sifflets.

— Votre mari est un bel homme.

Cora tourna la tête, surprise.

— Oh. Oui. Merci.

— Quel âge a-t-il ?

— Je vous demande pardon ?

— Quel âge a-t-il ?

— Quarante-huit ans.

— Il est beaucoup plus âgé que vous.

— Non, pas tant que cela, dit Cora qui ne savait trop si la remarque était flatteuse.

– Mon père a presque vingt ans de plus que ma mère. Elle a épousé un homme qui avait l'âge de son père.

– Oh, fit Cora en souriant. Eh bien, ce n'est pas inhabituel. Souvent, quand l'homme est plus âgé, cela fait une bonne association.

Louise la dévisagea comme si elle venait d'énoncer quelque maxime inédite de sagesse.

– Très chère ? Vous allez bien ?

Louise hocha la tête et une mèche brune se plaqua contre sa joue.

– Ouais, fit-elle. (Elle contempla ses mains, posées sur ses genoux, puis, comme si elle rompait vigoureusement un charme, elle cligna des yeux et releva la tête.) Ma mère le regrette, reprit-elle. De l'avoir épousé, je veux dire.

Cora prit une vive inspiration.

– Vous ne devriez pas me dire ce genre de chose. Cela ne me regarde pas.

Elle détourna le regard, pour bien montrer qu'elle disait vrai.

– Ma mère n'y verrait aucun inconvénient. Il n'y a rien de personnel. Ce n'est pas contre lui. Ni contre nous. C'est juste qu'elle n'aime pas sa vie. Elle ne voulait pas se marier, mais son père l'y a obligée, parce que Père avait de l'argent. Elle ne voulait pas d'enfants, non plus.

Cora reporta son regard sur la jeune fille.

– Qui vous a dit cela ?

– Elle. Et elle le lui a dit aussi, lorsqu'ils se sont mariés. Elle lui a dit que s'il y tenait vraiment, elle l'épouserait, et que s'il voulait des enfants, elle en ferait, mais qu'il devrait trouver quelqu'un d'autre pour s'en occuper. Ce qu'il n'a pas fait, acheva Louise avec un haussement d'épaules.

Cora ne répondit pas tout de suite car elle voulait choisir ses mots avec soin. Peut-être Myra avait-elle dit cela sur le ton de la plaisanterie, comme le font parfois certaines femmes. Cora n'avait jamais versé dans ce genre d'humour. Qu'y avait-il d'amusant à dire à un enfant qu'il n'avait pas été désiré ? Elle songea à la petite June, errant dans la maison.

– Je suis sûre qu'elle ne le pensait pas.

– Bien que sûr que si.

La jeune fille avait l'air amusée, ce que Cora ne comprenait pas. Entendre sa mère proférer de telles horreurs était forcément blessant. Elle secoua la tête. Cette Myra était une femme épouvantable. Et que le monde était injuste ! Cora regarda Louise avec une infinie bonté.

– Peut-être a-t-elle éprouvé ces sentiments pendant un temps. Mais je suis certaine qu'aujourd'hui elle chérit tous ses enfants. Elle doit comprendre la chance qu'elle a de vous avoir.

Louise fronça les sourcils, dévisagea Cora avec froideur et se recula contre son dossier.

– Elle n'a pas dit ça par méchanceté, si c'est cela que vous croyez. Ce n'est pas personnel, je vous l'ai dit. Ce n'est pas contre nous. Mère a eu six petits frères et sœurs - en ne comptant que ceux qui ont survécu - et comme sa mère était toujours malade, c'était à elle de s'en occuper. Avant même de rencontrer mon père, elle en avait déjà assez des bébés. Je ne peux pas l'en blâmer.

Cora ne répondit rien, mouchée. Jamais elle n'aurait soupçonné que Myra Brooks ait pu avoir une enfance difficile.

Louise soutint son regard.

– Si elle sait lire, c'est uniquement parce qu'elle est très intelligente et qu'elle adore les livres et la musique. Elle a tout appris par elle-même. Sans personne pour l'aider. Et elle est bien plus cultivée que la plupart des gens.

Cora hocha la tête, désireuse de concéder ce point. Son intention n'avait nullement été de mettre la jeune fille sur la défensive à propos de sa mère. Elle porta la main à sa tempe. La température dans le wagon avait encore augmenté.

– Bref, lâcha Louise. (Elle marqua une pause et fit claquer son chewing-gum.) Une chose est certaine : je n'aurai jamais de marmaille. Pas même un.

– Vous avez amplement le temps de changer d'avis, observa Cora en souriant.

— Sûrement pas.

Il y eut un silence. Louise regardait par la fenêtre ; Cora contemplait l'allée du wagon. Le plus sage, elle le savait, consistait à briser là cette conversation, à laisser Louise penser ce qu'elle voulait. Seul le temps trancherait. Mais Cora était agacée. Il y avait dans la voix de la jeune fille cette arrogance de ceux qui se croient tout permis, un orgueil, un manque de considération.

— Vos sentiments changeront lorsque vous tomberez amoureuse, reprit Cora. Vous ne le pensez peut-être pas aujourd'hui, mais rien ne dit qu'un jour vous ne voudrez pas vous marier.

— Hmm, fit Louise. (Elle sourit et souleva son livre.) Schopenhauer a écrit sur le mariage. Il dit que se marier, c'est comme fouiller à l'aveuglette dans un sac rempli de serpents en espérant y trouver une anguille.

— Vraiment ? dit Cora en lançant un regard désobligeant au livre.

— En fait, peut-être qu'un jour j'aimerais bien me marier, reprit Louise en baissant le livre sur ses genoux. Mais je ne veux pas d'enfants.

Cora faillit éclater de rire face à tant d'innocence. Louise ne comprenait pas encore que, une fois mariée, des bébés naissaient, qu'ils aient été voulus ou non. Mais ensuite, en soutenant le regard de la jeune fille, elle comprit ce que celle-ci avait voulu dire, où elle voulait en venir. Louise n'était pas du tout innocente. Cora détourna la tête et s'absorba dans la contemplation du ciel, en feignant de s'intéresser à un nuage bleuté dans sa partie inférieure. Que pouvait-elle faire d'autre ? Quelques mois plus tôt à peine, Margaret Sanger avait été arrêtée pour s'être interrogée en public sur la prétendue immoralité de la contraception. On l'avait traitée d'obscène. Et cela s'était passé à New York, si les souvenirs de Cora étaient bons. En aucun cas elle n'entamerait semblable discussion dans un train, au Kansas, avec qui que ce soit, merci bien.

Et certainement pas avec une adolescente.

Lorsque le chef de train annonça aux voyageurs l'entrée en gare de Kansas City, Louise détacha les yeux de son livre et sautilla légèrement sur sa banquette.

– On a passé la frontière de l'État. (Elle observa Cora puis, levant les yeux vers le plafond du wagon, elle joignit les mains dans un geste théâtral.) J'ai quitté le Kansas ! Merci, mon Dieu ! J'ai réussi !

Cora tourna la tête vers la fenêtre.

La gare centrale de Kansas City, à l'instar de celle de Wichita, avait désormais gagné en importance ; le bâtiment était tout aussi beau, mais deux fois, voire trois fois plus imposant en taille. Voilà ce qui nous attend, songea Cora. Plus elles progresseraient vers l'est, plus les échelles se démultiplieraient, lentement mais sûrement.

– Vous aviez déjà quitté le Kansas avant aujourd'hui ? demanda Louise avec un regard à la fois amical et inquisiteur.

– Non. J'ai voyagé à l'intérieur de l'État, mais c'est tout.

Cora se recula contre son dossier, lissa ses cheveux et rajusta une épingle à chignon, en évitant à dessein d'observer la réaction de Louise. À quoi bon ? Elle imaginait très bien l'air déçu, écœuré peut-être. Ce serait un crime bien pire que de n'avoir jamais entendu parler de Denishawn, et Cora reconnaissait ouvertement l'étroitesse de sa vie.

La vérité, peut-être, aurait œuvré en sa faveur, et impressionné la jeune fille. Mais le bon vieux mensonge s'était faufilé naturellement entre ses lèvres – elle l'avait répété tant de fois qu'il lui donnait l'impression d'être la vérité, même maintenant, alors que le grondement régulier des essieux sur les rails faisait remonter les souvenirs. Elle n'était alors qu'une enfant, lancée dans un autre long périple, en compagnie d'autres enfants mais seule néanmoins, en partance vers l'ouest au lieu de l'est. Elle avait voyagé sur une banquette en bois, et les nuits avaient été longues et entièrement noires. Mais les bruits avaient été les mêmes – les sifflets, les essieux. Et, ce dont elle se souvenait le mieux, cette sensation d'être bercée. À l'époque, comme maintenant, c'était avec appréhension et espoir qu'elle avait filé à vive allure en direction d'un autre monde, et de tout ce qu'elle ne connaissait pas encore.

4

Elle ne se souvenait pas de l'apparence générale du bâtiment. Peut-être ne l'avait-elle jamais vu de l'extérieur. Mais elle se rappelait le toit – plat, recouvert de gravier, et assez long pour que, les jours où il y avait du vent, une fille qui criait à une extrémité ne puisse pas être entendue par une camarade à l'autre. Et il était ceint de murs en briques ocre bien trop hauts pour que Cora, ou les grandes, puissent voir ce qu'il y avait au-delà, même en se perchant sur une chaise. Des crochets métalliques étaient fichés dans les murs, mais il était interdit de s'en servir pour grimper. Si vous essayiez et que vous vous faisiez prendre, pauvre de vous, comme disaient les sœurs ! Ces crochets servaient à nouer les cordes à linge tendues en travers du toit. Des pigeons, et parfois des mouettes, venaient se poser sur un des murs et dévisageaient Cora d'un seul œil avant de reprendre leur envol.

Les plus grandes transportaient les vêtements mouillés jusque sur le toit dans des panières ; chacune avait une étiquette qui indiquait le nom de leur propriétaire. Cora et les plus jeunes étendaient les vêtements avec des épingles, parfois en se juchant sur une chaise. Cora n'était pas capable de déchiffrer les noms inscrits sur les étiquettes, mais les sœurs leur avaient appris à poser chaque panière en début de corde, afin que les vêtements ne se mélangent pas. Et chacun devait être épinglé avec soin car ces vêtements appartenaient à des clients qui payaient. Si jamais le vent détachait un pantalon ou une jupe et les faisait tomber sur le gravier, il faudrait les relaver, et les grandes seraient contrariées. Elles trimaient déjà assez comme ça. La plupart avaient des cicatrices sur les mains et les avant-bras, des traces de brûlures à cause des fers à repasser et de l'eau bouillante. Imogene, qui avait presque quatorze ans et qui était gentille, avait laissé Cora toucher la cicatrice sur le dos de sa main. Elle ne lui faisait plus mal, lui avait-elle dit. La peau avait guéri, en dessinant un cœur à l'envers rouge brun, rêche au toucher.

Le dimanche, on les autorisait à sortir dans l'arrière-cour, à condition qu'elles fassent attention à ne pas piétiner le jardin. Il y avait un arbre, se souvenait Cora. On leur interdisait d'y grimper. Les grandes s'asseyaient sous l'arbre et bavardaient, ou se faisaient des tresses. Toutes sautaient à la corde, en utilisant une corde à linge avec un nœud au milieu pour l'alourdir. Quelques filles jouaient à colin-maillard. Quand il neigeait, elles jouaient à renard et poules.

À l'intérieur, il y avait un dortoir avec de longues rangées de lits. En hiver, on vous donnait un gilet, et vous le gardiez pour dormir, pas simplement parce qu'il faisait froid, mais parce que si vous le perdiez, pauvre de vous ! Les repas se prenaient au rez-de-chaussée, dans une grande salle avec de longues tables et des fenêtres à meneaux. Il était interdit de parler, sauf pour répondre quand une sœur vous adressait la parole. Quelques-unes étaient gentilles et patientes, mais pas toutes ; comme elles portaient toutes la robe, de loin, ce n'était pas facile de les distinguer les unes des autres. Parfois, lorsque l'une d'elles se dressait devant vous, c'était trop tard : sœur Josephine pouvait se métamorphoser en sœur Mary, ou sœur Delores – qui était jeune et jolie, mais qui ne se séparait jamais de sa batte en bois. Mieux valait filer doux, suivre les règles et montrer du respect.

L'endroit s'appelait le New York Home for Friendless Girls. Mary Jane, qui savait lire, disait que c'étaient les mots peints sur une plaque, en façade. Cora ne comprenait pas qui étaient ces filles « sans amies ». N'avait-elle pas des amies – Mary Jane, la petite Rose, Patricia, Betsy et toutes les autres petites, et même Imogene, quand Cora ne l'embêtait pas trop ? C'est une façon de dire qu'on n'a pas de parents, avait expliqué Mary Jane. Qu'on est des orphelines. Mais ça non plus, pour Cora, ça n'avait aucun sens. Rose, par exemple, recevait presque chaque dimanche la visite de son père. Et elle disait que, bientôt, il viendrait les chercher, elle et sa grande-sœur, pour les ramener à la maison. Quant à la mère de Patricia, elle était à l'hôpital, parce qu'elle avait la tuberculose, mais elle était bien vivante.

Cora, elle, n'avait pas de parents, du moins à sa connaissance. Son seul souvenir était une image fugace, comme le souvenir d'un souvenir, ou peut-être juste d'un rêve : une femme brune aux cheveux bouclés comme les siens, enveloppée dans un châle en tricot rouge. C'était de sa voix dont Cora se souvenait le plus clairement (à moins que ce ne fût un tour de son imagination) en train de dire des mots inconnus dans un langage étrange, et aussi, évidemment, le nom de Cora.

— Je suis orpheline ? avait-elle demandé un jour.

— Oui, lui avait répondu Mary Jane, que les grandes appelaient l'Irlandaise à cause de son accent. Nous sommes toutes orphelines. C'est pour ça qu'on est là.

Les sœurs récitaient les grâces avant chaque repas. *Parce que Tu as secouru le pauvre qui appelait à l'aide, et les orphelins qui n'avaient personne pour les assister.* Les filles devaient simplement écouter, puis se signer et dire : *Au nom du Père, du Fils et du Saint-Esprit, amen.* Tous les jours, matin et midi, elles mangeaient du porridge. Les sœurs aussi. Parfois, elles y ajoutaient des grains de raisin et, ces jours-là, Cora protégeait son assiette entre ses coudes car, parmi les grandes, certaines avaient les doigts longs. Le soir, c'était soupe de haricots et de légumes, et si l'une d'elles était assez bête pour se plaindre, toutes avaient droit à un sermon sur la gratitude et les milliers d'enfants qui, dans les rues de New York, auraient tout donné pour manger trois repas par jour, sans même parler d'avoir un toit au-dessus de leur tête. Si celle qui se plaignait n'était pas contente, suggérait une sœur, libre à elle de s'en aller, et de laisser la place à une petite fille réellement affamée, qui serait heureuse de prendre son lit et son couvert. Ce n'était pas les candidates qui manquaient.

Apparemment, c'était vrai. Quand une nouvelle arrivait, elle était presque toujours plus maigre et bien plus sale que Cora et ses camarades. Les sœurs étaient obligées de lui raser la tête pour prévenir une infestation de vermine, puisque la plupart de ces filles venaient des taudis, voire de la rue. Les nouvelles dévoraient leur porridge en raclant le fond du bol et les sœurs les resservaient, une fois, parfois même deux, jusqu'à ce qu'elles soient un peu remplumées, qu'une étincelle de vie ait jailli dans leurs yeux, que leurs cheveux aient enfin commencé à repousser. Patricia, à son arrivée, était potelée, mais elle était bien la seule ; et ses beaux cheveux blonds n'avaient jamais été rasés. C'était elle qui boudait la nourriture et faisait des grimaces lorsque les sœurs avaient le dos tourné. Elle avait confié à Cora que, même éveillée, elle rêvait de tourte, de fromage et de viande fumée. Cora connaissait l'existence de la viande fumée parce que, parfois, sur le toit, l'air sentait si bon qu'elle avait envie de le mordre ; une autre fille lui avait dit que c'était l'odeur de la viande qui mijote sur le feu. Mais Cora n'avait jamais goûté à toutes ces choses dont Patricia disait rêver, ou du moins elle ne s'en souvenait pas, donc à la différence de son amie elle n'était pas tourmentée par ce qu'elle avait perdu.

Cora ne se rappelait pas avoir vécu ailleurs qu'à l'orphelinat. La Grande Bess, qui avait presque treize ans, disait se souvenir de l'arrivée de Cora : elle n'était plus un bébé, mais une petite fille de deux ans environ, dodue, qui marchait déjà et levait la tête quand elle entendait son nom. Mais c'était là tout ce qu'elle savait. Un jour, Cora avait demandé à sœur Josephine qui l'avait amenée et d'où elle venait. Mais même sœur Josephine, celle qui dévoilait sa dent manquante quand elle souriait, bien que de loin la plus gentille et la seule qui ne menaçait jamais d'utiliser la batte, avait répondu à Cora d'un ton ferme que c'étaient là des questions impertinentes, qu'elle devait se considérer comme un enfant de Dieu, et chanceuse de surcroît.

Un jour, peu après avoir perdu sa première dent, Cora eut encore plus de chance. Ce fut du moins ce qu'on lui dit à l'époque. Sœur Delores allait l'emmener en promenade, avec six autres petites. Il leur faudrait être très sages, et partir sans faire de bruit pendant que les autres filles seraient dans la buanderie. Il ne faudrait pas lambiner. Et ne pas oublier de boutonner leur gilet, parce que, dehors, l'air était glacial.

Cora, qui tenait la main de Mary Jane, supposait qu'elle serait de retour à temps pour le souper. Tout à l'excitation de cette aventure avec Mary Jane, Patricia, la petite Rose et les autres veinardes, Cora suivit sœur Delores, franchit l'imposante porte d'entrée puis enfin le portail donnant sur la rue, qu'elle n'avait jamais vue que depuis la fenêtre de l'étage. Même Mary Jane, qui avait déjà perdu toutes ses dents de lait et dont les nouvelles avaient repoussé, et qui pouvait toucher le sol avec les mains quand elle se pliait en arrière, semblait paniquée. Sœur Delores les conduisit jusqu'à un croisement où, tout d'un coup, il y eut des gens partout, certains à pied, d'autres en carriole. Les chevaux faisaient *clip clop clip clop* et tout le monde se déplaçait vite. Il fallait faire de grands pas pour éviter des tas de saleté – les excréments des chevaux, leur expliqua sœur Delores. Cora remonta l'encolure de son gilet devant le nez et respira à travers la laine. De temps à autre, sœur Delores était obligée de soulever sa robe, et Cora apercevait alors ses bas noirs. Ils étaient déchirés à l'arrière des talons et laissaient voir un carré de peau blanche.

Au croisement suivant, sœur Delores s'arrêta et leur dit qu'elles allaient attendre un omnibus. Aucune d'elles ne savait ce qu'était un omnibus, mais elles avaient bien trop peur de sœur Delores pour oser poser la question. Une fois à bord, expliqua cette dernière, elles devraient s'asseoir sagement, s'abstenir de bavarder et ne pas s'éloigner d'elle. Elles ne devraient pas adresser la parole aux inconnus ni même leur sourire. Sœur Delores tenait aussi à les prévenir qu'il y aurait une corde, tendue sur toute la longueur de l'omnibus, et attachée à la cheville du chauffeur. Sachant que cette corde allait piquer leur curiosité, elle préférait leur expliquer dès maintenant qu'elle servait à signaler au chauffeur à quel moment il devait s'arrêter. Quand un passager souhaitait descendre, il tirait sur la corde et le chauffeur faisait arrêter les chevaux. Sœur Delores espérait qu'elle s'était bien fait comprendre : elle seule toucherait cette corde, puisqu'elle seule connaissait leur destination. Si une petite maligne s'amusait à désobéir et obligeait le chauffeur à s'arrêter sans raison, alors elle devait bien comprendre que lorsque l'omnibus s'arrêterait, elle descendrait – et descendrait seule.

Dans l'omnibus, qui n'était en fait qu'une charrette bâchée avec des bancs, tirée par un cheval marron et triste, les filles furent sages comme des images, mains jointes sur leurs genoux. Aucune ne toucha la corde ni même n'osa la regarder.

Leur destination était un bâtiment de briques rouges, percé de hautes fenêtres et dans lequel flottait une odeur d'huile de foie de morue. À leur arrivée, sœur Delores salua une dame qui portait des lunettes et n'était pas une religieuse. Elle lui dit qu'elle souhaitait passer un moment seule avec ses protégées. La dame lui sourit et les fit entrer dans une pièce où se trouvaient un crucifix, un portrait de Jésus et un drapeau des États-Unis. Il y avait aussi des chaises en bois, dont la plupart étaient petites, conçues pour des enfants. Quand la dame se retira, sœur Delores demanda aux filles de s'asseoir et fit de même, sur une chaise plus haute. Son beau visage s'éclaira d'un sourire et elle leur annonça qu'elles n'étaient pas du tout en promenade. En fait, poursuivit-elle sans se départir de son sourire, elles étaient sur le point de vivre une merveilleuse aventure, grâce à la Société de l'Aide à l'Enfance, qui avait recueilli d'importantes sommes d'argent afin d'aider les petites filles comme elles.

Jamais sœur Delores n'avait montré autant de gentillesse ni de liesse. Pour la première et seule fois dans le souvenir de Cora, ses grands yeux bleus pétillaient.

— Vous allez être placées, leur dit-elle. Dans quelques heures, vous prendrez le train et partirez en voyage. Vous allez partir très, très loin, parce qu'il y a de braves gens dans le Middle West - dans l'Ohio, le Missouri, le Nebraska - qui souhaitent accueillir un enfant dans leur foyer. Chacune d'entre vous va trouver une famille, ajouta-t-elle en joignant les mains et avec un sourire radieux.

Sur sa petite chaise, Cora sentit son sang se figer. À côté d'elle, Mary Jane semblait paralysée de stupeur mais un étrange sourire flottait sur ses lèvres. Cora secoua la tête. Elle avait peur de sœur Delores, mais elle avait encore plus peur du train. Elle ne voulait pas aller dans l'Ohio. Et Betsy ! Betsy n'était même pas avec elles !

— J'ai une famille, protesta Patricia d'une voix étranglée où couvaient déjà des sanglots. Ma mère est à l'hôpital. Elle ne saura pas où je suis.

Rose, à son tour, dit qu'elle non plus ne pouvait pas quitter New York. Son père allait venir les chercher, elle et sa grande sœur, d'un jour à l'autre.

— Tout est déjà réglé, répondit calmement sœur Delores en retrouvant déjà son regard inflexible - celui qu'elles connaissaient si bien. Si vous avez été placées chez nous, c'est qu'il n'y a personne d'autre pour s'occuper de vous. Il se peut que vos parents vous aient fait des promesses qu'ils ne peuvent pas tenir. Vous ne pouvez pas compter sur eux.

— Mon père va venir me chercher, insista Rose.

— Ton père est un ivrogne, lui rétorqua froidement sœur Delores. S'il était capable de passer une semaine sans boire, il pourrait garder un travail et venir te chercher, comme il te l'a promis. Est-ce qu'il l'a fait ? Non, n'est-ce pas ? Et il ne le fera pas. Je suis navrée. Je ne dis pas ça par méchanceté. Mais tu es trop crédule. Cela fait un an maintenant, Rose. Nous ne pouvons pas laisser passer une chance comme celle-ci à cause d'une promesse qui ne sera jamais tenue.

Rose commença à pleurer et à gémir, plus fort que Patricia, et d'une voix plus haut perchée. Elle pressa les pointes de ses nattes châtaines contre ses yeux. Cora sentit poindre, elle aussi, la brûlure des larmes et sa lèvre inférieure se mit à trembloter. Le train, cet horrible train, allait partir dans quelques heures, et il n'y aurait plus de retour possible. Elle ne reverrait plus sœur Josephine. Ni Imogene. Ni Betsy. On allait donner son lit à une fille famélique à la tête rasée. Peut-être même était-ce déjà fait.

— Arrêtez ! ordonna sœur Delores. Arrêtez de pleurer ! Vous ne comprenez pas votre chance. Je ne comptais pas vous le dire, mais sachez qu'avant de monter dans le train, chacune de vous recevra une robe neuve.

Mary Jane se tourna vers Cora, les yeux brillants d'excitation, et lui serra fort la main. Elle pensait que son amie partageait son enthousiasme. Elles n'avaient, ni l'une ni l'autre, une mère à l'hôpital, un père animé de bonnes intentions ou une sœur aînée qu'elles laisseraient derrière elles. Pas à leur connaissance, du moins. Mais Cora, une fois de plus, secoua la tête. Et tant pis si sœur Delores la voyait. Elle ignorait si sa mère était à l'hôpital, ou si elle avait un père qui viendrait la chercher. Mais cela se pouvait. Le train allait l'emporter loin de tout ce qu'elle connaissait et faisait d'elle ce qu'elle était.

— Je ne partirai pas, décréta Patricia qui pleurait maintenant à chaudes larmes. Je ne partirai pas. Je ne veux pas d'une nouvelle famille. J'ai déjà une maman.

Sœur Delores se leva avec vivacité. Il était impossible de savoir si elle avait la batte avec elle. Patricia se recroquevilla loin de sa portée.

Cora regarda une des fenêtres, tout en haut du mur, et la bande de ciel gris au-delà. Même si elle parvenait à atteindre cette fenêtre, et en supposant qu'elle puisse la traverser et s'envoler, où iraitelle ? Elles avaient pris le petit déjeuner avant de partir, mais elle avait déjà faim.

— Quel égoïsme, dit sœur Delores, le regard rivé sur Patricia. (Elle secoua la tête et son voile balaya ses épaules.) Quel égoïsme de priver une autre petite fille d'un toit sous lequel dormir et manger à sa faim parce que tu refuses de profiter d'une chance qui t'est offerte.

— Laissez une autre partir à ma place, implora Patricia. Quelqu'un d'autre peut aller dans le Middle West.

— Tu es une idiote, assena sœur Delores, les sourcils froncés. On vous envoie dans de bonnes maisons. Ils ne peuvent pas placer des filles ramassées dans la rue.

De l'autre côté de la porte, un très jeune enfant éclata en sanglots. Cora distingua une voix jeune, différente de la leur. Une voix de garçon.

— Pourquoi rien que nous ? demanda Mary Jane. Pourquoi pas les autres filles ?

Sœur Delores hocha la tête comme pour la remercier de poser, enfin, une question sensée.

— Ils n'avaient que sept places à nous offrir, expliqua-t-elle. Sept, sur cent cinquante. Et ils nous ont dit que les plus jeunes avaient de meilleures chances. Cela fait déjà un petit moment que nous leur confions nos bébés.

— Betsy est plus jeune que moi, observa Cora - pas pour faire valoir les droits de sa jeune amie, mais parce qu'elle espérait que la sœur s'apercevrait de son erreur, la ramènerait au foyer et ferait monter Betsy à sa place dans ce train.

— Non, fit sœur Delores. Betsy est un peu retardée. Ça se voit à ses yeux. On nous a dit que personne ne voudrait d'elle.

Elle leva les yeux vers le portrait de Jésus et les filles comprirent qu'il valait mieux se taire. Même de profil, même avec son voile qui lui masquait la moitié du visage, il était clair que sœur Delores perdait patience.

— Nous aimons tous les enfants de Dieu, reprit-elle en contemplant le tableau. Mais seuls quelques-uns peuvent prendre ce train. (Elle inspira vivement et redressa le dos.) Je vais le répéter une fois de plus, mais pas deux, ajouta-t-elle, sans élever la voix - c'était inutile, la détermination de son ton, la sévérité de son regard bleu suffisaient. Si vous êtes ici, c'est que vous avez beaucoup de chance. Et je peux vous assurer que toutes autant que vous êtes, vous allez monter dans ce train, pour votre bien.

Les fillettes ne savaient pas qu'elles participaient à un exode, à une migration de masse qui allait s'étendre sur plus de soixante-dix ans. Elles ignoraient que la Société de l'Aide à l'Enfance avait déjà rempli quantité de trains avec les petits laissés-pour-compte de New York et ne s'arrêterait pas en si bon chemin. Avant la fin du programme, près de deux cent mille petits orphelins ou indigents se verraient offrir, pour la plupart, de meilleures conditions de vie dans des familles de fermiers du Middle West, avec ses champs à perte de vue et son air plus pur, ses grand-rues propres, ses pique-niques paroissiaux, ses jeunes couples sérieux qui désiraient un enfant.

Ou une petite main, pour les aider aux champs. Un jeune esclave, de l'un ou l'autre sexe. Un petit serviteur corvéable à merci, hiver comme été, et qui ne coûterait pas cher en nourriture. Un prisonnier qui ne manquerait à personne, que l'on pourrait battre, affamer, tourmenter, déshabiller et violer – et tout cela chez soi, à l'abri des regards.

Le rituel était presque toujours le même. Des prospectus étaient envoyés par la poste quelques semaines avant le départ d'un train : recherche foyers d'accueil pour des enfants. Filles et garçons d'âge divers. Bien disciplinés. De type caucasien, cela allait sans dire. Le lieu et l'heure de la distribution seraient précisés ultérieurement.

Les villes desservies par ces trains variaient d'une année sur l'autre. La Société de l'Aide à l'Enfance veillait à organiser des rotations car, selon elle, les petits nouveaux avaient plus de chances de trouver une place dans une communauté où les orphelins n'étaient pas encore trop nombreux, où ceux qui s'y trouvaient déjà restaient des exceptions et ne constituaient pas de réelles menaces à l'échelle de la population locale. Et ce n'étaient pas les petites villes qui manquaient, blotties le long du tracé de la voie ferrée – il n'y avait que l'embarras du choix. Les agents de la Société, les femmes qui tenaient les registres et faisaient également partie du voyage, expliquaient aux enfants qu'ils ne devaient pas s'inquiéter s'ils n'étaient pas choisis dès les premiers arrêts. Les gens prenaient toujours les bébés d'abord. Une fois que tous les bébés seraient casés, les plus grands auraient leur chance, les agents le promettaient.

Mais pour cela, ils devaient se comporter conformément aux instructions : ils devaient sourire quand on leur souriait, et chanter *Jésus m'aime* si on le leur demandait. On disait aux filles que si des parents potentiels leur demandaient de soulever leurs jupes, elles devaient le faire, pour montrer qu'elles avaient les jambes bien droites. Ces gens avaient le droit de savoir qui ils recueillaient. Dans le train, deux jeunes garçons roux étaient assis en face de Cora. Quand ils dormaient, ils se tenaient par la main. Le plus grand des deux avait dit à l'agent qu'ils étaient frères et qu'ils ne pouvaient pas être séparés. Elle leur avait répondu qu'elle ferait de son mieux.

Quand le train arrivait dans une nouvelle ville, on leur faisait un brin de toilette, on leur lavait le visage et les mains, on les peignait, on les faisait changer de vêtements. Avant de quitter New York, chacun avait reçu un bain, et non pas une tenue neuve, mais deux : une pour le voyage, et une autre, plus jolie, pour les sélections. On leur avait donné des manteaux chauds et une nouvelle paire de chaussures, à leur taille. Les garçons avaient reçu des casquettes, les filles des rubans pour les cheveux. Les accompagnatrices étaient expertes dans l'art de faire des nattes, de nouer les lacets, d'effacer les traces de larmes et de siestes interrompues. Quand les enfants étaient propres et présentables, on les conduisait sur une sorte de scène, en général dans une église, un cinéma ou un théâtre. Il y avait toujours foule. Certains venaient là juste pour le spectacle.

Même à ce moment-là, Cora comprenait le danger qu'elle courait, tandis qu'elle montait sagement sur une scène après l'autre, tandis que des adultes grouillaient tout autour et les regardaient, elle et les autres enfants, demandant à certains d'ouvrir la bouche pour montrer leurs dents. Elle était contente de ne pas être un garçon : les hommes comme les femmes serraient leurs bras maigres pour sentir leurs muscles, tâtaient leurs genoux et leurs hanches étroites. Certains ne faisaient pas mystère de leurs attentes : *As-tu déjà trait une vache ? Décortiqué du maïs ? Est-ce que tu es malingre ? Est-ce que tes parents l'étaient ? Est-ce que tu sais ce que travailler veut dire ?* Mais les filles n'étaient pas mieux loties. À l'un des arrêts, Cora entendit un homme avec une longue barbe dire à une fille plus âgée qu'elle et qui avait d'épaisses tresses brunes qu'elle était très jolie. Il avait perdu sa femme quelques années plus tôt et il était maintenant bien seul dans sa grande maison. Aimait-elle les bébés ? Au lieu de lui répondre, la fille se mit à tousser, sans mettre la main devant la bouche et si fort que son visage devint écarlate, comme si elle s'étouffait, jusqu'à ce que l'homme recule. Lorsqu'il passa devant elle avec son visage sinistre, Cora à son tour se mit à tousser.

Rose fut la première de son groupe à s'en aller. Cora ne vit pas qui l'avait choisie. Sa nervosité était telle qu'elle ne remarqua l'absence de son amie qu'une fois de retour dans le train. À l'arrêt suivant, ce fut au tour de Mary Jane : elle sauta pour ainsi dire dans les bras d'un jeune homme avec un manteau noir et une canne qui lui demandait si cela lui plairait d'avoir un poney. Sa femme était jolie et élégante, avec son ensemble vert et ses cheveux blonds enroulés en macaron sous le chapeau. Tout en s'éloignant entre eux deux, Mary Jane se retourna vers Cora et agita la main. Un éclair de vide traversa son regard, mais elle releva vite la tête pour contempler l'homme à ses côtés, lui sourire à nouveau et disparaître par la porte.

Cora ne vit pas non plus Patricia partir.

Lorsque le train fit son premier arrêt au Kansas, plus de la moitié des enfants étaient placés, mais personne encore n'avait choisi Cora. Elle savait que c'était en partie sa faute. Certains enfants chantaient la chanson de Jésus sur chaque scène, et c'était vrai qu'ils recueillaient plus d'attention. Mais Cora était trop timide. Et, à sa façon enfantine, trop suspicieuse. Elle se souvenait des histoires que leur avait racontées sœur Josephine, *Hansel et Gretel*, *Blanche Neige*. Ces gens qui venaient les voir sur scène, ils pouvaient très bien cacher leur jeu, faire semblant d'être bons et gentils tant que les accompagnatrices regardaient, puis se transformer en sorcières et lutins dévoreurs de petits enfants sitôt qu'elles auraient le dos tourné. Cora se demandait ce qui se passerait si personne ne la choisissait, si, arrêt après arrêt, scène après scène, elle continuait à remonter dans le train, jusqu'à ce que finalement – quoi ? Le train n'allait pas pouvoir avancer éternellement. À un moment donné, les accompagnatrices devraient retourner à New York. Et si elle était encore avec elles à ce moment-là, qui sait ? Peut-être y retournerait-elle elle aussi ?

Voilà ce qu'elle avait en tête la première fois qu'elle vit les Kaufmann. Ils étaient tous les deux grands, efflanqués, avec une peau très claire. Cora les dévisagea plus par curiosité qu'intérêt personnel. L'homme avait déjà un certain âge ; des rides profondes entaillaient son front et il avait les lèvres minces, livides. La femme était plus jeune – sa fille, peut-être – et elle n'était pas aussi jolie que la dame en vert avec laquelle était partie Mary Jane. Elle avait de petits yeux clairs délavés, et un nez pointu. Un fichu en vichy était noué sur sa tête.

— Bonjour, dit-elle à Cora.

Ils s'accroupirent devant elle, leurs visages au niveau du sien. Cora ne pouvait pas tousser ou faire semblant d'être simple d'esprit. Une des accompagnatrices se tenait à côté d'elle, et observait. L'homme lui demanda quel était son nom, et elle le lui indiqua. Il lui demanda ensuite quel âge elle avait et elle lui répondit qu'elle n'en savait rien, mais qu'elle venait tout juste de perdre sa première dent. L'homme et la femme éclatèrent tous les deux de rire, comme si elle avait dit quelque chose de très drôle, comme si elle était l'un des enfants qui chantaient la chanson de Jésus et faisaient tout leur possible pour paraître mignons. Elle leur décocha un regard dur, mais ils continuèrent à lui sourire. L'homme regarda la femme, qui hocha la tête.

— Nous aimerions que tu viennes vivre avec nous, dit l'homme. Nous aimerions que tu sois notre petite fille.

– Nous t'avons préparé une chambre, ajouta la femme en lui souriant, et dévoilant des incisives proéminentes. Ta chambre. Il y a une fenêtre, un lit. Et une petite commode.

Cora les regarda, mutique. Ils ne pouvaient pas être ses parents. Ils ne lui ressemblaient pas du tout. Et ils n'avaient rien dit au sujet d'un poney. Et puis, c'était un endroit bien étrange, cette grand-rue, cette ville où l'air était sec, poussiéreux. Et ce vent... En venant de la gare, il avait manqué de la faire tomber par terre.

L'accompagnatrice posa les mains sur ses épaules.

– Elle est timide. Et fatiguée, sans aucun doute. Cela fait des jours et des jours qu'ils sont dans le train.

– Et affamée, j'imagine, ajouta la femme, l'air bouleversée.

L'accompagnatrice la poussa vers eux.

– Vas-y, maintenant, dit-elle d'un ton sans réplique. Et sois reconnaissante, veux-tu ? J'ai l'impression que tu es une petite fille chanceuse.

5

Un coup de sifflet la réveilla. Elle cligna des yeux. Son chapeau était de guingois. Et Louise n'était plus là. Cora se retourna, scruta le wagon. Le gros bébé, de l'autre côté de l'allée, silencieux mais éveillé sur les genoux de sa mère, lui décocha à son tour un regard morne. De nombreux sièges étaient vacants. Cora rajusta son chapeau et se frictionna la nuque. Nul besoin de s'alarmer. Louise était peut-être tout simplement aux toilettes. Elle avait eu la délicatesse de se faufiler sans la réveiller. Elle allait très certainement revenir d'un instant à l'autre.

Le train longeait un champ de maïs ; les extrémités dorées des tiges, hautes en cette saison, pointaient au-dessus du feuillage, tendues vers le soleil. Cora chercha son livre sur la banquette et fronça les sourcils en le découvrant par terre. Elle n'allait pas pouvoir le ramasser – pas avec son corset. Elle tenta de le soulever entre ses pieds mais les semelles de ses chaussures étaient trop raides ; elle ne réussit qu'à le repousser sous la banquette vide qui lui faisait face, et sur laquelle l'ouvrage de Schopenhauer était posé, ouvert, sur les magazines. Cora se retourna, vérifia que Louise n'était nulle part en vue et se pencha autant qu'elle le put pour attraper le petit livre à couverture brune. Elle s'assura une fois de plus qu'elle avait le champ libre et commença à le feuilleter, jusqu'à ce qu'elle tombe sur un passage que la jeune fille avait souligné.

Ce serait mieux s'il n'y avait rien. Comme il y a plus de douleur que de plaisir sur terre, toute satisfaction n'est que transitoire, créant de nouveaux désirs et de nouvelles détresses, et l'agonie de l'animal dévoré est plus grande que le plaisir du dévoreur.

Il y avait aussi des gribouillages le long des marges. Des flèches en trois dimensions. Des yeux écarquillés. Des ramages feuillus de vigne vierge. Un autre passage était signalé par des étoiles.

Nous deviendrons indifférents à ce qui se passe dans l'esprit des autres à mesure que nous connaîtrons la superficialité de leurs pensées, l'étroitesse de leurs opinions et le nombre considérable de leurs errements. Quiconque tient en trop haute estime l'opinion des autres leur fait trop d'honneur.

Cora, les sourcils froncés, referma le livre et le reposa là où elle l'avait trouvé.

Comme il était à peine plus de midi, il y avait foule aux wagons-restaurants. Les serveurs allaient et venaient et se croisaient dans les allées en soutenant leur plateau à bout de bras. Presque toutes les alcôves étaient occupées. Mais Louise, avec sa tête nue, était facile à repérer. Elle faisait face à Cora, les jambes croisées tournées vers l'allée, un escarpin en équilibre sur la pointe du pied. L'homme qui s'était proposé de les aider à ouvrir leur fenêtre était assis à côté d'elle. Le ventilateur électrique posé sur un coin de la table repoussait la fumée de son cigare derrière son épaule et la chassait par la fenêtre. Il avait étendu son bras libre le long du dossier de la banquette et sa main frôlait l'épaule de Louise.

Un Noir en livrée blanche immaculée voûta respectueusement les épaules et s'enquit à voix basse :

– Madame ? Une table pour une personne ?

– Non merci, je...

– Cora ! s'écria Louise en agitant une serviette blanche. Cora ! Je suis ici !

Louise avait beau agir comme si tout était normal, Cora ne se laissa pas abuser une seule seconde par son manège. Myra l'aurait-elle élevée dans une grange, une jeune fille de son âge n'en aurait pas moins ignoré qu'il était inconvenant de partager la table d'un inconnu, au vu de tous. Louise agita à nouveau sa serviette.

— Venez nous rejoindre ! Et aidez-moi, s'il vous plaît ! Jamais je ne viendrai à bout de ce déjeuner seule.

Le train versa d'un côté, et Cora dut se rattraper à un poteau. Elle ne savait pas quoi faire. Elle ne pouvait pas tourner les talons et abandonner Louise seule à cette table. Elle ne pouvait pas davantage lui attraper le bras et l'entraîner de force - cela n'aurait fait qu'attirer l'attention sur l'incident scandaleux. Et puis, il lui fallait manger. Si elle rebroussait chemin, elle en serait quitte pour revenir et soit ramener Louise avec elle, soit la laisser sans surveillance dans leur compartiment. Le nouvel ami de Louise souriait, l'air nullement perturbé par l'invitation de la jeune fille. Il avait suspendu son chapeau melon au portemanteau à côté de la table, révélant des cheveux poivre et sel discrètement clairsemés sur les tempes. C'était un homme d'âge mûr, voyait maintenant Cora, qui devait avoir environ l'âge d'Alan, solidement bâti, avec de larges épaules. À côté de lui, Louise, en cheveux, paraissait encore plus menue et plus jeune qu'elle ne l'était.

— Madame ? Souhaitez-vous vous joindre à eux ? demanda le serveur en lui désignant la table.

S'il avait conscience de l'embarras de Cora, ou de l'aspect affreusement délicat de la situation, il n'en montra rien.

Cora hocha la tête et avança à sa suite vers l'alcôve, en jetant des regards à la dérobée aux autres clients, à l'affût d'expressions de désapprobation ou, pire, de reconnaissance. Elle avait l'intention de se glisser furtivement sur la banquette en face de Louise et de l'inconnu, mais sitôt qu'elle eut amorcé ce mouvement, tout en continuant à surveiller les réactions alentour, elle se retrouva, à son immense consternation, sur les genoux d'un autre homme.

— Bonté divine !

Elle se releva d'un bond et, déstabilisée par le roulis, manqua de heurter le serveur qui, au lieu de l'aider, s'empressa de reculer d'un pas, mains derrière le dos. Louise partit d'un éclat de rire qui tenait davantage d'un cri de délectation. D'ailleurs, elle se recula contre le dossier de la banquette et applaudit.

– Cora ! Je pensais que vous le verriez !

– Je suis affreusement désolé, s'excusa l'autre homme en s'extrayant de l'alcôve et en luttant pour trouver l'équilibre. Affreusement désolé.

Au ton de sa voix, pourtant, il était, sans équivoque, tout aussi amusé que Louise. Plus jeune que son compagnon, et légèrement plus jeune que Cora aussi, il avait des pommettes hautes et d'épais cheveux blonds.

– Je n'avais pas compris...

– C'est ma faute. Asseyez-vous, s'il vous plaît. S'il vous plaît, murmura Cora.

Il devait s'asseoir pour qu'elle puisse en faire autant. Une bouffée de chaleur l'assaillit. L'homme s'exécuta et elle prit place à côté de lui. Il lui adressa un sourire poli, mais n'avait d'yeux que pour Louise.

– Désolée d'avoir filé en douce, dit celle-ci en touchant le bras de Cora. Mais j'étais affamée et vous aviez l'air si paisible. Votre sieste a-t-elle été agréable ?

– Oui. Merci.

Inclinant la tête de côté pour dissimuler son visage à la vue des deux hommes derrière le bord de son chapeau, elle lança à Louise un regard glacial. Louise lui sourit et recommença à découper un très gros morceau de poulet.

– Bref. Lorsque je suis arrivée ici, toutes les tables étaient occupées et ces messieurs ont eu la bonté de m'accueillir à la leur. Cora, voici Mr. Ross et son neveu – qui s'appelle lui aussi Mr. Ross. N'est-ce pas épatant ? dit-elle en plantant énergiquement sa fourchette dans la chair du poulet. Deux fois plus facile à retenir !

– Je vous en prie, appelez-moi Joe, dit Mr. Ross l'aîné avec un hochement de tête courtois.

– Norman, indiqua à son tour le neveu.

– Mrs. Carlisle, répondit Cora avec un sourire sec.

En dépit de l'action régulière du ventilateur, la fumée du cigare lui piquait les yeux. Un serveur posa un verre d'eau à côté de son assiette, en même temps que la carte. Cora commanda en toussotant une limonade. Louise, de sa fourchette, lui désigna les deux blancs de poulet dans son assiette, dont l'un était encore intact.

— Avez-vous faim ? Le poulet est très bon. Mais les portions sont énormes. Ne voudriez-vous pas un peu du mien ? Jamais je ne pourrai manger tout ça.

Le poulet était appétissant, rôti exactement comme l'aimait Cora. Et en dépit de la fumée du cigare, en dépit même de la chaleur, elle avait faim. Si elle se contentait de la part de poulet que lui cédait Louise, elles pourraient quitter la table bien plus vite. Les deux hommes, apparemment, avaient terminé leur déjeuner ; leurs assiettes avaient été débarrassées, et il ne restait que les serviettes froissées devant eux.

Cora regarda Louise.

— Merci. C'est dommage qu'on ne vous ait pas proposé un plat moins copieux, du menu enfant. Ne leur avez-vous pas signalé que vous n'aviez que quinze ans ?

Louise étrécit les yeux. Maintenant, c'était au tour de Cora de sourire. Elle souleva le blanc de poulet à l'aide de ses couverts et le transféra dans son assiette. Elle remarqua les petits pains dans la corbeille et en prit un. Mais elle allait devoir refréner son appétit. Le corset ne l'autorisait à manger que de petites quantités à la fois.

Le plus âgé des deux hommes éloigna sa main de l'épaule de Louise, croisa les bras et regarda Cora d'un air contrit.

— Mrs. Carlisle, êtes-vous également de Wichita ? demanda-t-il d'une voix aimable.

Cora hocha la tête. Le serveur lui apporta sa limonade, avisa un poulet de seconde main dans son assiette et, avec un discret reniflement de mépris, reprit le menu qu'il avait déposé devant elle.

Louise se pencha par-dessus la table.

– Ces messieurs sont tous les deux pompiers à Wichita. N'est-ce pas formidable ? Tout le monde adore les pompiers. Et on a la chance d'être assises à leur table.

Cora fronça les sourcils. Elle les aurait plutôt catalogués comme des voyageurs de commerce, ou œuvrant dans quelque autre domaine prosaïque. Ce serait plus difficile de se montrer brusque avec des hommes qui risquaient leur vie pour sauver des malheureux, prisonniers d'immeubles en flammes. Mais cela étant, pompiers ou pas, ils ne paraissaient pas non plus entièrement estimables. À la main gauche du plus âgé d'entre eux, celle qu'il venait d'éloigner de l'épaule de Louise, Cora avait aperçu l'éclat d'une alliance.

– Nous nous rendons à Chicago, expliqua-t-il en tapotant son cigare au-dessus d'un cendrier en argent. À l'École du feu.

– L'École du feu, répéta Cora avant de boire une gorgée de limonade - qui était exquise, pas trop sucrée et étonnamment fraîche. Je ne savais pas qu'il existait une telle école.

– Si, bien sûr. Nous avons beaucoup à apprendre. On ne se contente pas de braquer nos lances et d'arroser. On doit apprendre à connaître les matériaux de construction. Posséder des notions de chimie. Nous allons découvrir de nouveaux outils, et nous inciterons la municipalité à les acquérir. Depuis combien de temps habitez-vous à Wichita ? ajouta-t-il avec un sourire.

– Depuis mon mariage.

– Et avant ça ?

– À McPherson.

– Non ! s'exclama-t-il en gesticulant en direction de son neveu. Son père et moi sommes tous les deux de McPherson ! Je suis un peu plus âgé que vous, je pense. Mais quel était votre nom de jeune fille ?

– Kaufmann.

Il la dévisagea attentivement, puis secoua la tête.

– Nous habitions à l'écart de la ville, précisa Cora. Nous avions une ferme.

– Ah, une fille de la campagne ! s'exclama l'homme avec un sourire que Cora jugea un peu trop familier.

Louise la regarda en fronçant les sourcils.

Cora, qui avait la bouche pleine, lui fit signe de patienter, mais même une fois sa bouchée avalée, elle mit un point d'honneur à ne pas lui rendre son sourire.

– Ce n'est plus vraiment le cas, maintenant, répondit-elle. Cela fait un bon moment que je suis installée à Wichita avec mon mari.

Elle se sentit plus à l'aise d'avoir pu mentionner Alan.

– Votre famille est-elle toujours à McPherson ?

– Non. Il n'y avait que mes parents et moi. Ils sont tous les deux décédés.

– Désolé de l'apprendre, dit l'oncle en étudiant son visage. Votre jeune amie nous a dit que vous vous rendiez à New York. (L'oncle souffla un rond de fumée.) J'y suis allé quelques fois. C'est une ville d'une tout autre échelle. Deux femmes seules à New York ? Personnellement, je trouve cela inquiétant. Y êtes-vous déjà allée ?

Cora secoua la tête. Le ton de cet homme lui déplaisait. *Deux femmes seules*. C'était une chance que son neveu et lui descendent à Chicago. Elle s'obligea à mastiquer plus vite.

– Ce n'est pas une ville facile, poursuivit l'homme. Surtout ces temps-ci. Au Kansas, on est habitué aux lois anti-alcool, mais à New York, les gens essaient encore de s'y faire. (Il contempla son verre d'eau et fronça les sourcils.) Selon moi, le mouvement pour la tempérance a peut-être visé un peu trop haut. New York ne va pas supporter la prohibition bien longtemps.

– Parfait, intervint Louise en calant un coude sur la table et le menton au creux de sa main. À mon avis, la prohibition est une loi stupide.

Le neveu, qui semblait n'avoir d'yeux que pour elle, essaya de s'immiscer dans son champ de vision.

– Je suis entièrement d'accord avec vous, renchérit-il.

Cora tapota ses lèvres avec la serviette et regarda Louise à son tour.

– Parce que vous n'avez jamais rien connu d'autre, observa-t-elle. Je sais que c'est à la mode, chez les jeunes gens, de penser que rien ne pourrait être plus amusant que de boire de l'alcool en toute légalité, mais vous avez grandi dans un État où il est prohibé, très chère. Vous n'avez jamais pu observer les effets d'une consommation endémique. Vous n'avez jamais vu des hommes boire leur salaire et oublier l'existence de leur famille, de leurs enfants. Je ne serais pas étonnée d'apprendre qu'un certain nombre d'épouses, à New York, donneraient tout pour connaître la même quiétude que celle dont nous jouissons depuis des années au Kansas, ajouta-t-elle en dévisageant l'oncle.

– Sauf si elles aiment bien boire un verre elles aussi, objecta Louise d'un ton railleur.

Tandis que le neveu gloussait et opinait énergiquement, mais échouait une fois de plus à attirer l'attention de Louise, l'oncle considéra Cora en tirant sur son cigare.

– Pardonnez-moi, mais vous disiez avoir grandi au Kansas, où les lois de la prohibition sont en vigueur depuis quarante ans, souligna-t-il. Vous ne me semblez pas assez vieille pour avoir connu autre chose. (Il haussa négligemment les épaules.) Peut-être les problèmes que vous venez d'évoquer prouvent-ils simplement qu'il ne suffit pas d'une loi pour que les gens arrêtent de boire.

Louise sourit et le poussa du coude, comme si leur équipe venait de marquer un point.

– Non, ce n'est pas ça du tout, répondit Cora, nullement démontée. J'ai connu des femmes plus âgées qui se souvenaient de cette triste époque. Quand j'étais petite, j'ai entendu les discours de Carry Nation et, si vous avez grandi au Kansas, sans doute vous les rappelez-vous également. Si mes souvenirs sont bons, elle avait beaucoup à dire au sujet de son premier mari qui avait bu jusqu'à ce que mort s'ensuive. Et si j'ai bien compris, elle était loin d'être la seule à avoir vécu cette expérience.

L'homme leva son verre d'eau.

– Et maintenant, nous sommes tous punis.

– C'est une façon de voir les choses. Nous allons devoir accepter nos différends.

Cora reposa ses couverts d'un côté de l'assiette et héla le serveur d'un mouvement de menton. Elle avait mangé autant que le corset l'y autorisait, assez pour tenir jusqu'au dîner.

— Je vais boire à cette bonne parole ! s'exclama l'oncle. Mince ! grimaça-t-il en se tapant la tête. Je n'ai pas le droit.

— Sauf si vous le faites en douce, glissa Louise en entrechoquant son verre avec le sien.

Cora reposa sa serviette sur la table.

— Louise, je crois que nous avons toutes les deux terminé notre déjeuner. Enchantée d'avoir fait votre connaissance, messieurs. Il est temps pour nous de regagner nos places.

Elle se leva et ouvrit le fermoir de son sac. L'oncle secoua aussitôt la main.

— Non, s'il vous plaît. S'il vous plaît ! protesta-t-il. Vous êtes nos invitées. Nous avons prié cette jeune dame de s'asseoir avec nous. Et votre compagnie était un plaisir, également.

— Je vous remercie, mais j'insiste.

Elle posa un dollar sur la table en fixant l'homme d'un regard qui décourageait toute insistance. Elle aurait aimé qu'il arrête de lui sourire de cette façon. Ils étaient des ennemis de longue date - l'homme amateur de boisson et la femme qui s'était battue pour le droit de vote. Elle n'avait que faire de son estime.

Tout en se levant, Louise coula un regard vers le neveu et sourit à l'oncle.

— Merci d'avoir essayé, leur dit-elle.

Cora attendit que la jeune fille s'engage d'un pas rapide et assuré dans l'allée en dépit de ses talons hauts, puis elle se retourna, très brièvement, pour souhaiter une bonne journée aux deux hommes.

Cora était résolue à réprimander Louise sitôt de retour à leurs places. Mais auparavant, elle devait lui demander de bien vouloir ramasser *L'Âge de l'innocence* sous la banquette - en espérant qu'il y soit encore.

— J'ai le dos fragile, expliqua-t-elle alors qu'elles étaient encore dans l'allée, devant leurs sièges.

Louise la regarda, l'air sceptique, et observa - par chance à voix basse :

— Je parie que votre corset n'arrange pas les choses. Inutile de le nier. Je ramasse des choses pour ma mère depuis que je suis née.

Cora regarda Louise s'accroupir et fureter sous la banquette. Elle se mouvait avec tant de facilité, de légèreté ! Cora savait que beaucoup de jeunes filles avaient renoncé au port du corset au profit de simples brassières, qui leur aplatissaient la poitrine - c'était la nouvelle mode, apparemment, de tout mettre en œuvre pour ressembler à une petite fille, voire à un petit garçon. Cora n'aurait su dire si Louise avait une poitrine rebondie ou naturellement plate. Tout, dans son physique, évoquait la petite fille - sa coupe de cheveux, ses grands yeux, sa petite taille, son corps menu. Mais une petite fille avec un regard empreint de sagacité et des lèvres sensuelles.

Louise se redressa et brandit le livre avec un sourire triomphant.

— Merci. Et maintenant, j'aimerais que nous ayons une petite conversation, annonça Cora en baissant à son tour la voix. Je pense que vous en devinez le sujet.

Louise se laissa choir sur sa banquette avec un soupir et, plutôt que de se rasseoir sur la sienne, Cora prit place à côté d'elle. Elle tenait à ce que cette conversation reste aussi privée et paisible que possible. Louise, qui semblait n'avoir que faire des efforts de discrétion de Cora, croisa les jambes et se pencha vers la fenêtre. Le train traversait une rivière aux eaux boueuses et paresseuses. Deux garçons en salopette juchés sur une barque saluèrent son passage en agitant leurs casquettes.

— Je ne suis pas votre ennemie, commença Cora, en s'adressant à un rideau de cheveux noirs brillants et à quelques centimètres carrés de peau claire. Je ne suis pas là pour vous harceler, vous rendre malheureuse ou vous empêcher de vous amuser. Je suis là pour vous protéger, en fait.

Louise se retourna, agacée.

— Me protéger de quoi ? De ces hommes ? Que pensiez-vous qu'ils allaient faire ? Abuser de moi au beau milieu du wagon-restaurant ? M'obliger à passer sous la table ?

Cora ne s'attendait pas à cette riposte. Il lui fallut un instant pour recouvrer sa contenance.

— Louise. Une jeune fille de votre âge ne déjeune pas en compagnie d'inconnus. Pas sans la présence d'un chaperon.

— Pourquoi pas ?

— Parce que ça ne se fait pas.

— Pourquoi pas ?

— Parce que c'est comme ça.

— Pourquoi ?

— Parce que c'est inconvenant.

Elles se toisèrent jusqu'à ce que Louise détourne le regard.

— Raisonnement circulaire, marmotta-t-elle. Ça tourne en rond et n'aboutit nulle part.

— Nous pouvons faire demi-tour à Chicago, proposa Cora. Nous pouvons retourner au Kansas immédiatement.

C'était une erreur. Louise parut alarmée, mais cela ne dura qu'un instant. Lorsqu'elle croisa le regard de Cora, elle vit tout de suite que la menace n'était que du bluff. Elle ne pouvait pas savoir pourquoi Cora ne ferait pas demi-tour, pourquoi sa compagne de voyage avait besoin de l'élan de ce train qui filait à bonne allure vers l'Est. Mais la jeune fille - si attentive, si sensible à la vulnérabilité - sembla deviner qu'elle disposait d'une marge de manœuvre.

— J'imagine que nous pourrions, concéda-t-elle avec un sourire, tout en soutenant le regard de Cora.

— Je préférerais ne pas en arriver à de telles mesures.

Cora se gratta délicatement la nuque et se détourna. Elle remarqua l'odeur de transpiration qui avait séché sur sa blouse.

— Mais si vous m'y forcez, je le ferai, reprit-elle. Vos parents m'ont confié une énorme responsabilité. Pour que cela soit bien clair, je vous accompagne non seulement pour vous surveiller, mais pour veiller à votre réputation, ajouta-t-elle en se retournant vers

Louise. Comprenez-vous ? Je suis là pour vous protéger, même des spéculations. Ma seule présence à vos côtés pendant ce voyage garantit que personne ne puisse même soupçonner une situation compromettante.

— Oh, fit Louise en balayant les arguments d'un geste. En ce cas, détendez-vous. Je me moque pas mal de tout ça.

Cora ne put réprimer un sourire. Pour quelqu'un qui dévorait autant de livres, Louise se montrait bien naïve. Se pouvait-il que sa mère ne lui eût jamais rien expliqué de tout cela ? Qu'elle ignorât tout du concept simple de dégâts irrémédiables ? Voilà qui expliquait sans aucun doute l'agacement que semblait lui inspirer la présence de Cora - elle ne comprenait tout simplement pas pourquoi elle avait besoin d'un chaperon.

— Louise. Ces deux hommes viennent de Wichita. Ils y habitent, comme nous. Et comme beaucoup d'autres personnes à bord de ce train. Vous ne les connaissez peut-être pas, mais eux savent peut-être qui vous êtes. Une fois de retour, ils pourraient parler de votre conduite. Ils pourraient même broder et ajouter des détails de leur cru - encore que ce ne serait pas nécessaire, puisque vous déjeuniez seule en compagnie de pompiers. Et à votre retour à Wichita à la fin de l'été, votre réputation serait compromise.

— Et alors ?

Cora reprit son souffle, en s'exhortant à la patience.

— Et alors vous m'avez dit que vous aimeriez vous marier, un jour.

Louise la regarda par en dessous, l'air encore déroutée par ce laïus. Cora soupira et s'éventa avec son livre. Elle ne savait pas comment mettre plus clairement les points sur les i. Elle avait tenu ce même discours de mise en garde à ses garçons, mais la conversation avait été différente. Elle les avait simplement avertis de se tenir à l'écart d'un certain genre de filles - celles vouées à un avenir lamentable et susceptibles de compromettre également le leur. Ses fils avaient-ils écouté ce conseil ? Elle l'ignorait. L'un et l'autre avaient eu des flirts réguliers, mais d'autres aussi plus épisodiques - des filles qu'ils avaient un temps fréquentées et qui avaient ensuite disparu. Et Cora savait qu'il y en avait quelques-unes qu'elle n'avait jamais rencontrées. Aucune d'elles cependant n'avait jamais causé de problèmes, à ce qu'elle sache, et Howard comme Earle allaient partir à l'université libres de toute entrave.

Mais selon Cora, une fille avait besoin d'une mise en garde plus énergique – ne serait-ce que parce que le monde était injuste. Certaines injustices ne changeraient jamais. Ne le pouvaient peut-être pas. En tous les cas, c'était comme ça, et on n'y pouvait rien.

Elle jeta un regard par-dessus son épaule et se pencha vers Louise.

– Louise. Je vais vous parler sans détour. Les hommes ne veulent pas d'un bonbon dont on a déjà retiré la papillote. Pour la bagatelle, peut-être, mais pas lorsqu'il est question de mariage. Et le bonbon a beau être encore intact, sans sa papillote, on ne peut savoir où il a traîné.

Louise la dévisagea, son ravissant visage parfaitement immobile. *Enfin j'ai réussi à me faire comprendre !* songea Cora. Elle avait dû faire appel à une analogie grossière – qu'elle n'avait plus entendue depuis des années et pensait avoir oubliée.

Et puis, Louise porta la main à sa bouche, en s'efforçant visiblement de garder son sérieux.

– C'est la comparaison la plus bête que j'ai jamais entendue, assena-t-elle. Un bonbon sans papillote ? C'est vraiment affreux, Cora ! On croirait entendre une vieille *mamma* italienne. Qui vous a appris une chose pareille ?

Cora se raidit.

– Je peux vous assurer qu'il n'y a rien de drôle dans ce que je viens de vous dire.

Louise, les joues empourprées et l'œil brillant, s'appuya contre la fenêtre. Quelque mouvement qu'elle fît, la lumière flattait son visage, en soulignait les angles et les courbes, et mettait en valeur le contraste entre son teint pâle et ses cheveux noirs. Cora la dévisagea avec gravité. Louise pouvait se permettre de rire. Elle était belle, jeune, elle avait des parents indulgents. Elle se croyait supérieure à tout le monde. Les règles ne s'appliquaient pas à elle.

– Allez-y, moquez-vous de moi si cela vous fait plaisir, repartit Cora en prenant son livre. Mais sachez que ce ne sont pas là des règles de moralité fastidieuses et d'un autre temps. C'est ainsi que le monde marche, qu'il a toujours marché et marchera encore très longtemps. Vous ignorez sur quelle pente glissante vous vous engagez, jeune fille, mais je peux vous assurer qu'elle se termine dans le vide.

Surprise, et embarrassée, par la colère qu'elle entendait dans sa voix, elle s'interrompit, avant d'ajouter, à voix basse :

– Je vous dis cela uniquement parce que je m'inquiète pour vous.

Puis elle se leva, assura son équilibre et s'installa sur sa banquette. Elle évita de regarder Louise, mais sentit que celle-ci continuait à l'observer. Elle ouvrit son livre à la page qu'elle avait marquée et fit de son mieux pour paraître sereine. Elle n'allait pas s'excuser de sa franchise ni prêter l'oreille à d'autres impertinences. Ce n'était pas de circonstance. Louise était bien partie pour devenir précisément le genre de fille contre lequel elle avait mis en garde ses garçons. Cette franchise abrupte n'était-elle pas un service à lui rendre ?

Elle s'efforça d'apaiser sa respiration en se concentrant sur les mots qu'elle lisait. Quand elle entendit un froissement de papier et devina un mouvement de l'autre côté de la tablette, elle ne releva pas la tête. Il y eut d'autres bruissements. Puis un claquement de langue, aigu et sonore.

Cora leva les yeux avec méfiance.

– Une sucette ? proposa Louise, tout sourires.

Sur la tablette devant elle, elle avait déroulé une longue bande de papier ciré, creusé de rides, sur laquelle étaient disposés plusieurs carrés de sucre d'orge translucides, aux contours inégaux, plantés chacun dans un bâtonnet en bois.

– Elles sont faites maison, indiqua Louise avec le même sourire condescendant qu'elle avait adressé à son père sur le quai de la gare.

Du coup, la forme n'est pas parfaite. Mais j'adore les sucreries. J'en ai préparé tout un stock avant de partir.

Cora regarda les bonbons. Jamais elle n'aurait imaginé que Louise puisse s'intéresser à la confiserie. Mais naturellement, avec une mère aussi distraite et malheureuse que Myra, elle en était réduite à confectionner elle-même ses friandises.

Louise s'accouda sur la tablette et se pencha en avant.

– Et comme je les ai faites moi-même, je peux vous assurer que je sais où elles ont traîné. Je sais avec certitude qu'elles sont intactes, ajouta-t-elle dans un chuchotement parfaitement audible.

Cora soutint le regard de la jeune fille. On se moquait d'elle. On se moquait d'elle et il n'y avait rien qu'elle puisse faire.

– Si vous le dites.

Louise glissa une sucette dans sa bouche, ne laissant dépasser que le bâtonnet entre ses lèvres luisantes de salive, et ferma les yeux, concentrée sur ce qui avait l'apparence d'un plaisir honnête.

6

C'était à l'École du dimanche, alors qu'elle était encore trop jeune pour comprendre l'allusion, que Cora avait, pour la première fois, entendu cette comparaison entre les filles et les bonbons, avec ou sans papillote. L'église de McPherson ne possédait qu'une seule salle de classe et, comme ce jour-là les garçons avaient déjà été envoyés au sanctuaire pour leurs leçons, il n'y avait plus moyen de séparer davantage les plus jeunes filles de leurs aînées. Ou alors, peut-être avait-on simplement décidé que mieux valait, même pour les plus jeunes, apprendre sans tarder ce qu'il arrivait aux bonbons sans papillote. Quoi qu'il en soit, Cora, qui devait avoir environ sept ans à l'époque, avait été suffisamment déroutée par cette leçon pour demander le soir même à maman Kaufmann ce qu'elle signifiait.

Maman Kaufmann, qui était en train de la border, avait écarquillé ses petits yeux bleus, avant de les détourner.

– Doux Jésus ! s'était-elle exclamée. Ils vous apprennent déjà ça ?

La chambre avait beau n'être éclairée que par une bougie posée loin du lit et le reflet de sa flamme vacillante dans le miroir au-dessus du bureau, Cora vit que maman Kaufmann était gênée et que ses joues pâles avaient rosi. Tout en lissant le bord de la couverture en patchwork sous le menton de Cora, elle se résolut enfin à croiser son regard.

– Ça signifie que vous, les filles, vous devez vous économiser pour le mariage. C'est tout ce que l'on entend par là.

Cora ne voulut pas embarrasser davantage maman Kaufmann, ni elle-même, en la pressant de questions, mais ce soir-là, elle eut du mal à s'endormir. La réponse n'avait fait qu'accroître sa perplexité. Comment s'y prenait-on, pour s'économiser ? Cela voulait-il dire qu'on pouvait se dépenser avant le mariage ? Mais comment ? Si jamais on le faisait, est-ce qu'on en mourait ? Et sinon, que restait-il de nous ? Quelqu'un pouvait-il voir qu'on s'était dépensée ? À quoi ? Mais surtout, que pouvait-elle faire elle, Cora, pour éviter de se dépenser ? Car elle avait parfaitement compris que c'était ça le plus important. La leçon sur le bonbon leur avait été dispensée avec plus de gravité et de sévérité que les autres, quand filles et garçons étaient réunis dans la même salle. Et ses camarades, toutes sans exception, s'étaient montrées bien plus attentives ce jour-là qu'un dimanche normal, lorsqu'on leur inculquait qu'il fallait aimer ses voisins, agir envers son prochain comme envers soi-même et ainsi de suite. Mais cela ne voulait pas dire grand-chose, décida Cora. Personne ne semblait prendre ces leçons au sérieux : ces filles et ces garçons étaient tous ses camarades de classe et Cora avait beau être leur voisine, ils ne faisaient pas mine de l'aimer pour autant. Ils n'agissaient pas envers elle comme ils auraient souhaité qu'elle agisse envers eux.

Pendant la semaine, elle était l'une des quatorze élèves âgés de six à quinze ans, neuf filles et cinq garçons, réunis dans une seule salle de classe, avec une maîtresse, un poêle et des recueils de textes ou des ardoises en quantité insuffisante. À bien des égards, Cora n'était en rien différente d'eux. Tous manquaient l'école pendant les semailles, et à nouveau pendant les moissons. Tous devaient s'acquitter le matin de leur lot de corvées et luttaient ensuite contre le sommeil à leur pupitre. Chaque année, leur mère leur confectionnait une nouvelle tenue pour la rentrée des classes, ni plus jolie ni plus vilaine que la robe que maman Kaufmann confectionnait tous les ans à Cora. Et pour se rendre à l'école, tous cheminaient le long de la même route principale. Jamais aucun d'eux, pourtant, ne marchait aux côtés de Cora.

Ce fut l'une des grandes qui lui en expliqua finalement la raison, avec l'air affligé du porteur d'une triste nouvelle. Ce n'était pas plus compliqué que ça : leurs parents savaient que Cora était arrivée par le train et qu'elle venait de New York. Ses parents n'avaient probablement pas été mariés – sa mère pouvait avoir été une prostituée, une simple d'esprit, une folle, une alcoolique. Voire une immigrante fraîchement débarquée – après tout, Cora avait les yeux et les cheveux noirs. Mais une chose était sûre : si ses parents avaient été obligés de l'abandonner, c'est qu'elle était de la mauvaise graine.

En revanche, la maîtresse, qui n'était elle-même qu'une très jeune fille et qui répondait « ce n'est pas important en rien » quand on lui posait une colle, paraissait apprécier Cora. Elle lui disait qu'elle était une élève sage et disciplinée, et qu'elle était excellente en calligraphie. Pour ce qui était de l'apprentissage, tout allait donc bien à l'école. Mais dans la cour de récréation, Cora restait toujours seule dans son coin pendant que les garçons se bagarraient et que les autres filles jouaient au volant. Le jeu consistait à lancer et à rattraper un cerceau, de la taille d'un rond de chapeau et décoré de rubans, entre deux baguettes de bois. On l'appelait aussi communément « le jeu des grâces » parce que sa pratique rendait gracieuse. Les filles ne possédaient que deux volants et elles jouaient à tour de rôle, en gardant en mémoire qui avait été la première à rattraper dix fois de suite le volant afin que la gagnante puisse affronter plus tard un challenger. Jamais elles n'invitaient Cora à jouer avec elles et, parfois, quand elle était assise dans la cour de récréation, accablée de solitude, elle regrettait New York, la corde à sauter et les parties de colin-maillard avec des filles qui ne valaient pas mieux qu'elle. Et ce, même si depuis son arrivée au Kansas, elle mangeait presque chaque jour de la viande, du maïs au beurre et des tartes aux fruits avec de la vraie crème fouettée. Même si chaque soir maman Kaufmann venait la border sous une couverture en patchwork et l'embrasser ; et que le dimanche, les Kaufmann, tous les deux si grands, si blonds, si différents d'elle, entraient dans l'église en lui tenant la main, indifférents au qu'en-dira-t-on.

Un matin d'octobre, Cora annonça à maman Kaufmann qu'elle ne voulait plus aller à l'école. Elles étaient assises dos à dos dans l'étable, chacune en train de traire une Jersey ; il faisait assez froid pour que Cora puisse distinguer son souffle à la lumière de la lanterne. Elle serait plus heureuse, lui avoua-t-elle, si elle restait à la maison pour aider aux travaux de la ferme. Au début, maman Kaufmann fut furieuse. L'école, c'était important, expliqua-t-elle à Cora. L'éducation était un privilège, et elle ne voulait plus jamais entendre pareille sottise. Cora lui dit alors pourquoi elle détestait l'école : les autres savaient qu'elle était arrivée par le train et quand elles jouaient aux grâces, elle, elle les regardait, seule dans son coin. Pendant un petit moment, on n'entendit plus que le lait qui giclait contre les parois des seaux et les piétinements de Linda dans sa stalle. Puis, maman Kaufmann déclara :

— Les grâces. Je me souviens de ce jeu. Bon. La grâce nous renforce le cœur. J'imagine que cela vaut aussi pour elles. (Elle se retourna et pinça très doucement l'oreille de Cora entre ses doigts ruisselant de lait.) Tu m'écoutes, ma chérie ? On va montrer à ces filles plus de grâce qu'elles n'ont jamais connue.

Sur l'instant, Cora craignit que maman Kaufmann n'ait en tête d'aller à l'école intimider ses camarades pour les obliger à être gentilles. Cela aurait certainement porté ses fruits. Maman Kaufmann n'était pas bien épaisse, mais son nez pointu pouvait lui donner l'air très sévère et elle était assez grande pour enfiler les pantalons de son mari sous ses jupons en calicot les jours où elle aidait aux champs. Mais elle ne se rendit jamais dans la cour de récréation. Au lieu de cela, quelques jours plus tard, Mr. Kaufmann offrit à Cora un volant qu'il avait sculpté lui-même, selon les instructions de sa femme et avec le canif qu'il surnommait son cure-dents d'Arkansas, en évidant un tronçon d'une grosse branche du chêne tombé l'été précédent. Maman Kaufmann avait ensuite tressé autour du volant un ruban rouge aux extrémités flottantes. Il ressemblait comme deux gouttes d'eau à ceux des filles de l'école. Cora resta stupéfaite.

— Et voici les baguettes, ajouta Mr. Kaufmann, son regard clair pétillant de plaisir.

Cora ne le connaissait toujours pas très bien. À l'exception des dimanches, il ne rentrait à la maison que pour manger et dormir, même lorsqu'il y avait de la neige. À table, il parlait fréquemment de la pluie - quand il allait pleuvoir, pendant combien de temps, avec quelle force. Lorsqu'il faisait froid, il s'inquiétait du givre et du gel. Cora comprenait plus ou moins que son obsession du temps et du travail était aussi indissociablement liée à son bien-être que tout ce que pouvait faire ou dire maman Kaufmann. Mais elle comprenait également, avec la même intuition, qu'elle ne lui était pas aussi indispensable qu'elle l'était à maman Kaufmann et qu'elle avait été, en un sens, un cadeau offert à sa jeune épouse. Mr. Kaufmann avait des enfants d'un premier mariage. Sa femme, la première Mrs. Kaufmann, avait succombé à une pneumonie mais trois de leurs enfants - deux fils et une fille - étaient toujours vivants. Les fils avaient réussi quelque part dans l'Ouest ; la fille, qui était mariée et elle-même mère, habitait à Kansas City. Chaque année, juste après les moissons, Mr. Kaufmann prenait le train pour lui rendre visite, pendant que Cora et maman Kaufmann restaient à la ferme pour s'occuper des animaux. La fille n'était jamais venue les voir. Il ne fallait pas la juger, disait maman Kaufmann. Ce devait être pénible de revenir dans la maison de son enfance et d'y trouver la nouvelle femme de son père et un enfant.

— Merci, dit Cora avec une certaine anxiété en tenant le volant à bout de bras entre les baguettes.

Elle s'inquiétait de tout le temps que Mr. Kaufmann avait dû passer à sculpter le volant, et se demandait quel exploit ils attendaient d'elle exactement. Imaginaient-ils qu'il lui suffirait d'apporter le volant et les baguettes à l'école ? Que ce serait aussi simple ? Le problème, c'était l'endroit d'où elle venait et ce n'était pas un volant et des baguettes qui pourraient le résoudre.

– On ferait mieux de s'y mettre tout de suite, annonça maman Kaufmann qui enfilait déjà ses grosses bottes marron dans le débarras. C'est un peu mouillé, dehors. On va aller dans la grange. Prends la lanterne, on en aura besoin, la nuit va tomber.

Cora était presque aussi stupéfaite qu'heureuse. Jamais maman Kaufmann n'avait joué avec elle. Elle était toujours occupée à faire quelque chose. Elle entretenait le feu sous la grosse lessiveuse pour laver draps et vêtements ; elle tuait les poulets avec la corde à linge, avant de les suspendre par les pattes à un crochet pour les plumer ; elle pelletait du fumier ; passait le lait ; ramassait les œufs. Elle lavait ensuite les passoires et les seaux à traire ; préparait les repas, confectionnait des conserves de poires et d'asperges ; allait puiser de l'eau pour faire la vaisselle ; elle reprisait des accrocs. Quand elle n'était pas à l'école, Cora l'aidait dans toutes ces tâches, mais les Kaufmann lui laissaient également du temps pour traînailler, caresser les animaux ou contempler les nuages, allongée dans l'herbe. Mais tout cela, elle l'avait toujours fait seule.

Dès lors que Mr. Kaufmann eut fabriqué le volant, pourtant, Cora et maman Kaufmann se rendirent presque chaque soir dans la grange et veillèrent jusqu'à tard pour que Cora puisse faire des progrès. Maman Kaufmann était patiente, surtout au début, lorsque Cora, pour lancer le volant, apprenait encore à décroiser les baguettes en associant rapidité du geste et parfaite inclinaison. Après plusieurs tentatives infructueuses, maman Kaufmann lui expliqua qu'elle ne décroisait pas les baguettes assez vite. Elle lui montra comment faire, et lui dit de ressayer. Encore et encore. Cora était essoufflée et transpirait dans sa robe, en dépit du froid. Mais elle était tellement heureuse de jouer aux grâces – heureuse tout simplement de jouer avec quelqu'un. Comme elles ne disposaient que d'une seule paire de baguettes, maman Kaufmann rattrapait simplement le volant dans ses mains, avant de le lui renvoyer. Quand Cora lui fit remarquer que ce n'était pas tout à fait juste, maman Kaufmann, avec un brin d'impatience, lui rétorqua que l'équité n'était pas le problème qui les occupait ici.

Cora commença à lancer le volant de plus en plus loin. Quand il se faisait tard, la lumière de la lanterne l'obligeait à cligner des yeux et la réception de ses lancés, moins contrôlés, devenait plus difficile.

Mais au bout d'un moment, Cora avait fait assez de progrès pour lancer le volant assez haut et avoir le temps de courir le rattraper avec une ou deux baguettes. On l'autorisait à veiller tard pour se perfectionner. Elle pensait au jeu même dans les moments où elle n'y jouait pas - à ce petit bruit sec si gratifiant lorsque le volant venait se poser pile au bon endroit sur les baguettes. Lorsque Noël arriva, elle était capable de tourner deux fois sur elle-même avant de rattraper le volant avec les deux bâtons. Elle pouvait le rattraper avec les mains derrière le dos. Et aussi les bras croisés au niveau des coudes. Et ses lancés montaient désormais si haut qu'un jour un des journaliers souleva son chapeau en criant « You-hou ! ». Elle pouvait même le réceptionner les yeux fermés, mais après avoir réussi cet exploit deux fois, elle avait manqué de se casser le nez, et elle avait trop peur de recommencer.

Les Kaufmann convinrent qu'elle pouvait désormais apporter le volant à l'école.

— Tu n'as pas besoin de leur demander quoi que ce soit, lui dit maman Kaufmann. Tu te mets dans un coin et tu leur montres ce que tu sais faire. Oh, tu peux sourire, tu verras. Elles vont venir.

Le matin froid et ensoleillé où Cora pénétra pour la première fois dans la cour de l'école avec ses baguettes et son volant, les autres filles l'ignorèrent. Celles qui étaient en train de jouer aux grâces continuèrent leur partie, pendant que les autres attendaient leur tour. Les garçons s'étaient rassemblés plus loin, sous l'arbre. Cora entendit les graviers rouler sous ses semelles tandis qu'elle se balançait sur ses pieds, pour se préparer. Elle repoussa ses nattes derrière les épaules. Tout était exactement comme à la maison, se dit-elle - c'était le même volant, les mêmes baguettes. Mais lorsqu'elle les croisa sous le cerceau, ses mains tremblaient.

Elle rattrapa plusieurs lancés très hauts d'affilée. Elle rattrapa le volant derrière son dos, à deux reprises. Elle sut que les autres la regardaient lorsqu'elle n'entendit plus le cliquetis de leur volant et de leurs baguettes. Elle le relança, encore plus haut, et cette fois-là, lorsqu'elle le réceptionna derrière son dos, quelqu'un, un garçon – elle ne saurait jamais lequel – s'écria : « Mince alors, Cora. Quel exploit ! » Et c'est à ce moment-là, très précisément, que tout commença à changer. Deux des grandes vinrent vers elle, exactement comme l'avait prédit maman Kaufmann. Elles voulaient savoir comment elle s'y prenait pour lancer le volant aussi haut et toujours le rattraper. Pouvait-elle leur montrer ? Et où avait-elle appris à jouer aussi bien ?

Elle continua à lancer son volant encore plus haut, toujours plus haut. Elle sentait la morsure du soleil sur son front mais elle n'était pas encore prête à les regarder.

— À New York, répondit-elle. Là-bas, tout le monde est bon à ce jeu.

Ce fut surprenant, et un peu déroutant, de voir combien, à partir de là, tout devint facile. Les filles se disputèrent pour jouer avec elle. Quelques-unes commencèrent à se montrer amicales tout le temps, même quand elles ne jouaient pas. Aucune ne l'invitait jamais chez elle mais toutes lui témoignaient un peu plus de gentillesse, et certaines risquèrent les foudres de leurs parents en marchant à ses côtés au retour de l'école.

— Tu es tout à fait sympathique, lui dit un jour l'une d'elles. Mon père dit que certaines personnes sont capables de triompher de leurs origines.

Et tout ça à cause d'un jeu, d'un volant, d'une paire de baguettes et d'un ensemble de règles. Cora avait l'impression de leur avoir joué un bon tour. Après tout, elle était la même que celle qu'elle avait toujours été. Elle venait toujours de New York, avec son hérédité inconnue et ses cheveux noirs. Le jeu ne lui avait pas apporté plus de grâce, ni quoi que ce soit d'autre, sinon une habileté à lancer et rattraper un cerceau avec des baguettes. Ce n'était même pas un jeu captivant – il n'offrait qu'un nombre limité de variations et, passé un certain temps, il n'y avait plus guère moyen de s'améliorer ou de se lancer de nouveaux défis. Mais Cora continua à y jouer, bien longtemps après que la lassitude se fut installée, pour la même raison qui l'avait poussée à commencer.

— Je pense que tes parents étaient certainement de bonnes personnes, lui dit un jour maman Kaufmann.

C'était le jour de son quatorzième anniversaire - celui du jour où elle était arrivée par le train et qu'ils appelaient son « anniversaire ». Elles se trouvaient dans la cuisine, en train de laver et d'émincer des pommes de terre. Maman Kaufmann surveillait Cora pour s'assurer qu'elle ne s'entaillait pas la main. Il y avait un gâteau dans le four ourlé de cuivre et, même s'il faisait froid ce jour-là, dans la cuisine, un voile de buée recouvrait la fenêtre.

— Je ne te l'ai jamais dit jusque-là, mais tu es grande maintenant et je pense que tu peux l'entendre, repartit maman Kaufmann. (Elle interrompit un instant son travail, regarda Cora, puis le reprit, tout en surveillant ses mains du coin l'œil.) Quand j'ai dit à Mrs. Lindquist, la voisine, qu'on songeait à aller chercher un enfant au train, elle me l'a déconseillé, sauf à vouloir seulement une paire de bras. Et elle ne voulait pas dire par là élever un enfant, et tout le reste. Elle disait que tu ne m'aimerais pas, ajouta-t-elle coulant un regard timide vers Cora. Qu'un enfant ne peut pas répondre à l'affection s'il n'en a pas reçu dès le départ.

Cora réfléchit à ce qu'elle venait d'entendre tout en continuant à trancher les pommes de terre et en écoutant le ruissellement de la pluie sur l'avant-toit. Mrs. Lindquist se trompait. C'était absurde. Comment Cora aurait-elle pu ne pas aimer maman Kaufmann, qui lui chantait *Le noir est la couleur des cheveux de mon véritable amour* quand elles arrachaient ensemble les mauvaises herbes dans le jardin, qui pouvait se mettre parfois très en colère mais qui jamais n'avait levé la main sur elle, ne l'avait jamais touchée autrement qu'avec douceur ? Comment aurait-elle pu ne pas aimer s'affairer avec elle dans la cuisine, quand un gâteau embaumait dans le four ?

Maman Kaufmann plongea deux autres pommes de terre dans le seau d'eau et frotta les résidus de terre du gras des pouces.

– Elle disait que c'était scientifiquement prouvé, poursuivit-elle. Mais quand tu es arrivée, tu as immédiatement voulu être cajolée. Enfin, pas tout de suite, mais assez vite.

Elle contempla Cora en souriant. Quand elle était plus jeune, Cora imaginait que les incisives de maman Kaufmann étaient des personnes miniatures, qui se blottissaient les unes contre les autres.

– On te prenait dans nos bras, et tu nous serrais dans les tiens. Quand on t'embrassait, tu nous rendais toujours nos baisers immédiatement. Tu venais t'asseoir sur mes genoux. Et sur ceux de Mr. Kaufmann, aussi. Mrs. Lindquist disait que quelqu'un t'avait sans doute tenue dans ses bras, bébé. Mais toi, tu nous racontais que les nonnes ne vous câlinaient jamais, qu'elles ne vous donnaient jamais de baisers.

Cora n'avait pu retenir un rire à cette pensée et maman Kaufmann avait aussitôt posé la main sur la sienne, pour l'empêcher de se blesser avec le couteau. En dépit de tout le temps qu'elle passait à travailler en plein soleil, sa peau était beaucoup plus pâle que celle de Cora.

– Peut-être les autres filles, alors ?

Oui, peut-être. Cora se souvenait qu'avec Mary Jane, elles se tenaient par la main. Et puis, il y avait ce tout premier souvenir, celui de cette femme brune, enveloppée dans un châle en tricot. Mais était-ce un vrai souvenir, ou seulement un fragment de rêve ? Était-ce cette femme qui l'avait tenue dans ses bras, qui lui avait donné le goût des gestes d'affection ? À son arrivée à l'orphelinat, Cora connaissait son prénom. C'était les grandes qui le lui avaient dit.

Par crainte de la blesser, jamais elle n'avait parlé de la femme au châle à maman Kaufmann. N'était-ce pas elle qui la nourrissait de légumes mais aussi de gâteaux ? Qui lui cousait des vêtements, nouait des rubans dans ses tresses et restait à son chevet quand elle avait de la fièvre ? Le seul fait de penser à cette femme avec le châle, n'était-ce pas la trahir déjà un peu ?

Dans une excuse muette, Cora appuya le front contre l'épaule de maman Kaufmann et respira le parfum de lavande de sa robe.

Quand elle s'écarta, maman Kaufmann avait les yeux brillants et elle cligna plusieurs fois des paupières.

— Ce n'est pas important, reprit-elle en lui caressant les cheveux. Nous sommes là pour toi, maintenant.

Mais un jour, tout d'un coup et définitivement, ce ne fut plus le cas.

Cela arriva au début d'un mois de novembre, quand les journées étaient encore chaudes, les soirées agréablement fraîches, et que les moustiques avaient presque disparu. Deux ballots de foin étaient soigneusement remisés dans la grange et Cora était de retour à l'école. Ce jour-là, elle avait dessiné une carte du système solaire et indiqué le nom de chaque planète de sa plus belle écriture. Elle avait seize ans et elle était, de loin, l'élève la plus âgée ; en classe, elle consacrait une bonne partie de son temps à aider la maîtresse, en faisant les leçons aux plus jeunes. Elle était douée pour dessiner et expliquer. Maman Kaufmann lui avait dit qu'elle pourrait devenir à son tour institutrice - pas dans cette ville, mais dans une autre peut-être, pas trop loin.

Un des journaliers vint à sa rencontre alors qu'elle rentrait de l'école. C'était un jeune Norvégien, qui parlait bien anglais et pouvait soulever un verrat adulte comme si de rien n'était, sans se laisser impressionner par ses cris aigus. Mais lorsqu'il s'arrêta devant Cora, tout transpirant et haletant d'avoir couru, il semblait avoir perdu sa langue.

— Eh bien quoi ? lui demanda-t-elle.

Une brise fraîche, délicieuse, lui caressait le visage et soulevait des rubans de poussière le long du chemin. De là où elle se trouvait, Cora apercevait le moulin et le toit de la grange. Jamais elle n'avait songé que ce monde qui était désormais le sien, elle pourrait le perdre, aussi brutalement et définitivement que l'ancien.

Il était navré de lui apprendre cela. Un accident s'était produit.

Cora recula de quelques pas. Le jeune homme avança d'autant, craignant qu'elle ne l'ait pas compris. Une heure plus tôt à peine, il avait grimpé jusqu'en haut du silo et c'est là qu'à l'intérieur il avait vu les deux corps allongés côte à côte sur le grain, les visages déjà bleuis mais paisibles. Comme s'ils s'étaient endormis dans le froid. Selon lui il ne s'agissait pas d'une chute. Ou alors, l'un était tombé, entraînant l'autre. Plus vraisemblablement, ils avaient tous les deux sauté dans le silo, comme ils le faisaient souvent, pour piétiner les grains agglomérés. C'était à cause du gaz, expliqua-t-il. Le gaz qui se dégageait du grain. Une mort rapide. Et nullement douloureuse. Un autre journalier était déjà allé chercher le pasteur.

Cora planta là le Norvégien et s'élança, poings serrés, les ongles enfoncés dans ses paumes. Elle coupa à travers champs, piétinant le chaume, délogeant dans sa course des nuées de sauterelles. Les chiens se mirent à galoper à côté d'elle en jappant, croyant qu'elle voulait jouer. L'air sentait le fumier et le labour ; mais toutes ces choses familières ne lui inspiraient soudain plus que terreur. Elle rabroua un chien pour l'écarter de sa route. Son chignon se défit et lorsque, enfin, elle se précipita vers l'échelle du silo, elle était comme possédée, le sang brûlant dans sa gorge. Les journaliers la retinrent – elle ne pouvait pas monter dans le silo, il ne fallait pas qu'elle grimpe. Ils allaient devoir attendre, avant de pouvoir extraire les corps en toute sécurité. Le gaz était invisible, inodore, et si jamais elle s'entêtait à vouloir grimper, elle mourrait certainement avec eux. Elle voulut agripper à nouveau l'échelle. Il ne fallut pas moins de deux hommes pour la reconduire à la maison.

Les Lindquist vinrent la chercher ce soir-là. Leurs têtes blanchies penchées au-dessus de son lit, ils répétèrent son nom jusqu'à ce qu'elle les entende. Elle ne devait pas rester seule, lui dirent-ils. Leurs enfants étaient adultes, maintenant ; ils avaient des chambres libres. Les Kaufmann avaient été de bons voisins, c'était le moins qu'ils pouvaient faire à leur tour. Ils insistaient. Ce serait provisoire, l'assura Mr. Lindquist – jusqu'à ce que des décisions soient prises concernant la ferme. Cora avait beau être autonome et capable de faire tourner la maison, ce ne serait pas bien, pour une jeune fille, de vivre seule. Le Norvégien et un autre homme allaient rester, ils s'occuperaient du bétail et des champs.

Plus tard, Mrs. Lindquist s'excusa d'avoir insisté pour éloigner Cora de chez elle.

— Nous ne pouvions pas savoir que nous leur facilitions la tâche et qu'il serait plus aisé pour eux de te dépouiller, dit-elle en faisant glisser les restes du déjeuner de Cora dans le seau qui irait nourrir les animaux. (Par la fenêtre, elle jeta un regard courroucé en direction de la ferme des Kaufmann.) Le shérif aurait été obligé de te mettre dehors, mais au moins, ça lui aurait donné du fil à retordre.

Mrs. Lindquist lui répétait aussi, inlassablement, que les Kaufmann étaient loin de se douter qu'ils seraient emportés si soudainement, et encore si jeunes. Sinon, elle en était certaine, ils auraient laissé un testament, ou fait de Cora un de leurs héritiers. Évidemment qu'ils l'auraient fait ! Ils l'aimaient comme un enfant de leur propre sang. Mrs. Lindquist l'avait entendu d'innombrables fois de la bouche même de sa voisine, et elle était prête à en témoigner devant n'importe quel tribunal. C'était une honte, s'insurgea-t-elle, la façon dont la fille Kaufmann et ses frères déniaient toute part d'héritage à Cora. Ces lois devaient changer.

La fille Kaufmann. Cora, à son tour, tourna la tête vers la fenêtre, vers son ancienne maison, au-delà des champs hérissés de chaume. Quand Mrs. Lindquist évoquait la fille Kaufmann, il ne s'agissait pas de Cora mais de la fille de Mr. Kaufmann, celle qui vivait à Kansas City. Elle avait engagé un avocat et celui-ci était catégorique : Cora ne pouvait pas prétendre au statut d'héritière puisqu'elle ne pouvait se prévaloir d'aucun lien, par le sang ou le mariage. Comme il l'avait souligné, elle avait été choisie de façon arbitraire. Les Kaufmann auraient pu prendre n'importe quel enfant de ce train. C'était regrettable que Cora, en toute sincérité, ait pu mal interpréter leur bonté, qu'elle puisse l'avoir prise, à tort, pour cet amour parental qui lui faisait si tristement défaut. Mais si les Kaufmann avaient voulu la coucher sur leur testament, ils l'auraient fait.

Cora était trop abattue pour s'indigner. Sitôt qu'elle se réveillait, elle sentait le poids de son chagrin qui lui écrasait la poitrine. Les Lindquist étaient allés à la ferme récupérer toutes ses affaires, y compris ses chemises de nuit, mais le soir venu, elle ne pouvait rassembler assez d'énergie pour retirer sa robe. Elle dormait, et se réveillait, tout habillée, en pensant aux Kaufmann et à ce que lui avait dit le Norvégien – que leurs visages avaient semblé sereins dans la mort, mais aussi qu'ils avaient bleui. À un moment donné, elle arrêta de se brosser les cheveux. Mrs. Lindquist, qui avait élevé quatre filles (et n'en avait perdu qu'une à cause de la diphtérie), dut avoir recours à de la graisse de lard pour venir à bout des nœuds. Elle prévint Cora que, la prochaine fois, il lui faudrait sortir les ciseaux, et elle ajouta que ce serait vraiment dommage car les cheveux bouclés, elle trouvait ça vraiment joli. Cora se força à utiliser un peigne. Elle culpabilisait d'offrir aux Lindquist un si piètre spectacle quand ils l'accueillaient sous leur toit. Ils avaient cru qu'elle ne resterait que quelques jours, une semaine peut-être. Mais désormais, elle n'avait plus nulle part où aller.

Mr. Lindquist parla avec le pasteur, qui pensait lui aussi que Cora se faisait léser. Il se souvenait que les Kaufmann lui avaient dit un jour qu'ils espéraient adopter officiellement Cora, et il pouvait témoigner que jamais ils ne l'avaient considérée comme une domestique. Simplement, ils n'avaient pas entrepris les démarches d'adoption. Mais il avait une bonne nouvelle : il avait décrit la situation de Cora à son fils, qui vivait à Wichita et connaissait justement un bon avocat qui gagnait assez bien sa vie pour être intéressé par des missions bénévoles. Cet homme voulait rencontrer Cora, et voir ce qu'il pouvait faire pour l'aider.

Mr. Carlisle, comme Cora l'appelait à l'époque, était le premier homme qu'elle voyait arborer un gilet, un veston assorti à ses pantalons, et des souliers immaculés. Lorsque cet homme se présenta sous leur porche poussiéreux, en soulevant son chapeau et en demandant à voir Cora, les Lindquist mari et femme sortirent à leur tour pour l'examiner. Personne n'arrivait à croire que ce monsieur, cet homme assez important pour avoir un cocher qui l'attendait avec cheval et calèche, ait pu venir de si loin, jusque dans leur campagne, pour aider Cora à résoudre son affaire.

– Et il n'est pas vraiment vilain à regarder, n'est-ce pas ? chuchota Mrs. Lindquist tandis qu'elles étaient dans la cuisine, en train de disposer les tasses ébréchées sur leurs soucoupes à fleurs en attendant que l'eau boue. Pas d'alliance. Et il doit avoir une trentaine d'années. Les femmes de Wichita sont soit bêtes, soit aveugles.

Cora regarda le reflet déformé de son visage sur le ventre luisant de la théière. Elle s'en moquait pas mal, que l'avocat soit bel homme, ou même qu'il plaide son cas. La vraie fille Kaufmann avait envoyé des papiers officiels, et sur ces papiers, Cora était désignée comme étant Cora X. Lorsqu'elle avait découvert ce X apposé à son prénom, il lui avait semblé que jamais plus elle ne respirerait au même rythme, que jamais plus elle n'aurait assez d'air dans ses poumons. Et cette sensation ne s'était pas dissipée. Si elle parvenait à récupérer de l'argent de la vente de la ferme, elle cesserait d'être un fardeau pour les Lindquist. Mais cela ne lui rendrait pas les Kaufmann. Et elle serait toujours Cora X.

Dans le salon, Mr. Carlisle, avant même de boire une gorgée de thé, lut intégralement les papiers officiels et déclara que le X apposé à son nom était absurde. Il l'assura qu'il l'aiderait également à régler ce point. Il s'était assis sur le bord du fauteuil à bascule des Lindquist mais ne se balançait pas et tenait un bloc-notes en équilibre sur ses genoux. Une petite entaille laissée par le rasoir barrait sa joue. Il souligna que le pasteur, lorsqu'il s'était entretenu avec lui, avait désigné Cora sous le nom de Cora Kaufmann. Était-ce ainsi qu'on l'avait appelée à l'école ? Cora, assise à côté de Mrs. Lindquist sur le canapé, hocha la tête tout en l'observant attentivement. Elle se rendait compte qu'il était effectivement bel homme, avec ses cheveux couleur du thé longuement infusé et son profil fort. Et apparemment, il était déterminé à l'aider, à faire de son mieux.

– Je vais devoir vous poser des questions sur votre histoire. J'aurais besoin de détails sur votre vie avec les Kaufmann, la façon dont ils vous traitaient. Et sur votre vie avant cela. (Il consulta sa montre de gousset et sortit un stylo avec une plume en acier.) Cela ne devrait pas excéder une heure. Êtes-vous d'accord ?

Une fois de plus, elle hocha la tête. Mrs. Lindquist, en se penchant pour servir le thé, l'encouragea d'un sourire. Les Lindquist avaient été infiniment patients avec elle, et secourables, en allant demander de l'aide au pasteur. Et voilà qu'en plus de tout cela, la vieille dame, dont c'était l'heure de la sieste, était obligée de rester là avec eux, parce qu'il n'aurait pas été convenable que Cora restât seule avec l'avocat dans le salon. Cora abusait de son temps, comme elle abusait de celui de cet homme. Le moins qu'elle pût faire était de se montrer obéissante.

Elle s'exprima d'une voix claire, en répondant de son mieux à chaque question. Jamais elle n'avait été traitée comme une domestique. Elle s'acquittait de corvées ménagères, comme n'importe quel autre enfant, mais les Kaufmann la traitaient comme leur fille. Mr. Kaufmann lui avait sculpté des jouets et des poupées, et maman Kaufmann leur avait cousu des vêtements. Oui, confirma-t-elle, maman Kaufmann. C'était ainsi qu'elle s'adressait à elle. Qui en avait eu l'idée ? Elle ne s'en souvenait pas. Elle lui raconta qu'ils se rendaient à l'église tous les trois, qu'ils l'avaient obligée à aller à l'école, même lorsqu'elle ne voulait plus y retourner, et que de cela, elle leur en était reconnaissante, maintenant. Elle lui parla de sa petite chambre, à la ferme, avec le lit et la commode. Et elle lui raconta que les Kaufmann, déjà à la gare et avant même de la ramener chez eux, lui avaient dit qu'elle disposerait d'une chambre pour elle toute seule.

L'avocat releva la tête avec un regard d'excuse.

– La gare ?

À cet instant précis, Mrs. Lindquist, que Cora croyait tout ouïe à côté d'elle, commença à ronfler, la bouche ouverte, la tête renversée sur le dossier du canapé. Cora sourit. Son premier sourire depuis l'accident. Sentir ses lèvres s'étirer lui fit une étrange sensation.

– Et moi qui pensais que ma vie était intéressante, plaisanta-t-elle.

Mr. Carlisle sourit à son tour.

— Faut-il la réveiller ?

Cora secoua la tête. Elle était déjà en train de se replonger dans ses souvenirs, de penser au train et à ce qu'elle avait ressenti, petite fille, pendant ces nuits sombres où elle traversait le pays sans savoir ce qui l'attendait au bout - et elle découvrit que cela était très proche de ce qu'elle ressentait en cet instant. Mais elle poursuivit méthodiquement son récit, elle revint au jour où elle avait rencontré les Kaufmann et où ils lui avaient demandé d'être leur petite fille. Elle raconta à l'avocat le voyage en train, les nombreux arrêts avant qu'elle ne soit choisie, et tous ces petits orphelins auxquels on avait appris à chanter *Jésus m'aime* sur des estrades, des perrons de mairie, des parvis d'église. Ceux qui n'avaient pas été choisis remontaient dans le train. Il y avait une jarre remplie d'eau à l'avant du wagon, se souvenait-elle, avec une louche, et quand ils avaient soif, ils étaient autorisés à se lever pour aller se désaltérer.

À un moment donné, l'avocat arrêta d'écrire, cala son bras sur l'accoudoir du rocking-chair et le menton au creux de sa main.

— Oh mon Dieu, dit Cora. J'espère que je ne vais pas vous endormir vous aussi.

— Non, non, pas du tout. (Il soutint un instant son regard puis baissa les yeux sur son bloc-notes.) Avez-vous de la famille à New York ? Ou vous souvenez-vous d'en avoir eu une ?

Elle contempla le liseré fleuri de sa tasse en battant des paupières. Elle n'avait qu'un seul souvenir et il n'était peut-être même pas réel. Pourtant, l'image de cette femme restait claire, bien trop claire pour qu'elle l'eût simplement rêvée. Elle revoyait encore les franges du châle rouge.

— Je suis désolé. Je vois bien combien tout cela est pénible pour vous.

Il posa son stylo, sortit de sa poche un mouchoir blanc qu'il s'apprêta à lui tendre. Puis, voyant qu'elle n'allait pas pleurer, il le rangea.

— Ça va, dit-elle. C'est simplement que je n'ai pas pensé à tout cela depuis longtemps. Cela vous semble curieux, peut-être.

Elle ne savait vraiment pas quoi ajouter.

Il haussa légèrement les épaules.

– Je suis mal placé pour juger. J'ai grandi avec mes parents et ma sœur à Wichita. Personne ne m'a mis dans un train quand j'avais six ans.

Mrs. Lindquist continuait à ronfler.

Cora lui sourit à nouveau, en regardant distraitement ses mains. Il avait des ongles coupés court, ourlés de blanc, soignés.

– Je ne sais pas comment vous expliquer cela, reprit-elle. Venir jusqu'ici, c'était comme devenir une nouvelle personne. Je pense que nous comprenions tous ça, même si nous étions très jeunes. Nous savions, ou du moins je savais, qu'il nous faudrait être sages. Et cela voulait dire que nous devions devenir ce que ces gens voudraient qu'on soit. Dans mon cas, avec les Kaufmann, il s'agissait de devenir leur fille, donc j'ai eu de la chance. De toute façon, même à l'époque, je ne pouvais me raccrocher à la personne que j'étais avant. Ou alors, c'est ce que j'ai commencé à me dire ensuite, petit à petit. (Elle détourna les yeux et secoua la tête.) Je ne sais pas si tout cela est compréhensible.

– Si, si.

Elle fut surprise par la conviction qu'elle entendit dans sa voix. Et par l'attention extrême avec laquelle il la dévisageait. Elle passa la main sur son visage, en se demandant si quelque chose s'y était collé. Mais non. Et pour être honnête, ce n'était pas comme ça qu'il la regardait. Elle ne savait pas comment interpréter ce regard.

– Je vous suis reconnaissante de m'aider, reprit-elle. Je regrette de ne pouvoir vous payer. Je suis désolée de n'avoir pas mentionné cela dès le départ. Je ne suis pas dans mon état normal, en ce moment.

– C'est bien naturel, dit-il en détournant enfin le regard. Et je suis honoré de vous représenter. Vous donnez l'impression d'être une jeune fille très décente qui traverse une période difficile. Et qui le supporte bien, devrais-je ajouter. Vous ne paraissez nourrir aucune amertume.

Elle ne sut que répondre à cette remarque. En dépit des ronflements de Mrs. Lindquist, elle entendait le tic-tac de sa montre dans le gousset. N'avait-il pas dit qu'il ne resterait qu'une heure ? Elle ignorait combien de temps avait passé précisément, mais elle était à peu près sûre qu'ils discutaient depuis plus longtemps que cela.

– Voudriez-vous une autre tasse de thé ?

Il déclina, sans pour autant faire mine de se lever pour prendre congé. Elle ignorait ce qui le retenait, ce qui était censé se passer maintenant. Elle lui avait déjà dit qu'elle ne pouvait pas le payer.

– Ce doit être très excitant, d'habiter dans une ville, glissa-t-elle à défaut de trouver autre chose à dire.

– Tout à fait, acquiesça-t-il avec un sourire chaleureux. Il y a tant à faire. Et nous avons un limonadier, maintenant. Avec des murs en miroir et des ventilateurs électriques au plafond, précisa-t-il en levant les mains vers le plafond nu des Lindquist et en décrivant des moulinets. On peut y acheter toutes sortes de friandises pour un penny, et des milk-shakes au malt.

Cora ne comprenait absolument pas pourquoi il la regardait comme ça, pourquoi il restait si longtemps, se montrait si attentif, si aimable. Maman Kaufmann lui avait souvent dit qu'elle avait un visage avec du caractère, un visage intéressant, d'une beauté singulière. Petite, Cora l'avait crue mais, en grandissant, elle avait suspecté maman Kaufmann de flatterie. Elle avait observé, à l'école, la façon dont les garçons se comportaient en présence de certaines filles, et elle savait que la vraie beauté aurait triomphé de tout, même de ses origines vagues. Or, même après avoir décroché son titre de championne du volant, les garçons de l'école s'étaient juste montrés polis avec elle, dans le meilleur des cas. Et pourtant, force était de constater que ce très séduisant avocat s'attardait bien plus longtemps que nécessaire dans le salon des Lindquist, et qu'il la regardait comme on contemple un spectacle extraordinaire.

– Cela semble merveilleux, dit-elle, d'une voix peut-être trop haletante, trop forte.

Mrs. Lindquist s'éveilla en toussant. Cora et l'avocat se turent et détournèrent le regard pour lui laisser le temps de recouvrer ses esprits. Un instant plus tard, Mrs. Lindquist avait retrouvé sa contenance, et s'était rassise, le dos bien droit. Elle adressa un sourire à Cora et but une gorgée de thé avec autant de précaution que s'il était encore brûlant.

Mr. Carlisle souleva sa mallette, l'ouvrit et y glissa son bloc-notes.

– Il est temps de me remettre en route. Merci, Mrs. Lindquist. Et merci à vous, miss Kaufmann, ajouta-t-il avec un regard sincère tout en se levant.

Cora l'imita. Elle lui arrivait à peine à l'épaule. Elle s'aperçut alors que, pendant au moins une heure, son chagrin accablant avait connu une petite accalmie. Mrs. Lindquist s'approcha d'elle.

– Mon petit ? Tu vas bien ?

Elle hocha la tête. En cet instant, étonnamment, oui, elle allait bien.

Il l'aida, et le résultat ne se fit pas attendre. Il n'y eut même pas de procès. La nouvelle année commençait à peine que la fille Kaufmann et ses frères avaient accepté de négocier. Cora n'obtiendrait pas un quart entier des bénéfices de la vente de la ferme mais une somme suffisante pour dédommager les Lindquist et, lorsqu'elle quitterait leur maison, s'offrir un gîte et disposer d'une marge de manœuvre en attendant de se marier ou de trouver sa vocation. Cet argent, effectivement, la rasséréna et lui rendit confiance en l'avenir. Mais ce fut surtout son nouvel état civil qui fit merveille sur son moral. Dorénavant, elle était officiellement Cora Kaufmann, reconnue comme telle par l'État du Kansas.

Elle écrivit à Mr. Carlisle, à son cabinet à Wichita, pour l'informer de ce à quoi elle projetait d'employer son héritage à l'automne suivant : elle s'installerait à Wichita, s'inscrirait au Fairmount College et étudierait pour devenir institutrice. Elle le remerciait pour sa bonté. Elle lui dit que sa compassion et sa bienveillance avaient signifié beaucoup pour elle, et termina sa lettre en ajoutant « avec toute ma gratitude et mon plus profond respect », ce qui était loin de refléter ses sentiments. En vérité, elle s'était remémoré bien souvent ces heures en sa compagnie dans le salon des Lindquist et s'était laissée aller à imaginer qu'une fois installée à Wichita elle le reverrait peut-être. Ce n'était pas une très grande ville - elle finirait forcément par le croiser par hasard un jour ou l'autre. Et peut-être ne serait-il toujours pas marié... Mais dans les moments de moindre optimisme, qui étaient fréquents, elle comprenait qu'elle se berçait de chimères, que cette rencontre fortuite ne se produirait probablement pas, et que, si jamais elle le croisait bel et bien, elle aurait déjà de la chance s'il se souvenait d'elle. À bien trop d'égards, ils n'étaient pas du même monde. Il l'avait juste aidée parce qu'il était bon.

Mais une semaine après avoir envoyé sa lettre, il était de retour devant la porte des Lindquist, avec un bouquet d'œillets rouges, et l'air plus nerveux que lors de sa première visite.

Mrs. Lindquist n'était pas le moins du monde surprise qu'il lui fasse la cour - car oui, insistait-elle, il la courtisait, c'était évident. Elle savait reconnaître un homme avec des intentions lorsqu'elle en voyait un. Et, franchement, elle n'était nullement étonnée - Cora était une charmante jeune fille, vertueuse, avec un cœur pur. Quel homme ne recherchait pas ces qualités dans sa future épouse ? Dans l'esprit de Mrs. Lindquist, il ne faisait aucun doute que beaucoup d'hommes, même fortunés et sophistiqués, préféraient une jeune paysanne immaculée à une femme endurcie par la vie urbaine. La bataille légale avait simplement donné à Mr. Carlisle une chance d'apprendre à la connaître. Certes, il était plus âgé et plus éduqué qu'elle, mais n'était-ce pas souvent le cas, dans un ménage ? Il ne paraissait pas la regarder de haut, et il était aussi épris d'elle qu'elle de lui. Cela sautait aux yeux de tous ceux qui en avaient.

Même à ceux de Cora. Alan - elle l'appelait Alan, maintenant ! - s'illuminait sitôt qu'il la voyait, et ce bel homme si attentionné n'était jamais rassasié de sa présence. Comme c'était troublant, ce vertige, cet enthousiasme, cette excitation au contact de sa main sur son bras, si peu de temps après le malheur du précédent hiver !

Mrs. Lindquist lui affirmait qu'elle ne devait pas se sentir coupable. Les Kaufmann auraient souhaité qu'elle connaisse ce bonheur. Elle le méritait, et ce n'était pas eux qui auraient dit le contraire.

– Je me suis renseignée pour toi, ajouta-t-elle en baissant la voix, même si Mr. Lindquist était dans la porcherie et qu'elles étaient seules dans la maison. Sa famille est très respectable. J'ai des cousines à Wichita, et une fois, elles ont eu l'occasion de bavarder avec la mère. Elles m'ont dit qu'on voit tout de suite qu'elle a de l'instruction, qu'elle parle très bien.

Le lendemain, Cora se rendit à l'école et supplia son ancienne maîtresse de lui prêter un livre, n'importe lequel, qu'elle pourrait étudier pour améliorer sa syntaxe. La maîtresse lui fit remarquer qu'elle s'exprimait déjà très bien, bien mieux que la plupart de ses camarades ; mais Cora insista, et repartit finalement avec le manuel d'Horace Sumner Tarbell, *Lessons in Language*. Il était expliqué dans la préface que, comme pour tous les arts, la confiance en soi était la clé du succès, et qu'elle découlait d'une étude assidue. C'était vite dit car, dans les pages suivantes, de nombreux avertissements avaient de quoi rendre anxieux : « *Attention : tâchez de respecter les particularités morphologiques des verbes irréguliers.* » « *Attention : dans les formes verbales composées, tâchez de choisir l'auxiliaire conformément à l'usage.* » Le soir, une fois que les Lindquist étaient partis se coucher, Cora veillait pour étudier à la chandelle l'accord du verbe et du sujet, la place des adverbes et tous les pièges que la grammaire pouvait tendre. Elle avait appris certaines de ces règles à l'école, mais pas toutes. Elle fit les exercices. Elle apprit à maîtriser la nuance entre « emmener » et « amener », à user à bon escient des pronoms relatifs, à ne jamais dire « par contre » mais « en revanche » et même si ses inquiétudes les plus pressantes concernaient son expression orale, elle lut et étudia les chapitres consacrés à la ponctuation, au bon usage des lettres majuscules et des formules de politesse, juste au cas où viendrait un temps où elle devrait adresser un courrier à la mère si instruite d'Alan.

La première fois qu'Alan l'emmena à Wichita dîner chez ses parents, dans leur belle maison au confort moderne, avec des cabinets à l'intérieur où il suffisait de tirer la chaînette au-dessus de la cuvette pour la nettoyer, Cora était nerveuse. Elle était persuadée que les Carlisle seraient déçus de la découvrir si jeune et si ordinaire, en dépit du chapeau orné d'une fleur et de l'élégante robe à jupe étroite qu'Alan lui avait envoyés chez les Lindquist et qu'elle portait ce soir-là. Qu'il lui ait offert des vêtements pour l'occasion suggérait qu'elle allait être l'objet d'un examen minutieux. Aussi dénicha-t-elle un autre ouvrage consacré aux bonnes manières de la table, dont elle mémorisa toutes les instructions, par crainte, si elle commettait un impair, de se voir congédiée comme la péquenaude qu'elle était.

Mais à sa grande surprise, on lui réserva un accueil chaleureux. Les parents et la ravissante sœur d'Alan semblaient sous le charme de chaque phrase dûment répétée qui sortait de sa bouche. La mère, une femme très grande qui avait les mêmes yeux qu'Alan, lui déclara qu'elle était aussi délicieuse et vive d'esprit que son fils la leur avait décrite. Le père lui sourit en levant son verre à « sa saine beauté ». Avant de prendre congé, la mère d'Alan lui dit, en lui prenant la main, qu'elle avait appris la terrible perte qu'elle venait d'endurer. Elle espérait, ajouta-t-elle, que sa propre famille serait en mesure de lui apporter un peu de réconfort. Cora fut frappée par la bonté sincère qui se lisait sur le visage de son hôtesse, exempt de toute trace du jugement ou du dédain qu'elle avait redoutés.

Plus tard, Alan lui raconta qu'il avait été franc avec ses parents et ne leur avait rien caché de la situation de Cora, pas même le fait qu'elle était arrivée de New York par le train. Elle avait toute leur sympathie, l'assura-t-il. Mais s'ils n'avaient fait aucune allusion à sa vie d'avant les Kaufmann, ajouta-t-il, il y avait à cela une raison : ils étaient fermement convaincus qu'il serait bien mieux, pour Cora et pour tout le monde - puisque Alan et elle se fréquentaient aussi assidûment - que ses origines ne deviennent pas un sujet de conversation. En ce qui les concernait, Cora était une charmante jeune fille qui avait grandi dans une ferme, à la sortie de McPherson, et c'était là toute l'histoire que les gens auraient besoin de connaître.

Cora s'empressa d'agréer. Elle était entièrement d'accord avec l'idée d'un nouveau départ. Personne à Wichita n'avait besoin de savoir qu'elle était arrivée par le train, ou qu'elle avait été, naguère, Cora X. D'autant que si Mrs. Lindquist disait vrai, et si son vœu le plus cher se réalisait, elle serait bientôt Mrs. Cora Kaufmann Carlisle, et ce serait là le nom qui prévaudrait. Elle serait l'épouse d'Alan, un membre de sa famille, et elle accueillerait à bras ouverts sa bonne fortune et l'amour irrationnel de son époux, exactement comme elle l'avait fait de celui des Kaufmann, bien des années plus tôt.

PARTIE II

« Ah, non, il refusait que May eût cette innocence-là,
l'innocence qui fermait l'esprit à l'imagination
et le cœur à l'expérience... »

Edith Wharton
L'Âge de l'innocence

7

Le taxi qui venait de les déposer sur la 86e Rue Ouest s'éloignait à peine, quand Louise, lâchant son sac de voyage, leva les bras au ciel et se déclara amoureuse de New York.

– C'est *exactement* comme je l'imaginais !

Elle laissa retomber les bras et embrassa du regard la rue, le défilé hésitant et ponctué de coups de klaxons des automobiles, avec leurs phares qui étincelaient dans la lumière du crépuscule.

– Je le savais, je l'ai toujours su, ajouta-t-elle en se retournant vers Cora. Je suis faite pour vivre ici.

Cora, bien qu'épuisée, réussit à lui sourire. Louise était comme ça depuis l'instant où elles avaient débouché dans le hall principal de Grand Central Station. Déjà à ce moment-là, alors qu'elles étaient noyées dans une foule grouillante, pressées au milieu de gens dont beaucoup s'exprimaient en des langues inconnues et arboraient les habits sombres des immigrants, des gens qui fumaient, ou toussaient, mais qui tous exhalaient bien trop près d'elles, Louise avait déclaré qu'elle avait l'impression de pénétrer dans ses rêves. Cora s'était contentée de hocher la tête tout en balayant du regard le plafond bleu et voûté du hall et les larges ouvertures de chaque côté. Grand Central était un somptueux bâtiment, bien plus lumineux que la gare de Wichita, et assez colossal pour l'avaler entièrement. Mais si Cora s'était auparavant trouvée dans cette gare, si le train à bord duquel elle avait embarqué avec les autres enfants était parti de là, elle ne s'en souvenait pas. Rien ne lui paraissait familier. Peut-être en aurait-il été autrement si elle avait eu le loisir de s'attarder un peu. Mais une fois que Louise eut repéré la sortie sur la 42e Rue, elle fonça en disant qu'elle était impatiente de poser un pied sur cette célèbre artère et de respirer l'air de la ville.

L'attrait, d'après ce qu'en voyait Cora, était réciproque. Tandis qu'elles débouchaient dans l'atmosphère étouffante de la ville, et en dépit de la bousculade aux portes de la gare, toutes sortes d'hommes - des ouvriers en bras de chemise, des marins et même d'élégants messieurs qui paraissaient pressés - prenaient le temps de dévisager Louise, avant de la toiser. De belles femmes en robes de soie se retournèrent sur sa coupe de cheveux et sa frange aux longueurs inégales, si peu commune, même au milieu de tant de têtes féminines arborant des coiffures courtes, au carré. Du moins fallait-il espérer que c'était effectivement sa coiffure qui attirait autant d'attention… Le matin, dans le train, Louise était revenue des toilettes des dames en jupe verte légère et blouse blanche à manches courtes, avec un décolleté en V si profond qu'elle avait dû jurer à Cora que non seulement sa mère avait approuvé la blouse, mais qu'elle la lui avait *achetée*. Cora avait capitulé. Soit Louise mentait, soit Myra manquait cruellement de jugement, mais dans l'un ou l'autre cas, Cora n'avait pas eu le courage d'argumenter. En conséquence, Louise déambulait dans les rues de New York avec tous ces regards braqués sur son beau visage, son étonnante coiffure et son décolleté de jeune fille en fleur. Elle faisait mine de ne pas remarquer l'attention qu'elle suscitait mais Cora, qui la surveillait à la dérobée, la soupçonnait de ne pas en perdre une miette.

En ce qui la concernait, en revanche, Cora savait qu'elle n'était pas à son avantage. Elle avait besoin de prendre un bain ; elles avaient voyagé toutes vitres ouvertes depuis Chicago ou presque, et Cora avait l'impression d'être une volaille qu'on aurait consciencieusement arrosée de graisse puis roulée dans la poussière une fois cuite à cœur. Elle était fatiguée. Malgré ses souliers à petits talons, pratiques et confortables, elle était à la traîne derrière Louise. Au moment de traverser une large artère dont le passage pour piétons n'était que vaguement respecté pour gagner la station de taxi, elle dut lutter pour ne pas se laisser distancer.

— Tout le monde marche plus vite, ici, vous avez remarqué ? lança Louise par-dessus son épaule. Les gens marchent plus vite, parlent plus vite, ils font tout plus vite ! C'est épatant !

C'était quelque chose, en vérité, que toute cette animation, cette agitation, ce monde partout. Cora s'interdisait de lever la tête, comme tout nouveau venu, pour contempler avec ébahissement les immeubles. Elle avait pris au sérieux les avertissements de tous ceux qui, à Wichita, l'avait exhortée à la prudence et elle se tenait à l'affût des pickpockets et des arnaqueurs, même s'il ne s'en présenta aucun durant la courte attente pour une voiture. Ce n'est qu'une fois dans le taxi, relativement au calme et en sécurité, que Cora essaya de s'imprégner de tout ce qui s'offrait à elle – cet inimaginable défilé continu d'immeubles, d'automobiles, de métros aériens et de trolleys. Elle avait déjà vu des photographies de New York, des scènes de rue et de parades dans le journal. Depuis des années, elle les scrutait, à l'affût d'un détail, n'importe lequel – un carrefour, une façade, l'expression d'un passant – susceptible de lui rappeler les premières années de sa vie. Mais jamais elle n'aurait pu imaginer le tumulte de la ville, cette cacophonie de moteurs, de klaxons, de cris, de bruits stridents et de cliquètements dissonants à chaque passage d'un train aérien. De retour à Wichita, ce paysage sonore resterait son souvenir le plus prégnant de la ville, et pour la décrire, elle ne pourrait que la comparer à une centaine de Douglas Avenue juxtaposées, superposées, pendant le jour le plus animé de l'année. Elle était à la fois sidérée, et bouleversée.

Mais rien ne pouvait entamer l'enthousiasme de Louise, même lorsqu'elles furent rendues 86e Rue Ouest, qu'elles grimpèrent l'escalier jusqu'au troisième étage et – conformément aux instructions du propriétaire à Leonard Brooks – délogèrent de sous une lame de parquet descellée à côté de la porte la clé qui leur livra l'entrée dans l'appartement décevant.

– Ce n'est pas si mal, décréta Louise en échouant à allumer une lampe dont il fallait espérer qu'elle avait simplement besoin d'une ampoule neuve.

La première pièce était une antichambre aux murs jaune pâle, exiguë et presque entièrement occupée par un petit bureau et une table ronde avec trois chaises. Il n'y avait pas de fenêtre, juste une peinture à l'huile représentant un chat siamois pendue au mur au-dessus du bureau. À la suite de Louise, Cora traversa une cuisine étroite qui servait également de couloir et débouchait sur la chambre, d'une surface identique à l'autre pièce, mais dont les murs étaient peints en vert. Il y avait une fenêtre, et un ventilateur au plafond. Mais pas de descente de lit. Une porte ouvrait sur le cabinet de toilette. La chambre elle-même n'avait pas de porte.

Louise se laissa choir sur le lit, déclara qu'il était très confortable et ajouta que les New-Yorkais n'étaient pas très regardants quant à leur appartement car ils n'étaient jamais chez eux.

– Ça me convient très bien, dit-elle en haussant la voix pour couvrir le bruit de l'eau que Cora était en train de faire couler dans le lavabo. Je pourrais vivre heureuse dans un placard tant qu'il se trouve à proximité de tout ce qui compte.

– Nous avons de l'eau chaude, annonça Cora.

Le cabinet de toilette était doté d'une lucarne qui donnait sur un puits d'aération, et ses murs, pour quelque obscure raison, étaient peints en rouge sang. Auraient-ils arboré des rayures orange, Cora n'en aurait eu que faire : elle avait besoin d'un bain, le reste n'était que détails. Tout en se déchaussant, elle passa la tête dans la chambre.

– Je vais prendre un bain, très chère. Avez-vous besoin d'utiliser la salle de bains auparavant ?

– Non, allez-y, répondit Louise qui, accroupie devant une prise électrique, branchait le ventilateur. Mais ne soyez pas trop longue. Je suis impatiente de sortir.

Cora s'adossa à l'embrasure de la porte tout en s'éventant avec la main.

— Vous avez faim ? demanda-t-elle. Nous avons pourtant copieusement soupé dans le train.

— Non, je n'ai pas faim mais on devrait aller à Times Square. On pourrait prendre le métro.

— Oh, Louise, soupira Cora en secouant la tête.

Elle était épuisée. Les couchettes du train s'étaient révélées aussi confortables qu'elles pouvaient l'être, avec des rideaux pour s'isoler et des oreillers regonflés par les soins d'un employé des wagons-lits ; mais Cora avait été gênée par la présence de ces inconnus de l'autre côté de l'allée, sans parler du tangage régulier. Elle n'avait pas très bien dormi.

Louise tira sur le décolleté de sa blouse.

— Je me disais bien que vous étiez peut-être fatiguée. Ce n'est pas un problème. Voulez-vous que je vous rapporte quelque chose ?

Cora la dévisagea. Dans la rue, en contrebas, un moteur pétarada. Louise soutint son regard en battant des paupières, un sourire aux lèvres, comme si ce qu'elle venait de dire était parfaitement sensé. Cora pencha la tête vers la fenêtre qui, hormis le reflet des pales du ventilateur sur la vitre, ne laissait voir qu'un mur de brique, dans la pénombre, à moins de deux mètres de distance lui sembla-t-il.

— Il fait presque nuit. Et vous avez votre premier cours demain matin.

— Pas avant 10 heures. J'aurais le temps de me reposer.

Elle se faufila devant Cora pour aller se regarder dans le miroir de la salle de bains. Ce fut un coup d'œil bref mais admiratif. Elle était magnifique et aussi fraîche qu'une rose, comme si, en dépit de la touffeur de ces pièces exiguës, et même après ce long périple en train, la transpiration, la poussière et la fatigue ne la concernaient pas. Louise était toujours perchée sur ses talons hauts et Cora étant pieds nus, dans le miroir, elles donnaient l'impression d'être de la même taille.

Cora soupira et, tout en se retournant pour vérifier le niveau de l'eau dans la baignoire, elle se prépara à ce qui allait suivre. Il n'y aurait pas moyen de couper à une dispute.

— Louise. Je suis désolée. Je ne peux pas vous laisser sortir seule.

Louise la fixa ; son sourire s'était évaporé. Elle prit une profonde inspiration et passa dans la chambre, tête baissée.

— Je ne vais pas aller bien loin. Je vais juste me promener un peu dans le coin. Ne vous inquiétez pas. Je ne m'éloignerai pas.

Cora s'appuya contre le chambranle de la porte.

— Je ne peux pas vous laisser sortir seule, répéta-t-elle. Franchement, je pense que vous le savez.

Louise, plantée dans l'étroit passage entre le mur vert pomme et le lit, se retourna, la tête légèrement rentrée dans les épaules. Comme un taureau, songea Cora.

— Non, je n'en sais rien, répondit-elle en croisant les bras. (Le triangle de peau pâle, dans le décolleté profond de sa blouse, s'était empourpré.) Je ne savais pas que j'étais prisonnière. Quel crime ai-je commis, d'ailleurs ? De quoi m'accuse-t-on exactement ?

Cora se frotta les yeux. Elle n'était pas d'humeur à écouter ces absurdités. Et si elle ne retirait pas son corset tout de suite, il allait éclater, lui semblait-il, comme un boyau trop plein.

— J'ai faim, reprit Louise en relevant le menton. Je viens de m'en apercevoir. Je vais faire le tour du pâté de maisons pour trouver quelque chose à manger pendant que vous prenez votre bain. Je n'en ai pas pour longtemps.

— Si vous avez réellement faim, je vais remettre mes chaussures et vous accompagner. J'ai repéré un snack, à deux pas d'ici je crois, et il était encore ouvert. Demain, nous pourrons aller au marché faire quelques courses.

Louise fit claquer sa langue et regarda distraitement le plafond.

— C'est vraiment idiot. Je veux juste me promener. Pourquoi ai-je besoin qu'on m'accompagne ?

Cora, à son tour, leva les yeux au plafond. Une grosse tache d'humidité, dont la forme lui évoquait la tête d'un lapin, s'étalait en son centre.

— Pour vous protéger.

— De quoi ?

C'était exaspérant. Elles avaient déjà parlé de tout cela. Cora secoua la tête. Elle ne tolérerait pas plus longtemps que Louise joue les ingénues et pose des questions ineptes, à seule fin de tourner ses réponses en ridicule ou d'en contester le bien-fondé.

— De quoi, Cora ? De ce que quelqu'un, à Wichita, pourrait penser de moi ? De ce que pourraient raconter les amis trop bavards de mon futur mari ? (Elle sourit, en secouant la tête.) Ça n'a aucune importance, ici. Personne ne sait qui je suis. (Elle inclina la tête et posa ses doigts entrelacés contre sa joue en battant des paupières.) Songez donc : je peux marcher seule dans une rue et espérer encore me marier un jour !

— Voulez-vous être violée ?

Cette question-là resta sans réponse. Louise était visiblement déstabilisée. Les rôles étaient enfin renversés, se félicita Cora en fléchissant les pieds et en remuant les orteils. Elle était toujours dans l'embrasure de la porte et sentait la fraîcheur du carrelage pénétrer à travers ses bas.

— Vous aimez parler franchement, Louise, me semble-t-il. J'ai donc pensé que je pourrais être franche avec vous. Je m'excuse si je vous ai choquée, mais oui, c'est là une des très bonnes raisons pour lesquelles je ne peux pas vous laisser sortir seule, la nuit, dans une ville que vous ne connaissez pas - surtout vêtue comme vous l'êtes.

Louise baissa les yeux et effleura du doigt l'encolure de sa blouse avec, aux lèvres, une moue d'enfant dépité.

— Sans parler de votre tendance à vous lier d'amitié avec de parfaits inconnus. À vous laisser offrir des choses, afin qu'ils puissent vous attirer dans un coin. Vous ne faites pas spécialement preuve de discernement. (Cora hissa son sac de voyage sur le lit, défit les sangles et sortit sa chemise de nuit en coton.) Très franchement, s'il vous arrivait quelque chose, quelque chose d'affreux, j'aurais énormément de mal à faire valoir que vous n'étiez pas en partie responsable.

Les voix d'un couple de noceurs qui chantaient à tue-tête montèrent de la rue. *Oh le Bowery ! Le Bowery ! Et dire que je n'y reviendrai plus !* Un homme cria des paroles inintelligibles, et un rire de femme alla se perdre dans la rumeur ininterrompue de la circulation.

– Très bien, dit enfin Louise, posément mais en scrutant Cora avec insistance, comme si elle gravait son visage dans sa mémoire. Je vais rester là.

Cora hocha la tête. Elle n'avait aucun désir de jouer les dragons mais, apparemment, sa protégée ne comprenait que le langage de la sévérité.

– Une fois de plus, si vous voulez descendre manger quelque chose, je peux vous...

– Je n'ai pas faim, la coupa Louise en lui tournant le dos. Vous pouvez prendre votre bain sans crainte. Je ne bouge pas d'ici.

Quel bonheur de se dévêtir, de libérer son ventre et ses hanches de l'étau du corset, de se débarrasser des bas, des jarretières, de retirer les épingles à chignon, et de grimper dans la baignoire fumante ! Cora devait cependant reconnaître que ce qui lui procurait un vrai soulagement, c'était de s'éloigner de Louise, ne serait-ce qu'en fermant une porte. Cora appréciait sa mine boudeuse et blessée encore moins que ses raisonnements et ses provocations. Si Louise était sincèrement blessée, elle ne pouvait s'en prendre qu'à elle-même. Ni Earle ni Howard n'avaient jamais osé lui tenir tête avec autant d'irrespect. S'ils étaient en désaccord avec les règles qu'Alan et elle avaient instituées, ils les supportaient en silence, comme les jeunes gens honorables qu'ils étaient. Mais en aucun cas ils n'essayaient de la pousser à bout à coups de disputes incessantes et de mouvements d'humeur spectaculaires. Cora repensa à Myra, et au professeur de danse de Wichita. L'une et l'autre avaient souhaité éloigner Louise. La raison commençait à en devenir évidente.

Elle s'enfonça plus profondément dans l'eau, ses cheveux mouillés lourds et froids sur les épaules. Eh bien, qu'elle boude ! Cora avait besoin de ce moment de répit pour penser, et prendre la mesure de l'endroit où elle se trouvait. Un peu plus tôt, en taxi, il se pouvait qu'elle ait emprunté des rues où sa mère et – qui sait ? – son père, étaient eux aussi passés, peut-être même en la portant dans leurs bras. Elle avait vu des immeubles qu'ils auraient peut-être reconnus. Avaient-ils eu d'autres enfants – ses frères et ses sœurs ? Parlaient-ils la langue de la femme au châle ? Leur ressemblait-elle ? La reconnaîtraient-ils, s'ils la croisaient dans la rue ? Ses propres parents. Et elle, les reconnaîtrait-elle ? Elle s'enjoignit à brider ses espoirs. Mais même si elle les retrouvait, même s'ils étaient morts, dans l'incapacité de la rencontrer, de rencontrer Howard et Earle, elle voulait au moins passer les prochaines semaines à marcher dans ces rues où elle pourrait mettre ses pas dans les leurs.

De l'autre côté de la porte, les ressorts du lit grincèrent. Cora étira ses orteils meurtris contre le robinet tout en restant à l'affût, par-dessus les sifflements de la tuyauterie, d'un quelconque mouvement dans la chambre. Que ferait-elle, si jamais Louise s'échappait et filait jusqu'à Times Square pendant qu'elle était dans son bain, nue, dans l'impossibilité de la retenir ? Quelle garantie avait-elle que la jeune fille n'allait pas lui désobéir ? Elle était si différente d'elle, au même âge ! Cora avait tellement eu besoin des Kaufmann – jamais elle ne se serait risquée à de tels comportements. Mal à l'aise à cause du silence, Cora retira la bonde et se releva avec précaution. Elle essuya le miroir embué avec une des serviettes très minces, mais propres, qu'elle avait trouvées dans le minuscule placard, et découvrit ses joues empourprées et ses cheveux lâchés, trempés mais déjà en train de boucler. Elle examina son corps ; sur sa poitrine et ses hanches, les marques de pression du corset commençaient à peine à s'effacer. Elle appuya le doigt sur l'une d'elle, et la peau rouge, douloureusement meurtrie, vira aussitôt au blanc. Peut-être que si elle avait eu une silhouette différente, elle aurait pu, de temps à autre, sortir sans corset.

Elle venait d'enfiler sa chemise de nuit lorsqu'elle distingua confusément des voix d'hommes et, immédiatement après, quelqu'un qui toquait à la porte d'entrée. Elle entrouvrit la porte de la salle de bains. Louise, étendue de tout son long sur le lit, encore habillée et plongée dans la lecture de Schopenhauer, ne releva pas la tête.

— Louise !

On frappa à nouveau. Louise semblait ne rien entendre.

– Bonsoir ! Y a quelqu'un ? Bonsoir ? Nous avons... bagages pour Broukse et... bagages pour Car-liss-le ?

– Louise ! siffla Cora. Nos malles ! Je les avais complètement oubliées. Pourriez-vous aller ouvrir, s'il vous plaît ? Je suis en chemise de nuit !

Sans lui accorder un seul regard, Louise referma son livre et se leva. Elle paraissait étonnamment petite, maintenant qu'elle avait retiré ses escarpins.

– Attendez, il vous faut les reçus, ajouta Cora en se penchant pour attraper son sac. Et nous devons laisser un pourboire.

Oui, mais de quel ordre ? Deux malles. Trois étages. Laissait-on des pourboires plus généreux, dans une grande ville ? Elle tendit quelques pièces à Louise et la pria de demander aux porteurs de déposer les malles dans l'antichambre.

Louise prit les pièces sans un mot et sans la regarder dans les yeux, et s'engagea dans le couloir-cuisine. Cora, dissimulée derrière la cloison de la chambre, entendit Louise ouvrir la porte.

– Désolée, messieurs. Bonsoir. Merci. Oui, j'ai les reçus. Carlisle et Brooks. Ici, ce sera parfait. Merci.

Cora entendit des grognements d'efforts, des pas lourds. L'un des hommes s'adressa à l'autre d'un ton bourru et dans une langue étrangère. Cora éteignit la lumière de la chambre et se risqua à regarder tout au bout de la cuisine. Elle aperçut sa malle *Indestructo* dans les bras d'un homme brun et corpulent, seulement vêtu d'un tricot de peau trempé de transpiration et d'un pantalon retenu par des bretelles. Puis il disparut de sa vue et un autre homme, barbu celui-là, et suant à grosses gouttes lui aussi, entra dans son champ de vision tandis qu'il transportait l'autre malle par ses poignées. Bien que Cora fût à l'autre extrémité de l'appartement, elle était incommodée par l'odeur de ces hommes - qui n'était jamais que celle de vêtements humides de transpiration, mais qui était assez puissante pour lui piquer les yeux.

Il y eut un autre échange inintelligible. Louise s'avança vers les porteurs pour prendre le petit bloc à pince et le crayon que lui tendait l'un d'eux. Elle semblait perturbée. Cora se demanda comment elle pouvait supporter une telle proximité. Elle portait toujours sa blouse au décolleté prononcé, mais l'homme qui attendait qu'elle lui rende son bloc y semblait indifférent. Pendant que Louise signait l'accusé de réception, il s'essuya le front d'un revers de bras.

Louise lui tendit le pourboire en le remerciant à nouveau et en le gratifiant d'un regard plus appuyé que nécessaire. Doux Jésus ! songea Cora. Cette fille n'avait donc pas une once de discernement ? Fallait-il qu'elle attise le désir de tous les hommes sans exception ?

– Voudriez-vous un verre d'eau ? proposa-t-elle soudain en lui rendant son bloc.

Silence. Depuis la chambre plongée dans le noir, Cora observa sa protégée porter la main à sa bouche et faire semblant de boire. La réponse des hommes fut inintelligible mais Louise gagna la cuisine et ouvrit les placards, en quête de verres. Cora se recroquevilla dans l'obscurité tout en tendant l'oreille pendant que Louise ouvrait le robinet. Un instant plus tard, elle leur demanda s'ils avaient encore soif, et sans doute la réponse fut-elle affirmative car Louise recommença tout le processus. Puis, les hommes dirent quelques mots que Cora ne comprit pas et ils vidèrent les lieux.

Après leur départ, une fois la porte refermée et verrouillée derrière eux, l'odeur âcre de leur transpiration flottait toujours dans la pièce. Cora traversa la cuisine, la main posée sur son nez et sa bouche, et faillit heurter Louise, qui se débarrassait des deux verres vides dans l'évier. Cora écarta sa main et regarda les yeux sombres de la jeune fille. Était-elle encore en colère ? Allait-elle se montrer hostile ? Allait-elle déclencher une autre dispute ?

– Vos cheveux… ils sont bouclés, dit Louise, d'une voix neutre - si elle était encore en colère, il n'en paraissait rien. Je ne le savais pas. C'est joli.

Cora sourit brièvement, en glissant quelques mèches derrière ses oreilles. Alan disait toujours ça, lui aussi.

– Merci. C'était gentil de votre part de leur offrir à boire.

Et ça l'était. D'ailleurs, Cora se sentait penaude, honteuse même, de n'y avoir pas songé elle-même. Que les porteurs seraient assoiffés ne lui était même pas venu à l'esprit. Mais ça, Louise n'avait pas besoin de le savoir.

Un bébé, qui se trouvait peut-être dans la pièce juste au-dessus, commença à pleurer. Louise paraissait calme, mais affichait une distance nouvelle, et ne la regardait pas dans les yeux.

– Je vais me changer et me coucher, annonça-t-elle en désignant la malle d'un mouvement de tête. Je rangerai mes affaires demain matin. Bonne nuit, ajouta-t-elle avec un sourire de pure forme.

– Bonne nuit, très chère.

Cora s'assit à la table, dans l'antichambre, pour laisser à Louise un peu d'intimité. Et puis, elle avait la sensation familière d'avoir oublié quelque chose de crucial, sans savoir ce dont il s'agissait. Elle regarda les malles. Louise, elle aussi, avait une *Indestructo*. Le modèle le plus luxueux. *À bon port et en parfait état*, vantait le slogan. On ne pouvait mieux dire. N'était-ce pas extraordinaire qu'elles soient arrivées l'une et l'autre à bon port et en parfait état, quand elles avaient été confiées à des inconnus, qu'elles avaient traversé une partie du pays avant d'être trimballées dans cette immense ville, en risquant à chaque étape d'être endommagées ou égarées ? Il aurait pu leur arriver n'importe quoi, et pourtant elles étaient là, intactes.

Le lendemain matin, elles prirent des œufs et du café au snack en face de chez elles, et le jeune homme qui travaillait derrière le comptoir leur assura que le croisement de Broadway et de la 72e était à moins de deux kilomètres de là. Il leur conseilla d'y aller à pied : à cette époque de l'année, le métro était une étuve et les tramways étaient toujours bondés. Il leur dessina un plan sur une serviette en papier avec le crayon qu'il gardait derrière l'oreille.

– D'où venez-vous ? demanda-t-il tout en resservant du café à un client mais en regardant Louise. Je pensais avoir entendu tous les accents du monde.

– Du Kansas, indiqua Louise en versant une cuillère de sucre dans sa tasse.

– Du Ki-*ansas* ? répéta-t-il avec une mimique d'étonnement réjoui. Vous arrivez directement de la *fiiirme* ?

Au comptoir, quelques clients gloussèrent. Cora sourit poliment.

– Je ne parle pas comme ça ! protesta Louise avec un regard soudain très froid.

Le jeune homme lança une petite cuillère en l'air, la rattrapa et lui rétorqua, avec un sourire amical :

– Désolé, ma belle. Mais faut croire que si.

En sortant, Cora essaya de la consoler.

– Il flirtait, dit-elle en repositionnant son chapeau pour se protéger du soleil. Vous n'avez absolument pas d'accent.

Elle était pour une fois sans inquiétude - au vu de la réaction de Louise, ce garçon n'avait pas la moindre chance.

Louise leva les yeux au ciel.

– Vous ne l'entendez pas parce que vous avez le même. On ne peut pas s'entendre soi-même. On parle comme des péquenaudes, et on ne s'en rend même pas compte. (Elle secoua la tête, les sourcils froncés.) Je devrais le remercier. Il m'a rendu service, ajouta-t-elle en parlant à présent lentement, et en prononçant chaque mot avec soin.

Le jeune homme leur avait également dessiné un plan fiable. Bien qu'étourdies par la chaleur déjà accablante, elles trouvèrent sans encombre l'église où allaient se tenir les cours de Louise. Au grand soulagement de Cora, on les dirigea vers le sous-sol et, sitôt engagée dans l'escalier, elle savoura l'air déjà plus frais qui caressait sa peau moite - même si, en bas, il flottait une odeur discrète d'humidité, de renfermé. On entendait le son étouffé d'un piano jouant une valse, qui s'amplifia lorsqu'elles poussèrent une porte ouvrant sur une vaste salle basse de plafond et dépourvue de fenêtres, dont un mur était entièrement tapissé de miroirs. Une vingtaine de jeunes femmes et quatre garçons, tous pieds nus et vêtus de costumes de bain sans manches, faisaient des étirements devant les barres en bois fixées aux murs. La pianiste, qui portait des lunettes, scrutait la partition d'un regard sévère.

– Je vais me changer, annonça Louise en détachant bien chaque mot et en désignant une porte rouge d'où émergeaient d'autres jeunes femmes.

Cora acquiesça et lui sourit. Elle aurait aimé l'encourager de quelques mots gentils, lui dire de ne pas être nerveuse. Mais Louise était tout sauf nerveuse. Elle semblait même parfaitement sereine, et elle ne paraissait pas avoir besoin d'encouragements. Cora la regarda s'éloigner, en même temps que quelques-uns des danseurs.

En vingt minutes à peine d'échauffements dirigés par une femme mince, aux cheveux roux coupés au carré, qui criait en français des instructions que tous les élèves semblaient comprendre, Cora, assise dans un coin sur une chaise en métal, comprit pourquoi Louise n'avait manifesté aucune anxiété : elle était douée. Lorsqu'elle sautait, malgré des jambes peut-être plus courtes et plus fortes que la plupart des autres danseuses, elle se réceptionnait avec plus de légèreté. Elle était musclée et tenait également ses postures plus longtemps que les autres, et sans trembler. D'une façon générale, elle donnait l'impression de se mouvoir avec plus de grâce que n'importe qui, y compris le professeur. Cora ne comprenait pas grand-chose à la danse, mais d'autres qu'elles semblaient avoir remarqué le talent de Louise : l'homme à la silhouette élancé et la femme coiffée d'un turban, qui conversaient à voix basse près du miroir et dégageaient une forte impression d'autorité. Lorsque Louise exécuta un saut devant le reste de la classe, la femme au turban hocha la tête à l'intention de son compagnon.

Quand cette dernière leva la main, le piano se tut et les danseurs s'immobilisèrent. En dépit de la relative fraîcheur qui régnait dans le sous-sol, tous transpiraient à grosses gouttes dans leur justaucorps en laine, même Louise. Mais mis à part quelques halètements, tous observaient le plus grand silence et regardaient le couple avec respect. Quand la femme au turban leur demanda de s'asseoir, ils s'exécutèrent, à même le plancher.

– Bienvenue à vous tous. Bienvenue chez Denishawn. Je suis Ruth St Denis.

Cora se demanda comment le serveur de ce matin aurait imité Ruth St Denis. Bien que son accent n'évoquât pas à proprement parler des origines étrangères, son phrasé, qui accentuait chaque mot, rappelait la diction d'une comédienne.

– Vous m'appellerez miss Ruth, je vous prie, ajouta-t-elle avec un sourire en tendant les mains vers eux.

Elle arborait une robe courte, sans manches, d'un rouge profond, et elle avait noué une écharpe de soie marron en ceinture sur ses hanches étroites. Comme les danseurs, elle était pieds nus. Quelques mèches d'un blanc laiteux s'échappaient du turban, mais son visage ne semblait pas beaucoup plus âgé que celui de Cora. Ses sourcils étaient épilés en deux très fins arcs de cercle.

Elle inclina imperceptiblement la tête de côté et tendit son bras musclé vers la droite.

– Et voici mon mari et partenaire, Ted Shawn.

L'homme, tout de blanc vêtu, en chemise et pantalon de flanelle, pieds nus lui aussi, sourit aux élèves. Quoiqu'il fût apparemment détendu, sa posture était parfaite.

– Vous pourrez m'appeler Papa Shawn, indiqua-t-il, d'une voix dépourvue d'accent ou d'affectation. Cela peut vous paraître bizarre maintenant, mais quand nous aurons fait plus ample connaissance, cela vous viendra naturellement.

La classe éclata de rire, mais certains élèves, dont Louise, semblaient quelque peu éblouis. Ted Shawn mesurait plus d'un mètre quatre-vingts, il était musclé, avec un large torse. Malgré une chevelure clairsemée et un début de calvitie, il paraissait plus jeune que sa femme. Cora trouva que quelque chose, dans son attitude, rappelait Alan.

Il sourit à son épouse, qui avait repris la parole :

– Malheureusement, je ne vais pas pouvoir rester à New York et observer vos progrès. Comme vous le savez sans doute, nous avons un studio à Los Angeles et je dois passer au moins une partie de l'été là-bas. Mais nous nous reverrons, et je tenais à vous rencontrer aujourd'hui pour vous donner peut-être quelques conseils et un peu d'inspiration.

Tout en parlant, Ruth St Denis fixait un point sur le mur, juste au-dessus de la tête de Cora, les yeux étrécis, comme si quelque chose y avait attiré son attention. Après un moment, Cora se retourna, et ne vit qu'un mur blanc.

Tous représentaient désormais Denishawn, poursuivit Ruth St Denis et, à ce titre, ils devaient veiller à leur comportement en toutes circonstances. Par le passé, d'autres personnes elles aussi intéressées par la danse contemporaine avaient hélas permis – tout au moins dans l'esprit du public – d'établir un lien entre cette expression artistique et des conduites sordides. Il était entendu que son mari et elle mettraient tout en œuvre pour corriger cette erreur de perception. Les jeunes femmes qui étudiaient chez Denishawn portaient bas et gants en public, et ne sortaient jamais tête nue – ce dernier point valant également pour les messieurs. Naturellement, cigarettes et alcool leur étaient interdits, tant au studio qu'à l'extérieur.

— La danse est une expérience *spirituelle*, déclara-t-elle avec un port de tête altier en promenant les yeux sur son auditoire. Qui *proscrit* l'indécence et la dépravation.

Dans le miroir, Cora aperçut le visage de Louise et remarqua la moue qui creusait un coin de sa bouche. Le charme semblait rompu et elle était la seule à ne plus couver les maîtres d'un regard de vénération. Si Ruth St Denis remarqua cette rétractation subtile, elle ne le montra pas. Elle déclara encore aux élèves qu'ils étaient aux avant-postes d'une révolution dans la danse américaine et que peu lui importaient les enchaînements mémorisés au millimètre près, les vaines prouesses physiques ou techniques, les battements ou les pirouettes spectaculaires. Les compétences techniques, insista-t-elle, n'étaient que l'outil grâce auquel le corps pouvait révéler sa compréhension naturelle du rythme de l'univers, permettant à tout le monde, à toutes les races, d'appréhender Dieu,

Bouddha, Allah et le divin dans toutes les formes. Oui, la danse donnait à voir le divin, et les danseurs devaient comprendre qu'ils n'étaient pas dans leur corps – mais que c'était leur corps qui était en eux.

Cora ne saisit pas un traître mot de ce discours. Cependant, comme elle semblait la seule dans ce cas, elle l'écouta très attentivement. Elle avait apporté avec elle *L'Âge de l'innocence* mais elle renonça à l'ouvrir, par crainte de se ridiculiser, ou de donner l'impression qu'elle n'était pas capable de comprendre ce qui avait trait au domaine de l'art. Et en vérité, ce petit laïus l'intéressait, jusque dans ses points qui demeuraient obscurs.

– Je veux que vous appreniez à sentir la musique, poursuivit St Denis en joignant les mains en geste de prière. Pas à tenir des comptes sans queue ni tête dans votre tête. Certains compositeurs facilitent cette sensation. Y en a-t-il parmi vous qui connaissent la musique de Debussy ?

Personne ne se manifesta. St Denis leur adressa un sourire rassurant et s'apprêtait à poursuivre quand Louise leva la main.

– Moi, bien sûr. Ma mère en joue tout le temps.

Quelques élèves se tournèrent pour voir qui avait parlé. Certains échangèrent des regards.

Après que Ruth St Denis et Ted Shawn se furent éloignés, le cours reprit. Le professeur aux cheveux roux demanda aux élèves de se lever et de tourner la tête d'un côté, puis de l'autre, tout en maintenant les épaules parfaitement immobiles. Elle appelait ce mouvement « le cobra ». Louise y excellait. Son casque de cheveux bruns et son cou pâle semblaient déconnectés de ses épaules. Se sentant à l'abri des regards dans son coin, Cora s'essaya à en reproduire une version abrégée, en tournant imperceptiblement la tête, le dos bien droit et immobile sur sa chaise.

– Bonjour…

Elle leva les yeux. Ruth St Denis s'avançait vers elle, pieds nus, sans bruit.

– Oh, bonjour.

Cora se leva avec la sensation d'être aussi gracieuse qu'une vache. En dépit de ses talons, elle n'était pas plus grande que Ruth St Denis, et, surtout, elle était bien plus massive. Et bien plus mal fagotée. Machinalement, elle porta la main à ses cheveux.

– J'espère que ma présence ne vous dérange pas. J'accompagne Louise Brooks. Je suis son chaperon.

– Ah oui, du Kansas, répondit Ruth St Denis, l'air amusé. Enchantée. J'avais entendu dire que Louise aurait une compagne de voyage. J'ai trouvé cela avisé de la part de sa mère.

– Oh. Vous avez rencontré Myra...

– Non, je ne participais pas à cette tournée. Mais Ted a rencontré Louise et sa mère lorsqu'elles sont venues le voir en coulisses, après le spectacle, à...

Elle ferma les yeux et tapota son turban.

– Wichita, acheva Cora.

– Wichita, répéta-t-elle en souriant. L'une et l'autre lui ont fait une sacrée impression, ajouta-t-elle avec un regard entendu. Bien. Elle paraît arrogante. L'est-elle ?

Cora regarda Louise et hésita. Une réponse honnête se devait d'être affirmative, mais sur l'instant, bizarrement, elle éprouva un élan protecteur envers la jeune fille qui, bras croisés, observait très attentivement le professeur.

– Eh bien, elle a des qualités... hasarda-t-elle.

– Hmm, fit St Denis en haussant ses fins sourcils. Comme la majorité d'entre nous.

Le professeur avait distribué aux élèves un carré d'une étoffe diaphane, orange. Elle faisait flotter et tourbillonner le sien à bout de bras au-dessus de sa tête, et chacun l'imitait.

– Mais elle a du talent, n'est-ce pas ? demanda Cora en observant Louise. Je ne connais rien à la danse. Mais j'ai suivi le cours et elle me paraît douée.

St Denis hocha lentement la tête.

– C'est l'impression qu'elle donne. Pour une débutante. Et cela n'a rien de surprenant, ajouta-t-elle en souriant à Cora avant de regarder Louise. Ted m'a raconté son entrevue avec sa mère. On connaît bien ce genre de personnage. Montrez-moi une mère avec autant d'ambitions déçues, et je vous montrerai une fille née pour le succès.

Cora observa Louise exécuter une pirouette, lente et contrôlée, les deux bras parfaitement tendus à la verticale, le visage luisant de transpiration renversé en direction d'un des plafonniers. Ruth St Denis avait probablement raison : aussi belle et douée soit-elle, Louise n'était arrivée là que par la volonté de sa mère. Certes, elle ne devait sa grâce et son talent qu'à elle-même, mais qu'aurait-elle été, sans Myra ? Si, petite, Louise avait été expédiée en train vers une autre vie, si elle n'avait jamais connu cette mère à qui elle ressemblait tant, aurait-elle mieux réussi ? Moins bien ? Qu'est-ce qui aurait été différent, chez elle ?

Tandis que le professeur lançait ses directives aux danseurs : « Tournez. Encore. Encore ! », Ruth St Denis toucha le bras de Cora.

— J'étais ravie de vous rencontrer. Et sachez que vous êtes la bienvenue si vous souhaitez assister aux cours. Mais cela représente cinq heures par jour. Vous pouvez nous confier Louise sans crainte. Nous gardons nos élèves à l'œil. Même pendant la pause, précisa-t-elle avec un sourire.

Cora ne doutait nullement que, même après le départ de Ruth St Denis pour Los Angeles, ses volontés vaudraient pour loi. On voyait qu'elle était la souveraine - ou du moins la moitié du duo régnant sur ce petit monde. Cora pouvait sans crainte laisser Louise sous leur surveillance. Elle aurait ses après-midi libres.

— Profitez-en pour visiter la ville, reprit Ruth St Denis en contemplant le plafond, comme si tout New York était contenu dans l'église au-dessus d'elle. Étiez-vous déjà venue ?

Cora secoua la tête. Une fois de plus, mentir était plus simple. Elle regarda le professeur, au milieu du groupe, lever son foulard orange à bout de bras et, tout en exécutant une pirouette gracieuse, l'enrouler autour de ses épaules tel un châle, la tête légèrement inclinée vers le bas, dissimulant l'expression de son visage.

Cora détourna les yeux. Elle était venue de si loin, et maintenant elle était ici. L'adresse était là, dans son sac.

Elle remercia Ruth St Denis de sa suggestion et convint qu'en effet il y avait bien des choses qu'elle avait envie de découvrir dans cette ville et que, oui, elle allait naturellement profiter de son temps libre.

The New York Home for Friendless Girls
355, 15e Rue Ouest
New York, New York

Mrs. Alan Carlisle
194 rue St. Francis
Wichita, Kansas

23 novembre 1908

Chère Mrs. Carlisle,

Merci de votre généreux don, reçu la semaine dernière. En dépit de notre gratitude envers ces gestes de bienfaisance indispensables pour nourrir, vêtir et éduquer les filles qui nous sont confiées, nous ne sommes pas en mesure de donner suite à votre troisième requête, ni à aucune autre, concernant vos parents naturels. Nous sommes heureuses d'apprendre que vous êtes aujourd'hui mariée, mère comblée de deux petits garçons, et que vous êtes assez aisée pour nous aider. Considérez s'il vous plaît que cette réussite n'a été possible que grâce à l'opportunité qui vous a été offerte de commencer une nouvelle vie loin d'ici, et de rompre vos liens avec un passé accablant. Nous sommes tenues par notre règlement de protéger la vie privée des parents naturels, qui peuvent souhaiter demeurer anonymes, mais de veiller également au bien-être de nos anciennes pupilles, dont nous sommes convaincues qu'elles ont tout intérêt à se concentrer sur leur vie présente plutôt que sur leurs origines troubles.

J'ai été sensible à la nostalgie et au désarroi que vous exprimez. Sachez que je prierai pour vous,

Que Dieu vous garde.

Sœur Eugenia Malley

8

Cora remonta Broadway à pied, seule, en se réjouissant de l'ombre continue qu'offraient les immeubles. Lorsqu'elle arriva au snack, il y avait foule. Elle gagna le comptoir tout en chassant d'un geste la fumée des cigares et cigarettes. Le jeune homme au nœud papillon qui avait flirté avec Louise était toujours à son poste. Il lui sourit, lui indiqua deux tabourets libres d'un mouvement de tête puis il s'avança pour débarrasser quelques assiettes sales.

— Bonjour. Où est votre amie du *Ki-ansas* ? demanda-t-il en inspectant la salle, tandis que Cora se juchait sur un tabouret.

— En cours. Je prendrai un thé glacé, s'il vous plaît.

La déception du garçon était manifeste, mais il orienta obligeamment le ventilateur électrique vers Cora, avant d'aller servir du café à un autre client. Elle en profita pour l'observer. Il n'était pas si fou que ça de s'enquérir de Louise, de s'imaginer qu'il avait peut-être une chance. C'était un séduisant jeune homme, à peine plus âgé que Howard et Earle, avec des cheveux châtains éclaircis par endroits par le soleil et des yeux verts qui auraient sans doute fait se pâmer une adolescente ordinaire. Louise, elle, les avait à peine remarqués.

Il revint placer un verre et un sucrier devant elle.

— En cours de quoi ?

– De danse, indiqua Cora avec un regard sévère – il n'obtiendrait aucune autre information d'elle.

– Ça ne m'étonne pas, dit-il en lui servant du thé, sans la regarder. Elle avait l'air d'une danseuse. Elle a le physique d'une actrice de cinéma. Je vous demande ça parce que je me suis dit qu'elle suivait sans doute des cours d'été, et je me demandais où. Je suis étudiant à Columbia. Je ne travaille ici que pendant les grandes vacances, pour financer en partie mes études. Vous pourriez peut-être le mentionner à votre amie, à l'occasion ? Le thé est offert par la maison, ajouta-t-il avec un sourire complice.

Cora n'eut pas le temps de lui répondre car, alerté par une sonnette, il se détourna pour réceptionner une assiette de pancakes sur le passe-plat qui communiquait avec la cuisine. Pauvre garçon, songea-t-elle. Il était déjà sous le charme. Sans doute en pure perte. Louise ne serait nullement impressionnée par son statut de futur diplômé. Elle pourrait épouser cet étudiant, rendre toutes les autres filles jalouses, et néanmoins finir comme sa mère.

Lorsque le jeune homme vint lui proposer de la resservir, il se pencha au-dessus du comptoir et ajouta, en baissant la voix :

– Je m'appelle Floyd, au fait. Floyd Smithers. Vous êtes sœurs, toutes les deux ?

Cora leva les yeux au ciel. Il essayait une nouvelle tactique : flatter le garde. Elle sortit de son sac le papier sur lequel était notée l'adresse et le lui montra.

– Je peux payer mon verre de thé, répondit-elle avec détachement, mais j'espérais que vous pourriez m'indiquer le chemin le plus simple pour me rendre à cette adresse. Est-ce loin d'ici ?

– Non, pas très loin. Mais pas tout près non plus. Vous devriez prendre le métro.

Il délogea le stylo glissé derrière son oreille et entreprit de tracer un nouveau plan sur une serviette en papier, à une échelle plus grande cette fois, et moins détaillé que le précédent. Cora jeta un œil par-dessus son épaule. Une femme blonde, avec une coupe au carré, dont la jupe exhibait les genoux, était seule à une table, en train de fumer une cigarette. Elle croisa le regard de Cora qui, gênée, le détourna aussitôt.

— Voilà qui devrait vous permettre d'y arriver, dit le garçon en faisant glisser la serviette en papier vers elle. Dites donc, qu'allez-vous faire là-bas ?

— Oh... Je cherche une vieille amie, répondit Cora en réajustant son chapeau.

— Ah ouais ? fit-il, l'air surpris.

— Pourquoi ? Ce n'est pas un quartier recommandable ?

Il haussa les épaules.

— Ça peut aller. C'est à côté des docks.

Cora contempla son reflet brouillé sur le comptoir en inox. Oui. *Oui !* Elle se revoyait sur son lit, dans le dortoir, et se souvint qu'elle entendait le son grave des sirènes des bateaux. Elle effleura son verre pour stabiliser le tremblement de sa main.

— Ça n'a rien d'épouvantable. Il y a surtout des Irlandais, reprit le jeune homme en baissant la voix. Et des Italiens. C'est très mélangé. Si vous tenez bien votre sac, il ne vous arrivera rien. Certains de ces mômes sont drôlement lestes. Et vous pourriez aussi laisser cette bague à la maison, ajouta-t-il en désignant sa main d'un mouvement du menton. Si on la mettait au clou, elle pourrait nourrir une famille de dix pendant un an.

Cora regarda son alliance, avec son diamant taillé à la mode européenne, qu'Alan et elle avaient choisie ensemble. Puis elle releva les yeux vers le jeune homme.

— Ah, mince ! Je ne voulais pas vous faire peur. Ce quartier n'est pas non plus un coupe-gorge ! Pas du tout. Vous savez quoi ? Vous serez à quelques blocs à peine de l'hôtel Chelsea. C'est un établissement célèbre. Mark Twain y a séjourné. Lillian Gish également. Et puis il y a de belles demeures, dans le coin. Tenez, je vais vous les indiquer sur le plan. Si vous voulez les voir, il vous suffira de remonter la 8e Avenue.

Il se courba au-dessus du plan et traça quelques nouvelles croix et, lorsqu'il le fit glisser vers Cora, il reprit, l'air inquiet :

— Écoutez, je n'ai pas voulu dire que c'était un coin mal famé. Pas du tout. Il y a beaucoup d'étrangers, c'est tout. Et des gamins au ventre creux. Mais ce n'est pas dangereux.

Cora le remercia et sortit trente cents de son sac pour régler le thé et laisser un généreux pourboire. La veille, en se moquant de son accent, ce garçon n'avait pas été tendre avec Louise. Mais maintenant, c'était à elle qu'il venait de rendre service, en la préparant à affronter une dure vérité.

— Hé ! protesta-t-il en se reculant. Le thé était pour moi, vous avez oublié ? Vous deviez glisser un mot en ma faveur. Je pensais qu'on était de mèche, vous et moi, ajouta-t-il avec un mouvement de va-et-vient de l'index.

Cora ne put retenir un éclat de rire. Floyd Smithers. Un bien gentil garçon. Il lui rappelait son Howard, né quatre minutes avant son frère, et d'ores et déjà si intrépide, si impatient de venir au monde pour en découdre avec lui. Ses fils lui manquaient. Et elle s'inquiétait pour eux. Elle leur écrirait dès ce soir, décida-t-elle, pour leur rappeler d'être prudents. Il y avait tant de façons de se blesser, dans une ferme.

Elle rangea le plan et enfila ses gants.

— Merci pour ces indications. Je crains hélas de ne pas pouvoir vous aider, en ce qui concerne ma jeune amie. Elle est vraiment jeune, à ce propos. Quinze ans. Et je l'accompagne pour veiller sur elle.

— Mais je veux juste...

Cora l'interrompit d'un geste de la main.

— Vous devriez diriger vos espoirs ailleurs.

Et il eut beau lui décocher un regard culpabilisateur, comme si elle se méprenait, ou le spoliait de quelque chose, elle quitta les lieux sans éprouver l'ombre d'un remords. Floyd Smithers était un gentil garçon, promis à un bel avenir. Elle aussi, elle venait de lui rendre service.

Dans le métro, l'atmosphère était suffocante. Cora avait espéré trouver un peu de fraîcheur en sous-sol, à l'abri du soleil, mais dans le wagon, la foule était si compacte que l'air y était moite et sentait à la fois le renfermé, l'urine et l'hygiène corporelle douteuse. Cependant, la vitesse du train était perceptible et c'était grisant de foncer dans les entrailles de la ville sans rencontrer d'obstacle. Comme tous les sièges étaient occupés, Cora resta debout et agrippa une courroie. À côté d'elle, deux vieux messieurs semblaient se disputer dans une langue qui ressemblait à du français, et un autre passager était secoué de quintes de toux. Elle s'efforça de ne regarder personne en particulier. À Wichita, quand un tramway était à ce point bondé, elle regardait toujours par les fenêtres, moins pour le paysage que par souci de politesse. Les New-Yorkais faisaient de même, bien qu'il n'y eût rien à voir derrière les fenêtres du wagon, sinon la paroi du tunnel.

Les arrêts étaient brefs mais fréquents. Cora s'écartait pour céder le passage et inclinait la tête pour protéger le bord de son chapeau. Elle avait conscience que chaque nouvel arrêt la rapprochait de sa destination et, en dépit de l'air fétide, elle regretta que ce trajet en métro ne puisse se poursuivre indéfiniment, jusqu'à ce qu'elle soit réellement prête. Elle avait encore du mal à concevoir que le New York Home for Friendless Girls puisse être un bâtiment de briques brunes à l'existence physique bien réelle, et non pas juste un souvenir qui hantait son esprit. Qu'allait-elle éprouver à sa vue ? En touchant ses murs ?

Au sortir de la bouche de métro, elle s'écarta du passage et prit un moment pour étudier le plan. Elle était tout près. D'après les indications de Floyd Smithers, l'adresse qu'elle cherchait se trouvait au croisement suivant. Elle tapota son front moite du bout de ses doigts gantés. Bientôt, bien trop tôt, elle serait devant la porte de l'orphelinat. Elle rangea le plan. Les rues et les avenues étaient numérotées avec logique. Si elle se promenait un moment pour apaiser sa nervosité, elle avait peu de chances de se perdre. Elle ouvrit son ombrelle et, de sa main libre, serra son sac étroitement contre sa poitrine.

Floyd Smithers n'avait pas menti au sujet du quartier – les Irlandais, ou du moins leurs patronymes, étaient partout. *Cordonnerie McCormick. Automobiles et pneumatiques Kelly. Restaurant Chez Sullivan. Chez l'Irlandais* était tout simplement *Chez l'Irlandais* – et la mention « *débit de boisson* » avait été recouverte par une mince couche de peinture. Elle dépassa une église catholique. La plupart des gens qu'elle croisait, à en croire leur physionomie et leur accent, semblaient natifs de New York, même si elle entendit une vieille femme hurler de sa fenêtre : « Daniel Mulligan O'Brien ! Remonte tout de suite ou gare à tes fesses ! » Une menace à laquelle personne, à part Cora, et apparemment même pas l'interpellé, ne prêta attention. Mais on entendait parler d'autres langues ici ou là. De l'espagnol. Du français. D'autres encore, que Cora ne savait pas identifier. Le long d'une petite rue bruyante et congestionnée par les autos et les camions, une bande de fillettes avec des nattes jouait avec une balle en caoutchouc devant un perron, en s'apostrophant dans une langue que Cora ne parvint pas à identifier. Au-dessus de leurs têtes, tendues de fenêtre à fenêtre sur la largeur de la rue, il y avait des dizaines de cordes à linge où pendaient vêtements et sous-vêtements, dont quantité de brassières et de petites chemises, de culottes courtes au derrière rapiécé et de robes de fillette aux ourlets effilochés.

Le fait était qu'il y avait des enfants partout. Dans une rue, elle en croisa sur chaque perron, par groupes de cinq ou six au moins, en train de jouer à la balle ou de se balancer sur les rambardes. Sur les trottoirs, certains accompagnaient leur mère ou des hommes coiffés de casquettes de manutentionnaire. D'autres, plus nombreux, se déplaçaient en bandes - de filles uniquement, ou de garçons, mais jamais mixtes. Beaucoup, les cheveux plaqués en arrière et encore ruisselants, donnaient l'impression de sortir tout juste d'une baignade, tout habillés ; aucun d'entre eux ne semblait pourtant particulièrement propre. Ils jouaient à se bousculer et riaient, et ceux qui étaient pieds nus sautillaient sur le trottoir brûlant. Cora vit une fillette blonde d'environ huit ans plonger la main dans une poubelle et en extraire un trognon de pomme charnu dans lequel elle mordit avec délectation. Et lorsque ses camarades vinrent se rassembler autour d'elle, elle le leur tendit, et chacune y croqua à son tour.

À un moment donné, elle dépassa une femme enceinte, coiffée d'un chapeau chiffonné et avec un hématome sur la joue, qui tenait un enfant calé sur la hanche et en remorquait un autre. Quand elle remarqua que Cora la dévisageait, elle lui décocha un regard irrité.

Et puis il y avait les bébés. Tellement de bébés ! Il y avait ceux qu'on voyait dans les bras d'autres enfants et qu'on entendait pleurer par les fenêtres ouvertes. Ceux qui passaient dans des landaus bancals, ou dormaient contre leur mère, lovés dans le creux d'une écharpe. Sur un banc, devant une salle de billard, une femme en longue robe noire donnait le sein à un très jeune enfant, offrant à la vue de tous sa poitrine dénudée et gorgée de lait. Lorsqu'elle croisa le regard stupéfait de Cora, elle se méprit et, avec un grand sourire, elle lui lança quelques mots d'un ton enjoué en italien.

Cora se sentit prise de vertige, incommodée par la chaleur, ou par les odeurs qui variaient de façon si abrupte d'une devanture de magasin à l'autre. À celle du pain encore chaud succédait la puanteur de l'urine de chats. Puis celle du fromage en train de fondre. Et de la lessive. Et de la viande rôtie. Parfois, portée par un souffle de vent, on pouvait aussi sentir l'odeur de l'océan. Cora entra dans un café pour s'apercevoir, trop tard, qu'il n'y avait que des hommes. Tandis qu'elle faisait demi-tour précipitamment, ils l'interpellèrent dans une langue étrangère, et elle devina que ces apostrophes dérogeaient au respect – dans le meilleur des cas.

Elle ressortit le petit plan. Elle ne se sentait toujours pas prête, loin de là. Mais elle avait chaud. Et elle était fatiguée.

Trois fillettes vêtues de robes défraîchies la dépassèrent en galopant et en poussant des cris stridents. La plus petite heurta, de son épaule osseuse, la jupe de Cora. Sans ralentir sa course qui agitait sa tresse brune comme un balancier dans son dos, elle lança à tue-tête un « Pardon, m'dame ! » puis elle se retourna brièvement en lui adressant un sourire radieux et édenté.

Elle faillit dépasser le bâtiment et aurait pu ne pas s'en apercevoir si elle n'avait pas connu l'adresse exacte – dans son souvenir, il était bien plus imposant. En réalité, il ne comportait que trois étages, chacun percé de cinq fenêtres, surmontés du mur aveugle tout en haut. Sur une parcelle adjacente dont elle ne gardait aucun souvenir, derrière des grilles fermées par un grand portail, se dressait une dépendance, une construction en bois d'un étage. Mais le bâtiment principal de briques brunes était exactement tel qu'elle se le rappelait, et sur la petite plaque dorée ornée d'une croix et apposée à la porte d'entrée, Cora lut, gravé en lettres noires : *The New York Home for Friendless Girls.* Elle contempla l'inscription d'un regard réprobateur. Après toutes ces années, franchement... N'auraient-ils pas pu lui trouver un autre nom ?

Il flottait dans la rue un parfum de sucre et de beurre, de gâteaux tout juste sortis du four. Cora songea que si elle avait senti ces délicieux effluves du temps où elle était une petite fille affamée, elle s'en serait forcément souvenu. Donnait-on des gâteaux aux petites orphelines, maintenant ? Ou bien les fillettes confectionnaient-elles des gâteaux pour les vendre ? D'autres changements sautaient aux yeux. Dans la cour, derrière la clôture, on avait installé un portique rudimentaire où pendaient une grosse corde, avec un nœud à son extrémité, et des balançoires dont les sièges étaient en fait des couvercles de caisses d'emballage. Mais certaines choses étaient identiques. À côté des balançoires, près de la porte, Cora avisa un tas de gros sacs en toile. Une arrivée de linge. Elle leva les yeux en direction du toit.

— Puis-je vous aider ?

Elle se retourna. Une jeune nonne dont la lèvre supérieure s'ornait d'un duvet brun grimpait en hâte le perron, suivie par un homme en salopette qui transportait une caisse en bois.

— Oui, répondit Cora en s'engageant sur les marches. Je voudrais... J'aimerais parler à quelqu'un.

— À quel propos ? s'enquit la religieuse avec un regard amical, tout en soutenant un côté de la caisse pendant que l'homme sortait un trousseau de clés de sa poche.

Cora hésita. Elle tombait manifestement mal.

— J'ai vécu ici autrefois, bafouilla-t-elle. Quand j'étais petite.

L'homme, tout en déverrouillant la porte, coula un regard vers elle de derrière ses lunettes cerclées de fil de fer puis adressa un signe de tête à la nonne, reprit la caisse à deux mains et s'engouffra à l'intérieur.

— Je vois, fit la religieuse en frottant ses mains meurtries l'une contre l'autre.

Bien que pressée, elle sembla mettre un point d'honneur à n'en rien laisser paraître. Cora n'aurait su dire si elle était surprise, ou si elle voyait quotidiennement défiler des petites orphelines devenues femmes.

— Je crains que vous ne tombiez à l'heure de la messe, reprit-elle. Nous serons toutes là-haut jusqu'à 13 heures. Pourriez-vous revenir demain – avant midi et demi, ou après 13 heures ?

Cora s'employa à cacher sa déception. Même après toutes ces années, en présence d'une sœur, elle retrouvait le réflexe de s'en tenir à une approbation muette, de ne pas discuter la réponse qui lui était faite, de n'afficher que courtoisie et gratitude. N'était-ce pas ridicule ? Elle n'était plus une gamine à présent ! Mais une femme adulte, mariée. Elle n'avait plus rien à craindre d'une sœur.

— Ne pourrais-je pas simplement attendre à l'intérieur ? insista-t-elle avec un sourire aimable. J'ignore si j'aurai la possibilité de revenir. Je viens de très loin.

La nonne acquiesça et Cora lui emboîta le pas jusqu'en haut du perron. Le hall d'entrée était exigu, ses murs peints en blanc ; en face se trouvait l'escalier, et à gauche de celui-ci, un long couloir qui conduisait à une cuisine baignée de lumière naturelle. De là où elle était, Cora aperçut un bout de cuisinière. Mais le parfum de pâtisserie qui embaumait la rue avait disparu, remplacé par l'odeur de l'eau de Javel.

La sœur referma la porte d'entrée et donna un tour de verrou.

— Merci, Joseph ! lança-t-elle, bien que l'homme eût déjà disparu. Je suis navrée, mais je ne peux me permettre d'être en retard, ajouta-t-elle à l'intention de Cora tout en relevant à deux mains l'ourlet de sa robe pour s'élancer dans l'escalier. Prenez ce couloir, traversez la cuisine, et vous tomberez sur le réfectoire. Je vous invite à vous asseoir et à attendre là.

Cora s'attarda un instant dans le hall d'entrée, et écouta le son assourdi d'un piano, quelque part à l'étage. La caisse en bois trônait à côté de la porte, et Cora vit qu'elle était remplie de chaussures – des paires de chaussures de filles éraflées, usées, entourées chacune d'une bande élastique. Elle regarda la poignée de la porte d'entrée – oblongue, en cuivre, ornée d'un feston de petites boules. Cela ne lui rappelait rien. Mais ce n'était guère étonnant. Ce n'était pas comme si elle avait passé son temps à faire des allées et venues à sa guise.

Lorsqu'elle s'engagea dans le couloir, l'odeur d'eau de Javel gagna en puissance. Elle dépassa deux portes, fermées toutes les deux. À l'étage, des voix de filles se joignirent au piano. *Chaque jour, dis à Marie des louanges, ô mon âme.* Cora se figea et leva la tête. Elle connaissait ce chant, elle s'en souvenait. Machinalement, les mots se formèrent sur ses lèvres. *Honore ses fêtes, ses actes resplendissants. Rameau de Jessé, espoir et refuge de l'âme oppressée.*

La cuisine, en revanche, ne lui évoquait rien du tout. L'évier et la cuisinière en émail vert paraissaient modernes, neufs. Cependant, Cora faillit éclater de rire quand, sur une étagère à côté du réfrigérateur, elle avisa trois pots ventrus de flocons d'avoine. Après toutes ces années, les sœurs continuaient à servir du porridge ! Peut-être l'agrémentaient-elles maintenant de sucre ou de sirop – ou pas. Peut-être était-il encore au menu deux fois par jour, tous les jours. En tous les cas, quand elle vivait sous ce toit, Cora avait été bien contente d'en manger – tout ce qui pouvait apaiser sa faim, même l'espace de quelques heures, était le bienvenu. Et, à l'époque, elle ne connaissait rien de meilleur – ce détail-là aussi avait aidé. Cependant, quelques jours après son arrivée chez les Kaufmann, une fois découverts les œufs brouillés, les pommes de terre, le poulet rôti et les pêches, elle avait décidé que jamais plus elle ne mangerait de porridge. Maman Kaufmann avait beau y ajouter du sucre, du beurre ou du sirop, c'était la texture même de la bouillie que Cora avait prise en grippe. Depuis, elle n'en avait jamais remangé.

À droite, il y avait une porte grande ouverte et Cora vit deux tables, disposées en L, et des bancs. Des fenêtres carrées à meneaux laissaient pénétrer le soleil. Quand elle s'avança dans le réfectoire, elle sentit le voile de transpiration se rafraîchir sur son front. La pièce était plus petite que dans son souvenir, et les quatre tables qui l'occupaient paraissaient moins longues que celles sur lesquelles, avec les autres filles et les sœurs, elle avait pris tous ces repas silencieux. C'était pourtant les mêmes tables, évidemment. Lorsqu'elle était petite, tout lui semblait plus grand. Elles devaient manger à tour de rôle, se souvint-elle – les plus jeunes avant les grandes.

Elle se laissa tomber sur un banc et posa avec circonspection ses mains gantées sur la table.

– Bonjour.

Elle se retourna. L'homme en salopette, entré par une porte de l'autre côté du réfectoire, transportait un escabeau qu'il alla poser au centre de la pièce, en dessous d'une petite boucle de fils électriques dénudés. Juste avant de déplier son escabeau, il s'arrêta pour regarder Cora. Le soleil se réverbérait sur les verres de ses lunettes.

– Vous allez bien ?

Il avait un léger accent que Cora échoua à identifier. Un visage osseux, et des cheveux blonds qui commençaient à se clairsemer.

– Je vais bien, merci. (Elle toussota, incommodée par sa gorge sèche.) J'attends.

– Je peux vous apporter quelque chose à boire ?

– Oh. Oui. Un verre d'eau, avec grand plaisir. Merci.

Il déplia l'échelle puis disparut dans la cuisine, accompagné par le cliquetis des clés dans sa poche. Cora retira ses gants et reposa les mains sur la table. Lorsqu'elle entendit l'eau couler du robinet, elle suivit du doigt les fentes creusées dans le bois. Après chaque repas, elles essuyaient les tables avec des chiffons bouillis. Elle tourna la tête vers la fenêtre qui donnait sur l'arrière-cour. Dans le jardin, l'herbe était desséchée et, du grand arbre qu'elle avait connu, il ne restait que la souche.

Le factotum revint et posa le verre d'eau devant elle.

– Merci, dit-elle en relevant la tête.

Il lui sourit, sans faire mine de s'éloigner. Cora regarda sa main gauche. Elle avait suivi le conseil de Floyd Smithers et laissé son alliance à l'appartement.

– Je n'ai besoin de rien d'autre, je vous assure.

Elle attendit qu'il soit perché sur l'échelle pour porter le verre à ses lèvres, à deux mains. Au contact de l'eau fraîche sur ses lèvres, comme si son corps s'emparerait des commandes, elle ferma les yeux, renversa la tête et vida le verre, gorgée après gorgée, jusqu'à la dernière goutte.

L'homme, sur l'échelle, se mit à siffler.

Cora reposa le verre et se détourna. Elle ne voulait pas se montrer grossière mais elle n'avait pas envie de discuter. Elle ouvrit son sac et sortit *L'Âge de l'innocence*, plus pour dissuader toute tentative de conversation que par vrai désir de lire. Elle en aurait été incapable. Elle ne pouvait que fixer les pages d'un regard vide, en essayant de se calmer.

L'homme arrêta de siffler et, machinalement, elle tourna la tête. Il désigna son livre d'un mouvement de menton et commença à dire quelque chose, mais sans lui laisser achever sa phrase, Cora pivota de côté, les yeux rivés sur la page et les mots qui dansaient devant ses yeux. Elle consulta sa montre. Il était déjà une heure et quart. Elle sentit des fourmillements dans ses doigts et un afflux de sang dans ses bras, comme si son corps savait où elle se trouvait.

Sœur Delores. Cora la reconnut sur-le-champ – les pommettes hautes, les yeux bleus – et dut s'employer à étouffer un hoquet. Évidemment. Les sœurs qui étaient déjà âgées lorsqu'elle était enfant devaient toutes être mortes, à l'heure qu'il était. Mais sœur Delores n'était encore qu'une femme entre deux âges, avec des rides marquées entre ses sourcils discrets, et surtout autour de la bouche. Et franchement, jugea Cora, même dans son austère robe noire, elle paraissait moins effrayante que dans son souvenir. Elle semblait plus petite, tout comme les tables et le réfectoire. Cora se demanda si elle transportait toujours la batte.

– Je vous prie de bien vouloir me pardonner, dit-elle en avançant légèrement le buste au-dessus du bureau. (Sa voix, en revanche, était la même, grave et autoritaire.) Je pensais que je me souviendrais du visage de chaque fille qui a vécu entre ces murs...

Elle secoua la tête tout en dévisageant Cora.

Elles se trouvaient dans un bureau, derrière l'une des deux portes du couloir. Sur le mur, dans le dos de sœur Delores, il y avait un tableau encadré représentant Jésus au jardin des Oliviers, et juste à côté, une photographie, également encadrée, du nouveau pape. Sur le bureau en bois se trouvaient une machine à écrire, un stylo et une rame de papier sous un crucifix en argent. La seule fenêtre de la pièce était masquée par un long rideau en dentelle dont l'ombre des motifs, sous l'effet de la brise tiède, vacillait sur le plancher.

– Je ne m'attendais pas à ce que vous vous souveniez de moi, répondit Cora.

En vérité, cela la soulageait plutôt. Elle venait de se présenter sous le nom de Cora Kaufmann, de McPherson, au Kansas – et non celui de Mrs. Alan Carlisle, de Wichita, qui avait harcelé les sœurs en leur adressant trois lettres, auxquelles elles avaient déjà opposé une fin de non-recevoir.

Le regard bleu de sœur Delores restait braqué sur elle.

– Vous vivez aujourd'hui au Kansas, disiez-vous. Vous êtes donc partie par le train ?

Cora hocha la tête. Au-dessus d'elle, elle entendit des bruits de tuyauterie et des piétinements. Les filles s'attaquaient aux lessives, vidaient les sacs de vêtements et de draps sales. Pendant toutes ces années où Cora avait vécu avec les Kaufmann et était allée à l'école, puis avait épousé Alan et élevé leurs fils à Wichita, ici, les sacs avaient continué à arriver chaque jour, à la même heure, et d'autres petites mains avaient continué à frotter les vêtements, à les étendre.

– Avez-vous été satisfaite de votre placement ? demanda sœur Delores en cillant, comme si elle se préparait à entendre une bordée de reproches.

– Oh oui, ma sœur. J'ai été choisie par des gens merveilleux. Je n'aurais pu mieux tomber.

Sœur Delores ferma les yeux et sourit.

– Dieu soit loué. Voilà une chose agréable à entendre, se félicita-t-elle en les rouvrant. Cela a été le cas pour la majorité des filles que nous avons placées - celles dont nous avons eu des nouvelles, du moins. Pas pour toutes, mais pour la plupart.

– Avez-vous eu des nouvelles des autres filles qui sont parties par le train ?

– Quelques-unes.

– Mary Jane ? Je ne me souviens pas de son nom de famille. Nous étions ici en même temps, et elle a pris le train avec moi. Et la petite Rose ?

– Non, juste quelques-unes, vous dis-je. Êtes-vous toujours avec notre mère l'Église ?

Cora songea à mentir. Mais encore aujourd'hui, ces yeux bleus l'effrayaient. À travers la dentelle du rideau, elle distingua l'ombre d'une mouette sur l'appui de la fenêtre.

– Non, ma sœur. Les gens qui m'ont accueillie n'étaient pas catholiques.

Sœur Delores fronça les sourcils. Un tremblement parcourut sa main gauche, qu'elle fit cesser en la couvrant de son autre main. Puis, calant les poings sous son menton, elle décocha un regard accusateur à Cora.

– Ils étaient pourtant censés vous placer dans des foyers catholiques. Mais cela a rarement été le cas. N'est-ce pas charmant ? Nos propres pupilles, que nous avons nourries et vêtues, et qui, à l'heure qu'il est, portent peut-être des cagoules blanches et partent en guerre contre nous.

Cora secoua la tête.

– Je n'ai rien à voir avec les cagoules blanches.

– Quelle Église fréquentez-vous, maintenant ?

– L'Église presbytérienne. Mes parents adoptifs étaient méthodistes, mais désormais, je suis presbytérienne.

Aurait-elle répondu « la Première Église de Satan » que sœur Delores ne l'aurait pas dévisagée autrement.

– Bon, fit-elle en reposant les mains sur le bureau. Désormais, nous affrétons nos propres trains. L'Église, j'entends.

– Ça continue encore aujourd'hui ?

– Évidemment. Lorsque nous obtenons les financements. C'est un programme qui a porté ses fruits, dans la majorité des cas. (Elle retourna ses mains, paumes offertes.) Vous êtes là devant moi, dans de très beaux vêtements. Vous venez de dire que vous aviez eu une expérience positive.

– Tout à fait. Je suis reconnaissante.

C'était la vérité. Elle aurait été la première à reconnaître qu'elle avait eu beaucoup de chance. Sans le train, elle aurait pu grandir ici ; elle aurait eu à ce jour les mains rongées par les lessives ; elle ne serait jamais allée à l'école, et son horizon serait resté borné. Cora savait que le train lui avait offert une vie plus facile et, surtout, l'amour des Kaufmann. Mais cela n'avait été qu'une question de chance.

– Je voudrais des renseignements sur mes vrais parents, ma sœur. Je voudrais savoir qui ils étaient, et d'où je viens.

– Je ne peux pas vous aider à cet égard.

– Pourquoi ?

– Les dossiers sont confidentiels.

– Vous avez des dossiers ?

– Peu importe. Je ne peux pas vous les montrer.

– Pourquoi ?

– Le règlement est ainsi fait.

– Pourquoi ?

– Parce que ce genre d'informations ne pourra rien vous apporter de bon, trancha-t-elle, avec ce regard bleu, dur et fixe, dont Cora se souvenait. Miss Kaufmann. Vos vrais parents sont vraisemblablement morts – ils l'étaient sans doute avant même votre arrivée ici. Quel bienfait pourrait vous apporter d'en apprendre davantage ?

— Je veux savoir, insista Cora. Même s'ils sont morts. En fait, poursuivit-elle avec un sourire, j'aimerais en apprendre un peu plus sur mes racines catholiques.

— Vous pouvez faire cela par vous-même, répondit la religieuse.

Cora baissa les yeux un instant. Elle répugnait à supplier, mais elle n'allait pas avoir le choix.

— Je veux savoir qui je suis. Qui j'aurais été sans la charité.

— Quelle importance ? Vous êtes un enfant de Dieu. Vous êtes vous. Quel besoin avez-vous de connaître les détails d'une triste histoire ? Cela vous apporterait-il la paix ? Non, fit-elle en abattant le tranchant de sa main sur le bureau. En pratique, cela ne vous apporterait rien de bon. Et s'ils sont toujours de ce monde, alors le problème est pire encore. Nous ne trahissons pas le désir d'anonymat des mères naturelles. Si elles sont encore en vie, elles ne souhaitent pas qu'on les retrouve.

— Comment le savez-vous ?

— Je le sais.

— Comment ?

La sœur se recula contre le dossier de sa chaise en soupirant.

— Vous voulez que je vous parle franchement, miss Kaufmann ? Je vais le faire. Si votre mère était encore en vie lorsqu'elle vous a abandonnée, vous êtes vraisemblablement le fruit de quelque histoire sordide. Alcoolisme. Drogue. Adultère. Prostitution. Viol. Voulez-vous que je continue ? (Elle se redressa, sans quitter un seul instant Cora des yeux.) Rien de tout cela ne serait votre faute. Personne ne prétend le contraire. C'est d'ailleurs pour ça que nous vous avons accueillie, puis confiée au programme de placement. Songez au mal que des gens se sont donné, et aux frais qui ont été engagés pour vous placer dans un foyer décent, afin que vous puissiez avoir une vie décente. Alors quoi ? Avez-vous la nostalgie du malheur ? Voulez-vous gâcher le temps et l'argent qui vous ont été consacrés en cherchant à retrouver la misère noire d'où nous vous avons arrachée ?

Cora déglutit péniblement. Elle ne devait pas se laisser intimider par le regard agacé de sœur Delores ni par son ton péremptoire.

Elle n'était plus une enfant, mais une femme adulte, mariée. Rien ne lui interdisait de répondre.

— Certaines de mes camarades étaient ici simplement parce que leurs parents étaient malades, argumenta-t-elle d'une voix ferme. La mère de l'une d'elles était à l'hôpital. Je m'en souviens. Le problème n'était pas la misère. Mais la maladie. Et si elle avait guéri ?

— Ce n'est probablement pas le cas. Et savez-vous pourquoi cette femme était à l'hôpital ? Non, vous ne le savez pas. Pas vraiment. L'histoire qu'on a racontée à la petite fille n'est peut-être pas la vérité. Il y a tout lieu de croire que nous aurons cherché à épargner cet enfant, en sachant que la vérité aurait été trop difficile à entendre.

— Mais je ne suis plus une enfant, rétorqua Cora. Je ne veux pas que l'on me mente.

Elle soutint le regard de la sœur, sans ciller. Elle voulait lui faire comprendre qu'aucune vérité ne serait trop dure à supporter. Même si ses parents étaient des miséreux, des fous, des alcooliques, même s'ils étaient morts, elle voulait savoir qui ils étaient. Et puis, ils ne pouvaient pas avoir été totalement mauvais. Elle les voyait – elle en était certaine – dans ses propres fils : Earle était posé et réfléchi comme son père, mais de qui Howard tenait-il son cran, son audace ? Et personne dans la famille d'Alan n'avait un sourire comme le sien. Quant à Earle, de qui tenait-il son don pour le dessin ? Peu lui importaient les aspects sordides, miséreux de l'histoire. Elle n'ignorait pas qu'elle serait vraisemblablement monstrueuse. Mais elle voulait la connaître. Elle le voulait vraiment.

— Lorsqu'on m'a conduite ici, je n'étais déjà plus un bébé, reprit-elle posément. Je marchais, et je connaissais mon prénom. Ce sont les grandes qui me l'ont dit. Et j'étais potelée, m'ont-elles appris aussi. On avait pris soin de moi. J'ai le souvenir d'une femme qui m'a tenue dans ses bras, et qui me parlait avec douceur. Dans une langue étrangère.

— Eh bien, tenez-vous-en à cela, rétorqua sœur Delores en haussant les épaules. À savoir que vous étiez aimée. Ne souillez pas ce souvenir avec des détails qui ne pourront que le ternir. Et songez à vos parents adoptifs. Vous venez de me dire que vous n'auriez pas pu espérer en trouver de meilleurs. Pourquoi trahir des gens qui ont pris soin de vous comme de leur propre enfant ?

Cora regarda le rideau en dentelle de ses yeux brouillés par les larmes. C'était une tactique maligne, de chercher à la culpabiliser envers les Kaufmann. Mais injuste. Mr. Kaufmann lui-même ne l'avait-il pas emmenée au cimetière de McPherson pour lui montrer les tombes de ses parents et de ses grands-parents, qui s'étaient installés sur ces terres et lui avaient appris le métier de fermier ? Et maman Kaufmann ne lui avait-elle pas parlé de son grand-père l'abolitionniste, si engagé dans la défense de sa cause qu'il avait quitté le Massachusetts avec toute sa famille pour s'établir au Kansas ? Sœur Delores prétendait que les liens du sang ne signifiaient rien, alors que la vie de la plupart des gens était conditionnée par leur ascendance. Il suffisait de regarder Louise. Myra n'était en rien la mère dont on pouvait rêver, et pourtant Louise, en grandissant, avait développé une immense confiance en elle, elle avait foi en sa destinée.

Sœur Delores se leva lentement, en s'appuyant au bord du bureau pour assurer son équilibre. Le message était limpide. L'entretien était terminé. La réponse était, et demeurerait, non. Cora hocha la tête et se leva à son tour. Il n'y avait rien d'autre à faire. Elle aurait pu pleurer, rire, hurler ou supplier à genoux, cela n'aurait rien changé.

Elle réussit à remercier poliment sœur Delores. Au moins avait-elle tenté cette démarche. Elle avait en face d'elle quelqu'un qui l'avait connue enfant, dans le premier foyer dont elle se souvenait. Mais ce n'était pas pour ça qu'elle était venue. Tandis que, telle la petite fille obéissante qu'elle avait toujours été, elle emboîtait le pas à la religieuse qui la reconduisait, Cora sentit monter en elle une bouffée de rage – cette même rage qui l'avait assaillie lorsqu'elle avait reçu la lettre de sœur Eugenia, à Wichita. Pour qui se prenaient-elles, ces vieilles femmes à la vie de recluses, pour lui dire ce qu'elle pouvait, ou ne pouvait pas savoir ? Ce dont elle avait besoin, ou n'avait pas besoin ?

– Je vois bien que vous êtes déçue, glissa sœur Delores d'une voix radoucie, mais avec un regard toujours inflexible. Je le comprends. Mais de votre côté, comprenez je vous prie que mon seul objectif est de vous protéger. De vous-même. Vous croyez vouloir en savoir plus que vous ne le souhaitez vraiment.

La porte d'entrée s'ouvrit, livrant passage à l'homme à tout faire. Il dévisagea Cora avec indifférence, comme si sa détresse ne le concernait en rien. Elle baissa le regard et s'avança vers la porte. La franchit. Elle sentit aussitôt le parfum sucré qui flottait dans l'air. Puis entendit, dans son dos, qu'on refermait la porte et tirait le verrou.

9

À l'entracte, Louise déclara que le problème tenait au fait qu'en venant voir les Ziegfeld Follies elle s'était attendue à monts et merveilles.

— Le spectacle est drôle, dit-elle à Cora en jouant avec le rang de perles à son cou. Mais les filles de la troupe ? Mis à part leurs jolis visages, et leurs costumes élaborés ? Assommantes. Une ou deux sont peut-être *authentiquement* belles, mais c'est tout. Et je n'ai jamais vu autant de sourires factices.

— Louise, parlez moins fort, chuchota Cora.

Le grand foyer du New Amsterdam grouillait d'hommes et de femmes qui bavardaient par petits groupes. Un panneau indiquait la direction du fumoir réservé aux messieurs, mais beaucoup de femmes fumaient elles aussi et, apparemment, personne ne semblait emballé par ce principe de ségrégation.

— Vous verrez, reprit Louise en baissant la voix, mais à peine. Quand je serai sur scène, je ne sourirai pas simplement parce qu'on nous aura dit de le faire. Je ne sourirai que lorsque ce sourire sera sincère.

Cora soupira et leva les yeux vers la coupole en verre qui coiffait le foyer. Chaque centimètre carré du théâtre offrait une profusion d'ornements ; les motifs de vigne vierge, de fleurs et d'oiseaux des bas-reliefs étaient dupliqués sur les tapis vert et mauve. Cora estimait que la beauté des lieux, pour ne rien dire de la délectable fraîcheur brassée par les ventilateurs électriques, justifiait pleinement le prix du billet. Ce confort lui avait remonté le moral et avait chassé de son esprit, temporairement du moins, sa rapide abdication devant sœur Delores. Il lui avait fallu se ressaisir avant d'aller chercher Louise qui, tout compte fait, était moins perspicace qu'elle ne le prétendait lorsqu'il s'agissait de détecter une gaieté factice.

Et maintenant, très sincèrement, Cora se régalait, et elle était reconnaissante des distractions que lui apportait le spectacle. Elle était impatiente de raconter aux garçons et à Alan qu'elle était allée aux Ziegfeld Follies et qu'elle avait vu Will Rodgers, en chair et en os, sans même parler de l'impayable Fanny Brice dans une pantomime de ballerine. Cora trouvait les *girls* très belles, encore qu'elle ne comprenait pas pourquoi leurs costumes – même dans le numéro où chacune incarnait une fleur d'une couronne de mariée – mettaient un point d'honneur à offenser la modestie en exhibant leurs jambes, voire leur nombril. Elle aurait préféré que les filles se servent de leurs spectaculaires coiffes en plumes pour couvrir leurs cuisses.

– Qu'est-ce qui vous permet de juger que leurs sourires sont factices ? demanda-t-elle en se tournant vers Louise. Nous sommes au dernier rang de la corbeille.

– Je le vois. Ils sont tellement forcés que ça saute aux yeux, trancha Louise en jouant avec son sautoir.

Tout en observant la foule, elle glissa une perle dans sa bouche et la fit rouler entre ses lèvres. Cora lui toucha la main et secoua la tête. Il était difficile de faire la part des choses entre les moments où Louise cherchait à provoquer, ou attirer l'attention, et ceux où elle était simplement distraite. Ce soir-là, dans sa robe noire sans manches assortie à sa chevelure, elle offrait l'image d'une bien plus grande sophistication que n'importe laquelle des femmes plus âgées réunies dans ce foyer – du moins lorsqu'elle ne suçait pas ses bijoux.

— Je pensais que vous adoriez le théâtre, observa Cora. Les comédiens ne feignent-ils pas toujours leurs émotions ? N'est-ce pas là leur travail ?

Louise cilla puis décocha à Cora un regard qui semblait vouloir la reléguer au rang d'idiote la plus assommante de la planète. En dépit de sa frange, elle ressemblait énormément à sa mère.

— Jouer la comédie n'a rien d'un truquage, Cora. Du moins pas quand on la joue bien. (Elle secoua la tête, avec un dégoût manifeste.) Une vraie actrice, un authentique artiste ressentent n'importe laquelle des émotions qu'ils jouent. Vous venez de voir la performance de Fanny Brice. Êtes-vous en train de me dire que vous ne voyez pas la différence entre ses expressions et celles de cette troupe d'idiotes ?

— Fanny Brice est juste rigolote.

— C'est un génie.

Enfin quelqu'un trouvait grâce à ses yeux ! songea Cora en esquissant un sourire. Louise admirait également sa mère, bien entendu, ainsi qu'une autre fille de la Denishawn, Martha, qui était plus âgée qu'elle et dont elle disait qu'elle était la danseuse la plus talentueuse qu'elle ait jamais vue. C'était donc un club de trois membres seulement. Tous les autres, semblait-il, n'avaient droit qu'à du mépris.

Un homme en habit sombre, aux cheveux argentés, les dépassa et dévisagea ostensiblement Louise. Celle-ci soutint son regard, l'œil brillant, puis se retourna vers Cora.

— C'est un public élégant, vous ne trouvez pas ?

Cora hocha la tête, tout en observant cette foule de femmes en robes du soir ou tuniques rebrodées de perles, parées pour la plupart de longs rangs de perles blanches ou d'épaisses torsades de perles fantaisies ; certaines arboraient un porte-cigarettes qu'elles braquaient vers leurs élégants compagnons lorsqu'elles désiraient du feu. N'était-il pas étrange que ce théâtre ne soit qu'à trente blocs à peine du quartier de l'orphelinat ? C'était difficile de croire que ces deux lieux puissent se trouver dans une seule et même ville - voire du même côté de Manhattan. Il aurait pu y avoir un océan entre ces deux mondes.

Louise la dévisageait, l'air d'attendre quelque chose.

– Vous trouvez que le public est élégant, n'est-ce pas ? insista-t-elle.

– Tout à fait.

Cora lui lança un regard suspicieux. Cela ne ressemblait guère à la jeune fille de solliciter son opinion sur quelque sujet que ce soit. Louise sourit, et recommença à tripoter ses perles.

– Hmm... Vous aurez remarqué que la plupart de ces femmes sont fardées.

Cora pinça les lèvres. Le voilà donc, le piège ! Un peu plus tôt, avant de quitter l'appartement, il y avait eu un grand débat : Louise pouvait-elle porter du fard à joue et du rouge à lèvres pour aller au théâtre ? Cora n'avait pas cédé et l'avait obligée à se laver le visage. La jeune fille avait eu beau protester que Myra l'autorisait régulièrement à se peinturlurer comme une fille des rues, Cora n'en avait pas cru un mot. Selon elle, un maquillage voyant indiquait une certaine profession, point.

Néanmoins, si elle regardait autour d'elle, force était de constater que bien des femmes présentes, sinon la majorité, avaient sans vergogne fardé leurs yeux et leurs lèvres. Et un nombre non négligeable d'entre elles arborait des robes dont l'ourlet leur couvrait à peine les genoux. Naturellement, comparées aux filles outrageusement peinturlurées et presque nues de la troupe des Ziegfeld Follies, qu'elles venaient tout juste d'applaudir – et avaient payé pour voir – ces femmes ressemblaient à des dames patronnesses. Lorsque Cora avait l'âge de Louise, de tels accoutrements auraient été inconcevables. Peut-être la jeune fille avait-elle raison. Peut-être les anciennes règles étaient-elles en train de changer. Cora aperçut son reflet dans un miroir au cadre doré : celui d'une femme en robe longue à col montant, aux cheveux relevés en chignon, et au visage nu. En quittant l'appartement, elle s'était trouvée jolie dans sa robe rose, la plus belle qu'elle possédait, avec cette large ceinture qui lui faisait la taille fine – ou plus fine, du moins. Or, aucune des femmes encore jeunes de cette assistance ne portait une jupe aussi longue que la sienne, et aucune n'avait de col aussi haut.

S'était-elle laissé dépasser par sa propre époque ? se demanda-t-elle. Sa tournure d'esprit était-elle aussi provinciale et démodée que sa robe ? Devenait-elle comme ces douairières qui avaient vilipendé son comportement lorsque, avec d'autres femmes de sa génération, elle avait harcelé le législateur et arrêté des inconnus dans la rue pour leur faire signer des pétitions en faveur du droit de vote des femmes ?

Peut-être... Cora répugnait cependant à croire que tous les standards puissent être à ce point éphémères. Et jusqu'où iraient ces nouvelles modes ? Fallait-il s'attendre à ce que les femmes, d'ici quelques années, déambulent dans les rues en offrant leurs cuisses et leur ventre aux regards, au risque sinon d'être taxées de prudes ? Qui sait ? Peut-être ne porteraient-elles plus de vêtements du tout. Juste du maquillage et des sous-vêtements. Et tout cela pour suivre la mode ? Mais alors, à quoi verrait-on qu'une femme exerçait une profession peu recommandable, si toutes commençaient à s'accoutrer comme des filles des rues ?

Elle se tourna vers Louise et chuchota :

– Même si le maquillage est aujourd'hui chose commune, je persiste à penser qu'il est de mauvais goût. Et beaucoup pensent comme moi.

– Vous venez tout juste de dire que vous les trouviez élé...

– Par élégantes, j'entendais fortunées. Mais fortune ou pas, les fards trop voyants renvoient l'image d'une femme prête à tout. Tout le monde le sait. Une femme qui porte du rouge pourrait tout aussi bien suspendre une pancarte autour de son cou : « Bonjour, je fais tout ce que je peux pour être séduisante. »

– Quel mal y a-t-il à vouloir paraître jolie ?

– Le but n'est pas de paraître jolie, Louise. En ce moment vous êtes on ne peut plus jolie, avec votre visage frais et naturel. Vous êtes plus jolie que n'importe laquelle d'entre elles.

– Ça, je le sais.

– Je parlais du fard. Les femmes qui portent autant de fard ont juste l'air... disponibles.

– Et quel mal y a-t-il à ça ?

Cora détourna le regard. Elle n'allait pas se laisser entraîner dans une autre dispute absurde quand l'évidence était là. Louise aimait ferrailler, rebondir sur chaque argument comme une balle sur un perron. Si elle avait pu emmener la jeune fille jusqu'à la 15e Rue et la laisser en tête à tête avec sœur Delores, elle aurait été curieuse de voir qui aurait eu le dernier mot. Louise n'aurait sans doute pas été plus avancée qu'elle l'avait été elle-même, mais imaginer un affrontement entre de ces deux forces était distrayant.

– Je regrette qu'on n'ait pas de meilleure place, repartit Louise.

Cora se retourna vers elle, reconnaissante. Ce n'était pas encore un rameau d'olivier, mais au moins proposait-elle un sujet sur lequel elles pouvaient tomber d'accord.

– Oui, moi aussi. J'ai mal au cou à force d'essayer de voir au-dessus de la balustrade. Dorénavant, nous nous y prendrons plus tôt pour acheter les billets, décida Cora, loin de soupçonner que le spectacle puisse se jouer presque à guichets fermés un soir de semaine, surtout dans un théâtre si réputé. J'ai repéré quelques sièges libres devant nous. Nous pourrions peut-être essayer de nous déplacer ?

Louise fronça le nez.

– Comment savoir si ces sièges ne sont pas ceux de spectateurs qui auraient tardé à revenir ? Ils pourraient regagner leur place une fois le spectacle commencé, et nous serions obligées de nous déplacer. Ce serait gênant. (Elle contempla la foule d'un air renfrogné.) J'ai une meilleure idée. Je reviens tout de suite.

Cora la rattrapa de justesse par le coude.

– Où allez-vous ?

Louise, l'air visiblement offusquée, baissa les yeux sur la main qui emprisonnait son coude. Cora tint bon.

– Cora, chuchota-t-elle d'un ton hostile. Je vais parler à une ouvreuse. Ou plutôt un placeur - c'est vrai, ce sera vraisemblablement un homme. Je vais adresser la parole à un homme, mais dans le cas qui nous occupe, aucune de vos précédentes objections n'est pertinente. Un : nous ne sommes pas à Wichita, et personne ne nous connaît ici. Deux : nous sommes dans le foyer bondé d'un théâtre, et vous, mon chaperon attentif, ne serez qu'à quelques mètres de moi. Il sera par conséquent difficile de m'agresser, même si j'y mets du mien.

Sur ce, elle tordit son bras et dégagea son coude.

— Laissez-moi trois minutes.

— Je vous accompagne.

— Non, lui lança Louise par-dessus son épaule. Si vous êtes là, ça ne marchera pas aussi bien.

De là où elle se trouvait, Cora voyait deux placeurs en pardessus gris clair, chemise blanche et cravate noire, plantés de part et d'autre d'une issue. Curieusement, ils étaient tous les deux grands et très minces, même si l'un ne semblait guère plus vieux que Louise quand l'autre avait au moins l'âge de Cora. Louise les toisa l'un et l'autre puis, se frayant un chemin dans la foule, s'avança vers le plus âgé. Cora observa la scène : la jeune fille, mains entrelacées derrière le dos, se balançant légèrement sur ses talons ; l'homme se penchant vers elle pour mieux entendre ce qu'elle lui disait. Il avait une expression empreinte de bienveillance, mais il secoua la tête - non. Louise gesticula en direction de la salle puis, de la même main, effleura ses cheveux et caressa son épaule nue. L'homme se toucha l'oreille et secoua encore une fois la tête. Louise se hissa alors sur la pointe des pieds et posa la main en équilibre sur le bras du placeur.

Cora se précipita aussi vite qu'elle le put. Elle fendit la foule tout en s'excusant, et en fixant avec colère le casque de cheveux bruns. Elle n'était encore qu'à mi-distance de Louise lorsque celle-ci pivota et la désigna du doigt au placeur. L'homme avisa Cora, opina puis reporta son regard sur Louise. Qui recula d'un pas, avant de se retourner vers Cora, un sourire aux lèvres.

On croirait voir une petite fille, songea Cora. Son expression, son sourire renvoyaient l'image d'une joie simple et naïve, sans rien laisser transparaître de cette volonté inflexible ou de ce cynisme que Cora avait découverts en elle. C'était tellement déconcertant, cette capacité qu'elle avait de pouvoir paraître, à la demande et avec une facilité confondante, plus jeune ou plus vieille qu'elle ne l'était. Le placeur, par la modeste autorité dont il était investi, avait-il fait ressortir ce qu'il restait d'enfance en elle ? Ou bien, parce qu'elle connaissait l'efficacité du stratagème, avait-elle délibérément joué à la petite fille avant même qu'il n'ait pu dire un mot ?

— Louise, lança Cora d'un ton cassant.

— Cora ! (Le sourire était toujours là, mais le regard était redevenu acéré.) Je suis si heureuse que vous m'ayez retrouvée. (Tandis que Cora l'entraînait par le coude, elle tourna la tête et lança quelques mots au placeur.) L'espace d'une minute, je me suis sentie comme un chien sans laisse.

— Allons-nous devoir rentrer à la maison ? siffla Cora en la traînant dans le foyer.

— La maison ? répéta Louise en écarquillant les yeux. Vous voulez dire l'appartement ? Ou bien me menacez-vous encore de repartir au Kansas ?

— Ça suffit.

— Je ne vois pas pourquoi nous devrions envisager l'un ou l'autre. Surtout maintenant que mon nouvel ami a dit que lorsque les lumières commenceraient à clignoter, il nous conduirait à notre loge.

Cora se figea et la dévisagea.

— Je sais, poursuivit Louise en haussant les épaules. Ce n'est pas ce que j'aurais choisi. Mère dit que les loges sont faites pour les gens qui viennent au théâtre pour se faire voir – et non pour voir le spectacle. Mais nous y serons bien mieux qu'au dernier rang du balcon.

— Louise. Êtes-vous convenue d'un *arrangement* quelconque avec cet homme ?

— Ne soyez pas répugnante. Je lui ai juste parlé gentiment. La plupart des hommes ne demandent rien d'autre.

Cora lui décocha un regard las. Mais elle ne savait trop que faire. Peut-être Louise n'avait-elle effectivement rien fait de mal. Elle avait obtenu ce qu'elle voulait, sans prendre de vrais risques ni causer de dommages. Il aurait été insensé de lui reprocher son aplomb et la générosité du placeur. Peut-être était-ce elle, Cora, qui, telle une vieille Mrs. Grundy, passait son temps à décrier les jeunes, à voir le péché et le scandale à chaque coin de rue.

– Vous me remercierez plus tard, ajouta Louise en levant les yeux vers les lumières qui commençaient à clignoter. Et la prochaine fois, si vous voulez un fauteuil d'orchestre, vous me laisserez peut-être porter un peu de rouge.

La sensation qui l'étreignait était moins de l'appréhension qu'une frénésie silencieuse, comme si elle avait bu trop de thé ou mangé trop de sucre et, en dépit de la chaleur de midi, elle avait l'esprit alerte et concentré. Elle patientait depuis presque vingt minutes devant un drugstore, à l'ombre de son auvent à rayures. Elle avait laissé sa montre à l'appartement, avec ses boucles d'oreilles en perles et son alliance, mais en se retournant, à travers la vitrine du drugstore, elle distinguait l'horloge au-dessus du comptoir, à côté d'un portrait de la Sainte vierge et d'une publicité pour les chewing-gums Juicy Fruit. Elle se trouvait à un pâté de maisons à peine de l'orphelinat. Trois minutes encore, et elle se mettrait en route.

Il avait plu ce matin-là. Cora avait pris un parapluie pour accompagner Louise en cours ; de retour à l'appartement, si ses cheveux étaient encore à peu près secs sous son chapeau, ses boucles, ragaillardies par l'humidité, avaient commencé sans crier gare une mutinerie. Et quand elle s'était vue dans le miroir de la salle de bains, avec toutes ces mèches folles, elle s'était dit qu'elle avait l'air, peut-être, un peu dérangée. Elle avait refait son chignon et l'avait enroulé plus étroitement cette fois – en pure perte. Des mèches frisottées s'en étaient à nouveau échappées pendant l'éprouvant trajet en métro.

Cora se retourna vers l'horloge du drugstore et, quand celle-ci indiqua midi et demi, elle reprit sa route. Elle avait mûrement réfléchi son plan pendant la nuit, allongée aux côtés de Louise endormie. Si jamais ses calculs étaient erronés et si la porte lui était ouverte par sœur Delores ou une autre nonne, elle pourrait toujours prétendre qu'elle ne retrouvait plus son ombrelle et se demandait si, par hasard, elle ne l'aurait pas oubliée derrière elle lors de sa précédente visite. Tout en se dirigeant vers la 15e Rue, elle se répéta le mensonge dans sa tête pour s'entraîner, et se le répétait encore en grimpant les marches du perron.

L'homme à tout faire ouvrit la porte, toujours vêtu de sa salopette. Ou d'une autre, identique. Celle-ci semblait propre.

– Je suis désolé, dit-il, sans se monter amical. Les sœurs sont à la messe. Comme tous les jours à cette heure-ci.

Elle recula d'un pas et se retourna aussitôt pour vérifier qu'elle n'allait pas dégringoler. Il était allemand. Ce détail lui avait échappé la première fois – il n'avait guère été bavard – mais là, elle en était presque certaine. Pendant la guerre, elle avait vu ces sketches de vaudevilles dans lesquels un acteur comique affublé d'une fausse moustache aux pointes recourbées tournait en dérision le Kaiser, arpentait la scène en vitupérant avec un fort accent, jusqu'au moment où il récoltait une tarte dans la figure.

– Oh, fit-elle. Puis-je attendre à nouveau ?

Il hocha la tête.

– Merci, reprit-elle avec un grand sourire digne de ceux des Ziegfeld *girls*.

Il s'écarta et l'invita à entrer. Elle attendit qu'il referme la porte. Quoique large d'épaules et en dépit de ses avant-bras puissants, il était à peine plus grand qu'elle.

À l'étage, les filles chantaient, accompagnées par le piano. Elle lui emboîta le pas le long du couloir ; les clés suspendues à un anneau sur le côté de sa salopette cliquetaient. Cora fixa son regard sur l'arrière de sa tête, la calvitie naissante, les cheveux blonds et courts sur les tempes.

– C'était agréable cette pluie, ce matin, n'est-ce pas ? dit-elle. Tellement rafraîchissant.

Sans lui accorder vraiment un regard, il hocha la tête. Ils traversèrent la cuisine et entrèrent dans le réfectoire. Trois des longues tables étaient aussi propres et vides que lors de sa précédente visite, mais celle qui se trouvait au fond de la salle était recouverte d'une toile cirée blanche sur laquelle trônaient une grosse boîte en acajou et tout un éparpillement d'outils et de vis.

– Vous voudriez un verre d'eau ?

– Oh. Oh oui ! Merci. (Elle continuait à sourire.) Vous avez été si attentionné, l'autre jour. Tout comme aujourd'hui, naturellement. De m'offrir un verre d'eau, j'entends.

Il la regarda bizarrement, avant de disparaître dans la cuisine. Elle effleura ses cheveux sous le bord de son chapeau. Peut-être parlait-elle trop vite. Peut-être comprenait-il l'anglais moins bien qu'il n'y paraissait. Elle déboutonna ses gants en contemplant les fenêtres. Elle n'avait aucune raison de penser à Alan.

Lui ne pensait pas toujours à elle.

– Excusez le désordre, dit l'Allemand en lui tendant le verre d'eau. Je suis en plein travail.

– Merci infiniment.

Elle se dirigea vers la table recouverte de la toile cirée, en veillant à se déplacer avec légèreté – comme Louise, espérait-elle. Elle n'avait pas besoin d'être elle-même. Elle pouvait être n'importe qui. Jamais elle ne reverrait cet homme.

– Votre désordre a l'air intéressant. Qu'est-ce que c'est ?

– Eh bien, c'était un poste, expliqua-t-il en se rapprochant.

Effectivement, en regardant mieux, on découvrait à l'intérieur du boîtier des fils électriques noirs et des tubes transparents. Sa façade, dont l'un des panneaux de verre était brisé, reposait à plat sur la table. Mais Cora reconnut le modèle – c'était justement le poste qu'Alan lui avait montré dans une quincaillerie, avant son départ. Et pendant qu'elle serait à New York, il choisirait entre ce modèle et un autre. Elle allait adorer posséder un poste, lui avait-il dit. La station de radio qui venait de se créer à Wichita ne diffusait encore que le prix du grain et les bulletins météo, mais leurs programmes allaient s'enrichir de musique, de conférences – autant de choses qui l'intéresseraient.

Elle effleura le cadran brisé.

– Que s'est-il passé ?

— Le poste allait être embarqué sur un bateau. Ou débarqué, je ne sais pas. Quelqu'un l'a laissé tomber, il s'est cassé et ils l'ont jeté. (Debout à côté d'elle, il considérait l'objet, mains croisées devant la poitrine.) Mon ami m'a prévenu et je suis allé le chercher.

— Vous êtes doué en bricolage ?

— Ça dépend, répondit-il en braquant sur elle son regard vert à travers ses lunettes.

Elle sourit et, de sa main libre, se caressa l'épaule. Elle portait la seule robe à manches courtes qu'elle possédait.

— Qu'espérez-vous écouter ?

Une fois de plus, il la regarda bizarrement. À cause de ses cheveux clairsemés, il paraissait plus vieux qu'il ne l'était en réalité, du moins de loin. Il devait avoir le même âge qu'elle ; il n'avait que quelques rides autour des yeux.

— C'est pour les filles, dit-il en montrant le plafond. C'est elles qui vont l'écouter.

— C'est tellement gentil de votre part !

Pourquoi continuait-il à la regarder ainsi ? Elle faisait juste la conversation. Elle but une gorgée d'eau. Elle ne risquait rien. Les sœurs étaient là-haut, avec les filles. Si jamais il se méprenait, s'il se révélait être un sale bonhomme, elle pourrait appeler à l'aide.

— Vous n'êtes pas d'ici ?

Elle secoua la tête.

— Non, je viens du Kansas. C'est dans le centre du pays, ajouta-t-elle après une pause. À l'ouest de la rivière Missouri.

— Oui, je sais, dit-il avec un sourire. J'avais compris que vous n'étiez pas d'ici. À cause de votre accent, précisa-t-il en montrant sa propre bouche.

Elle hocha la tête et reporta les yeux sur le poste. Elle n'aurait jamais pensé qu'il aborderait le sujet des accents et des origines.

— Comment autant de filles vont-elles faire pour partager le casque ? demanda-t-elle. Il leur faudra établir un tour de rôle.

— Pas besoin. Elles pourront utiliser un cornet, comme avec un gramophone, indiqua-t-il en désignant l'objet en question, posé sur la toile cirée.

– C'est merveilleux ! Vous avez vraiment pensé à tout !

Elle continuait à sourire. Pour toucher ses cheveux, le chapeau lui compliquait la tâche, mais elle fit de son mieux.

L'Allemand haussa les épaules et la dévisagea en clignant des yeux.

– Vous êtes bien plus aimable que l'autre jour.

Elle dut réfléchir un instant pour savoir si elle devait continuer à sourire. Peut-être qu'à New York, ou en Allemagne, ce franc-parler n'avait rien de grossier. Elle posa son verre.

– Oui, dit-elle avec circonspection. J'ai été un peu sèche avec vous l'autre jour. J'y ai repensé, et je vous présente mes excuses. Je voulais le faire sur le moment, mais j'étais bouleversée. Très bouleversée.

Il acquiesça.

– Pas de problème.

– Voyez-vous, je viens de très loin, j'ai fait tout ce chemin depuis le Kansas pour retrouver mon dossier. Selon moi, il se trouve ici, dans ce bâtiment. Mais les sœurs pensent que je ne dois pas le consulter. Moi, poursuivit-elle en le regardant par en dessous, je pense que cette décision m'appartient. Je suis adulte, après tout. N'ai-je pas raison ?

Elle déglutit, en s'efforçant de garder le sourire. Que pouvait-il bien penser ? Il la dévisageait avec une expression neutre. Peut-être n'était-il pas intelligent. Les lunettes lui donnaient un air érudit, mais il n'était jamais qu'un homme à tout faire. Et puis, elle ne disposait plus de beaucoup de temps. Trop de réflexion était l'ennemi de la confiance en soi, décida-t-elle.

– Vous m'avez semblé si aimable... reprit-elle en croisant les mains derrière le dos. Je me disais que, peut-être, vous sauriez où sont rangés les dossiers... Et que vous pourriez vous montrer plus compréhensif que les sœurs ?

Il caressa l'ombre de barbe sur son menton tout en la dévisageant avec froideur. Puis, son visage s'éclaira d'un sourire qui froissa la peau autour de ses yeux. Il tendit un doigt vers Cora, puis le retourna vers lui.

— Vous... vous essayez de me séduire ?

Une sensation de brûlure se propagea le long de sa gorge. Elle ramassa ses gants et se recula, tandis que l'Allemand, paumes offertes devant lui, contemplait le plastron de sa salopette et ses chaussures éraflées.

— J'ai l'air à ce point aux abois ? reprit-il. Vous savez, si je veux payer une femme pour être gentille avec moi, je peux trouver une... dame dont c'est le métier, et je ne risque pas de perdre mon travail.

— Je suis choquée par ce que vous insinuez, bredouilla-t-elle sans le regarder et tout en remontant son gant.

Un vertige s'empara d'elle, si puissant qu'il lui donnait la nausée.

— Je veux bien croire que vous êtes choquée, gloussa-t-il. Vous attendiez de la gratitude.

Elle allait s'évanouir, pour sûr. Sa vision périphérique était en train de s'obscurcir. Néanmoins, elle réussit à pivoter et elle commença à se diriger vers la cuisine. Quitte à défaillir, mieux valait que ce soit dehors, dans la rue, et non devant ce malotru - ce *kaiser*, ce vulgaire factotum. Mais avant d'avoir atteint la porte de la cuisine, elle sentit ses jambes se dérober. Elle se rattrapa à l'angle d'une table. Une main se glissa aussitôt sous son coude.

— Vous devriez vous asseoir.

Elle se dégagea d'un mouvement brusque et, sans le vouloir, sa main heurta le visage de l'homme. Elle sentit à travers son gant le contact avec les lunettes, qui allèrent finir leur course par terre dans un petit bruit métallique.

— Asseyez-vous, insista-t-il en exerçant une pression sur son épaule. Vous devez vous asseoir.

— Ne me touchez pas.

— Pas de problème.

Il lâcha encore un rire, dont elle comprit cette fois la signification, la cruauté. Il n'avait pas envie de la toucher. C'était là toute l'ironie de la situation. Cet homme de main, cet immigrant, ne voulait pas d'elle.

— Je vais bien, reprit-elle. Elle était pourtant en train de pleurer.

Elle se détourna, en s'agrippant aux arêtes du banc. Elle ne portait qu'un seul gant. Elle avait laissé tomber l'autre quelque part.

— Je vais vous chercher de l'eau. Si vous essayez de vous lever, vous allez vous casser la figure. N'essayez pas. Attendez. (Il commença à s'éloigner, puis se retourna.) Pouvez-vous... Vous devriez essayer de vous pencher en avant, de poser la tête sur vos genoux.

Cora secoua la tête. Elle était incapable de faire un tel mouvement. Pas avec le corset. Elle sentit qu'une boucle échappée de son chignon s'était collée sur sa nuque humide de transpiration.

— Vous m'avez mal comprise. (Elle bafouillait, mais elle devait à tout prix se justifier.) Je me montrais polie. C'est tout. Je vous demandais poliment quelque chose dont j'ai besoin.

Il lui apporta le verre d'eau et s'assit à l'autre extrémité du banc. Il avait rechaussé ses lunettes.

— Buvez.

Elle baissa les yeux et essaya de retirer son gant.

— Qu'est-ce que vous faites ? gronda-t-il en se rapprochant. Laissez ce gant tranquille. Buvez.

Elle détourna la tête, souleva le verre et but du mieux qu'elle put. Mis à part son nez qui coulait, tout allait bien. Tout allait bien se passer. Personne, à Wichita, personne de sa vraie vie ne serait jamais au courant de cet incident. Elle allait pouvoir franchir cette porte, plaquer un sourire sur ses lèvres, et ce serait comme si cette scène n'avait jamais eu lieu. Elle le savait mieux que personne.

— D'accord, dit-il. Je vais vous aider.

— Quoi ? fit-elle en se retournant.

— Je vais vous aider. Je sais où sont les dossiers. Mais pour aujourd'hui, c'est trop tard, ajouta-t-il en secouant la tête. Elles vont bientôt redescendre. Revenez un autre jour, je vous laisserai entrer.

— Pourquoi ? demanda-t-elle en le dévisageant. Pourquoi acceptez-vous de m'aider ?

Il se contenta de hausser les épaules.

— Je vous fais pitié, c'est ça ?

— Ouais, fit-il avec un geste vague.

Elle se détourna, serra les poings contre son visage et contempla ses chaussures peu élégantes mais pratiques. Elle aurait dû se réjouir. Il acceptait de l'aider. C'était tout ce qu'elle avait voulu obtenir de lui. Elle aurait dû se contenter de jouer la carte de la pitié dès le départ – cela avait toujours été son point fort. Que s'était-elle imaginé ? Qu'elle était une beauté ? Qu'elle possédait un charme irrésistible ? Elle n'était pas Louise. Elle ne l'avait jamais été, même dans sa jeunesse. Si Alan pouvait la voir en cet instant, fort de tout ce qu'il savait, lui aussi n'éprouverait vraisemblablement que de la pitié. C'était d'ailleurs le principal sentiment qu'elle inspirait aux hommes. Avec l'admiration, curieusement. Alan n'arrêtait pas de lui répéter qu'il l'admirait. Qu'il l'admirait énormément.

— Vous allez mieux ?

L'Allemand avait posé un coude sur la table et remonté une cheville sur son genou. Il attendait sa réponse en la dévisageant, mais maintenant que Cora était plus calme, elle voyait bien qu'il n'y avait dans son regard ni cruauté ni jugement. Il avait simplement l'air pensif.

— Je suis très embarrassée, mais oui, ça va, dit-elle en redressant le dos. Merci. Je ne peux pas venir le week-end, mais je serai là lundi, si cela vous convient.

Il lui sourit, et ses lunettes remontèrent imperceptiblement sur l'arête de son nez.

10

Le samedi, elle se réveilla trop tôt, avant l'aube, mais déjà toute transpirante dans sa chemise de nuit. Pour la première fois depuis leur arrivée, Louise n'avait pas cours ce matin-là et Cora, pour ne pas la réveiller, s'enferma dans la salle de bains et se fit couler un bain. Elle passa ensuite un long moment à lire dans la baignoire, en rajoutant de l'eau tiède de temps à autre. Si Louise se réveillait et avait besoin de quelque chose, sans doute aurait-elle l'idée de frapper à la porte.

Mais lorsque Cora, les cheveux encore mouillés et froids contre son dos, enfila son peignoir et rouvrit la porte, la chambre était déserte. Dans l'antichambre, elle trouva le petit mot que Louise avait laissé à son intention sur une page arrachée de l'un de ses magazines – une publicité pour le savon Palmolive, sur laquelle une jeune femme en robe blanche invitait les lectrices à « conserver ce teint de jeune mariée ». Louise avait barré le slogan et écrit, dans une nouvelle bulle de dialogue :

Bonjour Cora. J'espère que votre bain était agréable. J'ai vraiment besoin d'aller aux toilettes, je descends donc au diner afin d'utiliser les leurs. Il est possible que j'en profite pour manger quelque chose.

PS : Inutile d'enfourcher vos grands chevaux.

L.

Cora la trouva attablée au comptoir, en grande discussion avec Floyd Smithers, accoudé face à elle et manifestement plus captivé par sa conversation que par les besoins des autres consommateurs. En apercevant Cora, le jeune homme se redressa et reporta son attention sur une cliente, accompagnée de son petit garçon, qui fumait une cigarette. Cora se glissa sur un tabouret à côté de Louise et se demanda si celle-ci s'était habillée en hâte, ou si sa tenue était mûrement réfléchie. À première vue, elle avait omis d'enfiler le moindre sous-vêtement - pas même une brassière - sous sa robe. En revanche, ses cheveux bruns étaient impeccablement coiffés et lissés.

Louise jouait avec sa paille et, lorsqu'elle avisa Cora, elle n'eut pas l'air particulièrement contrariée.

— Bonjour, Cora, fit-elle en fléchissant le cou pour regarder sous son chapeau. Vos cheveux sont encore mouillés. J'espère que vous ne vous êtes pas bousculée pour me rejoindre.

— Ça tient moins chaud comme ça, répondit Cora en s'éventant avec un menu.

Elle avait déjà décidé d'éviter un autre conflit. Louise pouvait traverser la rue pour prendre seule son petit déjeuner sans risquer quoi que ce soit.

— Merci d'avoir laissé un mot, ajouta-t-elle.

— Ça vous a plu ? La mariée rougissante ? Je m'en doutais. (Elle tendit le menton vers Floyd, qui était revenu prendre la commande de Cora.) Je suis restée là, à profiter d'une leçon de diction gratuite prodiguée par mon ami si instruit. Saviez-vous que notre serveur était étudiant à Columbia ?

Cora coula un regard méfiant vers l'intéressé.

— Oui, je crois l'avoir entendu dire.

Floyd gardait les yeux rivés sur son carnet, le stylo en l'air. Évidemment qu'il n'avait pas renoncé à séduire Louise ! songea Cora. C'était dans sa nature de jeune homme. On ne pouvait pas s'attendre à ce qu'il fasse cas de l'âge de la jeune fille. C'était le rôle de Cora de le tenir en respect.

Il prit sa commande et la remercia sans rien ajouter. La leçon de diction semblait terminée. Cora attendit qu'il se soit éloigné puis glissa à sa protégée :

— Si votre accent vous cause sincèrement du souci, je suis sûre que vos parents accepteraient de vous offrir de vraies leçons.

Louise secoua la tête.

— Ceux qui prennent des leçons de diction donnent toujours l'impression d'être des imposteurs, comme s'ils imitaient l'accent britannique. C'est mieux avec lui, ajouta-t-elle avec un mouvement de la tête en direction de Floyd, désormais lancé dans une charmante discussion sur les pancakes avec le petit garçon. Il parle un américain parfait, sans accent. Et il a dit que ça ne l'embêtait pas de m'aider.

— Je le crois volontiers. Est-ce un milk-shake au chocolat que vous buvez ?

Louise considéra la mixture dans son verre avec un froncement de sourcils mais aspira néanmoins une autre gorgée.

— Je sais, dit-elle en tapotant ses lèvres avec une serviette. Vous avez raison. Je dois faire attention. Je suis en train de grossir.

— Ce n'est pas ce que je voulais dire.

Louise repoussa le verre sur le comptoir.

— Non, non, vous avez raison. Je dois être vigilante. À la fin du mois, seules quelques filles seront choisies pour rejoindre la compagnie - voire peut-être même aucune. Mère pense que j'ai de bonnes chances, mais cela n'arrivera jamais si je suis grosse.

Cora se retint de lever les yeux au ciel. Cela étant, quoique petite, Louise avait des hanches plus généreuses que la majorité des femmes photographiées depuis quelque temps dans les magazines. Mannequins et actrices étaient devenues, pour la plupart, drôlement minces. Elles avaient toutes une taille de guêpe, mais aussi des hanches étroites et presque pas de poitrine. Toutes ces jeunes femmes avaient jeté leurs corsets en geste de libération, mais tout portait à croire qu'elles étaient censées ne plus se nourrir non plus.

— C'est idiot, lui assena Cora en retirant ses gants. Vous avez une silhouette ravissante. Mais un milk-shake ne constitue pas un bon petit déjeuner - pour personne. J'ai commandé des œufs brouillés, vous pourrez en manger un peu.

Elle lui tapota le bras. Elle n'avait pas eu conscience que Louise nourrissait l'espoir sincère de rejoindre la compagnie Denishawn, et que son objectif, comme celui de Myra, était de ne jamais retourner à Wichita.

– Et aujourd'hui, vous n'avez pas cours, reprit-elle. Notre premier week-end. Qu'aimeriez-vous faire ?

– *Faire ?* releva Louise avec un froncement de sourcils.

– Oui, qu'aimeriez-vous faire aujourd'hui ? J'imagine que vous aimeriez découvrir la ville et voir autre chose que Broadway et ce sous-sol d'église. J'ai feuilleté mon guide. Nous ne sommes pas très loin de la tombe du général Grant. À ce que j'ai lu, c'est un monument très impressionnant. Mais nous pourrions tout aussi bien visiter le Museum d'histoire naturelle. Et un de ces jours, j'aimerais beaucoup voir la statue de la Liberté.

Louise poussa un gémissement.

– Désolée mais ça ne m'intéresse pas de jouer les touristes du Midwest. Ne pouvez-vous pas faire tout cela pendant que je suis en cours ? Que faites-vous, d'ailleurs, pendant que je suis en cours ? lança-t-elle en la dévisageant d'un air perplexe.

Cora se sentit prise de court. Parler à Louise de l'orphelinat serait une erreur. C'était un sujet trop sensible, trop douloureux. N'importe quelle moquerie serait plus qu'elle ne pouvait en supporter.

– Je reste à l'appartement, et je me repose. Je m'installe dans la baignoire et je lis.

Louise appuya les mains sur ses reins et arrondit le dos.

– Quel merveilleux programme ! Voilà tout ce que je veux faire, aujourd'hui. Je ne me souviens pas d'avoir déjà eu à ce point mal partout. Je vais sans doute remonter à l'appartement et faire une sieste. Je dois écrire à Mère, également. Et n'oubliez pas qu'on va voir ce spectacle ce soir. Vous avez les billets ?

– Oui, des fauteuils à l'orchestre. Ce théâtre est complètement excentré, ajouta-t-elle en faisant la grimace. Il se trouve sur la 63e Rue. Pourquoi est-il aussi loin des autres ?

Louise haussa les épaules et rapprocha le verre de milk-shake pour siroter une autre gorgée. Floyd déposa une assiette avec des œufs et des toasts devant Cora, et lui demanda, très professionnellement, si elle désirait autre chose.

— Oui, une seconde assiette, s'il vous plaît. Et des couverts.

Il s'exécuta sans rien ajouter mais coula vers Louise un regard mélancolique. Cora fit glisser la moitié de sa portion d'œufs sur la seconde assiette, qu'elle poussa devant Louise.

— Mangez. Et je comprends parfaitement que vous vouliez vous reposer aujourd'hui. Mais pour demain, j'ai repéré une belle église presbytérienne tout près d'ici. Je me disais que ce serait agréable d'y aller, ajouta-t-elle d'un ton avenant.

Et si l'idée plaisait à Louise, celle-ci n'en montra rien. Elle couvrit sa bouche de la main et dit, tout en mastiquant :

— À l'église ? Je ne savais pas que vous étiez une pratiquante assidue.

Cora esquissa un sourire. Elle ne pouvait pas vraiment être taxée de bigote. Alan et elle manquaient souvent le culte, surtout depuis que les garçons étaient partis. Si elle avait proposé à Louise d'y assister le lendemain, c'était surtout pour lui faire plaisir. Encore que, pour sa part, elle irait très volontiers - après la semaine qu'elle venait de passer, elle aspirait à retrouver des repères familiers, un rituel qu'elle connaissait et comprenait.

— Je pensais que *vous* étiez pratiquante, observa-t-elle. Que vous aimiez suivre l'École du dimanche, à Wichita. N'est-ce pas exact ?

Louise reposa sa fourchette, manifestement en proie à un accès de colère. Elle planta son regard noir dans celui de Cora.

— Comment savez-vous ça ?

Cora ne sut quoi répondre.

— C'est ma mère qui vous l'a dit ?

— Non, je l'ai juste... entendu dire.

— Entendu dire ? répéta Louise en levant le menton. Et par qui ? De qui tenez-vous ce cancan, Cora ?

— Louise, je...

— De qui ?

— Je suis amie avec Effie Vincent, bredouilla-t-elle. Son mari enseigne à l'École du dimanche.

C'était un demi-mensonge, et il laissait Viola hors de cause. Cora répugnait à avouer comment elle avait appris que Louise fréquentait l'École du dimanche par son amie, elle-même amie avec l'épouse de l'homme en charge de la catéchèse. Cela semblait un peu trop alambiqué, comme si le sujet avait donné lieu à une grande réunion. En outre, elle connaissait effectivement Effie Vincent, une dame charmante, qui n'avait jamais médit de qui que ce soit.

— Nous sommes amies, répéta-t-elle.

— Vraiment ? fit Louise en la dévisageant avec froideur.

Il y eut un blanc, ponctué par un cliquetis de vaisselle et le tintement de la cloche en cuisine.

— Et qu'est-ce qu'Effie Vincent a d'autre à raconter ?

— Rien. Simplement que vous aimiez aller à l'École du dimanche. C'est à peine un ragot, Louise. C'est même plutôt un compliment. Je ne comprends pas pourquoi cela vous contrarie autant.

Cora avait envie de lui toucher le bras, délicatement, pour lui montrer que sa remarque était innocente. Mais quelque chose lui soufflait de s'abstenir. Louise jouait-elle simplement la comédie ? Cette réaction était-elle à mettre au compte de la fameuse maussaderie des adolescentes ? Jamais ses garçons n'avaient pris la mouche pour une remarque aussi inoffensive. Earle pouvait se montrer distant et taciturne lorsqu'il était abattu, mais jamais une remarque à ce point innocente n'avait attisé semblable colère chez ses fils ni ne les avait incités à lui faire subir un interrogatoire.

Louise écarta son assiette d'un mouvement du bras puis regarda Cora avec un sourire apitoyé – le même que celui dont elle avait gratifié son père sur le quai de la gare, à Wichita.

— Je ne suis pas contrariée. Simplement stupéfaite que vous, les dames de bien, puissiez à ce point tenir à l'œil tout le monde. C'est vraiment quelque chose, tout ce que vous savez !

Non seulement le music-hall de la 63e Rue était situé hors du quartier des théâtres, mais il ne possédait en rien l'opulence du New Amsterdam. Ce n'était en réalité qu'un vieil amphithéâtre, dans lequel on avait réussi à caser une fosse d'orchestre et des rangées de sièges aux assises déchirées. Cora et Louise arrivèrent parmi les premières, les lieux étaient encore assez silencieux pour laisser entendre un téléphone sonner avec insistance, dans quelque pièce située à gauche de la salle. Mais Louise avait juré que *Shuffle Along* était l'un des plus gros succès de l'année et que la critique qu'elle avait lue le certifiait exempt de langage grossier et d'humour graveleux. Effectivement, un public d'apparence respectable commença à s'installer, et Cora se détendit. Elle sortit son roman du sac. La conversation n'était pas une option puisque Louise avait sorti son Schopenhauer dès l'instant où elles s'étaient assises.

Elles étaient l'une et l'autre plongées dans leur lecture lorsqu'une main tapota l'épaule de Cora. Elle releva la tête et découvrit un homme de couleur, grand, en costume trois-pièces.

— Veuillez nous pardonner, dit-il.

Derrière lui se tenait une femme, de couleur elle aussi, vêtue d'une robe en organdi de soie et arborant des perles. Cora les dévisagea, interloquée. Elle ne voulait pas avoir d'ennuis. Louise lui poussa doucement le bras en riant, et se leva.

— Cora. Ils veulent passer pour rejoindre leur siège.

Cora balaya des yeux les rangées devant elles et s'aperçut qu'au moins quatre personnes de couleur avaient pris place sur des fauteuils d'orchestre, plus près de la scène qu'elles ne l'étaient elles-mêmes.

— Oh oui, bien sûr, dit-elle en se levant avec empressement. Excusez-moi, ajouta-t-elle tandis que le siège se rabattait d'un coup sec dans son dos.

Elle se recula pour leur laisser le passage, et lorsqu'ils eurent rejoint leurs places, elle se rassit, lentement, en regardant autour d'elle. Elle ne savait trop comment interpréter la scène. Était-ce une sorte de manifestation ? De provocation ? Quelques années plus tôt, à Wichita, un groupe d'hommes de couleur avait essayé de prendre place à l'orchestre d'une salle, mais ils avaient été arrêtés avant le début du spectacle.

Ici, toutefois, personne, noir ou blanc de peau, ne semblait bouleversé par cette intrusion.

Elle consulta son programme. L'illustration en couverture, parfaitement innocente, ne montrait qu'une rangée de jambes d'hommes et de femmes, la partie supérieure des corps était partiellement masquée par le titre du spectacle. Elle ouvrit le programme et consulta la distribution. Les personnages s'appelaient *Syncopating, Sunflower, Happy Honeysuckle, Jazz Jasmine*[1]. Cora déglutit et effleura le bras de Louise.

— Louise, chuchota-t-elle. De quel genre de spectacle s'agit-il ?

Louise releva la tête, avec un regard à la fois vide et agacé, comme si elle ne comprenait pas le sens de la question, comme si tout était normal - réaction suprêmement exaspérante quand il était évident que la présence de gens de couleur dans le parterre d'un théâtre n'avait rien de normal, même à New York. Au New Amsterdam, ils avaient assisté au spectacle depuis le poulailler, comme dans tous les théâtres où Cora avait été. Et jamais elle n'avait entendu parler d'une salle, où que ce soit dans le pays, où il en allait différemment.

— C'est censé être un excellent spectacle, lâcha Louise avant de se replonger dans sa lecture. Et apparemment, il est très populaire, ajouta-t-elle en désignant d'un geste les rangées de sièges occupés devant elles.

Cora suivit des yeux ce mouvement de main puis consulta à nouveau le programme. Ce personnage prénommé *Jazz* lui sembla particulièrement préoccupant. S'agissait-il d'un spectacle de jazz ? Et radical de surcroît, avec un placement mixte ? Quel chaperon faisait-elle, à attendre passivement avec sa protégée que cette musique dévergondée retentisse ? Pas plus tard que l'année précédente,

1. Soit : La Syncope, Tournesol, Joyeux Chèvrefeuille et Jasmin le Jovial.

dans un article virulent, le *Ladies' Home Journal* avait mis en garde contre cette musique « innommable », qui faisait fureur et qui constituait une réelle menace pour les jeunes gens dans la mesure où elle induisait invariablement un répertoire de danse qui attisait les plus bas instincts. Ne serait-ce qu'entendre du jazz était nocif, renchérissait l'article : la sensualité délibérée de ces rythmes primitifs, de ces gémissements de saxophones était capable d'hypnotiser de jeunes esprits. Cora savait que Viola avait interdit à ses filles, sans aucune ambiguïté, d'écouter du jazz.

– Louise. Je crois que nous devrions partir.

– C'est hors de question, répondit la jeune fille sans même relever la tête.

Cora aurait peut-être insisté, ou du moins essayé de le faire, si, à ce moment-là, une femme de couleur n'était venue prendre place sur le fauteuil à sa droite. Cora leva les yeux et la femme, qui portait les cheveux courts et crantés à la hauteur des sourcils, lui adressa un bref sourire avant de contempler le rideau. Un garçonnet fluet d'une douzaine d'années prit place sur le siège voisin, son programme roulé comme un télescope contre un de ses yeux. Cora, le cœur battant, plia son programme en deux, puis en quatre. Elles ne pouvaient plus partir, à présent – au risque de donner l'impression de fuir la proximité de cette femme et du petit garçon et de paraître, d'une manière ou d'une autre, personnellement offensée par leur présence, ce qui n'était pas le cas. Cora n'avait absolument rien à reprocher aux gens de couleur. Elle appréciait Della, par exemple, énormément. Elle mettait un point d'honneur à lui dire combien elle estimait ses talents de gouvernante et de cuisinière. L'année précédente, c'était elle qui avait dit à Alan qu'ils devraient lui accorder une augmentation, et elle s'efforçait toujours de se montrer aimable et compréhensive lorsque Della était retenue chez elle par l'un de ses propres enfants. Simplement, elle ne s'était pas attendue à devoir un jour s'asseoir à côté d'une personne de couleur dans un théâtre. Elle avait toujours entendu dire que ces gens, à moins qu'ils ne soient des fauteurs de troubles ou des communistes, préféraient rester entre eux au second balcon, et que de toute façon la plupart n'étaient pas intéressés par les spectacles.

À peine Cora venait-elle de réussir à se calmer que l'orchestre fit son entrée dans la fosse. Elle observa attentivement les musiciens : que des gens de couleur. Pas des musiciens blancs au visage noirci, non – de vrais musiciens de couleur. Tous. À Wichita, lors de *minstrel shows*[1], elle avait déjà vu des pianistes blancs au visage enduit de graisse aussi sombre que du bouchon brûlé faire les pitres, en souriant de toutes leurs dents. Mais là, il s'agissait de toute évidence d'autre chose. Jamais elle n'avait assisté à un spectacle donné par des violonistes, des hautboïstes, des saxophonistes de couleur, et jamais, au grand jamais, elle n'avait vu un chef d'orchestre de couleur à l'air parfaitement désinvolte dans son costume trois-pièces et ses chaussures étincelantes. Elle regarda Louise à la dérobée. Quand la jeune fille lui avait demandé d'acheter des billets pour ce spectacle, elle devait savoir qu'il n'avait rien de commun avec les habituelles productions de Broadway. Louise avait-elle voulu lui jouer un tour ? S'était-elle imaginé que ce serait hilarant de traîner la femme au foyer du Kansas dans un théâtre radical ?

Ce que Cora ignorait, c'était qu'elle n'était pas la seule à tomber des nues : même si dans la salle les amateurs de théâtre affectaient une attitude décontractée, *Shuffle Along* avait suscité bien des remous dans la majeure partie du public new-yorkais. Avant sa première représentation, en 1921, personne ne pensait que le public blanc accepterait de payer pour assister à une comédie musicale écrite, produite, dirigée et jouée exclusivement par des Noirs. Et si la production avait élu domicile dans cette salle de la 63e Rue, c'était tout simplement parce que aucune autre n'avait accepté de l'accueillir. Mais, passée la première, le spectacle fit rapidement salle comble, et un public conquis et enthousiaste – composé autant

1. Spectacles de music-hall, comiques (et racistes), apparus aux États-Unis vers le début du XIXe siècle et très populaires jusque dans les années 1920, dans lesquels des artistes grimés caricaturaient les Noirs, en jouant de tous les stéréotypes qui collaient à la communauté afro-américaine. *Le Chanteur de jazz*, premier film parlant (1927), met en scène un de ces artistes sous les traits d'Al Johnson.

de Noirs que de Blancs – allait s'y presser pour plus de cinq cents représentations.

Ce spectacle allait s'inscrire dans l'histoire à plus d'un titre. Quelque cinquante ans plus tard, lorsque le filleul de Cora, le dentiste – celui qui était né à Wichita précisément l'été où Cora séjournait à New York avec Louise et qui, à vingt ans, pendant la Seconde Guerre mondiale, avait combattu sous les ordres du général Eisenhower en Afrique du Sud –, découvrirait que sa vieille marraine avait assisté à la production originale de *Shuffle Along* à Broadway en 1922, il lui demanderait si, par hasard, elle se rappelait une belle jeune femme noire qui avait dû certainement voler la vedette sur scène. Cette jeune femme n'était autre que la future Josephine Baker, la femme la plus sublime du monde, qui jouirait en France, son pays d'adoption, d'une si folle popularité que même l'occupant nazi n'oserait l'inquiéter, et qui serait surnommée la Vénus de bronze, la Perle noire, ou juste La Baker lorsqu'elle se produirait pour les troupes alliées. Pour le filleul de Cora, la découverte de La Baker serait un tel choc et une telle révélation qu'au retour des combats il lirait compulsivement tout ce qui serait imprimé sur elle – comme s'il espérait augmenter ses chances de la séduire si jamais elle décidait de quitter la France, de revenir en Amérique et, pourquoi pas, de faire un jour un détour par Wichita où, à cause d'une rage de dent, elle entrerait en roulant des hanches dans son cabinet, et lui donnerait ainsi l'occasion d'abandonner son épouse et de lui proclamer son amour.

Non, lui répondrait alors Cora. Elle était navrée de le décevoir, mais elle ne se souvenait d'aucune *girl* en particulier. Le neveu serait déçu, mais sa déception ne durerait qu'une seconde. Mais évidemment ! Évidemment ! s'exclamerait-il. Josephine Baker avait passé les auditions pour *Shuffle Along* à sa création, mais au début, on n'avait pas voulu d'elle, au prétexte qu'elle était trop mince, trop maigre, même, et que sa peau était bien trop noire pour la scène. On l'avait laissée travailler comme habilleuse en coulisses où, en aidant les vedettes à changer de costumes, elle mémorisait les répliques et les chorégraphies. C'est ainsi que quelques mois plus tard, quand l'une des danseuses de la revue dut quitter la troupe, Josephine Baker la remplaça au pied levé, comme si elle avait ça dans le sang. Mais le soir où Cora et Louise étaient allées voir *Shuffle Along*, Josephine Baker, née la même année que Louise, n'était pas encore la légende vivante qu'elle allait devenir, seulement une petite habilleuse reléguée en coulisses, qui attendait patiemment son heure, loin des regards.

Était-ce cela, qu'il y avait dans l'air, en ce mois de juillet 1922 ? Tout ce talent, toute cette ambition et toutes ces aspirations, comme à portée de main, si bien que Cora n'avait pu s'empêcher de s'en imprégner ? Car bien des années plus tard, elle se souviendrait que, par cette belle soirée d'été, dans ce music-hall de la 63e Rue, en dépit de son embarras et de son appréhension, elle avait fini par se détendre, par arrêter de ronger son frein et par apprécier le spectacle. Elle se souviendrait que ses orteils comprimés dans les chaussures avaient battu la mesure au rythme de la musique syncopée, et qu'à la fin de la ballade *Love Will Find a Way*, à sa grande surprise, elle avait eu les larmes aux yeux. Jamais elle n'avait vu représenter une histoire d'amour entre gens de couleur, cette seule idée lui avait semblé *a priori* étrange, bête, mais à la fin de la chanson, elle avait changé d'avis.

Cora aurait soixante-dix ans et des poussières le jour où un groupe de jeunes Noirs, à Wichita, déciderait d'aller s'asseoir tous les jours au comptoir d'une cafétéria, de l'ouverture jusqu'à la fermeture, et ce jusqu'à ce qu'on les serve[1]. Il leur faudrait endurer injures, menaces, ennui, mais au bout d'un mois, le propriétaire de l'établissement, lassé de perdre des clients par peur ou par sentiment de n'être plus chez eux, finirait par céder et servir les protestataires. Dans les rangs de la population blanche de la ville, nombreux s'inquiéteraient du précédent ainsi créé : maintenant

1. Le *sit-in* de Dockum Drugs, en juillet 1958, fut l'un des tout premiers organisés aux États-Unis pour réclamer l'abolition de la ségrégation dans les établissements publics.

que Dockum Drugs servait les gens de couleur, ces derniers n'allaient-ils pas se croire les bienvenus partout ? Cora devrait alors admettre, pour être parfaitement sincère, qu'elle aurait pu partager les craintes de ses concitoyens si, en 1922, elle ne s'était pas trouvée assise entre Louise et cette femme noire à la mèche crantée pour regarder un Noir diriger un orchestre de musiciens noirs tandis que, sur scène, des artistes noirs des deux sexes jouaient la comédie, dansaient et chantaient *I'm Just Wild About Harry* et que, dans le public, Noirs et Blancs les applaudissaient d'un même élan, sans que rien de terrible se passe. Pour tout dire, et en dépit de la tristesse et des soucis qui l'accablaient ce soir-là en arrivant dans ce théâtre, elle avait passé une merveilleuse soirée, insisterait-elle en 1958 auprès des dames effarées de son club, dont beaucoup seraient largement ses cadettes. Un comptoir de snack mixte, ce n'était pas la fin de la civilisation, leur dirait-elle. Pas plus que ne le seraient probablement les écoles et les théâtres mixtes. Tout allait bien se passer, dirait-elle à ses amies en repensant à cette soirée de l'été 1922 à New York. Vraiment. Tout se passerait le mieux du monde.

Cette sagacité, elle en serait redevable à son séjour à New York, et encore plus à Louise. Voilà les bénéfices qu'il peut y avoir à fréquenter la jeunesse – c'est l'énorme récompense pour toute la peine qu'il faut endurer. Les jeunes gens peuvent être exaspérants, bien sûr, ils peuvent faire peur, se montrer condescendants, insultants, et blessants aussi, et leurs aspérités, leurs bords mal dégrossis peuvent nous blesser. Mais ils peuvent également nous traîner de force, tandis qu'on aura beau protester, râler et se débattre, devant la fenêtre d'où se contemple le futur, et qui sait ? Peut-être même nous pousser et nous y donner accès.

Le lendemain de cette mémorable soirée, Cora tomba sur la carte postale pendant que Louise prenait un bain après ses cours. Elle n'avait pas eu l'intention de la lire. Jamais elle n'avait fouillé dans les chambres de ses fils, même lorsqu'elle en avait été tentée, et elle avait appris à ne pas mettre son nez dans les affaires d'Alan.

Mais voilà : la carte postale avait glissé de la table et Cora, qui était en train de balayer, s'était accroupie pour la ramasser. Et parce que l'écriture de Louise était serrée mais parfaitement lisible, ses yeux étaient tombés sur son propre nom.

… Cora Carlisle est une vraie rabat-joie, une authentique péquenaude. Quand on songe combien son mari est riche et bel homme, cet attelage est parfaitement incompréhensible. Je n'ai de cesse de souhaiter qu'elle tombe dans l'Hudson, ou se fasse renverser par un trolley, ou Dieu sait quoi, mais chaque jour elle…

Cora replaça la carte sur la table, de façon à ne plus voir que la photo de Charlie Chaplin au recto. Elle regarda les murs jaunes et le tableau du chat siamois. Tout allait bien. Elle allait bien. Elle se moquait de ce qu'une péronnelle snob de quinze ans pensait d'elle. Et de toute façon, elle n'aurait pas dû lire cette carte, même ces quelques phrases. Elle croisa les bras et contempla la carte. À qui était-elle adressée ? À sa mère ? Que Louise puisse écrire à Myra de telles cruautés la concernant, c'était une pensée insoutenable. Cora fit le tour de la table, une fois, deux fois, puis retourna la carte.

Mon Theo chéri,

Elle la reposa. Theo était le frère. Pas le grand frère, celui avec lequel Louise s'était disputée, mais le plus jeune, qui avait prétendu jouer au badminton tout seul. Ce n'était donc pas si grave. Oui, mais si Louise avait écrit la même chose à Myra ? Quand bien même ce serait le cas – et alors ? songea Cora. Elle n'allait tout de même pas lire en douce les autres cartes postales. Elle n'en avait que faire. Elle alla dans la cuisine se servir un verre de lait.

Elle le sirota en écoutant le goutte-à-goutte régulier du pain de glace en train de fondre dans la glacière. De l'autre côté de la cloison, la baignoire se vidait lentement, et Louise fredonnait une version langoureuse de *Ain't We Got Fun ?*. Elle reposa le verre et pianota sur le couvercle de la cuisinière. Que Louise l'ait traitée de rabat-joie et de péquenaude ne la surprenait guère. Ses yeux et son ton ne trahissaient rien d'autre chaque fois qu'elle lui adressait la parole. Cora pouvait difficilement la taxer d'hypocrisie. Non, ce qui la blessait, et lui avait porté un coup, c'était cette observation cruelle mais perspicace à propos d'Alan et du couple désassorti qu'ils formaient. Il était bien dommage que Cora n'ait pas connu Louise l'été de son mariage, quand elle aurait pu tirer parti d'avoir, dans son entourage, quelqu'un d'une salutaire franchise.

Louise réapparut, vêtue d'un déshabillé rose, les cheveux mouillés et lissés en arrière. Elle avait un grand front proéminent, remarqua Cora, presque en saillie, et sans son rideau de cheveux bruns au ras des sourcils, sa beauté était bien moins saisissante. Fraîche et séduisante, oui – mais plus commune.

– Oh mon Dieu, ce bain était merveilleux ! s'extasia-t-elle en penchant la tête d'un côté puis de l'autre. Cela fait exactement trois minutes que j'en suis sortie et je transpire déjà. L'opéra a intérêt à être aussi froid qu'une glacière, ce soir.

Cora hocha la tête tout en sirotant son lait.

– Que se passe-t-il ?

– Rien, répondit Cora avec un sourire. Vous avez raison. On dirait qu'il fait encore plus chaud, aujourd'hui.

Louise étira ses bras avec un bâillement exagéré et déclara qu'elle espérait que *Blossom Time* serait aussi bon que le prétendaient les critiques. Cora s'adossa à la cuisinière et l'écouta, l'air aimable et intéressée. Il ne servirait à rien d'évoquer la carte postale, ou ce que Louise avait écrit à propos d'Alan, ni maintenant, ni jamais. Aussi, même si la blessure était toujours là, elle se comporta comme si de rien n'était et, naturellement, Louise n'y vit que du feu. La jeune fille pouvait pour sa part condamner les sourires de circonstance, Cora savait combien ceux-ci se révélaient parfois nécessaires, et combien les siens, à force de pratique, étaient convaincants.

11

Mr. Alan Carlisle, de Wichita, et miss Cora Kaufmann, de McPherson, ont été unis hier par les liens du mariage, sous un dais de roses et d'œillets blancs, devant le hangar à bateaux de Riverside Park, par le pasteur John Harsen de la Première Église presbytérienne de Wichita. Immédiatement après la cérémonie, une grandiose réception a réuni au Eaton Hotel plus d'une centaine d'invités, autour d'un généreux festin qui a vu défiler rôtis de bœuf, croquettes de patates douces, plateaux de fromage, corbeilles de fruits, avant de se conclure par le traditionnel gâteau de mariage. C'est par une valse gracieuse interprétée par un petit orchestre que les jeunes mariés ont ouvert le bal, bientôt rejoints par leur famille et leurs amis.

La mariée était absolument ravissante dans sa longue robe blanche agrémentée d'un col montant en dentelle, assortie à celle de son décolleté en V. Elle arborait une pompadour constellée de vraies fleurs d'oranger, cadeau de miss Harriet Carlisle, sa demoiselle d'honneur et nouvelle belle-sœur. Le marié, grand et élégant, avait revêtu comme il se doit une jaquette noire et portait une cravate à rayures avec un nœud d'Ascot piqué d'une épingle en argent.

Mr. Carlisle, avocat prospère, jouit d'une honorable notoriété à Wichita et la date de son mariage, ainsi que l'identité de l'heureuse élue, étaient depuis longtemps l'objet de spéculations de la part des jeunes dames célibataires de notre ville. Tout le monde s'accorde à dire qu'il est très épris de son épouse, qu'un tragique accident agricole a récemment rendue orpheline, et qui offre toutes les apparences d'une jeune femme accomplie et aux charmantes dispositions. La nouvelle

Mrs. Carlisle a d'ailleurs déjà tissé de nombreux liens d'amitié avec les dames de sa communauté d'adoption.

« Carnet mondain », The Wichita Eagle, 7 juin 1903

Cora serait longtemps reconnaissante au chroniqueur d'avoir passé sous silence l'épisode le moins illustre des festivités, lorsque Raymond Walker – un ancien ouvrier agricole devenu avocat pénaliste, qui jouait parfois aux cartes avec Alan mais n'avait même pas assisté à la réception donnée pour leurs fiançailles – s'était mis en tête de porter le premier toast de la soirée sans tenir compte du fait, par distraction ou insouciance, qu'il était ivre. Raymond Walker était plus petit que Cora, mais il était large d'épaules, avec des cheveux poil-de-carotte et une voix grave et puissante qui n'avait aucun mal à capter l'attention d'un public. Lorsqu'il se leva et commença à parler d'amitié et d'amour, même les serveurs, qui avaient pourtant fort à faire, se retournèrent pour l'écouter.

— Alan ! lança-t-il d'une voix tonitruante en levant son verre de citronnade. Quel homme bon, quel homme vertueux tu es !

Une salve d'applaudissements accueillit cette déclaration. D'autres invités portèrent à leur tour un toast, et Cora riait et approuvait en hochant la tête. Mais lorsque Raymond Walker posa son verre de citronnade sur la table, sortit nonchalamment une flasque en argent de sa poche intérieure et but une longue rasade, Cora coula un regard vers Alan qui, à côté d'elle, fixait son camarade, la mine désolée, tout en secouant la tête de manière imperceptible.

— Certains se marient par amour, poursuivit Raymond en contemplant la table des mariés l'œil humide. Mais toi, Alan, tu nous montres à tous que la vraie vertu, la vraie charité commence sous son propre toit.

Alan se leva. Mais ses deux oncles, ainsi qu'un cousin, se dirigeaient déjà vers Raymond, l'air sévère. Quelqu'un se demanda à voix haute s'il ne serait pas sage de lui confisquer la flasque, ce à quoi quelqu'un d'autre répondit : « Non, contentez-vous de le faire sortir. » Raymond Walker se rebiffa et déclara aux hommes qui l'avaient empoigné qu'il partirait sans l'aide de personne. Il quitta la salle en titubant et en bombant le torse, sous des regards unanimement réprobateurs, encore que Cora, assommée, ne fut capable que de contempler son assiette. Une fleur d'oranger se détacha de ses cheveux et échoua sur son rôti de bœuf.

Ce n'est qu'un ivrogne, se dit-elle. Et il se trompait. Il ne s'agissait pas de charité – Alan l'aimait, l'aimait autant qu'elle l'aimait. Il le lui avait dit et répété, et avec tellement de sincérité, tellement d'espoir et de bonté dans les yeux ! C'était lui qui avait de la chance, disait-il. Elle était l'épouse qu'il avait passé sa vie entière à chercher.

Sitôt la porte refermée derrière Raymond Walker, le père d'Alan se leva, brandit son verre de citronnade et déclara de sa voix la plus auguste que son épouse et lui-même étaient comblés d'accueillir une jeune femme aussi accomplie que Cora au sein de leur famille, qu'ils étaient immensément fiers de leur fils et qu'ils leur souhaitaient d'avoir beaucoup d'enfants et de connaître de longues années de bonheur ensemble. Ensuite, il traversa la salle pour serrer la main de son fils et attirer Cora contre son cœur sous un tonnerre d'applaudissements et ce fut comme si l'horrible incident provoqué par Raymond Walker n'avait jamais eu lieu. Lorsque Alan se rassit et lui prit la main, Cora s'étonna de voir qu'il avait les larmes aux yeux. Son humiliation s'évanouissait déjà, et elle fut émue de constater à quel point les paroles de son père comptaient pour lui.

Le seul conseil en matière de sexualité que Cora eût jamais reçu lui fut dispensé par Mrs. Lindquist quelques semaines à peine avant le mariage. Sans vouloir lui faire peur, lui dit-elle, il lui semblait de son devoir de l'informer que les hommes étaient différents des femmes en ce qu'ils étaient souvent esclaves de leurs besoins physiologiques, et animés de bien plus de désir que nécessaire pour fonder un foyer heureux, avec un nombre raisonnable d'enfants. C'était le devoir de l'épouse, expliqua-t-elle à Cora, de se soumettre à ce désir tout en le tempérant, car il s'agissait d'une force puissante et on ne pouvait attendre d'un mari, fût-il un gentleman, qu'il pense toujours avec sa tête.

– C'est comme quand on nourrit les chevaux et les chiens, ajouta-t-elle en cassant un œuf sur le rebord d'un bol. Ce n'est pas qu'on veuille les affamer, les malheureux, mais ils n'en ont jamais assez.

Cora n'avait pas peur. En fait, elle était intriguée par l'idée que, au moins dans ce domaine de son mariage, ce serait elle qui tiendrait les rênes. Elle n'abuserait pas de son pouvoir et n'avait aucune intention, pour reprendre les termes de Mrs. Lindquist, d'« affamer » son beau fiancé, ni même de le laisser trop longtemps le ventre vide. En tout état de cause, Alan restait son aîné, un homme plus instruit, rompu aux usages sociaux, habitué à l'aisance matérielle et à la vie citadine. Même si Cora avait amélioré son maintien en société en étudiant avec diligence la grammaire et en observant attentivement le mode de vie d'Alan et de sa famille, elle était loin de se sentir son égale, surtout lorsqu'ils se trouvaient en public. Mais si Mrs. Lindquist disait vrai, dans l'intimité et en dépit de tout ce qu'elle ignorait, il serait à ses pieds.

Et effectivement, au cours de ces premières nuits en tant que mari et femme, son Alan aux manières si raffinées et toujours impeccables sembla se muer en possédé. Les caresses délicates cessaient sitôt qu'il commençait à la besogner, et Cora sentait qu'il agrippait l'oreiller sous ses épaules comme s'il lui fallait se cramponner à quelque chose d'autre pour éviter de lui faire du mal. Sans le parfum de menthe poivrée de son after-shave, jamais elle n'aurait reconnu dans cet énergumène l'homme qui, en journée, déplorait en riant la paresse de certains greffiers, lui apprenait à jouer aux échecs ou lui offrait galamment son bras lorsqu'ils se promenaient le long de Douglas Avenue. Dans le huis clos de sa chambre, elle ne pouvait distinguer son visage. Il ne venait la rejoindre qu'une fois la nuit tombée et n'apportait jamais de lampe

- ce dont elle lui était reconnaissante. S'il y avait eu de la lumière, Cora aurait été obligée de réfléchir à l'expression qu'il convenait d'adopter - indulgence ? sévérité ? Comment savoir ? À la ferme, elle avait vu des animaux s'accoupler, elle comprenait donc la mécanique à l'œuvre, mais elle ignorait tout du comportement que devait adopter en de telles circonstances un être humain - une femme. Elle doutait qu'Alan, qui n'était plus un jeune homme, soit encore puceau et elle redoutait, dans son ignorance, de se livrer à quelque manœuvre inédite, quelque incongruité dont elle serait la première embarrassée. Même allongée dans l'obscurité, elle ne savait pas si elle devait simplement rester immobile, ou si elle pouvait le serrer dans ses bras et enrouler ses jambes autour de lui, comme elle avait envie de le faire, presque malgré elle. Elle ne voulait pas sembler en proie à une frénésie de sexe, mais elle ne voulait pas non plus qu'il croie qu'elle s'ennuyait, car en tout état de cause, son corps et son esprit voulaient qu'il continue, et elle se sentait curieusement abandonnée chaque fois qu'il s'écroulait sur elle avec un sanglot étouffé, et que c'en était fini. Elle se demandait ce qu'il penserait, si jamais elle lui faisait part de cela.

Ensuite, il lui prenait la main et lui demandait si elle allait bien, s'il lui avait fait mal, et elle ne comprenait pas le sens de ces questions. N'était-elle pas sa femme ? Et ne lui avait-elle pas dit, avant même qu'ils ne soient mariés, combien elle désirait un enfant, le plus tôt possible ? Combien ce serait important pour elle de connaître quelqu'un - fût-ce un bébé - qui partagerait son sang ? Et non, elle n'avait pas mal. En fait, même après avoir accueilli en elle ce dont elle avait besoin pour concevoir, elle avait encore envie de se blottir contre lui, lui caresser le flanc et presser son visage sur la peau tiède de son torse.

Mais cela aurait pu paraître curieux, ou trop effronté.

— Cora ? Chérie ? Tu vas bien.

— Très bien, répondait-elle avec une pression de la main, parce qu'elle ne pouvait guère dire plus.

Sa grossesse faillit la tuer. Elle était encore à trois semaines du terme lorsqu'elle se réveilla un matin avec la sensation qu'une pioche s'acharnait dans son ventre ; sa bouche, sa gorge étaient si sèches qu'elle ne parvint pas immédiatement à appeler à l'aide. Quand enfin un cri sortit, les coups de pioche se déplacèrent, comme si on lui dépeçait maintenant les flancs, mais Alan apparut sur le seuil de sa chambre, encore en pyjama – et resta bouche bée en la voyant.

Plus tard, il lui dit qu'avec son visage effroyablement pâle et ses lèvres livides il avait cru voir un cadavre, mais qui se tordait de douleur sur le lit.

Par chance, ils avaient le téléphone. Rares étaient ceux qui en possédaient un à l'époque, et cela leur fit gagner un temps précieux – crucial, affirmerait plus tard le docteur – car l'hémorragie aurait pu lui être fatale. Dès qu'il eut appelé le docteur, Alan revint à son chevet avec de l'eau et un linge mouillé, qu'elle lui arracha des mains et mordit de toutes ses forces. Sa vision commença à se brouiller et à s'assombrir, mais elle entendait Alan qui pleurait, la suppliait de ne pas partir. Cela la terrifia. Il lui embrassait le front, elle sentait sur sa joue la caresse rêche du menton hérissé d'une ombre de barbe tandis qu'il lui chuchotait qu'il était désolé. Il n'arrêtait pas de répéter cela – qu'il était affreusement désolé. Et Cora s'en agaçait, alors même que la pioche lui fouillait le ventre. Il n'avait rien fait de mal, sinon se comporter en mari. Il n'y était pour rien, si quelque chose, en elle, dans son corps, s'était détraqué. Cela provenait d'un vice de sa matrice, vraisemblablement défectueuse depuis sa naissance. Tout enfantement était la malédiction d'Ève, une douleur supportable pour toutes les femmes, mais cette douleur-là, la sienne, était quelque chose d'autre.

Lorsque le docteur arriva, il demanda à Cora si sa mère avait souffert de toxémie. Ou une sœur ? Une tante, peut-être ? Avaient-elles, les unes ou les autres, rencontré des problèmes à la délivrance ? Des caillots de sang ?

Elle agrippa la main d'Alan et lui enfonça ses ongles dans la peau.

— Elle l'ignore, indiqua-t-il au docteur. Ne l'agitez pas avec ces questions, ajouta-t-il d'un ton plus ferme.

Cora ne comprendrait jamais comment elle avait survécu, comment elle avait pu pousser alors même qu'elle parvenait à peine à respirer ; elle avait beau leur parler des coups de pioche dans son ventre, le docteur et la sage-femme n'avaient de cesse de l'exhorter à pousser, alors même qu'elle hurlait et les suppliait de faire taire la douleur. C'était le placenta, lui expliqua le docteur. Il s'était déchiré prématurément, et il fallait faire sortir le bébé. Il ne pouvait pas utiliser de chloroforme. Il allait avoir besoin de son aide pour pousser, pour sauver le bébé et se sauver elle-même.

Alan dut quitter la chambre. Elle ne remarqua pas son départ, pas plus qu'elle ne se rendit compte de son absence. Plus tard, il raconterait à Cora que lorsque, du salon, il avait entendu le premier cri plein de vigueur de Howard, il était à genoux, le front contre l'accoudoir du canapé. Cora elle aussi entendit le premier cri de Howard ; elle n'entendit pas en revanche celui de Earle - le temps qu'il voie le jour, elle ne cessa de perdre du sang et n'était plus consciente que par intermittences. Et quand elle entendit à nouveau, elle ne pouvait plus remuer, ni même sentir ses bras et ses jambes. Cependant, elle ne sentait plus non plus les coups de pioche. Elle était apaisée et prête à dormir, même si la soif la tenaillait, même si elle venait d'entendre le premier cri de son enfant. Elle était épuisée, et terrifiée à l'idée que les coups de pioche ne reprennent.

— Nous sommes en train de la perdre, dit le docteur.

Elle l'entendit, bien qu'il eût parlé à voix à basse. Elle n'aspirait à rien d'autre qu'au repos, elle ne voulait plus lutter, seulement acquiescer à la volonté de la nature, et poser sa tête sur le grain. Mais elle sentait des mains qui la secouaient pour la réveiller. « Ne respire pas le poison », lui disait maman Kaufmann. « Cora ? Ma chérie ? Tu ne peux pas le voir, ni le sentir, mais il va te tuer. » Ils étaient là tous les deux avec elle, et bien qu'elle ne pût les voir, elle sentait leurs mains qui la secouaient, qui la poussaient vers l'échelle du silo. « Va-t'en, disait Mr. Kaufmann en la chassant sans délicatesse. Va-t'en tout de suite. » Elle ne pouvait pas se retourner. Elle devait garder les yeux rivés sur l'ouverture dans le toit du silo, s'accrocher à cette bande bleu ciel, mais elle les entendait tous les deux, derrière elle, qui l'exhortaient à ne pas céder à la torpeur, à gravir coûte que coûte les barreaux glissants de l'échelle, à avancer et se laisser la chance d'être un jour la femme heureuse et la très bonne mère qu'ils avaient toujours su qu'elle serait.

Ils avaient déjà une vieille dame suédoise qui venait les jours de lessive, mais après la naissance des jumeaux, Alan demanda à Helgi de venir tous les jours, pour tenir la maison et préparer les repas. Cora put donc passer les premiers mois de la vie de ses fils alitée, en convalescence, comme l'avait suggéré le docteur, un couffin posé de part et d'autre à portée de main pour les tétées.

Et même si elle restait faible, la mère d'Alan avait décrété qu'il était hors de question de faire appel à une nourrice – la plupart étant, disait-elle, des mères célibataires et des immigrantes. Comment savoir quelle faiblesse ou vice caché les bébés ingéraient avec leur lait ? Quand Mrs. Carlisle mère tenait ce genre de propos, Cora ne pouvait s'empêcher de se demander si elle avait oublié les origines troubles de sa bru. Sa belle-mère était toujours gentille et jamais elle n'évoquait le fait que Cora puisse être elle-même une enfant illégitime. Pourtant, Cora savait qu'elle y pensait.

Donc même avant d'avoir recouvré assez de forces pour descendre les escaliers sans assistance, Cora travailla à se révéler non pas simplement une bonne, mais une excellente mère pour ses insatiables fils – ces petits êtres si menus et si voraces qui semblaient l'un et l'autre contrariés de leur expulsion prématurée du ventre maternel. Elle leur chantait *Noirs sont les cheveux de mon seul et grand amour* en contemplant, émerveillée, la blondeur de Howard et la force de ses petites mains, et le regard grave d'Earle qui ressemblait déjà tellement à Alan. Des jumeaux. Cette surprise la faisait rire, quoique d'épuisement. Il n'y avait pas d'antécédents de jumeaux dans la famille d'Alan. Peut-être y en avait-il de son côté... ?

Alan s'occupait des courses. Presque chaque jour, en rentrant à la maison après sa journée de travail, il passait à l'épicerie, à la boulangerie et chez les marchands des quatre saisons et rapportait tout ce qu'il fallait à Helgi pour cuisiner ce dont Cora avait envie. Il lui achetait régulièrement du foie de veau, que le docteur avait conseillé pour fortifier son sang et reconstituer ses réserves de fer, même si pour le coup, elle n'en avait jamais envie. Il lui rapportait des romans et lui construisit un petit lutrin afin qu'elle puisse lire tout en donnant la tétée. On installa le phonographe à l'étage, à côté de son lit, et Alan acheta des disques dont il pensait qu'ils pourraient leur plaire, à elle et aux bébés. Il lui montait son dîner, s'installait avec elle à la table dans un coin de sa chambre et prenait les deux garçons dans ses bras pour la laisser manger. La paternité lui allait bien. Il paraissait comblé lorsqu'il contemplait les frimousses de ses fils avec un sourire rayonnant. Et si l'un ou l'autre se mettait à pleurer, il les promenait dans la chambre, en leur promettant, de sa voix grave et patiente, que tout irait bien, que leur mère avait traversé bien des épreuves et qu'ils devaient lui accorder un peu de temps pour se reposer.

Quand elle fut capable de se lever et de descendre les escaliers sans souffrir de vertiges, Alan et elle recommencèrent à prendre les repas dans la salle à manger, pendant que les jumeaux dormaient à l'étage, dans la chambre de Cora. Alan insistait pour que, exceptionnellement pendant cette demi-heure, la porte de la chambre reste fermée, afin que Cora n'entende pas si l'un d'eux se réveillait ou commençait à pleurer. Cora appréciait qu'Alan veuille profiter de ce moment en tête à tête sans être interrompu, et qu'il s'ingénie à la distraire en lui racontant des histoires de rivalités entre secrétaires et de juges hostiles. Mais participer à la conversation lui demandait un gros effort. Ses journées consistaient en une répétition de cycles courts – dormir, manger, donner le sein, changer les couches – d'où il n'y avait guère moyen de tirer des anecdotes ou des commentaires charmants. Elle pouvait questionner Alan sur des informations qu'elle avait lues dans le journal. Avait-il entendu parler de l'incendie à la fabrique de glace ? Pensait-il vraiment qu'il en coûterait vingt-cinq mille dollars d'en reconstruire une nouvelle ? Était-il au courant que Henry Ford venait d'inventer une automobile qui pouvait rouler à plus de quarante-cinq kilomètres heure ? Elle réfléchissait par avance aux sujets qu'elle aborderait, soucieuse de ne pas passer pour une empotée, mais lorsque Alan essayait ensuite d'en discuter avec elle, la fatigue l'empêchait de se concentrer. Et bien que la porte de sa chambre fût fermée, si l'un ou l'autre de ses fils se mettait à pleurer à l'étage, elle l'entendait. Une montée de lait imbibait le plastron de sa robe et elle n'entendait plus rien de ce que lui disait Alan.

Elle se sentait navrée pour lui. Pendant sa grossesse, ils s'étaient rendus à des réceptions, à des soirées dansantes. Maintenant, il lui semblait n'être plus qu'un douloureux spectacle ambulant, avec ce corps encore trop boursouflé pour se laisser comprimé dans un corset, cette poitrine gorgée de lait. Et de toute façon, elle répugnait à s'éloigner trop longtemps des jumeaux. Mais recevoir à dîner paraissait tout aussi audacieux – et gênant, dans la mesure où elle n'était encore qu'un récipient à bout de forces et sujet à d'éventuelles fuites. Seules les visites de la famille d'Alan, dont l'indulgence semblait acquise quoi qu'elle fît, ne la mettait pas mal à l'aise.

Alan lui rétorquait qu'elle était ridicule, qu'il n'y avait rien dont elle dût s'excuser. Évidemment qu'elle avait besoin de temps pour se remettre sur pied !

– Tu as failli mourir, lui rappela-t-il un jour en piquant une bouchée de *pancake* saupoudré de sucre – un de leurs desserts préférés du répertoire de Helgi. Et de quoi pourrais-je me plaindre ? Nous sommes mariés depuis un an, nous avons deux garçons en pleine santé et tu es une mère dévouée, ajouta-t-il en lui souriant. Je n'ai aucune doléance à formuler.

Elle leva les yeux tout en découpant un morceau de son *pancake*. Il ne s'était pas changé en rentrant du tribunal, n'avait même pas retiré sa redingote, seulement sa cravate. Il avait ouvert le col de sa chemise et, à la lueur des bougies, le triangle de peau ressemblait à une ombre discrète. Cora laissa glisser son regard jusque sur ses mains.

– Merci. Mais je tiens à ce que tu saches... (Elle déglutit, les yeux rivés sur son assiette.) Je tiens à ce que tu saches qu'il me tarde d'être complètement rétablie pour pouvoir aussi redevenir ton épouse.

Voilà – elle l'avait dit, aussi clairement qu'elle le pouvait. Elle ne savait pas quoi faire d'autre. Alan n'avait plus partagé son lit depuis le jour où elle lui avait annoncé qu'elle était enceinte. Elle avait supposé que c'était là une pratique commune, que les relations conjugales pendant la grossesse pouvaient nuire au bébé et que le docteur, par embarras, ne lui en avait rien dit. De même qu'elle supposait maintenant qu'Alan, en homme attentionné, la pensait encore trop fatiguée et trop fragile. Or en le contemplant à la lueur des bougies, et en dépit de la présence de Helgi, qui s'affairait encore en cuisine, elle n'avait qu'une envie – aller s'asseoir sur ses genoux, enrouler ses bras autour de ses larges épaules, enfouir le visage dans son cou et respirer le parfum de menthe poivrée sur sa peau tiède. Elle ne voulait pas qu'il se montre éternellement attentionné.

Elle l'entendit reposer sa cuillère et, quand elle releva la tête, son sourire s'était envolé. Il pivota sur sa chaise et son genou effleura les siens sous la table.

– Cora, commença-t-il en lui prenant la main. Je crains d'avoir quelque chose à te dire.

Elle retint son souffle. Sa main était chaude autour de la sienne.

– Nous ne pouvons pas avoir d'autres enfants. Nous ne le devrions pas, du moins. Je ne voulais pas t'en parler avant que tu ne sois rétablie, mais le docteur a été très clair. (Il la dévisagea intensément.) Ce qui s'est passé pourrait vraisemblablement se reproduire, et il ne peut pas garantir que tu auras autant de chance.

Elle fixa la flamme de la bougie. Il ne lui apprenait rien dont elle ne se doutait déjà. Mais c'était une pensée qu'elle avait chassée de sa tête. Elle avait tant rêvé de fonder - enfin ! - une grande famille avec Alan pour compenser toutes ces années où elle avait été seule. Elle avait tant désiré être de ces femmes à la tête d'une pleine maisonnée d'enfants qui ne connaîtraient que l'amour et l'intimité d'un foyer, qui tous l'appelleraient « Mère » et ne manqueraient de rien. Elle l'avait désiré si fort que cela était devenu pour elle un besoin vital, une mission. Mais face à la vérité brutale des faits, sa peur prit le dessus. Alan avait raison. Elle aimait les jumeaux bien plus que tous ces autres enfants imaginaires. Elle ne prendrait pas le risque de les rendre orphelins. Et puis, en vérité, elle avait le souvenir, bien trop vif, de la sensation de la vie désertant son corps. Elle ne voulait pas mourir, ni jamais plus ressentir ces coups de pioche. Elle voulait vivre longtemps, aux côtés de son beau mari, de ses petits garçons, dans sa jolie maison flanquée d'une tourelle, avec ces planchers sur lesquels, l'après-midi, le soleil dessinait des rais de lumière. Et même s'il n'y avait pas eu les jumeaux, juste pour elle-même, elle ne voulait pas risquer de saigner jusqu'à en mourir. Elle était reconnaissante à Alan de ne pas lui laisser le choix, ni de sous-entendre qu'ils pourraient tout de même essayer de concevoir à nouveau. Oui, son désir de vivre surpassait celui d'avoir d'autres enfants, mais elle ne pouvait le dire à voix haute sans se donner l'impression d'être une femme indigne, lâche et égoïste.

Elle se pencha pour embrasser la main d'Alan.

— Ça t'est égal ? demanda-t-elle en relevant les yeux.

Il lui caressa les cheveux et secoua la tête.

— Je ne pourrais le supporter, si quelque chose devait t'arriver. Nous avons besoin que tu vives.

Il ne revint jamais plus partager son lit. Il lui embrassait la joue, la main, et parfois il lui caressait les cheveux, mais même lorsque les jumeaux commencèrent à faire leurs nuits dans leur propre chambre, tout au bout du couloir, même lorsqu'elle put remettre son corset, revêtir de belles robes et danser avec lui dans les réceptions, Alan resta la nuit dans sa chambre. Elle comprenait qu'il agissait ainsi par esprit de chevalerie, pour la protéger des assauts de son désir.

Mais de temps en temps, elle s'interrogeait, aussi. Tant d'esprit de chevalerie était-il justifié ? Les relations conjugales ne se terminaient pas toutes par des bébés, non ? Plusieurs femmes de sa connaissance avaient dix enfants ou plus, mais quelques-unes n'en avaient que trois ou quatre, et il était difficile de croire que toutes ces épouses qui ne mettaient pas au monde un bébé par an dormaient chaque nuit seule dans leur lit, comme elle. Et les femmes de mauvaise vie, alors ? De toute évidence, elles ne pouvaient risquer d'avoir un bébé chaque fois qu'elles avaient une relation. Il devait exister un moyen, une astuce que d'autres femmes connaissaient, et qu'elle ignorait. Encourait-elle un risque, par exemple, s'ils se contentaient de ne pas aller jusqu'au bout ? S'ils s'interrompaient avant le moment fatidique ? Cela serait certainement mieux que rien. Mais à qui demander cela ? Pas au docteur. Ni à Viola ou Harriet. L'une et l'autre s'offusqueraient, voire seraient choquées, et la prendraient pour une dépravée. Et même en expliquant qu'elle ne posait la question que dans l'intérêt d'Alan et d'un mariage heureux, elle pourrait tout aussi bien se ridiculiser.

Elle se demandait s'il allait voir les femmes de mauvaise vie. Si tel était le cas, alors il avait raison de ne pas franchir la porte de sa chambre. Elle avait lu une mise en garde dans le journal qui avertissait sans ambages les hommes de ne pas rendre visite à ces femmes, à moins de vouloir ramener sous leur toit la syphilis et toutes sortes d'autres maladies, et rendre leur femme infertile. Cora connaissait une dame, charmante, qui était mariée depuis cinq ans et n'avait toujours pas d'enfant. Viola Hammond lui avait expliqué que la malheureuse était stérile parce que son mari était allé voir une fille de joie et avait ramené une maladie à la maison. Cela arrivait tout le temps, avait dit Viola, et ensuite elle avait regardé Cora avec tant d'insistance que celle-ci s'était demandé si Viola ne sous-entendait pas qu'Alan était pareillement responsable de la naissance difficile des jumeaux. Cora n'en savait rien, peut-être était-ce le cas. Le docteur le lui aurait-il dit ? Ça non plus, elle n'en savait rien. Il y avait tant de choses qu'elle ne savait pas ! Et elle ne disposait d'aucun moyen pour remédier à son ignorance.

Mais elle ne pouvait pas lui faire part de ces interrogations et l'accuser. Pas sur des présomptions aussi peu solides. Et alors qu'il n'était que bonté pour elle et les garçons. Quand Howard et Earle commencèrent à marcher, Alan s'asseyait par terre pour jouer avec eux, même après une longue journée de travail. Il les laissait grimper sur son dos, ramper sous ses jambes pour se cacher, ou il soufflait en riant des baisers sur leur ventre jusqu'à ce qu'ils éclatent de rire. Et souvent, il rapportait une surprise à Cora – un nouveau chapeau acheté chez Innes, ou un joli objet pour la maison. Si elle lui rappelait que ce n'était ni son anniversaire ni Noël, Alan lui répondait qu'il le savait, mais qu'il savait également qu'elle était une épouse et une mère merveilleuse, et qu'il n'y pouvait rien si elle avait une si jolie tête à chapeaux.

Lorsque les jumeaux fêtèrent leur quatrième anniversaire, Cora décida que ce serait amusant de les emmener à Wonderland, de l'autre côté du pont de Douglas Avenue, au terminus de la ligne de tram. Le parc de loisir proposait un manège, une patinoire, et même des montagnes russes – baptisées Le Grand Frisson. Tout à sa propre excitation, Cora commit l'erreur de parler de son projet aux garçons. Heureuse de l'enthousiasme de leur réponse, elle se promit de les y conduire dès le samedi suivant si le temps le permettait. Alan travaillait énormément mais il l'avait assurée qu'il était lui-même curieux de découvrir Wonderland et qu'il pensait pouvoir se libérer. Harriet et son nouvel époux, Milt, souhaitaient également être de la partie car, sur le point de partir s'installer à Lawrence, ils savaient d'ores et déjà combien leurs neveux – sans même parler de Cora et Alan – allaient leur manquer une fois qu'ils seraient à trois heures de train de Wichita.

Mais le samedi matin, alors qu'un ciel sans nuage annonçait une magnifique journée, Alan informa Cora qu'il ne se sentait pas très bien. Un simple mal de tête, la rassura-t-il en resserrant la ceinture de sa robe de chambre. Doublé peut-être d'un petit problème au ventre. Il n'avait pas besoin d'appeler le docteur, juste de rester à la maison pour se reposer. Cora et les enfants devraient y aller sans lui.

– Tu es sûr ? insista Cora en posant la main sur le front de son mari.

Ils se trouvaient dans la chambre d'Alan, avec ses rideaux en velours gris, assortis au couvre-lit. Depuis cinq ans qu'ils étaient mariés, Cora n'avait que très rarement pénétré dans cette chambre. Et jamais elle ne s'était assise sur le lit.

– Nous pourrions tout aussi bien y aller un autre jour.

Il écarta la main de Cora de son front et la porta à ses lèvres. Même après toutes ces années, Cora était toujours saisie par la beauté de son mari. Il s'était laissé pousser la moustache, comme Teddy Roosevelt, et Cora, à sa grande surprise, trouvait cela particulièrement seyant sur Alan.

– Je m'en voudrais de décevoir les garçons, protesta-t-il. Ils ne pensent qu'à cela. Je n'ai besoin que d'un peu de repos, je t'assure. Ça va aller.

Juste avant de se mettre en route, Cora commença à son tour à souffrir d'un léger mal de tête, qu'elle s'efforça d'ignorer. Les garçons étaient déjà tristes de la défection de leur père, elle n'allait pas à son tour gâcher l'excursion. Le temps de retrouver Harriet et Milt dans le tram, cependant, la douleur avait empiré, la joie bruyante des jumeaux l'incommodait et la rendait hargneuse. Elle s'aperçut qu'elle avait également des frissons en dépit du soleil et qu'elle était la seule à ne pas trouver la brise agréable. Si Alan n'était pas tombé malade le matin même, sans doute aurait-elle persévéré dans ses efforts, mais dans la mesure où ses propres symptômes se manifestaient à quelques heures d'écart, elle en conclut qu'elle couvait réellement quelque chose. Malgré son envie sincère de voir les garçons s'amuser, une journée au parc d'attractions avec deux enfants surexcités ne semblait pas des plus indiqué.

Après quelques concertations à voix basse, Harriet convint que Cora ferait mieux de rentrer.

– Mes chéris, annonça Harriet en se retournant vers les garçons. Votre maman est malade, elle a peut-être attrapé la même chose que votre papa, et elle doit rentrer se reposer à la maison. Vous pouvez repartir avec elle et être sages comme des images toute la journée, même si personne ne pourra peut-être vous préparer à manger, ou alors vous pouvez venir à Wonderland avec moi et votre oncle Milt. On montera sur les montagnes russes, on fera du manège, on mangera plein de friandises, et on vous ramènera à la maison uniquement quand vous serez bien fatigués.

Cora fut surprise, et émue, de voir que les jumeaux hésitaient. Ils voulaient qu'elle vienne avec eux à Wonderland, lui dirent-ils. Earle commença à pleurer, et ce n'est que lorsque Cora leur promit de les y ramener dès le samedi suivant, quand elle serait rétablie et qu'ils pourraient alors lui faire découvrir le parc, qu'ils acceptèrent de rester avec leur tante et leur oncle. Quand, au terminus, ils descendirent du tramway, alors qu'elle-même s'apprêtait à faire demi-tour, elle avait beau sourire et agiter la main en leur criant d'être bien sages, elle avait le cœur serré. Mais si Alan et elle devaient s'aliter tous les deux, mieux valait qu'ils ne soient pas à la maison.

Elle entra sans faire de bruit et se débarrassa de ses chaussures dans le vestibule. Si Alan dormait, elle ne voulait pas le déranger. Mais au détour de l'escalier, elle entendit un soupir, ou un bâillement, et décida de le prévenir qu'elle était de retour et de lui demander s'il n'avait besoin de rien. Sa main gantée était déjà prête à toquer à la porte d'Alan, lorsque, au lieu d'une porte close, elle découvrit, sur le lit baigné de soleil, son mari, nu et pour ainsi dire allongé au-dessus de Raymond Walker, nu lui aussi. Le drap était remonté jusqu'à leurs tailles. Alan avait une main enfouie dans les cheveux poil-de-carotte, tandis que de l'autre il caressait lentement une épaule constellée de taches de rousseur. Raymond avait les yeux fermés et Alan était tellement absorbé par sa contemplation qu'il ne prit pas garde à la présence de Cora.

Elle resta comme pétrifiée. Un jour où elle aidait Mr. Kaufmann à l'étable, un veau lui avait décoché un coup de sabot dans le menton. Elle se souvenait du violent mouvement de recul de sa tête, et de cette sensation d'anesthésie foudroyante qui précédait l'inéluctable douleur.

— Seigneur, lâcha-t-elle en plaquant une main sur sa bouche et l'autre sur son ventre.

Alan se redressa et la dévisagea. Elle n'arrivait pas à détourner le regard. Jamais elle n'avait vu son torse, les touffes de poils bruns autour de ses mamelons.

— Ferme la porte !

Le ton était si autoritaire et la voix si puissante qu'elle s'exécuta, ou du moins voulut tendre la main vers la poignée. Mais son corset l'oppressait, entravait sa respiration. Elle se cramponna au chambranle, persuadée qu'elle allait s'évanouir, en espérant qu'elle allait le faire, ne serait-ce que pour échapper à ce qui se passait, à ce qu'elle venait de voir, pour s'abîmer dans le néant, comme pendant la naissance des jumeaux. Mais quelque chose s'acharnait en elle, la retenait, l'empêchait de glisser à terre. Elle restait debout, consciente, horriblement consciente. Elle tourna les talons, la respiration sifflante, et se dirigea vers l'escalier pour s'en aller, ressortir, quitter la maison, mais sa vision s'assombrit, elle n'arrivait plus à respirer. Elle fit demi-tour, repassa précipitamment devant la porte de la chambre d'Alan en fermant les yeux, de toutes ses forces, pour gagner sa propre chambre, humiliée par ces râles incontrôlables qui s'échappaient de sa gorge. Elle se jeta sur son lit, arracha ses gants pour pouvoir défaire les boutons de son col. Quand l'un d'eux lui resta dans la main, elle le jeta et il alla ricocher contre le mur. Elle dégrafa la ceinture de sa jupe pour tirer sur le lacet de son corset. Mais rien n'y faisait. Son esprit terrifié refusait de sortir d'elle, de la laisser oublier ce qu'elle avait vu.

Sa vie était finie. Cela au moins était clair. Son mari, le père de ses enfants, était un pervers, un dépravé. Rien n'était comme elle l'avait cru.

Tandis que sa respiration s'apaisait peu à peu, elle les entendit qui murmuraient, puis elle distingua le cliquètement d'une boucle de ceinture, le claquement d'une paire de bretelles, des pas précipités dans l'escalier, suivis du bruit de la porte d'entrée qui s'ouvrait, et se refermait avec fracas. Étaient-ils partis ensemble ? Que ses yeux soient ouverts ou fermés, elle ne distinguait que les doigts d'Alan caresser l'épaule mouchetée. D'un geste si aimant. Elle crut qu'elle allait vomir.

Elle entendit de l'eau couler, puis des pas, lourds, qui remontaient lentement l'escalier. Elle voulut se lever pour aller refermer sa porte, mais ne fut pas assez rapide. Alan, vêtu de sa robe de chambre verte et de son pantalon de pyjama noir, était déjà sur le seuil, un verre d'eau à la main. Le regard accablé de tristesse.

— Bois ça.

Elle se détourna en secouant la tête. La fenêtre était ouverte. Un oiseau gazouillait. Un souffle d'air frais lui caressa le visage. Alan s'assit à la petite table dans l'angle de la pièce. Il posa le verre et cala ses coudes sur ses genoux écartés, les doigts croisés, la tête dans les épaules. Sur le lit, Cora se rassit plus confortablement et il releva la tête.

— Où sont les garçons ?

L'espace d'un terrifiant instant, elle ne le sut plus. Et puis elle se souvint.

— Avec Harriet et Milt. Je ne me sentais pas bien. Je suis rentrée.

Ils se dévisagèrent. Tout avait changé. Un monstre. Cet homme, son mari, était un monstre - un dépravé.

— Je suis désolé, Cora. Je suis affreusement désolé.

— Tu me dégoûtes. C'était ignoble, répugnant. (Il se redressa et détourna le regard.) C'est un péché. C'est écrit dans la Bible.

— Oui, je le sais.

— Et dans notre maison, en plus ? Tu as amené cet homme horrible sous notre toit ?

— Je n'aurais jamais dû faire ça. Il n'est pas horrible, ajouta-t-il en baissant la voix.

— Comment ?

— Il n'est pas horrible.

Elle s'empara de la petite coupe en cristal posée sur la table de nuit et la lança en direction de sa tête, mais elle visa à côté. La coupe alla se briser sur le plancher. Alan contempla les morceaux en tirant sur les pointes de sa moustache.

— C'est cet ivrogne qui s'est comporté de façon si abominable à notre mariage. Celui qui m'a insultée ?

Elle parlait de plus en plus fort, sans pouvoir contrôler son hystérie.

— Il ne boit pas, d'habitude. Il s'en veut énormément de sa conduite. C'était un jour difficile pour lui.

Elle tendit la main pour l'empêcher d'en dire davantage. Elle avait toujours mal à la tête et frissonnait encore, mais cela n'était rien, rien du tout comparé à ce détachement lucide qu'elle ressentait soudain. Et pourtant, la situation allait de mal en pis. Parce qu'il n'était même pas désolé, pas vraiment. Il n'avait pas honte, il n'était pas à genoux.

— Qu'es-tu en train de dire ?

Alan la dévisagea, sans répondre.

— Pourquoi était-ce dur pour lui ? Il était jaloux ? railla-t-elle, en retenant un éclat de rire. Il aurait voulu être ta femme ?

Son rictus moqueur se dissipa lorsqu'elle vit la souffrance qui se peignait sur le visage d'Alan. Elle se détourna, en se retenant au bord du lit. Elle revoyait les mains enfouies dans les cheveux roux, la tendresse avec laquelle elles caressaient les épaules mouchetées.

Elle était une oie. Et le plus beau jour de sa vie, elle avait été une oie en robe blanche avec des fleurs d'oranger dans les cheveux.

— Même à ce moment-là ? Même le jour de notre mariage ?

Il hocha la tête, puis se pencha pour ramasser un éclat de cristal, qu'il reposa sur la table en observant son tranchant.

— Tu faisais ça avec lui, même à l'époque ?

— Non. Nous étions convenus d'arrêter.

Il lui sembla que la maison s'écroulait autour d'elle comme un décor en carton-pâte de vaudeville.

– D'arrêter ? Quand cela a-t-il commencé ?

– Nous nous sommes rencontrés à la faculté de droit.

Elle secoua la tête, incapable de parler. C'était donc ça. C'était pour ça qu'il ne la touchait pas.

– Je ne voulais pas te blesser, Cora. Je voulais t'aider.

Elle étrécit les yeux.

– Tu t'es servi de moi.

– Non. Non, ce n'est pas vrai. Je pensais que nous pouvions arrêter. Je pensais que je le pouvais. J'ai essayé. Si tu savais combien j'ai essayé…

Elle regarda le tesson de cristal sur la table. Elle pouvait se lever, l'attraper et se trancher la gorge. Ou celle d'Alan. Mais les garçons ? Ils étaient à Wonderland, peut-être en train de faire des tours de manège. Quand ils rentreraient pour le goûter, ils seraient fatigués, ils réclameraient des cajoleries. Que se serait-il passé s'ils étaient revenus avec elle, plus tôt que prévu ? Si, avec Harriet, elles n'avaient pas réussi à les convaincre de ne rien changer à leurs plans, et que l'un des deux s'était précipité à l'étage et avait vu ce qu'elle-même avait vu ? Cette scène de dépravation dans leur propre maison ?

– Tu es vil.

– Cora. Ne dis pas cela. (Ses yeux brillaient, rivés aux siens.) Ce n'est pas vrai, et tu le sais. Tu me connais.

– Je ne sais rien. Tu disais que tu m'aimais. Tu le disais avec tant de sincérité.

– Parce que c'était vrai. C'est vrai.

Il déglutit péniblement, et une larme, puis une autre, roulèrent le long de sa joue avant de se perdre dans sa moustache. Elle n'éprouvait aucune pitié. Elle n'éprouvait rien.

– Je t'aime, Cora. C'est la vérité.

– Mais ça ne t'empêche pas de faire des choses immondes. Avec cet homme. Et tu ne touches pas ta propre femme.

– Nous étions d'accord pour ne plus avoir d'enfant.

Elle secoua la tête. Elle n'allait pas supporter ce ton paternaliste, cet appel à la logique. Il n'y avait aucune logique dans ce qu'il disait. Elle n'allait pas se laisser embobiner.

— Mais tu ne peux pas vraiment avoir un bébé avec un autre homme, Alan. N'est-ce pas ? Et cela ne t'arrête pas.

— Il en va différemment pour les hommes.

Elle grimaça. C'était de la folie. Cela n'avait aucun sens, ce qu'il racontait.

— Il en va différemment pour toi, Alan. Les autres hommes ne font pas cela. Les autres maris non plus. La différence ne concerne que toi, Alan. Rien que toi. Ne prétend pas être comme les autres. Tu désires un autre homme.

Il hésita, puis acquiesça en silence.

— Mais il te fallait une femme afin que personne ne le sache. Que personne même ne puisse le deviner.

Il acquiesça de nouveau.

— Tu aurais pu choisir pour épouse n'importe quelle femme de Wichita, une femme plus belle, plus riche, ou d'une bonne famille, mais tu m'as choisie *moi* parce que j'étais jeune, naïve, pauvre, sans famille, et que je n'y verrais que du feu.

— Je t'ai choisie parce que tu me plaisais.

Il se recula contre le dossier de la chaise. Un voile humide brillait toujours devant ses yeux, et ses paupières avaient rosi, mais il souriait. Il *souriait*, en essuyant ses joues d'un revers de main.

— Je t'admirais, Cora. Je t'ai admirée dès le départ. Et je pensais que je pouvais t'aider. (Il appuya les mains sur ses yeux.) Je savais que je ne pourrais jamais aimer une femme, pas de cette façon-là, de celle dont un homme est supposé aimer son épouse, mais je savais que je pouvais t'aider, et t'offrir une meilleure vie. Je pensais que ça compenserait le reste.

Cora ne put retenir un rire, qu'elle dissimula en feignant de reprendre son souffle.

— Quel reste ? Ces choses immondes que tu fais derrière mon dos ? Eh bien, non, ça ne compense rien du tout, merci. Je préférerais être domestique quelque part, et sans mari.

— Non. Non. Nous avions arrêté. Je veux dire, j'avais arrêté de l'aimer. Mais c'était plus fort que moi.

L'espace d'un moment, on n'entendit plus que le pépiement de l'oiseau et le martèlement régulier des sabots d'un cheval qui passait dans la rue. Quelle sotte ! Jusqu'à son dernier souffle, elle aurait envie de rentrer sous terre en songeant comment, dans ce même lit, elle s'était donnée à lui sans douter une seule seconde du peu de désir qu'elle lui inspirait. Mais tout le monde avait été trompé. *Tout le monde s'accorde à dire qu'il est très épris de sa jeune épouse.* Ah, comme elle avait aimé lire ces mots dans le journal ! Quelle idiote.

— Je veux que tu quittes la maison, lui dit-elle. Je veux que tu partes aujourd'hui, avant qu'ils ne reviennent.

Elle lui tourna le dos. Si sa contrition et sa honte étaient sincères, il ne pouvait que disparaître de sa vue en rampant. Mais il ne bougea pas.

— Va-t'en ! explosa-t-elle en se retournant.

— Es-tu certaine que c'est ce que tu veux ? demanda-t-il alors, sans lever les yeux. Réfléchis, Cora. Pense à ta vie, à ce que tu as. Aux garçons. À la maison. Tu ne manques de rien. Tu as une vie agréable, des amies. Et tu m'as *moi*, Cora. Je t'aime. Je t'aime vraiment.

— Tu mens.

Il releva la tête, l'air blessé.

— Non, je ne mens pas. N'ai-je pas toujours pris soin de toi ?

— Je n'ai plus besoin que tu prennes soin de moi. Tu es un… sodomite. Il suffirait que je raconte à n'importe quel juge ce que je viens de voir, et il m'accorderait le divorce, et tout ce que tu possèdes, cracha-t-elle.

La rage cimentait ses certitudes, la rendait forte.

Alan se leva, en se frictionnant la mâchoire.

— Si tu fais ça, je suis perdu, dit-il posément. Comprends bien que tu signes peut-être mon arrêt de mort. Je ne pourrais plus exercer ni gagner d'argent pour vous faire vivre, toi et les garçons. Et sache qu'il y a des gens qui me tueraient s'ils savaient ce que tu as vu. Pense aux garçons, au moins, et au mal que ça leur ferait, à leur chagrin, au fardeau que ce serait dans leur vie. S'il te plaît Cora, pense à ça.

— N'était-ce pas à toi d'y penser ?

Il ne répondit rien. C'était inutile. Maintenant, elle ne songeait plus qu'à Howard et à Earle, ne voyaient plus que leurs visages sereins.

— Très bien. Je veux juste divorcer. Et tu devras subvenir à mes besoins, et à ceux des garçons.

Elle ferma les yeux, accablée à cette seule pensée. Elle allait être une femme divorcée, un scandale vivant. Et comment pourrait-elle expliquer ce divorce ? Si elle ne pouvait dire la vérité à qui que ce soit, la disgrâce pèserait sur elle seule. Ce serait à elle de supporter la honte et l'opprobre, les spéculations colportées à voix basse, l'isolement. L'avenir n'était plus qu'un tunnel, long et sombre. Jamais plus elle ne serait heureuse.

— Réfléchis, Cora, insista-t-il. (Il passa la main dans ses cheveux et les tira en arrière, si fort que le geste fit saillir ses yeux rosis comme ceux d'un poisson.) Si tu veux le divorce, je te l'accorderai. Évidemment. Je suis à ta merci. Mais demande-toi si cela mérite de jeter dans une telle tourmente les garçons ou n'importe lequel d'entre nous.

À cet instant, Cora songea qu'il avait répété cette scène et ce petit discours exactement comme une plaidoirie destinée à un jury. Alan avait mûrement réfléchi quels points, tant logiques qu'émotionnels, faire valoir. Alors qu'elle, elle était encore assommée, enragée. Elle n'avait pas la moindre chance.

— Cora, je te donnerai tout ce que tu désires pour le restant de nos jours. Demande-toi ce dont cela te prive réellement. Tu ne peux pas concevoir d'autres enfants. Tu as les garçons. Tu as mon amour et ma dévotion, comme tu les as toujours eus.

— Ce dont cela me prive ?

La question avait fusé avec indignation et cependant, elle ne pouvait y répondre. Elle savait seulement qu'elle le haïssait. Qu'elle le haïssait vraiment. Elle se retourna et s'empara d'un oreiller qu'elle lui jeta à la tête. Elle lui en jeta un second puis elle chercha des yeux quelque objet plus massif, mais à portée de sa main il n'y avait que la jolie lampe, celle qu'elle aimait bien.

— Est-ce que tu m'as donné une maladie ? demanda-t-elle. Est-ce que ces choses dégoûtantes que tu fais m'ont donné une maladie ? Réponds-moi honnêtement, pour l'amour de Dieu. Est-ce pour ça que j'ai failli mourir ?

Il fronça légèrement les sourcils, et elle vit qu'il était enfin déstabilisé à son tour.

— Quoi ? Non, Cora, ça n'a rien à voir. Le problème venait de quelque chose qu'il y a en toi. C'est le docteur qui l'a dit. Je n'y suis pour rien. Je te le jure, Cora ! l'implora-t-il en la voyant se cacher le visage dans les mains.

— Tu aurais aimé que je meure. Tu aurais pu jouer au veuf éploré. Tout le monde aurait compati à ta douleur, pour la perte d'une épouse que tu n'avais jamais aimée.

— Si j'avais souhaité ta mort, j'aurais insisté pour avoir d'autres enfants.

La cruauté de cette remarque la laissa sans voix. Mais il semblait seulement accablé de fatigue. Comme il s'avançait vers elle et faisait mine de s'asseoir à son tour sur le lit, elle eut un mouvement de recul et lui ordonna de quitter sa chambre. Et par pitié, sans ajouter un mot. Il avait déjà fait valoir ses arguments : elle avait tant gagné, en échange du peu qu'elle avait donné. Elle avait tout ce qu'une femme pouvait désirer, à l'exception d'une famille nombreuse, ce dont il n'était pas responsable. Elle n'aurait pas dû être en colère, mais reconnaissante.

S'inclinant devant son désir, et ne souhaitant pas la bouleverser davantage, il la laissa seule prendre sa décision.

12

Cora n'avait frappé que deux fois, et doucement, lorsque l'Allemand ouvrit la porte. Elle le salua sans oser le regarder. Elle était encore extrêmement gênée.

— Vous êtes ponctuelle, observa-t-il en s'écartant pour la laisser passer.

Le plastron de sa salopette s'ornait d'une tache de graisse sombre. Cora s'avança dans le hall en jetant un coup d'œil dans le long couloir. Il n'y avait pas de nonnes en vue. À l'étage, elle entendit les filles qui chantaient *Que le seigneur vous bénisse et vous garde*. Les voix étaient presque noyées sous les notes du piano désaccordé.

Il referma la porte et lui fit signe de le suivre dans le couloir. Ils dépassèrent le bureau de sœur Delores, et l'homme s'arrêta devant la seconde porte, close. Cora patienta derrière lui pendant qu'il cherchait la bonne clé à son anneau, les yeux posés sur la calvitie naissante à l'arrière de son crâne. Tout au long du week-end, elle s'était employée à brider ses espoirs, à ne pas trop anticiper. Mais maintenant, elle était là, l'Allemand allait la laisser entrer, comme il l'avait promis, et dans moins d'une demi-heure elle ressortirait peut-être de cette pièce en connaissant son nom de naissance, voire le prénom de sa mère ou de son père.

Ou peut-être pas. Elle prit un mouchoir dans son sac et se tamponna la racine des cheveux. La part d'elle qui connaissait la déception, et se souvenait de ses ravages, la rappela à l'ordre avec sévérité : il n'y aurait peut-être pas de dossier à son nom, ou alors, s'il y en avait un, il se pouvait qu'il ne lui apprenne rien. Et qu'en dépit de tous ses efforts, elle reparte à Wichita en ne sachant rien de plus que ce qu'elle savait déjà. Et ensuite, quoi ? Eh bien, la vie continuerait, bien sûr. Et elle, elle reprendrait le fil de la sienne, résignée.

– Ah, c'est celle-ci, dit l'Allemand en brandissant une clé argentée. (Il se retourna et regarda le poignet de Cora en fronçant les sourcils.) Vous n'avez pas de montre ?

– Si. Elle est là, répondit-elle en fouillant dans son sac.

Une fois de plus, elle avait écouté Floyd Smithers, qui lui avait conseillé de ne pas s'aventurer dans ce quartier avec des bijoux.

– Bien, fit-il en soulevant son puissant avant-bras pour consulter la sienne, au bracelet en cuir usé. Vous devrez être partie dans vingt minutes. Je vais manger mon déjeuner sur l'escalier. Si jamais quelqu'un descend un peu plus tôt, vous entendrez ma voix. Dans ce cas, vous ne sortez pas, vous attendez que je vienne vous dire que la voie est libre. Et si jamais cela se produit, vous devrez attendre ici jusqu'à ce que tout le monde parte au lit, ajouta-t-il avec un regard empreint de solennité. Donc, ce serait mieux que vous soyez partie dans vingt minutes.

Elle opina. Satisfait, l'Allemand ouvrit la porte. La pièce était exiguë, éclairée par une fenêtre à barreaux. Il y avait un bureau, une chaise et, contre un mur, un long classeur en bois, aussi haut que Cora, avec quatre colonnes de tiroirs. Chacun était muni d'une petite poignée en cuivre.

– Vingt minutes, d'accord ? répéta l'Allemand en reculant dans le couloir. Vous avez compris ?

– Je vous le promets, dit-elle en se retournant. Et merci.

Elle était sincère. Il ne lui avait même pas demandé d'argent. Il lui sourit et jeta un coup d'œil en direction du plafond.

— Ce n'est rien. Je mange tous les jours sur l'escalier.

Il referma la porte, la laissant seule. Le son du piano s'était adouci, et maintenant, les filles chantaient en latin, de leurs voix haut perchées et mélancoliques.

Elle perdit cinq bonnes minutes à comprendre que les dossiers étaient parfois classés par année de naissance, et parfois par date d'admission. À l'intérieur de chacun d'eux, les documents étaient retenus par une épingle. Incommodée par la chaleur, Cora retira ses gants et se piqua immédiatement un doigt, jusqu'au sang. Tout en suçotant la chair blessée, elle fit défiler les dossiers de l'autre main, attentive aux noms inscrits sur les étiquettes cartonnées. *DONOVAN, Mary Jane. STONE, Patricia. GORDON, Ginny.* Elle continua à feuilleter. Au-dessus de sa tête, les filles avaient arrêté de chanter.

Elle trouva son dossier dans le tiroir de l'année 1889. Son prénom était écrit en lettres capitales, mais l'étiquette ne mentionnait aucun patronyme. Elle sortit le dossier. Si elle avait disposé d'un peu plus de temps, elle aurait peut-être pris un moment pour se préparer à ce qu'elle allait y trouver.

La première page n'était ni jaunie ni froissée, et les informations, dactylographiées, étaient faciles à lire.

Cora, 3 ans, en provenance de Florence Night Mission, 29, *Bleecker St.*
Cheveux châtains
Yeux marron
Semble en bonne santé, intelligente, d'un naturel aimable ; sa détresse actuelle est vraisemblablement le fait de la transition. A séjourné un certain temps à la FNM
Parents : inconnus

Au bas de la page, quelqu'un avait ajouté, à la main :

Envoyée par le train de l'Aide à l'Enfance, novembre 1892. Placée.

Elle retira l'épingle. La seconde page était une lettre manuscrite, sur du papier ligné et orné d'un feston fleuri. Deux cassures profondes indiquaient que la feuille avait été pliée en trois. L'enveloppe, elle, avait disparu.

10 novembre 1899

Aux bonnes personnes du New York Home for Friendless Girls,

Je vous écri avec toute mon admiration pour le bien que vous faite. Mon mari et moi sommes les heureux parents adoptifs de Cora, qui a fêté ses treize ans et qui était, dans son jeune âge, une de vos pensionaires. Elle nous a été amenée au Kansas il y a de ça sept ans, comme orfeline. Nous pensons qu'elle est aussi heureuse que nous le sommes d'être venue au Kansas. Cependant, nous pensons aussi qu'elle aimerai en savoir plus sur son histoire et ses parents naturels, car nous pensons qu'elle se posera encore plus de questions en grandissant. Sachez s'il vous plaît que mon mari et moi ne serons nullement dérangés si vous nous envoyez des nouvelles concernant les parents ou l'histoire de Cora. Nous serions en fait reconnaissants, car nous pensons que n'importe quelle vérité apporterai quelque réconfort à notre fille.

Que Dieu vous bénisse,

Naomi Kaufmann
PO Box 1782
McPherson, Kansas

Cora regarda fixement la signature. Elle savait que cette lettre, maman Kaufmann l'avait vraisemblablement écrite à la table de la cuisine, avec son beau stylo-plume et son petit encrier en cuivre en forme de souris, peut-être un soir après que Cora avait été envoyée au lit. Jamais elle ne lui avait dit qu'elle avait écrit aux sœurs. Sans doute n'avait-elle pas voulu lui donner de faux espoirs, avec raison s'avérait-il. Si les sœurs lui avaient répondu – ce dont Cora doutait fort – c'était uniquement pour lui dire qu'il n'y avait rien à savoir. *McPherson, Kansas*. Cependant, le coup avait beau être dur, ça lui mettait du baume au cœur d'apprendre que maman Kaufmann avait essayé, que le souci qu'elle avait de Cora avait été plus fort que la jalousie, ou la peur. Cora approcha la feuille de ses lèvres, comme pour la respirer. Et c'est quand elle rouvrit les yeux qu'elle avisa l'autre lettre.

Celle-là était écrite sur du beau papier de correspondance, épais et couleur crème, sans lignes ni fioritures. L'écriture était élégante, les pleins et les déliés indiquaient une main rompue au maniement du stylo-plume.

1er mai 1902

Très chères sœurs,

Il a été porté à mon attention qu'une fillette aux yeux marron baptisée Cora, née au printemps 1886 à la Florence Night Mission, vous aurait peut-être été confiée dans son âge tendre. Je suis proche de la mère qui a donné naissance à cette petite fille et elle se languit de savoir ce qu'il est advenu d'elle, mais elle doit également insister sur la discrétion – raison pour laquelle je prends la plume à sa place. Sachez, s'il vous plaît, que mon amie n'a nulle intention de bouleverser Cora ou de s'immiscer dans sa vie, de quelque façon que ce soit. Mais elle m'a confié qu'elle se demandait souvent ce qu'était devenu ce bébé dont elle a été contrainte de se séparer, et toute information, bonne ou mauvaise, lui apporterait une immense paix.

Je joins à ce courrier une enveloppe à mon nom, dans le cas heureux où vous pourriez et accepteriez de me transmettre des nouvelles, quelles qu'elles soient, de Cora. Vous remarquerez que l'adresse indiquée sur cette enveloppe est celle du Hibernia Relief Fund[1]*. Je vous prie de pardonner ce subterfuge, dont j'espère qu'il ne jettera pas de trouble dans votre esprit – ma seule intention ici est de m'épargner les questions que ne manquerait pas de susciter un courrier de votre bienfaisante organisation, et qui me contraindraient de fait à choisir entre mentir ou trahir la confiance de mon amie.*

Avec toute ma reconnaissance,

Mrs. Mary O'Dell
10 Maple Street
Haverhill, Massachusetts

1. Il s'agit d'un fonds d'aide à des personnes dans le besoin. *Hibernia* est le nom latin de l'Irlande.

Cora relut la lettre, une fois, deux fois. Elle la tenait à deux mains, avec tant de crispation que le papier se froissa. Cette lettre la ravissait, la terrifiait, mais son contenu n'était pas seul responsable : c'était aussi la toute première fois de sa vie que Cora voyait une écriture aussi similaire à la sienne, à la fois serrée et penchée vers l'avant. Cette Mary O'Dell, cette amie de sa mère, traçait la jambe des « y » exactement comme elle. Et la barre des « t » à la même hauteur et selon le même angle qu'elle. Cora avait l'impression que cette lettre aurait pu être écrite de sa main.

À l'étage, les chants s'étaient tus, Cora entendait la voix monocorde de l'aumônier, sans pouvoir cependant distinguer ses paroles. Elle disposait encore de cinq minutes. Elle avait le temps de recopier le nom et l'adresse sur son calepin.

Elle contempla la lettre un instant de plus puis, avec un délicieux frisson, la retira du dossier et la glissa dans son sac, en même temps que celle de maman Kaufmann. Elle referma le dossier, l'épingle soigneusement replacée sur la première page et son nom bien visible dans la fenêtre, exactement comme elle l'avait trouvé. Elle le replaça dans le tiroir et repoussa celui-ci.

Elle recula d'un pas pour s'assurer que tout était exactement en l'état – c'était le moins qu'elle devait à l'Allemand. Son larcin, en revanche, ne lui inspirait aucun scrupule. Elle doutait fort que les sœurs rouvrent jamais son dossier, et ce qu'elle avait dérobé lui appartenait.

Lorsque l'Allemand la vit, il se leva et la rejoignit au bas de l'escalier.

— Vous avez trouvé ce que vous cherchiez ? chuchota-t-il en se penchant vers elle.

Il sentait les cacahouètes salées.

— Oui ! souffla-t-elle.

Elle éprouvait l'envie un peu folle de le serrer dans ses bras, de risquer d'étaler de l'huile sur le plastron de sa robe. Elle était aux anges.

Elle posa sa main gantée sur sa gorge.

— J'ai une adresse ! J'ai un nom et une adresse ! Merci, merci infiniment !

Il fronça les sourcils et regarda sa montre.

— On va sortir, alors.

Cora comprit qu'il l'invitait à partir, aussi vite que possible. Elle n'y voyait aucun inconvénient. Une fois sur le perron, elle faillit le descendre en sautillant, ses pieds aussi légers et agiles que ceux qu'une gamine. Elle manqua de percuter une femme corpulente et sans chapeau qui passait à ce moment-là. Cora s'excusa mais la femme lui décocha un regard courroucé.

— Vous allez bien ? s'enquit l'Allemand tout en la rejoignant au bas du perron et en coiffant sa casquette.

— Oui ! (Elle inspira à pleins poumons l'air au parfum de gâteaux et sourit.) Merci ! Merci infiniment.

— Vous semblez drôlement… (Il fronça à nouveau les sourcils et agita les mains.) excitée. Peut-être devriez-vous vous asseoir.

— Je vais bien. Je suis aux anges, en vérité, ajouta-t-elle en haussant la voix pour couvrir les crachotements de moteur d'un camion qui passait dans la rue. Je ne peux pas vous dire à quel point je suis aux anges.

C'était vrai. Les mots lui manquaient pour expliquer tout ce que cela signifiait pour elle, tout ce qu'il avait rendu possible. Elle allait mettre une lettre à la poste dès le lendemain. Celle-ci parviendrait probablement à Haverhill, dans le Massachusetts, dans quelques jours à peine. L'Allemand semblait heureux pour elle ; son regard brillait derrière ses lunettes.

— Vous avez été si bon avec moi, alors que vous ne me connaissiez même pas. J'aimerais vous remercier, d'une manière ou d'une autre.

— J'accepterais volontiers une boisson fraîche.

Il lui souriait. Était-ce une plaisanterie ? Une blague, qu'elle n'avait pas comprise ? Se moquait-il de la sottise de son comportement de la semaine précédente ? Mais non, il avait l'air sérieux. Et semblait attendre.

— Maintenant ? demanda-t-elle.

Oui, forcément. Convenir d'un autre rendez-vous, plus tard, était hors de question. Elle n'allait pas revenir une fois de plus.

— Vous ne travaillez pas ?

— Je travaille tout le temps. Je vis sur place, là-haut.

Du doigt, il indiqua le portail et, derrière celui-ci, l'étage de la dépendance et la porte en haut de l'escalier métallique.

— Je peux partir dès qu'elles sortent de la messe. Tant que le travail est fait, je prends des pauses à ma convenance.

— Ah.

Cora regarda les passants qui allaient et venaient sur le trottoir, les voitures qui avançaient sur la chaussée. Un ouvrier étranger venait de lui proposer de boire un rafraîchissement en sa compagnie, et elle ne portait pas son alliance. Mais si quelqu'un alentour trouvait à y redire, ce quelqu'un le cachait bien.

— Il y a un drugstore, au croisement...

Elle hocha la tête, pour indiquer non pas qu'elle acceptait de l'y accompagner, mais qu'elle l'avait entendu. Elle ne savait pas vraiment quoi faire.

Elle avait bel et bien envie de fêter la bonne nouvelle, cependant, et cet homme était la seule personne avec qui elle pouvait le faire. En outre, il méritait sans nul doute des remerciements. Et puis, il ne nourrissait à son égard aucune concupiscence – il avait été clair sur ce point la semaine précédente. Elle se débrouillerait pour glisser dans la conversation qu'elle était mariée. Il n'y avait rien d'infamant à partager un rafraîchissement dans un lieu public en pleine journée. Et de toute façon, quelle importance ? Elle ne risquait pas de croiser une quelconque connaissance.

Le drugstore arborait en vitrine à la fois un drapeau américain et le drapeau italien, et des panonceaux publicitaires pour des ceintures lombaires, les onguents Mentholatum et des boissons fraîches. À l'intérieur, il flottait une odeur d'ail et d'hamamélis, et la salle était plongée dans la pénombre, du moins par contraste avec le trottoir ensoleillé. Cora et l'Allemand étaient les seuls clients. Sur les étagères derrière le comptoir, Cora distingua des produits familiers : des boîtes de talc, des flacons d'Hypo-Cod[1] et de tonique capillaire, des cigares, de la pâte dentifrice Mac-Lag, des bobines de fil à coudre. Elle aurait pu se croire dans un drugstore de Wichita, n'était-ce la petite pancarte pendue à la caisse enregistreuse qui annonçait en grosses lettres rouges « Benvenuti » – ce que Cora imagina être une sorte d'avertissement.

De derrière le comptoir, une femme brune et aussi ronde qu'une pomme adressa un signe de tête à l'Allemand tout en continuant à déballer un carton de bouillottes en caoutchouc qu'elle suspendait à des patères, sur le mur. Elle portait une robe noire, avec un col montant et des manches longues jusqu'aux poignets.

— Bonjour à vous, lança-t-elle. Ce sera quoi aujourd'hui ?

Cora se tourna vers l'Allemand.

— Commandez ce que vous voulez.

Elle était encore comme en effervescence, en train de flotter. Mrs. Mary O'Dell. Elle allait mettre une lettre à la poste dès demain.

— Je prendrai un Quench orange. Merci.

Il retira ses lunettes et frotta les verres avec le poignet de sa chemise blanche.

— La même chose, indiqua Cora.

Aurait-elle dû lui parler plus lentement ? Cette femme comprenait-elle seulement l'anglais ? Elle lui montra deux doigts tendus.

— Deux, s'il vous plaît, reprit-elle. Deux.

La femme posa les bouteilles glacées devant eux. Cora glissa un quarter sur le comptoir et, lorsqu'elle releva la tête, elle vit que l'Allemand l'observait.

Il détourna les yeux.

La femme lui rendit la monnaie d'une petite main fripée et constellée de taches violines.

— *Scusi*, dit-elle avec amabilité en agitant les doigts. *È solo l'uva.*

1. Huile de foie de morue. Pendant la pandémie de grippe espagnole (1918-1919), Hypo-Cod était recommandé pour ses vertus reconstituantes à ceux qui avaient réchappé à la mort.

Cora lui sourit, comme si elle avait compris, la remercia et suivit l'Allemand qui emportait leurs sodas sur l'une des trois tables disposées au fond du magasin. Des mouches bourdonnaient tout autour d'eux, mais il souleva la manette d'un ventilateur pivotant et orienta le tourbillon d'air frais en direction de l'une des tables. Puis il présenta à Cora une chaise au dossier grillagé avant de s'asseoir lui-même.

— Merci, murmura-t-elle.

— Merci à vous, répondit-il en levant son soda à l'orange comme s'il portait un toast.

— Vous avez compris ce qu'elle a dit ? demanda Cora à mi-voix.

— Quoi ? fit-il en se penchant, gêné par le ronronnement du ventilateur.

Cora coula un regard vers la femme derrière son comptoir.

— Qu'est-ce qu'elle a dit, à propos de ses mains ? Des taches ?

Elle redoutait qu'il s'agisse d'une éruption. Sa bouteille était devant elle, sur la table, mais elle n'y toucherait pas avant de savoir.

— Je ne comprends pas l'italien, répondit-il avant de boire une gorgée. Mais je pense qu'elle était en train de faire du vin.

Cora le dévisagea. Il avait un fil doré dans un œil, comme un rai de lumière qui lui barrait le blanc en direction de la pupille.

— Vous êtes sérieux ?

Il hocha la tête.

Cora regarda la femme, qui continuait à suspendre ses bouillottes. Elle avait au moins soixante ans. Une croix en or brillait à son cou.

— C'est terrible, souffla Cora. Elle pourrait se faire arrêter.

— Oui, je ne vous le fais pas dire.

— Non, je voulais dire, c'est terrible de faire ce qu'elle fait, clarifia Cora. Vous croyez qu'elle le vend ? Comme un bootlegger ?

— Non, répondit-il en souriant. C'est probablement pour sa famille. Les Italiens boivent du vin comme si c'était du petit-lait.

Cora continuait à observer la femme pendant que l'Allemand buvait une autre gorgée.

– Que se passerait-il si un agent de la prohibition venait à entrer et voyait ses mains ?

– Elle se ferait prendre les mains dans le sac, non ?

– Ce n'est pas drôle. Je trouve ça très inquiétant.

– Écrivez à votre sénateur, en ce cas. Demandez-lui d'abroger la loi Volstead, dit-il en portant un toast avec sa bouteille.

Cora leva les yeux au ciel.

– Ah, vous êtes dans ce camp-là...

– Et vous, dans l'autre ?

– Exact.

Elle se redressa sur sa chaise et retira ses gants. Elle avait soif, et ce soda, dans sa bouteille en verre qui transpirait sur la table, avait l'air délicieusement frais. Une trace de vin n'allait pas la tuer.

L'Allemand la scrutait, les paupières étrécies.

– Vous la jetteriez en prison, cette femme ?

La boisson orange était sucrée et pétillante. Cora garda un instant la gorgée en bouche avant de l'avaler.

– Si elle vend réellement un poison qui détruit des familles et des vies, oui. Oui, je la mettrais en prison.

– Hmm.

Il ne paraissait pas convaincu. À sa guise. Elle connaissait pour sa part le bien-fondé de son opinion. Et elle avait montré le droit chemin à des hommes à l'esprit bien plus fruste que celui-ci. Elle but une autre gorgée et reposa la bouteille.

– Dites-moi que ce pays ne s'est pas amélioré depuis que nous nous sommes débarrassés de l'alcool. (Elle haussa un peu la voix. Si l'Italienne l'entendait, ce ne serait pas plus mal.) Vous savez qu'ici même, à New York, on a fermé des étages entiers dans les hôpitaux ? Des étages autrefois réservés à des gens dont le sang était empoisonné ? Il me semble qu'on peut considérer cela comme un progrès, non ?

– Oui, mais maintenant, plus de gens meurent parce qu'ils se font tirer dessus dans la rue.

– Des criminels, peut-être, lui rétorqua Cora en haussant les épaules.

— Non, pas toujours. Et il me semble aussi que plus de gens meurent en buvant du gin fabriqué dans une baignoire. (Il inclina sa bouteille contre son plastron maculé d'huile.) À une époque, j'ai servi la meilleure bière de tout l'État. Dans le verre, on aurait dit de l'or. C'était une boisson saine, pure, bénéfique. Elle n'a jamais rendu personne malade.

Cora se renfrogna.

— Vous aviez un débit de boissons ?

— Un *Biergarten*, nuança-t-il en reposant son soda. Dans le Queens. C'était un lieu très fréquentable, où personne ne se faisait tirer dessus, où il n'y avait pas de gangsters. (Il croisa les bras.) Les clients y venaient avec leurs enfants, leurs bébés. Où était le mal ? Personne ne s'enivrait. Ma femme m'y rejoignait pour dîner avec le bébé.

— Oh, souffla Cora.

Elle n'avait pas deviné l'existence d'une épouse, ni d'un bébé. Maintenant, elle se sentait doublement embarrassée par son comportement de la semaine précédente, et ses stupides atermoiements avant de lui offrir à boire. Elle essaya d'imaginer comment une famille entière pouvait vivre dans le logement exigu au-dessus du hangar de l'orphelinat. Rien d'étonnant à ce que cet homme soit amer, s'il avait un jour possédé sa propre entreprise. Mais tout changement, même celui qui allait dans le bon sens, entraînait des pertes. Et quoi qu'il veuille en penser, une brasserie n'était en rien un lieu fréquentable pour un enfant.

Il secoua la main.

— Peu importe. Ce n'est pas ce que je veux vous dire. (Il était assis si près du ventilateur que l'air chassa une perle de transpiration sur le côté de son grand front.) Je voulais vous parler de votre dossier. Je sais que ça ne me regarde pas. Mais je vous ai laissé entrer et, maintenant, je me sens responsable.

— Responsable ? répéta Cora en portant la bouteille et ses lèvres.

— Oui.

— De moi ?

— Oui.

Elle ne put réprimer un sourire. Elle voulut se reculer contre le dossier, par mimétisme, mais son corset l'en empêcha.

— Eh bien, c'est très aimable à vous. Mais je peux vous assurer que tout ira bien. Je suis une femme adulte.

— Je le vois bien.

Elle le regarda. Son expression était neutre. Elle n'aurait su dire s'il y avait là un sous-entendu. Il venait de lui parler de sa femme et de son enfant. Mais elle avait aussi entendu raconter des choses sur les hommes qui venaient d'Europe.

Il se pencha et s'accouda à la table.

— Je ne voudrais pas... Les sœurs ont des raisons de ne pas vouloir montrer les dossiers. Cela fait maintenant quelques années que je travaille ici, et j'ai vu les gens qui amènent leur enfant, ou qui viennent leur rendre visite.

— S'il vous plaît, l'arrêta-t-elle en levant la main. La sœur m'a déjà fait ce sermon. Je sais que ma mère pouvait être une ivrogne ou... une femme... de mauvaise réputation. Je sais tout cela, merci. (Son sac, avec son nouveau trésor, était niché contre elle.) Mais ça m'est égal. J'ai une adresse. Je suis venue chercher des réponses, et je vais peut-être les trouver. C'est tout ce qui compte pour moi.

— C'est bien.

Il ne semblait rien lui demander d'autre, mais elle avait envie de parler, de raconter tout cela à quelqu'un, à cet étranger, à cet homme hissé brusquement au statut de confident.

— Donc, je me moque qu'elle soit une ivrogne ou... ou n'importe quoi d'autre. Mais vous savez, il se peut tout aussi bien qu'elle soit quelqu'un de bien. Je me souviens des parents qui venaient en visite. Certains étaient juste pauvres. D'autres simplement malades. Tous n'étaient pas des gens de mauvaise vie.

Il hocha pensivement la tête tout en contemplant la table.

— Espérons. Ma propre fille vit là, maintenant.

Cora le dévisagea, surprise.

— Votre fille ? Elle est...

Elle ne savait pas comment tourner sa question. S'il était son père, la petite n'était donc pas orpheline.

— Ma femme est morte. La grippe espagnole.

— Je suis vraiment désolée.

Cora avait entendu dire qu'à New York l'épidémie avait été particulièrement meurtrière. Au Kansas, pour la seule année 1918, elle avait fait plus de dix mille victimes, au nombre desquelles la sœur d'Alan et son mari, à Lawrence. Aux obsèques, tout le monde à l'exception du pasteur portait un masque en papier, et Alan, même accablé de chagrin comme il l'était, s'était emporté contre Howard lorsque celui-ci avait retiré son masque au sortir la cérémonie. Pour s'en retourner chez eux, ils avaient eu peur de prendre le tramway. Et des mois durant, Cora, terrifiée, avait empêché les garçons d'aller à l'école et les avait bouclés à la maison.

— Je suis heureuse que vous ayez survécu. C'est une chance pour votre fille, ajouta-t-elle, à défaut de savoir quoi dire d'autre. Êtes-vous… êtes-vous tombé malade, également ?

— Je n'étais pas avec elles. Je ne me trouvais pas à New York pendant la guerre, et même un peu après. J'étais en Géorgie. À Fort Oglethorpe. J'étais interné.

— Interné ? répéta-t-elle en fronçant les sourcils. Vous voulez dire… emprisonné ?

— Oui, c'était du pareil au même. Sauf qu'en prison on a droit à un procès.

Elle se recula, imperceptiblement.

— Qu'aviez-vous fait ?

— Le problème était plutôt ce que je n'ai pas fait, rétorqua-t-il en soutenant son regard. Je ne me suis pas agenouillé sous la pression de la populace. J'ai refusé d'embrasser le drapeau – je l'aurais fait, mais pas pour eux. Donc, j'étais forcément un espion. Ils ont décrété que quatre mille d'entre nous étaient des espions. Ce que nous ignorions avant qu'on ne nous le dise.

Cora garda le silence. Il pouvait mentir. Peut-être avait-il été réellement un espion. Peut-être avait-il envoyé en secret de l'argent en Allemagne, comme le faisaient certains immigrants – à ce qu'elle avait entendu dire. Peut-être avait-il mérité d'être envoyé en Géorgie. Mais peut-être pas. À Wichita, sur Douglas Avenue, au début de la guerre, un étranger, un marchand ambulant de pop-corn, avait manqué de se faire lyncher. Alan avait vu la scène de ses yeux, il passait justement par là, et il avait dit que jamais il n'avait rien vécu de plus effrayant que voir cette meute déchaînée insulter un homme qui les suppliait à genoux, qui tentait d'expliquer qu'il avait égaré son certificat de la Défense nationale, et qu'il n'avait pas accroché la bannière étoilée à son étal parce que celle-ci s'était déchirée et qu'il n'avait pas su la recoudre. La police avait fini par arriver pour conduire l'homme en lieu sûr. Plus tard, Alan et Cora avaient appris que celui-ci n'était même pas allemand, mais juif polonais.

— Votre femme est morte pendant que vous étiez là-bas ?

— Oui, et je ne l'ai pas su. On ne nous donnait le courrier que de temps en temps. Je n'ai jamais eu la lettre. Je n'aurais rien pu faire, ajouta-t-il avec résignation. Nous étions entourés de fils barbelés. (Il dressa un doigt vers le plafond du drugstore et dessina lentement un demi-cercle.) Il y avait des sentinelles dans des miradors, avec des mitraillettes. Quand ils m'ont relâché, je suis revenu ici, et c'est à ce moment-là que j'ai appris ce qui était arrivé à Andrea. Les voisins m'ont dit qu'une œuvre de bienfaisance avait recueilli la petite. J'ai passé trois mois à rechercher sa trace, et j'ai découvert qu'elle avait été placée ici. (Il souleva la bouteille, puis la reposa.) Mais à ce moment-là, je ne pouvais pas la reprendre. Je n'avais plus ma petite affaire. Je n'avais pas d'argent. Je ne pouvais pas travailler et m'occuper d'elle en même temps. J'ai dit aux sœurs que j'étais doué pour le bricolage et elles ont eu pitié. Elles m'ont embauché. Donc, maintenant, au moins, je peux voir ma fille tous les jours. Et je sais qu'elle est en sécurité. Elle aura bientôt six ans, ajouta-t-il en se grattant le menton.

— Vous devez être en colère, souffla Cora. D'avoir été envoyé là-bas.

Il soupira en gonflant les joues.

— Non, comme vous l'avez dit, j'ai de la chance d'être vivant. Je pourrais devenir fou, en pensant à ce qui aurait pu se passer si on ne m'avait pas envoyé en Géorgie. (Il haussa les épaules.) Mais peut-être que ça a été ma chance. À Oglethorpe aussi, on a eu la grippe. Chaque nuit, ils évacuaient des cadavres. Mais je pense que c'était bien pire dans le Queens, dans notre rue, dans notre immeuble. Si je n'avais pas été interné, j'aurais été avec elles, mais peut-être que moi aussi je serais tombé malade, et qu'aujourd'hui je serais mort. Que serait devenue notre fille ? Sans père ni mère ? (Il croisa le regard de Cora.) À l'heure qu'il est, elle serait déjà peut-être partie par le train.

Cora ne dit rien. C'était si difficile à imaginer, que ces trains puissent encore exister, qu'en cet instant même, d'autres enfants puissent être expédiés dans les États de l'Ouest, vers un destin dont nul ne savait s'il serait sous le signe de la chance ou la malchance.

– C'est vrai, concéda-t-elle enfin. C'est dur de savoir ce qui aurait pu se passer.

– Vous devriez réfléchir à ça. (Il bascula le poids de son corps sur ses coudes et la table émit un gémissement.) Alors, qu'allez-vous faire, maintenant ? Vous allez écrire à cette femme qui a connu votre mère ?

– Oui. La lettre vient de Haverhill, dans le Massachusetts. Peut-être habite-t-elle encore à cette adresse ?

Elle avait l'impression de se montrer insensible, en évoquant sa propre chance. Mais il la regardait attentivement. Très attentivement.

– Vous avez déjà entendu parler de la Florence Night Mission ?

Il secoua la tête.

– Sur Bleecker Street ?

– Bleecker Street, c'est dans le Village. Pas loin d'ici.

– Dans le dossier, il est écrit que c'est de là que je viens. Je pourrais y aller, juste pour voir.

Ça ne coûtait rien, songea-t-elle. Elle décida qu'elle irait dès le lendemain, sitôt qu'elle aurait accompagné Louise à ses cours.

– Oui, tant qu'à être venue d'aussi loin.

Elle sourit. Il avait une bonne mémoire. Son regard s'attarda sur ses mains. Elles auraient bien besoin de crème, observa-t-elle. La chair de ses pouces était recouverte de cals.

— Je trouve que les sœurs ont eu tort de ne pas vous laisser consulter le dossier, reprit-il. C'est pour ça que je vous ai aidée. Mais sachez qu'elles ne sont pas juste méchantes et folles. Elles ont de bonnes raisons. Gardez la tête froide. C'est ça que je veux dire.

Elle opina et le regarda timidement. Il était gentil de manifester autant d'inquiétude à son égard. Elle s'était sentie un peu abattue, peut-être, à force de passer autant de temps avec Louise pour seule compagnie. Et elle avait cru que tout le monde à New York serait froid et dur. Mais voilà qu'elle s'était déjà fait un ami. Un homme à tout faire, un Allemand, qui avait connu la prison et qu'elle ne reverrait jamais, mais un ami néanmoins.

— Merci, dit-elle, en le pensant du fond du cœur. Merci d'avoir pris le temps.

Il hocha la tête et la regarda d'une façon dont elle se souviendrait longtemps.

— Avec plaisir.

Elle se leva en expliquant qu'elle devait se hâter d'attraper le métro. La jeune fille dont elle avait la responsabilité allait bientôt sortir de cours. Elle gagna la porte d'un pas vif, tête baissée de crainte de rougir. Mais la femme derrière le comptoir se contenta de lui lancer qu'elle espérait la revoir, tout en lui adressant un petit salut de sa main tachée de raisin.

13

— Je déteste le cinéma. Franchement. Je me moque de ce qui se joue. Il est hors de question que j'y aille.

Louise, assise sous le tableau du chat siamois, s'éventait avec un des cahiers du *New York Times* du jour.

Cora détacha les yeux du programme, agacée. La chaleur et l'humidité, alors que la matinée commençait à peine, ne faisaient rien pour améliorer sa patience.

— Comment pouvez-vous détester le cinéma, Louise ? Vous adorez le théâtre. Au cinéma, il faut lire les cartons, mais c'est la seule différence.

La jeune fille ferma les yeux tout en continuant à s'éventer.

— Blasphème ! Ne redites jamais ça en ma présence, s'il vous plaît.

Cora fronça les sourcils. Après une semaine de leçons d'élocution dispensées par Floyd Smithers et comprises dans le prix d'un milk-shake quotidien, Louise parlait déjà autrement. La différence était subtile – si elle ne donnait pas l'impression de contrefaire un accent britannique, ses voyelles s'étaient arrondies, ses consonnes étaient plus sonores. En quelques jours à peine, elle avait atteint son objectif ; elle n'avait plus l'ombre d'un accent, quel qu'il soit.

Elle avait rouvert les yeux et dévisageait maintenant Cora d'un air apitoyé.

— C'est loin d'être la même chose, reprit-elle. Les films sont des produits fabriqués et conçus pour les masses – et servis froids. Wichita voit ce que voit Los Angeles, et Manhattan voit ce que voit Toledo. À l'identique, parce que c'est mort. Alors que le théâtre, ajouta-t-elle avec un mouvement de main gracieux, c'est comme la danse : vivant et éphémère. Ça ne dure que le temps d'une soirée entre un danseur et le public, et tout le monde respire le même air. (Elle soupira, comme si elle prenait subitement conscience à quel point il était vain de tenter d'expliquer ces choses-là à Cora.) En outre, vous pourrez voir autant de films que vous le souhaitez quand vous serez de retour à Wichita, alors que vous ne pourrez plus aller à Broadway.

Cora avait remarqué que, depuis quelques jours, chaque fois qu'elle évoquait le retour à Wichita, Louise s'en excluait systématiquement. Elle soupçonnait la jeune fille de ne pas simplement espérer être recrutée par la Denishawn, mais de compter dessus. Et, Cora s'inquiétait : comment Louise réagirait-elle si elle n'était pas retenue ? Comment survivrait-elle (et, par conséquent, Cora avec elle) au long voyage de retour ? Louise souffrait de temps à autre d'un sentiment d'insécurité. Lorsqu'elles regagnaient l'appartement après les cours, elle débitait toujours une litanie d'autocritiques – ses sauts étaient trop approximatifs, ses jambes encore trop grosses pour une danseuse… En même temps, elle semblait avoir une telle disposition pour le succès qu'elle n'avait vraisemblablement pas de plan de secours, et ne possédait sans doute pas non plus la capacité d'accepter une vie différente si jamais les choses ne tournaient pas selon ses vœux. Cora se sentait partagée : il lui semblait de son devoir de mettre Louise en garde, de la prévenir – ne serait-ce que pour la préparer à la possibilité d'une déception – que la vie n'allait pas toujours dans le sens que l'on souhaitait. Mais comme elle devinait que cette conversation serait houleuse, elle parvenait à retenir sa langue.

Cora, qui attendait une lettre de Haverhill, s'exhortait d'ailleurs elle-même à ne pas s'emballer tout en surveillant le facteur de sa fenêtre, telle une chouette sur sa branche. Une lettre était son seul espoir. Elle était déjà allée à Greenwich Village et s'était perdue dans le tracé sinueux de ses rues avant de trouver le 29 Bleecker Street, pour y découvrir un immeuble de deux étages divisé, selon toute apparence, en appartements. Elle avait demandé au marchand de primeurs, à l'angle de la rue, s'il savait où elle pourrait trouver la Florence Night Mission. L'épicier n'en avait jamais entendu parler mais il avait traduit sa question en italien à un vieil homme assis près d'un cageot de pommes et celui-ci, apparemment, avait répondu que oui, la Florence Night Mission se trouvait bien en face, dans la rue, une trentaine d'années plus tôt, mais que ce n'était plus le cas.

Et le vieillard, aussi ridé et édenté fut-il, l'avait déshabillée du regard.

La Florence Night Mission avait donc disparu ; la piste menait à une impasse. Et en ce qui concernait la lettre, Cora s'efforçait d'apaiser son anxiété : même si Mary O'Dell était toujours en vie et habitait toujours à la même adresse, même si elle souhaitait encore établir un contact, sa réponse ne lui parviendrait sans doute pas avant plusieurs jours. Mais probablement guère plus. Cora avait clairement indiqué dans sa lettre qu'elle ne resterait à New York que quelques semaines. Soit elle recevrait des nouvelles de Haverhill bientôt, soit jamais. Des deux possibilités, elle savait que la seconde était la plus probable. Et que le cas échéant, elle le supporterait. Elle n'était pas comme Louise, elle était familière de la déception, elle était de taille à supporter que tout n'aille pas selon son désir. Si sa lettre restait sans réponse, si Mary O'Dell était morte, ou impossible à joindre, Cora saurait se contenter de savoir que sa mère, peu importe qui elle était, avait voulu la connaître, et elle serait reconnaissante d'avoir découvert au moins cela.

Elle essaya de se distraire en jouant les touristes durant le reste de la semaine. Pendant que Louise était en cours, elle se rendit au mausolée qui abritait la tombe du général Grant, passa une journée entière au Museum d'histoire naturelle et visita plusieurs musées d'art. Elle fit une promenade sur l'impériale découverte d'un autobus et s'inscrivit à une visite guidée de Central Park, où elle découvrit un vrai troupeau de moutons en train de brouter, indifférents au paysage urbain.

Et tandis qu'elle se livrait à toutes ses activités, la solitude lui pesait. L'intensité de ce sentiment la déstabilisa. À la maison, elle avait passé beaucoup de temps seule, quand Alan travaillait ou que les garçons étaient à l'école. Elle avait toujours apprécié d'avoir du temps pour elle, pour lire, réfléchir, embellir la maison. Mais à Wichita, elle avait ses amies, ses activités bénévoles ; elle pouvait bavarder avec Della, ou une voisine, et ces conversations scandaient agréablement la journée. Cette solitude-là était d'une nature différente – totale, et permanente. Sur les trottoirs, elle demeurait une étrangère pour les foules qui l'environnaient, sans aucune chance de tomber sur quelqu'un qui pourrait la reconnaître et la héler. Voilà ce que devait éprouver un immigrant, songea-t-elle, quelqu'un que personne ne connaît, dont personne ne sait d'où il vient. Il lui semblait être devenue non seulement une inconnue, mais quelqu'un qu'on ne pouvait pas connaître, et elle s'agaça à l'idée qu'elle avait si peu d'emprise sur elle-même qu'elle avait constamment besoin de la présence des autres pour lui rappeler qui elle était et se sentir elle-même.

L'Allemand était étranger et il avait pourtant semblé à l'aise.

Le vendredi, pour dix cents, un ascenseur rapide – si rapide qu'il lui donna l'impression d'être sur un manège à sensations – l'emporta jusqu'au sommet du Woolworth Building, au soixantième étage, d'où l'on découvrait la ville de son point culminant. Et c'était saisissant, vraiment. Jamais elle n'aurait imaginé qu'elle contemplerait un jour une ville de si haut, qu'elle pourrait être cernée de fenêtres et apercevoir en contrebas les toits étroits et étagés de toutes ces belles bâtisses, au moins deux fois plus hautes que les plus hautes dont pouvait s'enorgueillir Wichita. On distinguait également les ponts majestueux qui enjambaient l'East River, la statue de la Liberté, si petite au loin, et puis les bras grands ouverts de l'océan, et au-delà, lui semblait-il, l'arrondi de la terre. Tout émerveillée qu'elle était, elle ne pouvait s'empêcher cependant de songer que du haut de ce nid d'aigle, à l'abri de la rumeur, derrière la vitre de la terrasse d'observation, la ville semblait finalement aussi détachée d'elle qu'elle l'avait ressenti en marchant dans les rues. Si elle avait été à Wichita, en train de contempler depuis une même altitude ces rues plus paisibles et ces paysages de prairies alentour qu'elle connaissait si bien, d'observer une avenue remplie de passants qu'elle pourrait reconnaître et aimer, aurait-elle mieux su trouver la distance adéquate ? Elle n'en savait plus rien.

Elle acheta des cartes postales sépia des lieux les plus célèbres de la ville. Elle écrivit à Alan, aux garçons et à Viola que New York était encore plus grand qu'elle ne s'y attendait, et qu'il y avait bien trop à voir en si peu de temps. C'était vrai. Cependant, l'idée d'endurer ne serait-ce qu'une semaine supplémentaire d'une telle solitude, de marcher des heures durant sans parler à personne, sinon pour dire « merci », « excusez-moi » et « un billet s'il vous plaît » la remplissait d'une affreuse appréhension.

Et elle était toujours sans nouvelles du Massachusetts, alors qu'il s'était maintenant écoulé assez de jours pour qu'une réponse puisse arriver. Chaque après-midi, au retour des cours de danse, Cora vérifiait le contenu de la boîte aux lettres. Louise, remarqua-t-elle, reçut une lettre de Theo, mais aucune de son père ni de sa mère. Pour sa part, elle reçut une charmante lettre d'Alan, qui lui disait qu'elle lui manquait ; que Wichita en juillet était telle qu'en elle-même, elle ne ratait cependant pas grand-chose. Il lui racontait qu'il était allé voir les garçons à Winfield ; ils se portaient bien mais l'un et l'autre étaient quelque peu désenchantés par la vie de la ferme et il leur tardait de commencer leur vie plus sédentaire d'étudiants à l'automne. Ils lui transmettaient toute leur affection et espéraient qu'elle comprendrait que, s'ils ne lui écrivaient pas, c'était uniquement parce qu'ils trimaient jusqu'au coucher du soleil et s'endormaient sitôt qu'ils le pouvaient. « *Apparemment, ils connaissent tous les deux la jeune Louise,* poursuivait Alan. *Ils m'ont dit que Louise B. était une vraie "pépée", connue comme le loup blanc, mais qu'ils doutaient fort qu'elle sache qui ils sont puisqu'elle snobait tous les garçons de l'école. Tu te rends compte ? Une petite effrontée qui prend de haut même nos merveilleux garçons ? Je suis sûr que c'est un travail sur mesure pour toi, comme on dit. Je ne peux que t'envoyer mes vœux de réussite les plus sincères.* »

Et de l'argent, naturellement. Il lui avait câblé une somme conséquente à la Western Union, qu'il lui conseillait d'aller retirer sans attendre. Il espérait qu'elle s'offrirait une belle tenue dans laquelle elle pourrait parader, de retour à la maison.

Elle aurait dû s'en réjouir, probablement. En se promenant sur Broadway, elle avait admiré dans les vitrines des grands magasins des robes d'après-midi en crêpe de Chine, des chapeaux ornés de nœuds en taffetas ou d'élégantes plumes. Enfiler une robe en soie neuve ou une jolie paire de souliers lui avait très souvent apporté un réel réconfort, tout comme pouvoir attacher, avec l'aide d'un bon corset, un bouton sur une taille étroite était en général source de satisfaction. Mais à présent, la perspective d'aller acheter des vêtements, même luxueux et à la mode de New York, la déprimait. En outre, elle était agacée par la façon dont Alan avait formulé sa suggestion. Était-ce l'idée de « parader » ou tout simplement celle de « la maison » qui lui inspirait ce sentiment de lassitude, même à l'égard de la soie et du taffetas ? Avec Alan, Cora ne savait jamais si un cadeau était juste un cadeau, offert par désir sincère de lui faire plaisir ou un élément de la comédie.

Et de toute façon, elle avait une meilleure idée.

— Vous êtes revenue.

L'Allemand semblait content, et surpris. Mais il consulta sa montre sans s'écarter pour la laisser entrer.

— La messe est presque finie, chuchota-t-il. Les sœurs vont redescendre d'un moment à l'autre.

Cora hocha la tête. Elle avait tout calculé à la minute près.

— Je sais. J'ai une mission différente, aujourd'hui.

Il la regardait aimablement en attendant qu'elle poursuive et, l'espace d'un moment, elle oublia ce qu'elle avait prévu de dire.

— Le poste, reprit-elle en gardant une expression neutre. Je me demandais si vous aviez réussi à le réparer ?

— Non. Il était... *kaputt*. Pourquoi ?

— Eh bien, je me suis dit que vous aviez raison, ce serait bien pour les filles d'en avoir un. Et comme il se trouve que je viens de recevoir un peu d'argent dont je n'ai pas besoin, j'ai pensé que j'allais leur en racheter un.

— Ça coûte cher, un poste, observa-t-il en inclinant la tête.

Elle acquiesça et tendit le doigt à l'aveuglette derrière elle.

— Je suis passée devant un magasin qui en vend, à quelques blocs d'ici. Ils en ont un à lampes qui semble très bien. Mais le vendeur n'était pas très enthousiaste à la perspective de le livrer.

Il haussa les sourcils et éclata de rire.

— Ça, ça ne m'étonne pas.

Cora était soulagée. En vérité, elle n'avait pas posé de questions sur une éventuelle livraison.

— Donc, si vous pensez qu'un poste ferait plaisir aux filles, je serai ravie d'aller en acheter un maintenant. Mais ça va être lourd. J'espérais que vous pourriez m'accompagner et m'aider à le transporter.

Il la dévisagea, impassible, comme la fois précédente. Cora se concentra sur la vérité – et la vérité, c'était qu'elle voulait offrir un poste aux filles. C'était du moins une part de la vérité.

— Je m'appelle Joseph Schmidt, dit-il en tendant la main.

— Oh ! Cora, répondit-elle avec un sourire.

Dans sa nervosité, elle avança la main comme l'aurait fait un homme, en la lui présentant à la verticale, et serra la sienne. Elle jugea inutile de lui indiquer son nom de famille.

Après qu'elle-même eut relâché sa prise, il retint sa main plus longtemps que nécessaire.

— Cora, répéta-t-il avec une prononciation appliquée, comme s'il apprenait le nom d'une chose déjà familière. Je vais chercher ma casquette.

Il avait apporté une vieille poussette d'enfants pour transporter le poste. Une Chelsea Model T, l'appelait-il en plaisantant, car presque tout le monde dans le quartier en utilisait une comme outil de transport. La sienne avait une capote verte déchirée et une roue branlante, mais le poste rentrait pile à l'intérieur. Cela les fit bien rire de redescendre la rue avec leur chargement, lui à la manœuvre, guidant la poussette avec adresse sur le trottoir pour franchir des crevasses, contourner des bandes d'enfants ou des Italiens (ou bien des Grecs peut-être ?) en train de bavarder, veillant à ne pas aller trop vite afin que Cora puisse le suivre avec ses chaussures à talons. Tous deux souriaient aux passants, tels des parents fiers de promener leur nouveau-né.

– Il a vos yeux, observa-t-elle dans un élan de hardiesse, et quand il se mit à rire, elle éprouva un léger vertige – mais agréable, comme si elle respirait différemment, inhalait plus d'oxygène que d'habitude.

Cora se sentait grisée à l'idée que, le temps de cette petite escapade, elle n'était pas Cora Kaufmann, ni Cora Carlisle ni même Cora X… mais simplement Cora, qui déambulait dans ce quartier où elle avait autrefois vécu et où plus personne aujourd'hui ne la connaissait. Elle pouvait se comporter comme bon lui semblait, sans que cela prête à conséquence, sans que cela revienne aux oreilles de quelqu'un à Wichita – à condition, bien sûr, qu'elle ne fasse rien de mal ni ne se fasse arrêter.

– D'où vient cette odeur sucrée ? demanda-t-elle en retenant son chapeau de crainte que la brise ne l'emporte. (Elle trouvait agréable de marcher aux côtés d'un homme qui avait la même taille qu'elle et ne l'obligeait pas en permanence à lever les yeux.) On dirait toujours que des gâteaux sortent du four, par ici.

– C'est la biscuiterie. Vous connaissez les biscuits Nabisco ? Vous mangez des Fig Newtons ? Ils sont fabriqués ici.

Elle ne put que rire. Les Fig Newtons ! Combien de paquets en avait-elle acheté, au fil des années, pour les garçons ou pour Alan ? Elle en servait lorsqu'elle recevait à goûter et elle-même en avait mangé un certain nombre sans se douter une seule seconde qu'ils avaient été fabriqués si près du New York Home for Friendless Girls qu'on pouvait les sentir. La rue où elle habitait au Kansas, avec ses vastes pelouses ombragées, semblait tellement aux antipodes de ce quartier aux allures de Babel surpeuplée qu'on les supposait séparés par une frontière étanche, et pourtant, non – pendant des années, à l'insu de Cora, des fournées entières de biscuits l'avaient franchie.

Un jeune garçon, ruisselant et pieds nus, se faufila devant Cora pour inspecter l'intérieur de la poussette.

— Vous avez quoi, là-dedans ? C'est un poste ? Il marche ?

Elle se retourna et vit que d'autres garçonnets qui avaient eux aussi les cheveux mouillés le rejoignaient. Tous paraissaient sales, certains portaient des chaussures, d'autres pas, et ils faisaient maintenant cercle autour de la poussette pour tenter d'apercevoir son contenu. N'était-ce pas déroutant d'avoir peur d'eux ? Le plus grand avait, au maximum, douze ans, mais ils étaient six, et bientôt sept, déployés autour de la poussette, se rapprochant d'elle tout en avançant leurs petites mains agiles.

Sur le trottoir, d'autres adultes allaient et venaient, comme si la scène n'avait rien d'extraordinaire.

— Fichez le camp ! rouspéta Joseph en se courbant au-dessus de la poussette pour la protéger du bras. Si vous croyez que je ne vous vois pas venir !

Les garçons reculèrent, mais de quelques pas seulement, comme s'ils n'attendaient qu'une nouvelle opportunité pour bondir. Cora était désemparée. Ces gamins étaient d'une saleté repoussante et ils sentaient mauvais, mais ils avaient des petites bouilles mignonnes, des jambes épouvantablement maigres, et l'un d'eux lui rappelait Howard enfant, avec ses joues rondes et ses yeux qui semblaient illuminer une pièce à eux seuls. Quelle tristesse qu'un petit garçon qui ressemblait à son fils puisse être aussi famélique et sale, songea-t-elle. Aussitôt après, elle sentit qu'on tirait sur son sac. Elle fit volte-face et découvrit un garçon d'à peine cinq ans, sans doute, qui lui souriait tout en continuant à tirer sur le sac. Cora s'y cramponna et le chassa gentiment.

— D'accord, d'accord, voilà pour vous, maugréa Joseph en ressortant la main de sa poche. Des pennies, d'accord ? Et un nickel pour celui qui l'attrape.

Il s'écarta de la poussette et fit rouler une pleine poignée de petite monnaie sur le trottoir. Les garçons poussèrent des cris et se mirent à courir après les piécettes.

— Marchons plus vite, lui dit alors Joseph en lui prenant le bras, l'autre main posée sur la barre de la poussette.

Ils hâtèrent le pas vers le croisement suivant, accompagnés par le grincement de l'une des roues. Lorsqu'ils eurent parcouru la moitié du bloc, Joseph lui lâcha le bras, mais Cora sentait encore le contact de sa main, la pression de ses doigts à travers la manche.

— Ils vous ont délesté de quelques pièces, observa-t-elle. Vous êtes obligé de faire ça souvent ?

— Ils pourront peut-être s'acheter quelque chose à manger, répondit-il en haussant les épaules. Ceci dit, ils vont sans doute acheter des bonbons.

Cora regarda son sac. Elle n'avait plus beaucoup d'argent sur elle maintenant qu'ils avaient acheté le poste. Mais elle regrettait de n'avoir pas eu la présence d'esprit de jeter elle aussi quelques pièces.

— Pourquoi avaient-ils tous les vêtements mouillés ?

Il la regarda bizarrement, comme si elle lui avait posé une question piège.

— Ils venaient de nager, répondit-il. La rivière est juste là, au bout de la rue. Les gamins s'amusent à sauter d'un quai puis à remonter sur un autre, et à passer d'une rue à l'autre.

— Ils peuvent se rafraîchir, au moins, c'est agréable.

Il grimaça.

— C'est un cloaque. Pour pouvoir nager, ils doivent repousser les ordures. (Il mima le geste, en écartant d'une main un obstacle imaginaire et en se couvrant le nez et la bouche de l'autre.) Mais ils y vont tous, ceci dit. Sauf nos filles. Les nonnes refusent qu'elles se baignent là-dedans. Elles les accompagnent aux bains publics une fois par semaine, et c'est tout.

Cora ne répondit rien. Un seul bain par semaine, par cette chaleur. Et ces petites n'étaient pas les plus mal loties, loin de là. Même à leur âge, Cora savait qu'elle avait de la chance. Les sœurs leur fournissaient un toit et les nourrissaient à leur faim. Ce n'était pas bien bon, mais suffisant pour rester en bonne santé - et ça, ce n'était pas rien.

— Comment s'appelle votre fille ?

— Greta.

— Elle va à l'école ? C'est obligatoire maintenant, non ?

— Les sœurs leur font la classe sur place. On ne veut pas d'elles dans les écoles publiques. Et puis, elles doivent composer avec les horaires de blanchisserie. (Il s'interrompit pour hisser délicatement la poussette sur un trottoir.) J'économise pour un appartement. Peut-être que l'an prochain, je pourrais travailler pendant qu'elle ira à l'école publique. Pour l'instant, elle ne fait qu'étendre les lessives sur le toit. Mais bientôt, elles la mettront au lavage. Même si je sais que les sœurs sont obligées de faire la blanchisserie et que l'argent entretient la maison, je ne veux pas que Greta travaille aussi dur - elle est encore trop jeune.

Cora se souvenait d'avoir vu les mains des plus grandes, les brûlures causées par l'eau bouillante. Les siennes, sous les gants, étaient exemptes de cicatrices et douces.

— Quel travail ferez-vous ?

— N'importe lequel. Je fais déjà des extras dans le quartier, je répare des choses. Les gens me connaissent. Mais avec mon accent, c'est pas facile, ajouta-t-il avec un sourire résigné. Je suis le Hun.

— Pourquoi ne repartez-vous pas chez vous ?

Elle avait parlé si doucement qu'elle-même s'était à peine entendue poser la question, couverte par les couinements de la roue de la poussette et le raffut des autos dans la rue. Sa question n'avait rien d'une suggestion grossière, elle voulait juste savoir.

— En Allemagne ? Non, fit-il en secouant la tête. Ça va mal là-bas, avec l'inflation et les réparations de guerre. Nous aurions encore plus de problèmes. Mais il n'y a pas que ça. Je suis arrivé en Amérique à dix-neuf ans. C'était mon rêve, de venir ici. J'aime ce pays, j'aime l'idée de ce pays, ajouta-t-il en contemplant la rue, les voitures qui passaient en grondant. Je pensais sérieusement à m'engager lorsqu'ils m'ont envoyé à Oglethorpe.

Cora faillit lui faire remarquer que s'il avait fait ces déclarations au début de la guerre à tous ceux qui exigeaient une réponse, et qu'il avait accepté de s'agenouiller pour embrasser le drapeau, peut-être que personne ne l'aurait envoyé à Oglethorpe. Mais naturellement il y avait une différence entre aimer un pays, aimer sincèrement les valeurs qu'il défendait, et accepter qu'on vous ordonne de vous agenouiller pour le prouver.

– Hé, regardez ça ! lança-t-il en ralentissant. C'est notre endroit.

Cora leva les yeux et reconnut le drugstore dans lequel ils avaient bu les sodas. Elle aperçut la vieille Italienne derrière son comptoir.

– Puisque vous avez acheté aux filles ce luxueux cadeau, je peux au moins vous offrir un soda orange. Vous avez le temps ? demanda-t-il en la regardant dans les yeux.

Elle hésita. Ce n'était jamais qu'un soda. Mais il était pauvre, il économisait tout ce qu'il pouvait, et elle détestait l'idée qu'il puisse dépenser ne serait-ce qu'un nickel pour elle. Cependant, l'invitation engageait vraisemblablement sa fierté. Et il la regardait avec tant d'affection, comme s'ils étaient déjà de grands amis... Elle ne voulait pas le quitter, pas encore.

Cora demeura silencieuse pendant qu'ils patientaient au comptoir, même si l'Italienne, qui n'avait plus aucune tache sur les mains, la reconnut et, lui désignant la poussette avec un sourire, fit une plaisanterie à propos de leur *bambino*. Joseph expliqua que Cora avait acheté ce poste pour les filles de l'orphelinat. La femme hochait la tête, mais rien ne pouvait laisser affirmer qu'elle comprenait vraiment. Cora observa Joseph pendant qu'il parlait. Il avait retiré sa casquette en entrant ; son visage avait du caractère – il pouvait finalement se passer d'une chevelure fournie. Il paya l'Italienne et adressa à Cora un sourire franc et sincère. Elle le suivit à la table en pensant à son épouse disparue, en se demandant si elle avait été jolie.

Il prit place sur la chaise à côté de la sienne et se tourna vers elle, un coude calé sur la table, l'autre bras replié sur le dossier.

– Parlez-moi de votre vie au Kansas. Vous savez tout de moi et je ne sais pas grand-chose de vous.

Elle était en train de retirer ses gants et elle baissa les yeux, feignant d'être absorbée par la quantité de boutons à défaire. Elle ne voulait pas répondre. Elle aurait préféré continuer à l'écouter parler de sa vie, de l'orphelinat, du quartier, tout en savourant cette griserie que lui procurait son regard attentif, le trait doré dans son œil, le timbre grave et agréable de sa voix. Mais la fugue était terminée. Il avait posé une question. Et elle n'avait aucune prédisposition pour le mensonge ni de désir de tuer sa famille, même en paroles.

– Je suis mariée. Nous avons deux fils, des jumeaux. Ils vont entrer à l'université à l'automne.

Elle vit l'arc de ses sourcils s'affaisser derrière la monture de ses lunettes. Il ne semblait pas en colère, mais elle devina ce qu'il pensait, l'opinion qu'il se faisait d'elle à présent. Il ne pouvait pas l'accuser de lui avoir caché délibérément des informations. Elle n'avait fait que se montrer amicale, pourrait-elle lui rétorquer, et c'était la première fois qu'il lui demandait de lui parler d'elle. Mais elle avait très bien vu comment il la regardait. Il la jugeait malhonnête et légère – une femme mariée sans alliance. C'était tellement injuste ! Il ne pouvait pas savoir tout ce qu'avait signifié pour elle cet après-midi, ces quelques heures pendant lesquelles elle n'avait plus été elle-même, elle avait pris congé de sa propre vie. Peut-être devait-elle simplement lui parler avec franchise. Elle n'avait jamais rien dit à personne, concernant Alan. Elle ne pouvait pas prendre ce risque, même avec sa plus proche amie. Mais Joseph Schmidt avait le visage d'un homme bienveillant, et elle ne le reverrait jamais. Il ne connaissait pas son nom de famille, il ne savait même pas dans quelle ville elle habitait. Il ne pouvait faire aucun mal à Alan. Et quel soulagement ce serait de parler enfin de tout cela à voix haute, de savoir que quelqu'un d'autre au monde connaissait la vérité, et comprenait peut-être ce qu'elle endurait.

Et donc là, dans ce drugstore, tandis que l'Italienne lisait un magazine derrière son comptoir et que le ronronnement du ventilateur étouffait sa propre voix, Cora expliqua à cet homme quelle était sa vie, aussi clairement qu'elle le put. Joseph l'écouta, sans bouger, sans rien dire. Elle lui parla de Howard et Earle, elle lui dit combien elle les aimait, et qu'eux-mêmes n'étaient pas au courant. Elle lui raconta qu'Alan et elle se comportaient entre eux comme si de rien n'était, qu'elle feignait de ne pas savoir que Raymond venait encore le retrouver au cabinet en fin de journée, et qu'ils s'échangeaient des cadeaux – une montre gravée des initiales RW et d'une phrase en latin qu'elle ne comprenait pas, des recueils de poésie dont certains vers étaient soulignés – *je suis celui à qui l'amour fait mal*.

Joseph ne disait rien. Elle ignorait ce qu'il pouvait penser, mais elle continua à parler, sans s'interrompre, même pour boire une gorgée de soda. Comme si elle avait besoin de parler pour continuer à respirer. Elle lui expliqua qu'elle s'était mariée très jeune, qu'elle était très seule à l'époque, et elle insista sur le fait que la situation était bien moins horrible qu'elle n'y paraissait, qu'Alan n'était pas une mauvaise personne, qu'il était bon avec elle, à bien des égards, et qu'il était sans nul doute un excellent père.

– Mais il n'est pas un mari pour vous.

Elle secoua la tête. Joseph fit une grimace qui creusa un coin de sa bouche. Cora crut qu'il s'apprêtait à cracher.

– J'avais un cousin comme ça, en Allemagne. C'était un homme bien. Une bonne personne.

Cora fronça les sourcils et attendit.

– Il a été battu. On ne sait pas par qui, mais on sait pourquoi. (Il se frictionna la joue.) Votre mari a peut-être raison de rester dans le secret.

Elle cacha son visage derrière ses mains. Alan. L'idée qu'on puisse lui faire du mal était insoutenable. Raconter tout cela à Joseph Schmidt n'avait rien changé. Elle demeurait pieds et poings liés.

– Que faites-vous, maintenant ? demanda-t-il.

— Que voulez-vous dire ?

— Vos garçons sont grands. Vous disiez que vous étiez restée pour eux. Ils sont grands, maintenant. Pas vrai ?

— Oh. Je ne veux pas divorcer. Je ne veux pas être une femme divorcée, essaya-t-elle d'expliquer en voyant Joseph hausser les sourcils.

Elle secoua la tête. Ce n'était vraiment pas ce qu'elle désirait. Évidemment.

— Pourquoi pas ?

Elle faillit éclater de rire.

— Mais... comment expliquerais-je le divorce ? Que pourrais-je dire aux gens ? À mes fils ?

— Que vous voulez être heureuse.

— Ça ne suffit pas.

— Ah bon ?

Il se pencha vers elle, juste un peu. Elle se recula et détourna les yeux. L'Italienne était sortie et balayait le trottoir devant le magasin.

— Quel gâchis, dit-il.

Ils se dévisagèrent, sans ciller. On n'entendait que le ronronnement du ventilateur et, plus loin, les frottements du balai de l'Italienne. Le temps était comme suspendu. Cora se souvenait de l'époque où Alan la couvait d'un regard plein d'espoir et de bonté, mais jamais il ne l'avait contemplée comme ça. Une joie irrépressible s'empara d'elle, l'espace d'un instant, Joseph le vit, ou le devina, car, sans rien ajouter, il avança la main sous le bord de son chapeau et repoussa une mèche folle derrière l'oreille de Cora. Elle demeura immobile, même lorsque l'extrémité rêche de son doigt suivit le tracé de ses cheveux jusque derrière son oreille.

Elle entendait son propre souffle, sentait le battement de son pouls contre son doigt, le tic-tac de sa montre contre son cou.

— Quelle heure est-il ? demanda-t-elle.

Il retira sa main et consulta sa montre.

— Trois heures moins vingt.

— Je dois y aller.

Elle repoussa sa chaise, qui racla bruyamment sur le sol. Elle ramassa son sac, ses gants. Elle les renfilerait une fois dehors.

Il lui attrapa la main.

– Ne partez pas. Pas encore.

– Je dois y aller, répéta-t-elle d'une voix plus ferme. Je dois partir tout de suite. J'ai oublié. J'ai tout simplement oublié. Je vais être en retard.

C'était vrai. Et elle ne pouvait pas laisser à Louise ce genre de marge de manœuvre.

– Cora.

Elle secoua la tête. Il lui fallait partir. Mais elle avait encore le rose aux joues et elle souriait, même tandis qu'elle retirait sa main. Elle se sentit prise d'un léger vertige. Ce regard-là posé sur elle, cette main qui cherchait à la retenir, c'était grisant – elle se sentait une autre.

– Je reviendrai, promit-elle, autant à elle-même qu'à lui.

Mais une fois dans la rue, pendant qu'elle filait vers le métro sous le soleil implacable, elle avait de nouveau les idées claires.

Elle se hâtait le long de Broadway quand elle aperçut Louise qui se dirigeait vers elle. Même sur un trottoir surpeuplé, et même si elle n'était pas très grande, Louise, visage luisant et cheveux noirs brillants rabattus derrière les oreilles, était facile à repérer. Un homme siffla sur son passage, mais elle le dépassa en regardant droit devant elle, comme si elle n'avait rien entendu. Elle dépassa Cora, également, et lorsque celle-ci la héla, Louise se retourna, l'air à la fois agacée et surprise.

– Oh, bonsoir, dit-elle sans un sourire. Vous étiez en retard alors j'ai commencé à marcher.

– Je suis désolée, lâcha Cora en s'efforçant de calmer sa respiration saccadée. Mais vous auriez dû m'attendre. Que se serait-il passé si je ne vous avais pas vue ?

Cora avait remonté le dernier bloc en courant, inquiète à l'idée que Louise ne prenne prétexte de son retard pour se lancer dans quelque aventure en solo. Elle aurait dû songer qu'après plusieurs heures de cours, fourbue et moite de transpiration, Louise n'irait nulle part sans avoir d'abord pris un bain et fait une sieste.

Elle dévisageait Cora, les sourcils froncés.

— Qu'est-ce qui ne va pas ? Vous avez l'air bizarre. Vos joues sont toutes rouges.

— Oh… fit Cora en effleurant son front du poignet. Eh bien, je savais que j'étais en retard, alors j'ai marché vite par cette chaleur. Rentrons-nous à la maison ?

C'était légèrement grisant d'être celle qui éludait les questions et détournait l'attention.

Louise recommença à marcher, tout en continuant à l'observer à la dérobée.

— J'espère que vous ne couvez pas quelque chose.

Cora n'eut guère le loisir d'être touchée par cette marque de sollicitude car Louise ajouta aussitôt que, par prudence, elles devraient veiller à ne pas utiliser le même verre. Elle ne pouvait pas se permettre de tomber malade, fit-elle valoir. Pas avant que la troupe n'ait sélectionné ses nouvelles recrues. Cora la rassura, elle n'était pas malade, juste fatiguée, et n'ajouta rien de plus. Louise lui raconta que Ted Shawn leur avait fait sa danse de la lance japonaise, que cette chorégraphie était sublime, qu'elle mettait en valeur son talent et sa souplesse. Cora hochait distraitement la tête, étourdie par la chaleur. Non, songeait-elle. Elle ne retournerait pas voir Joseph Schmidt – ni le lendemain, ni jamais. Elle repensa au héros de *L'Âge de l'innocence* qui, dans un instant d'égarement, avait déboutonné le gant de la comtesse, avant de comprendre qu'il ne pourrait rien obtenir de plus. C'était ainsi que les choses devaient se passer.

Et le seul fait de prendre cette décision, semblait-il, lui valut une récompense. Dans la boîte aux lettres, Cora trouva une enveloppe jaune pâle qui lui était adressée et portait le tampon de Haverhill, Massachusetts.

14

En chemin, Cora s'arrêta pour acheter un bouquet de fleurs ; elle ne l'avait pas prévu mais ces ravissantes roses d'un jaune éclatant sur l'étal d'un fleuriste étaient irrésistibles. Cela ne l'empêcha pas d'arriver à la gare avec vingt minutes d'avance. Le rendez-vous était fixé sous la grosse horloge, et une fois qu'elle l'eut localisée, sans aucune difficulté, au-dessus du guichet d'information, il ne lui resta plus qu'à attendre et contempler le plafond en passant son bouquet d'un bras à l'autre. La première fois qu'elle avait traversé Grand Central, le jour de leur arrivée à New York, Cora avait été trop bouleversée et pressée pour remarquer, par exemple, que la voûte bleue du grand hall représentait une carte du ciel, sur laquelle on avait dessiné les constellations en doré. Mais ce jour-là, elle avait tout le temps de s'émerveiller, d'admirer aussi bien le plafond que les lustres scintillants, les galeries qui surplombaient le hall central, les sols en marbre poli qui s'étiraient à l'infini, la fraîcheur qui régnait dans le bâtiment, en dépit de la cohue et de la chaleur à l'extérieur.

Le plus souvent, cependant, elle avait les yeux rivés à l'horloge. Elle n'avait plus longtemps à attendre, maintenant.

Et plus midi approchait, plus elle observait attentivement les voyageurs qui affluaient vers le guichet d'information. Mary

O'Dell lui avait écrit qu'elle porterait un petit calot gris brodé de perles blanches sur le devant. Cora n'avait pas eu le temps de lui répondre pour lui poser d'autres questions, ou lui préciser comment elle-même serait vêtue. Aussi scrutait-elle la foule en quête d'un chapeau gris et faisait-elle volte-face dès qu'elle entendait des talons approcher précipitamment. Mais chaque fois, ces femmes la dépassaient sans un regard, ou couraient se jeter dans les bras de quelqu'un d'autre.

Il n'y avait cependant aucune raison de s'inquiéter. Pas encore. Il restait quelques minutes avant que ne retentissent les douze coups de midi. Le matin, Cora s'était réveillée avant l'aube, elle ne tenait pas en place. Il lui avait fallu travailler dur pour ne rien manifester de son impatience face à l'indolence matinale de Louise, à sa manie de se blottir sous les draps jusqu'au dernier moment. Cora avait littéralement compté les minutes qui la séparaient de l'instant où elle pourrait la déposer chez Denishawn. Maintenant, elle était enfin libre et elle se trouvait là où elle devait être, à l'heure convenue. Elle s'était pomponnée : elle portait sa plus jolie robe en soie, ses perles, et un joli chapeau avec un ruban bleu lavande.

Elle lissa sa jupe, bien que ce fût superflu, et s'efforça de ne pas scruter l'horloge. Après tout, ce n'était pas les distractions qui manquaient autour d'elle. Mary O'Dell n'était manifestement pas la seule personne à avoir suggéré ce lieu de rendez-vous car, de tous les côtés du guichet d'information, l'heure semblait être aux réunions joyeuses. Un vieil homme avec une canne se pliait en deux pour accueillir la fillette avec des couettes qui se précipitait dans ses bras ; deux femmes sautillaient comme des écolières en se tenant les mains ; un homme en complet blanc dépassa Cora à grandes enjambées pour rejoindre une jeune femme vêtue d'une robe sans manches. Lorsqu'il arriva à sa hauteur, et sans qu'une parole fût échangée, il se pencha pour l'embrasser, puis il lâcha son sac en toile et posa les deux mains au creux de ses reins pour l'attirer contre lui. Cora regarda les mains nues de la femme remonter jusque sur les épaules de l'homme. Ses ongles étaient peints en rouge.

Quand le couple lui lança un coup d'œil, Cora s'aperçut qu'elle était en train de les dévisager.

Elle porta la main à sa nuque et se retourna vers le guichet d'information, où un homme enturbanné se renseignait sur les horaires des trains à destination de Chicago, dans un anglais hésitant mais appliqué. Il tenait la main d'un petit garçon en culottes courtes qui contemplait le plafond, bouche bée. Probablement le découvrait-il lui aussi. Il tira sur la veste de son père en lui disant quelque chose, dans une langue étrangère ; lorsqu'il n'obtint pas de réponse, et peut-être parce qu'il sentait que Cora l'observait, il la dévisagea à son tour tout en se blottissant contre son père. Cora essaya d'imaginer ce que ce petit garçon lisait sur son visage, et combien sa physionomie pouvait lui paraître étrange s'il découvrait non seulement Grand Central, mais l'Amérique. Elle lui adressa un sourire qu'elle espérait encourageant, puis elle se détourna pour ne pas l'inquiéter.

Aujourd'hui, elle adorait la ville. Elle adorait cette sensation de se trouver au centre d'une ruche, et les panneaux qui déroulaient les horaires d'arrivée des trains en provenance d'Albany, de Cleveland ou de Detroit, mais aussi de villes plus petites, dont elle n'avait jamais entendu parler. Elle adorait le garçonnet blotti contre son père enturbanné, et aussi l'homme qui, avec sa mallette et son cigare au sillage puissant, traversait le hall central en courant à perdre haleine, comme s'il ne devait jamais plus y avoir d'autre train. Elle adorait les deux vieux messieurs avec des favoris et des chapeaux noirs, qui ressemblaient comme deux gouttes d'eau à certains des juifs de Wichita et riaient de bon cœur de quelque plaisanterie. Elle adorait même l'homme et la jeune femme qui s'étaient embrassés à côté d'elle et gagnaient maintenant la sortie sur Lexington Avenue, la femme pelotonnée contre son compagnon, dont la main lui caressait le creux de la taille, au vu et au su de tout le monde.

Cora baissa la tête pour respirer les roses. Aujourd'hui, elle ne dénierait à personne la joie de retrouvailles, quelles qu'elles soient.

Elle allait l'aimer. Elle le savait déjà. Elle aimerait Mary O'Dell, quel que soit le genre de femme qu'elle se révélerait. Même si elle n'était pas sa mère, même si elle n'était effectivement qu'une amie attentionnée, et que la similitude de leur écriture n'était qu'une étrange coïncidence, Cora l'aimerait d'avoir été cette amie attentionnée et assez généreuse pour monter dans un train et venir du Massachusetts afin d'offrir un peu de réconfort à une étrangère. Elle l'aimerait, même, pour avoir simplement connu sa mère – cette mère qui était peut-être morte à présent, et dont elle n'avait retrouvé la trace que trop tard. Peu importe qui elle était, la femme qui descendrait de ce train lui en dirait plus qu'elle n'en avait jamais su. Cora ne pouvait que lui en être reconnaissante.

Elle scrutait la foule, à l'affût d'une chevelure brune et bouclée comme la sienne, quand elle avisa une femme d'un certain âge, coiffée d'un calot gris, qui se dirigeait vers le guichet d'information. Cora se souviendrait toujours du choc qu'elle éprouva en voyant sa bouche, le dessin exact de sa propre bouche, sur un autre visage que le sien. Cette femme était plus corpulente qu'elle, et plus âgée, mais elle avait les mêmes lèvres charnues, la même mâchoire supérieure légèrement proéminente, le même menton volontaire. La voyant qui se hissait sur la pointe des pieds pour observer la foule, Cora s'avança vers elle avec la sensation de flotter.

— Mary ? lâcha-t-elle, d'une voix étrangement haut perchée. Mary O'Dell ?

La femme la dévisagea, sans rien répondre. Elle avait des cheveux blonds tirant sur le roux et, bien qu'ils fussent ramassés en chignon sous son calot, Cora vit immédiatement qu'ils étaient d'une nature différente des siens et ne ressemblaient en rien à ceux de la femme de son souvenir – la femme avec le châle. En fait, rien en elle ne coïncidait avec la femme dont Cora se souvenait, ou qu'elle avait imaginée. Mary O'Dell était élégamment vêtue d'une robe de drap gris qui accusait quelques plis sur les hanches et dont le devant de la jupe était brodé de fleurs. Un petit rang de perles, discret et délicat, courait autour de son cou ridé.

— Cora ?

Elles faisaient la même taille. Mary O'Dell avait des yeux gris, plus grands que les siens.

Cora hocha la tête. Et tandis qu'elles se dévisageaient, malgré tous ces gens autour qui attendaient, marchaient, levaient les yeux vers l'horloge, il lui sembla qu'elles étaient seules dans ce gigantesque espace.

— Vous êtes ma mère.

Ce n'était pas une accusation, mais pas une question, non plus. Il lui suffisait de regarder ce visage - cette bouche, ce menton, et même ce nez.

— Vous... vous n'êtes pas une amie. Vous êtes ma mère.

La femme recula avec nervosité. Cora secoua la tête. Non, non. Elle n'était pas en colère. Et d'ailleurs, comme si la petite fille qu'elle avait été resurgissait, mue par un incontrôlable transport de joie et s'impatientant déjà d'un possible malentendu, elle ouvrit grand les bras et s'avança vers la femme, respira l'odeur de cette peau qui n'avait rien de familier et se mêlait au parfum des roses dans sa main. Cora sentit le corps se raidir et se figer entre ses bras. Mais on ne la repoussa pas. On répondit même à son accolade, on l'étreignit étroitement, tout comme dans ses rêves les plus fous. Sauf que cette scène était bien réelle. Sans relâcher son étreinte, Cora leva les yeux vers le plafond bleu et les constellations du Zodiaque scintillantes. Elle avait la vue brouillée, le nez qui coulait.

Elles s'écartèrent l'une de l'autre. Cora, s'apercevant que son chapeau était tombé, se baissa pour le ramasser. Toutes deux partirent d'un éclat de rire, avant de se dévisager à nouveau en silence. Puis, Mary O'Dell tendit sa main gantée et lui caressa la joue.

— Bon. Rien ne sert de le nier, n'est-ce pas ? Tu es mon portrait craché.

Elle avait un accent irlandais. Et une belle voix, douce - *cette voix que j'aurais dû connaître*, songea Cora. Elle lui tendit le bouquet de roses.

— Elles sont pour vous.

Elle avait réussi à chasser ses larmes d'un battement de paupières mais sa voix restait haut perchée, tendue. Elle rajusta son chapeau ; elle se sentait bête.

— Je ne sais pas par où commencer, dit-elle.

Mary O'Dell prit le bouquet et hocha la tête avec solennité, comme pour dire que oui, c'était bien là le problème, de ne pas savoir par où commencer.

Elle ne disposait que d'une heure, annonça-t-elle. Elle était navrée, mais elle devait attraper le train de 13 h 15 à destination de Boston afin d'être de retour chez elle à temps. À temps pour quoi, elle ne le précisa pas, et Cora jugea qu'il valait mieux ne pas la presser de questions sur des détails. Pas pour l'instant, du moins. Elle s'intima également l'ordre de ne pas céder à la déception. Cette femme, sa mère, avait passé la matinée dans un train, et consacrerait tout l'après-midi à s'en retourner chez elle. Une heure, c'était très bien pour un début.

Le Dining Concourse, situé au niveau inférieur, était aussi surpeuplé et grouillant que le grand hall central, mais il n'en possédait ni la beauté ni les flots de lumière naturelle. Elles firent la queue pour commander des thés glacés qu'elles transportèrent jusqu'à la seule table libre, encore jonchée des miettes laissées par son précédent occupant. Elles s'assirent, en adoptant la même posture, dos bien droit, pieds rabattus sous la chaise, chevilles croisées, et en tenant leur verre de thé en équilibre sur les genoux. Le bouquet de roses était posé sur une chaise libre, de l'autre côté de la table. Mary regarda la bague de Cora.

– Tu es mariée, dit-elle d'un ton approbateur.

– Oui ! (Cora se sentait tremblotante, trop alerte. Elle posa le verre de thé sur la table.) Depuis presque vingt ans. Il est merveilleux. Un avocat. Nous avons deux grands garçons.

Elle sortit de son sac une photographie des jumeaux prise en studio l'après-midi de la remise des diplômes, l'un et l'autre revêtus de la toge et de la toque, l'air extrêmement sérieux, même Howard. Elle la fit glisser sur la table ; tout en observant la bouche de sa mère, si semblable à la sienne, se creuser d'un sourire, elle remarqua aussi que la pointe de son sourcil droit filait un peu de travers. Exactement comme Howard ! Combien de fois avait-elle imaginé cette scène, cet instant où elle montrerait à sa propre mère la preuve de l'existence de ses deux fils magnifiques ? Les garçons. Maintenant qu'elle avait une bonne raison de le faire, elle leur dirait la vérité sitôt rentrée à la maison. Et qui sait, leur grand-mère pourrait peut-être leur rendre visite ? À Noël, par exemple, lorsqu'ils seraient de retour pour les vacances ? Ou non, plutôt pour Thanksgiving. Elles avaient déjà perdu tant de temps !

À une table voisine, un homme plongé dans son journal sortit une flasque en argent de la poche de son veston, souleva le bouchon et but une gorgée sans interrompre une seule seconde sa lecture.

– Oh, mon Dieu. Bonté divine ! s'exclama Mary O'Dell. Quels beaux jeunes hommes ! Tu n'imagines pas quel réconfort c'est pour moi de voir que tu as si bien réussi. (Sa voix paraissait anxieuse, ténue. Elle écarta quelques miettes du tranchant de la main avant de reposer la photo sur la table.) Si tu savais comme je me suis inquiétée... Toutes ces questions que je me posais à ton sujet. Je ne savais même pas si tu avais... survécu, ou si ton prénom était resté le même. Je ne savais pas si tu étais en train de souffrir quelque part. Je ne savais rien.

– J'allais bien, répondit Cora en souriant. On s'occupait bien de moi. De très bonnes personnes m'ont adoptée.

Ce n'était pas l'exacte vérité. Pas aux yeux de la loi, du moins. Mais c'était vrai que les Kaufmann avaient été bons avec elle, et c'était cela qu'elle souhaitait mettre en avant.

Mary O'Dell hocha la tête, comme si elle essayait encore de se rassurer elle-même ; le calot gris oscillait sur sa tête.

– Merci. Merci de me dire ça. Je pense qu'au fond de moi j'ai toujours su que tu allais bien. Il m'arrivait d'avoir peur, mais j'étais certaine que je l'aurais su, si tu avais été en train de souffrir quelque part. (Elle lâcha un petit rire, et se toucha le coin de l'œil du petit doigt.) Mais jamais je ne t'aurais imaginée au Kansas, dans une ferme, avec des chevaux et des vaches. J'ai toujours pensé que tu étais ici, à New York.

– Moi aussi, j'ai toujours imaginé que vous viviez ici. Jamais je n'aurais pensé au Massachusetts.

Cora était comme hypnotisée par cette bouche au dessin si familier. Elle avait l'étrange sensation de ne pas être simplement en train de regarder sa mère mais aussi une vision prophétique de l'image qu'elle-même offrirait dans moins de vingt ans. D'un mouvement du menton, elle désigna la main de Mary O'Dell.

— Vous aussi, vous êtes mariée.

Mary hocha la tête en levant la main pour montrer la bague. Le diamant était aussi gros que celui de Cora.

— Mais pas avec mon père...

La question était indélicate, mais le temps était compté.

Mary O'Dell coula un regard vers l'homme qui buvait en douce, puis un autre en direction de l'autre table voisine, où deux jeunes filles avec des raquettes de tennis glissées dans leurs housses en cuir consultaient le plan déplié devant elles, les sourcils froncés.

— Non, répondit-elle, si doucement que Cora, gênée par le brouhaha des conversations alentour, dut tendre l'oreille pour l'entendre. J'ai rencontré mon mari quand j'avais vingt et un ans. Je t'ai eue à dix-sept.

Cora hocha la tête, en conservant une expression neutre. Elle s'attendait à cette réponse.

— Et mon père ?

— Un garçon, au bal, indiqua Mary en rajustant son calot. Ça fait mauvaise impression, je sais. Je veux dire que c'est là que nous nous sommes rencontrés. Nous nous sommes fréquentés pendant quelque temps. Je travaillais à Boston, j'étais placée. Il y avait de grands bals tous les jeudis. C'était le jour de congé des domestiques, vois-tu, la seule soirée dont nous disposions. Nous nous connaissions depuis un mois environ. (Elle baissa les yeux puis les releva et regarda Cora avec timidité.) Sans doute me trouves-tu vulgaire, en entendant cela...

Cora secoua la tête. Elle n'était pas si terrible que cela, l'histoire. Moins terrible du moins que celle à laquelle l'avait préparée sœur Delores. La prostitution. Un viol. Cependant, dans l'histoire dont elle s'était, *elle*, bercée, ses parents s'étaient aimés, et pendant bien plus d'un mois.

– Bon, c'était juste de l'ignorance, reprit Mary O'Dell à voix basse. J'avais été à l'école, en Irlande, donc je n'étais pas illettrée. Mais je ne savais rien sur les garçons ni les bébés. Ma mère ne m'avait rien dit, sinon que je devais aller à l'église et ne pas soulever ma jupe. (Elle retroussa les lèvres en un demi-sourire, comme le faisait souvent Howard.) Et quand je dis rien, c'est rien du tout. J'ai eu mes premières règles sur le bateau, en venant ici. J'étais seule, et je n'en ai parlé à personne parce que j'ai cru que j'étais en train de mourir. C'est te dire mon ignorance. Je ne savais pas que c'était normal. J'étais certaine d'être punie pour avoir eu des pensées impures. Je ne connaissais rien à rien.

– Je comprends.

– Et en ce qui concerne ton père, je ne suis pas certaine qu'il en ait su beaucoup plus. Il n'avait que quinze ans.

– Il était irlandais, lui aussi ?

– Évidemment ! lâcha Mary O'Dell, l'air offusquée.

– Où est-il, maintenant ?

– Je n'en sais rien. J'ai entendu dire qu'il était parti à l'ouest. Il m'a quittée quand je lui ai appris que j'étais enceinte. Je sais seulement ce que m'ont dit ses amis, et ils ne m'ont pas dit grand-chose.

Quinze ans, songea Cora. *Exactement l'âge de Louise*. Trois ans de moins que ses propres fils. Il devait être quelqu'un d'entièrement différent, maintenant. Elle contempla ses mains, croisées sur les genoux. Elle avait toujours détesté ses articulations, qu'elle trouvait trop grosses. Celles de Mary O'Dell étaient délicates, distinguées.

– Comment s'appelait-il ?

– Pourquoi veux-tu le savoir ?

– Je veux connaître le nom de mon père. Il aurait pu être le mien.

– Certainement pas, lui rétorqua Mary d'un ton railleur en détournant le regard. Je peux te l'assurer, vu sa réaction lorsqu'il a appris la nouvelle.

– Je veux quand même le savoir.

– Comme tu voudras. Jack Murphy. Je ne te mens pas – je te le jure, ajouta-t-elle en l'observant d'un regard éteint. Mais si tu comptes partir à l'ouest et remuer ciel et terre pour retrouver un Jack Murphy d'Irlande qui a vécu un temps à Boston, il te faudra prendre des forces avant de te lancer. Tu auras beaucoup de gens à questionner.

Cora battit des paupières. Donc, c'était tout. Jamais elle ne connaîtrait son père. Même si elle parvenait à le retrouver, cet homme avec une histoire banale et un patronyme encore plus banal ne voulait vraisemblablement pas être retrouvé. Il s'était enfui dès qu'il avait entendu parler d'un bébé, il n'avait rien voulu avoir à faire avec elle. Sœur Delores n'avait pas eu complètement tort.

– Tu as ses cheveux, reprit Mary O'Dell, comme si elle lui concédait ce détail. Je ne dis pas que tu devrais le haïr. Je l'ai haï, à l'époque, mais ce n'est plus le cas. Il était jeune, il a pris peur. Je me souviens qu'il venait d'une famille très nombreuse, et pauvre. Il ne voulait plus connaître ça, j'imagine.

Elle haussa les épaules, le visage impassible. Mais quand elle porta le verre de thé à ses lèvres, Cora remarqua que sa main tremblait.

– Je suis désolée. Ça a dû être une terrible épreuve pour vous.

– Oh, j'étais surtout désolée pour toi, répondit-elle en lui décochant un bref regard. Mais jamais je n'aurais pu m'occuper de toi, sans être mariée. Je n'avais pas le choix.

– Je sais, dit Cora.

Son empathie était sincère. Elle était tapie en elle depuis longtemps, facile à convoquer, n'attendant que le moment de se manifester. Cora effleura le dos de la main délicate de Mary O'Dell. La peau était étonnamment rêche.

– Je ne vous reproche rien. Absolument rien.

Mary O'Dell ne retira pas sa main, mais ne répondit pas non plus au geste. Cora, ne sachant que faire, replia le bras, reposa sa main sur ses genoux.

– C'est moi qui me le reproche. Dieu m'en est témoin, dit alors Mary O'Dell en regardant distraitement les tables alentour. J'ai détesté te laisser là-bas.

– Me laisser où ?

– À la Florence Night Mission. Elle était tenue par de braves gens, je savais qu'ils te trouveraient une place. Mais pour moi, le temps que j'y ai passé a été un calvaire. Il n'y avait là que des femmes vulgaires – des grues, précisa-t-elle en portant la main à ses perles. Et attention, certaines continuaient à battre le pavé. Elles ne venaient à la Mission que pour s'abriter du froid. J'étais la seule à avoir un bébé, et peut-être la seule à avoir une vie honnête et à n'avoir commis que cette unique faute. Mais je ne savais pas où aller d'autre. Je n'aurais pas pu rester à Boston. J'y avais des cousins, mes tantes, mon oncle. J'aurais été une humiliation pour eux. Ils m'auraient renvoyée en Irlande et, là-bas, je n'aurais trouvé que des places de souillon, c'est sûr. Alors j'ai annoncé que j'avais trouvé une place dans une bonne maison à New York, je suis venue ici et je me suis cachée à la Mission jusqu'à ta naissance. Ensuite, je suis repartie à Boston sans toi et j'ai raconté qu'on m'avait volé toutes mes économies sous la menace d'un couteau, expliqua-t-elle en esquissant un sourire. Ils étaient tous désolés pour moi.

Cora attendit.

– Et ensuite ?

– Et ensuite, rien. J'ai continué ma vie. Je n'en ai jamais parlé à personne. C'était comme si ça n'avait jamais existé. (Elle releva le menton.) Ça ne m'a pas poursuivie, ça ne m'a porté aucun préjudice. J'ai épousé un homme bon, et nous avons bien réussi. Deux de nos fils font de la politique, précisa-t-elle en redressant les épaules. Et notre fille vient d'épouser un garçon de très bonne famille.

– Donc, j'ai... (C'était à peine si Cora pouvait prononcer le mot.) J'ai des frères ? Et une sœur ? À Haverhill ?

Mary O'Dell hésita.

– Des demi-frères et sœur. Demi, seulement.

– Oui, mais je...

– Ils ne connaissent pas ton existence. Je te l'ai dit. Personne n'est au courant.

Cora baissa les yeux. Elle comprenait. Évidemment, qu'elle comprenait. Si une des dames issues des plus grandes et plus respectables familles de Wichita, une des dames de son club, avouait soudain avoir eu un bébé en dehors des liens du mariage, peu importerait que le bébé en question ait à ce jour trente-six ans, et que la dame soit elle-même désormais grand-mère. Une transgression restait une transgression. Cora deviendrait l'opprobre d'une famille tout entière et, à ce titre, serait probablement haïe.

— Vous n'allez pas leur parler de moi.

Le « non ! » qui fusa aussitôt était sans demi-teinte et ne laissait aucune place à la discussion, un verdict lapidaire et irrévocable.

— Comme je ne te connais pas et que j'ignore ce que tu as derrière la tête, je vais être très claire, enchaîna Mary O'Dell - son accent irlandais était soudain plus marqué et exempt de douceur. Je te garantis que mes enfants n'apprécieront pas plus que moi que tu me couvres de honte. Nous nous serrons les coudes. Si jamais tu nous cherches des histoires, tu le découvriras à tes dépens.

Cora détourna la tête. L'avertissement était à la fois astucieux et implacable, et cela n'avait rien de surprenant. Mary O'Dell, sa mère, était une femme astucieuse et implacable. Elle en avait donné la preuve quand, à dix-sept ans, l'enfant qu'elle attendait avait constitué un danger pour sa survie. Cora ne pouvait pas attendre qu'un sentiment, quel qu'il soit, la fasse fléchir maintenant. Cora ne la connaissait pas, et ne se verrait sans doute pas offrir l'opportunité de la connaître, mais au moins avait-elle appris cela au sujet de sa mère : c'était une femme qui, alors qu'elle n'était encore qu'une jeune fille, s'était sauvée, seule et par ses propres moyens, d'un incendie, et qui connaissait le prix à payer pour sa survie. Combien de filles, à cet âge-là, auraient été capables de taire un tel secret ? Mais Mary O'Dell l'avait fait. Elle avait mis au monde son bébé, puis elle était repartie dans le Massachusetts et s'était comportée comme si elle n'avait rien perdu d'autre que ses économies, comme si jamais une autre vie n'avait remué en elle - et en regardant tout le monde dans les yeux. Et maintenant, elle croyait que Cora voulait la poursuivre jusque dans le Massachusetts pour détruire sa famille légitime, son mariage, sa dignité, tout ce pour quoi elle avait autrefois souffert, menti, abandonné son bébé. Elle ignorait que brandir ces menaces était inutile, que Cora avait déjà compris – ô combien ! – ce qu'elle redoutait.

— Je ne vous chercherai pas d'ennuis, dit Cora d'une voix étonnamment calme en rangeant la photo des garçons dans son sac.

Mary O'Dell fixa la table, à l'endroit où la photo avait été posée.

— Je suis désolée, murmura cette dernière. J'aurais aimé qu'il puisse en être autrement.

— Je comprends. Je n'irai pas à Haverhill à moins d'y être invitée. (Elle essaya de rire, même si elle était malheureuse.) Ce qui, à l'évidence, n'est pas le cas.

— Ha-ve-rill, corrigea Mary O'Dell. Juste pour que tu le saches. On ne prononce pas le second « h ».

Cora aurait pu la gifler. Ou lui lancer le verre de thé à la figure. Parce que, franchement, son sang ne fit qu'un tour. Elle avait essayé, de toutes ses forces et en dépit de sa déception, de se montrer gracieuse, compréhensive. Elle comprenait combien la situation était délicate, et pourquoi sa mère se devait de la tenir à l'écart. Oui, cela elle le comprenait. Et non, effectivement, elle ne savait pas qu'on prononçait Haverill, et non pas Haverhill. Comment aurait-elle pu connaître la prononciation du nom de cette ville où vivait sa famille élargie, cette ville dans laquelle ses frères et sa sœur avaient grandi ensemble, et dont Cora n'avait jamais entendu parler quinze jours plus tôt. Non, elle ne savait pas que ce second « h » était muet.

Mais elle se tut. Cela ne lui apporterait rien de laisser éclater sa colère, de blesser cette femme qui ne pouvait agir autrement.

L'homme à la flasque contemplait sa table, les yeux bouffis.

— Pourquoi avez-vous écrit à l'orphelinat ? demanda Cora. Pourquoi êtes-vous venue aujourd'hui ?

Mary O'Dell tourna la tête, dérobant son visage à la vue de Cora qui ne voyait plus les perles du calot gris.

— Je te l'ai dit. J'avais besoin de voir qui tu étais devenue. Cela m'a tourmentée pendant si longtemps. (Elle parlait toujours à voix basse, chevrotante.) Je comptais te dire que j'étais juste une amie de ta mère, quelqu'un qui l'avait connue. Idiote que je suis. Je ne sais pas ce que je m'imaginais. (Elle regarda Cora et lui sourit.) Mais je suis heureuse d'être venue. Je suis infiniment soulagée, et tellement contente de te voir, de savoir que tu vas bien, que tu n'as pas grandi dans la rue, que tu es devenue une femme aussi aisée et si convenable.

Cora acquiesça en silence. Aisée et convenable. Comme si tout se résumait à cela.

Mary O'Dell tendit la main et la posa en coupe sur sa joue.

— Tu m'as fait un très beau cadeau, aujourd'hui. C'est vrai que, si tu venais à Haverhill, ça me ferait l'effet d'une épine dans le pied. Mais sache-le : si nous nous quittons maintenant pour ne jamais nous revoir, tu demeureras à jamais une rose dans mon cœur.

Cora ne réussit que de justesse à masquer son dégoût. Comme si elle était incommodée par une mauvaise odeur mais qu'elle s'efforçait de garder un visage impassible. Une rose dans son cœur ? Lamentable. Quelle déclaration ridicule. Cette femme - cette femme astucieuse et implacable - n'avait donc rien trouvé d'autre que de la poésie de pacotille, que cette fadaise comme lot de consolation ? Avait-elle vraiment pensé en ces termes - des fleurs et des épines - quand la nuit, dans son lit, elle avait ourdi cette visite, échafaudé une stratégie pour obtenir ce dont elle avait besoin, sans perdre pour autant ce qui lui tenait le plus à cœur ? Cora voyait bien la tristesse, la vraie détresse dans ses yeux. Mais une rose dans son cœur ? Était-ce vraiment là la seule chose qu'elle avait à leur offrir à toutes les deux ?

Cependant, quand arriva l'heure de se séparer, Cora la raccompagna jusqu'à son train. Elle n'avait pas le temps d'être en colère : ces dernières minutes étaient tout ce qu'elle avait. Mary O'Dell ne lui avait pas demandé son adresse au Kansas. Elle n'avait même pas feint qu'il y aurait une autre rencontre. Les adieux qui se profilaient étaient aussi définitifs que la mort. Et quelque malheureuse qu'elle fût, Cora ferait bonne figure, jusqu'au tout dernier instant.

Plus tard, elle serait contente de n'avoir pas renoncé à ces dernières minutes. Car ce fut dans la pénombre du quai souterrain, tandis que les autres passagers embarquaient autour d'elles, que Cora eu le temps de songer à ce qu'elle savait déjà en venant au rendez-vous, et à la manière dont cela se recoupait avec ce qu'elle venait d'apprendre.

– Mary. (Elle ne voyait pas par quel autre terme s'adresser à cette femme. Elle n'était pas Mère. Mais « Mrs. O'Dell » lui semblait trop cruel.) Quel âge avais-je lorsque vous êtes repartie à Boston ?

Mary O'Dell ne tourna pas la tête et laissa son regard voilé de larmes rivé au train à quai. De profil, ou peut-être simplement à cet instant-là, avec ces plis de peau pâle et distendue sous ses yeux, elle paraissait soudain plus vieille, plus usée.

– Tu avais six mois. Jour pour jour. On m'avait dit que je devrais rester au moins six mois, pour te nourrir.

Six mois. Jour pour jour. Elle l'avait donc abandonnée sitôt qu'elle en avait eu la possibilité. Inutile de faire traîner les choses en longueur.

Cora songea alors aux jumeaux, se souvint d'eux à six mois, leur odeur de lait, leurs petites mains qui s'agrippaient à elle. Même malade comme elle l'avait été après leur naissance, elle aurait préféré se couper les deux bras plutôt que de les abandonner et, elle aussi, à ce moment-là, elle avait dix-sept ans. Mais bon, la comparaison était injuste. Mary O'Dell n'avait pas eu auprès d'elle un mari, un homme attentionné comme Alan, elle n'avait eu que l'énergie de se sauver elle-même. Et il ne servait à rien de céder à la colère, surtout maintenant, quand il restait si peu de temps, et d'autres questions à poser.

– Je ne suis pourtant arrivée à l'orphelinat qu'à trois ans, dit Cora. Et d'après le dossier, j'arrivais directement de la Florence Night Mission. J'ai donc dû y passer trois ans. Sans vous.

Mary O'Dell regarda Cora et cilla.

– Je suis désolée. Je leur avais dit de te placer dans un foyer, un foyer catholique – immédiatement. Je ne voulais pas te laisser là avec ces… le genre de femmes qu'ils accueillaient. (Elle voûta les épaules.) J'avais peur que l'une d'elles essaie de t'enlever. Elles ne m'aimaient pas beaucoup, ça se voyait, mais elles voulaient toujours toutes te bercer, elles te faisaient passer de bras en bras. Ça me rendait tellement nerveuse… C'étaient des grues, tu comprends. Ou pour le moins des filles sans aucune moralité. Certaines avaient des maladies, d'autres étaient détruites par l'alcool. De toute évidence, elles-mêmes ne pouvaient pas avoir d'enfant.

Cora détourna la tête. Si peu d'empathie… Mais elle devait poser la question. C'était maintenant ou jamais.

— Vous souvenez-vous d'une femme brune, avec de longs cheveux ? Et un châle ? Qui ne parlait pas anglais ?

— Pfff… la description correspond à la plupart d'entre elles. Elles étaient toujours en cheveux, pas même coiffées, et exhibaient leurs chevilles. J'étais la seule à posséder un manteau digne de ce nom. (Au ton dont elle dit cela, on aurait pu croire que c'était un accomplissement en soi.) Mais je ne me souviens pas d'un châle en particulier, ni d'une femme en particulier. Pourquoi ? demanda-t-elle en regardant Cora les sourcils froncés.

— Pour rien.

Elle n'avait jamais considéré que la femme au châle puisse être un vrai souvenir. Peut-être que cette femme ne l'avait tenue dans ses bras qu'une seule fois. Ou qu'elle n'était que l'une des nombreuses pensionnaires de la Mission qui l'avaient cajolée à sept mois, huit mois, deux ans. En tous les cas, les recherches s'arrêtaient là. Et Mary O'Dell devait regagner le Massachusetts sans épine dans le pied, juste avec une rose dans le cœur. Ça tombait bien, songea Cora, qu'elle ait oublié le bouquet de vraies roses sur la chaise du Dining Concourse. Cora s'en était aperçue aussitôt et avait failli lui faire la remarque, avant de comprendre que cet oubli pouvait être intentionnel. Après tout, il était probable que personne à Haverhill ne fût au courant que cette respectable matriarche se rendait ce jour-là à New York. Rentrer à la maison et retrouver Mr. O'Dell avec une brassée de roses aurait nécessité un mensonge plus élaboré.

Ce n'était pas grave, décida Cora tandis que le train commençait à cliqueter et cracher en préparation du départ. Le bouquet lui avait coûté cher, mais peut-être ferait-il le bonheur de l'inconnu qui aurait la chance de le trouver.

– Je dois y aller, annonça Mary O'Dell.

La voix était assurée, mais le désespoir qui se lisait dans les yeux gris incita Cora, une fois de plus, à s'avancer pour prendre cette femme dans ses bras. Elle le fit plus lentement, cette fois, et son geste n'avait plus rien d'enfantin ou d'impulsif. Mary O'Dell avait des épaules étroites, comme les siennes, et Cora les sentit se raidir entre ses bras. Mary O'Dell la retint cependant contre elle, jusqu'à ce que le conducteur du train lui crie, par sa fenêtre, d'embarquer. À ce moment-là, elle s'écarta et dévisagea Cora, le calot gris un peu de travers sur sa tête.

– J'étais heureuse de vous connaître, dit Cora, sans le penser vraiment.

Sa politesse insipide était si bien enracinée en elle !

Mais peu importait ce qu'elle disait, ou le fait qu'elle soit sincère. Le train poussa un nouveau soupir, plus impétueux celui-là, et Mary O'Dell monta à bord. Elle ne se retourna pas une seule fois. Mais pour rien au monde Cora n'aurait voulu rater cette ultime image et elle regarda sa mère soulever l'ourlet de sa jupe et grimper dans le wagon avec une élégance de dame.

15

En dépit de la chaleur et du fait que d'autres danseurs émergeaient déjà sur le trottoir, Cora attendit qu'il soit 15 heures précises avant de descendre chercher Louise. Elle voulait grappiller quelques minutes de plus pour rassembler ses esprits avant d'affronter la soirée interminable qui se profilait. Elle devrait protéger ses blessures, encore béantes et saignantes, du sel des provocations de Louise. Et la seule façon d'y parvenir, décida-t-elle, consistait à nier, même à ses propres yeux, que blessure il y avait. Elle était résolue à discipliner ses pensées, à s'interdire de songer à Haverhill, au Massachusetts, aux épines dans le pied, ou à sa sensation d'avoir le cœur enflé de chagrin. Et puis, ce n'était pas le week-end, elle n'aurait pas à supporter deux journées entières de chaperonnage. Dès le lendemain matin, elle pourrait conduire Louise en cours, puis regagner l'appartement et se laisser aller à son chagrin, en privé.

Elle ne tenait pas nécessairement à être seule. À choisir, elle aurait préféré aller voir Joseph Schmidt, s'asseoir dans ce drugstore et lui parler, en sirotant un soda à l'orange. Peut-être parce qu'elle lui en avait déjà tant dit. Peut-être… Cela n'avait aucune importance.

Par chance, Louise, invariablement renfrognée et épuisée au sortir des cours, ne serait pas trop pénible à supporter. Lorsqu'elles regagnaient l'appartement à pied, accablées par la chaleur, la jeune fille était en général trop fatiguée pour la provoquer, et si elle lui adressait la parole, ce n'était pas pour engager une discussion, mais pour lui faire part de la grâce de Ted Shawn, ou de la bêtise des autres danseurs, ou encore de son impatience d'être rendue à l'appartement pour prendre un bain – autant de sujets qui n'exigeaient, ni même ne sollicitaient, de réponse ou d'avis de la part de son chaperon. Et cela lui conviendrait très bien aujourd'hui. Le silence ou la distraction du bavardage de Louise sur quelque sujet que ce soit seraient les bienvenus. Pour l'heure, Cora n'avait qu'un désir : éviter tout rapport conflictuel tant que demeurait aussi vif le souvenir de l'odeur des roses à Grand Central, ou de l'arrière froissé de la jupe de Mary O'Dell montant à bord du train. Tant qu'elle était encore dans cet état lamentable, à grimacer et à avaler sa salive pour se retenir d'éclater en sanglots au croisement de la 72e Rue et de Broadway.

Elle ne pouvait qu'espérer que le cours de danse ait été, ce jour-là, particulièrement exigeant, et que Louise avait beaucoup transpiré.

Mais lorsqu'elle s'engagea dans l'escalier qui menait au sous-sol, Louise la héla du bas des marches et s'élança à sa rencontre avec un grand sourire, les yeux brillants. Elle portait encore son justaucorps et semblait, à tout prendre, plus grisée que fatiguée. Elle empoigna le coude de Cora d'une main chaude et moite.

– J'ai été choisie ! Je suis prise dans la compagnie, Cora ! Ils m'ont choisie ! Miss Ruth est revenue et ils ont pris leur décision. Elle vous attend en bas, elle veut vous parler. Ils n'ont retenu qu'un seul élève. *Moi*, ajouta-t-elle en braquant le doigt sur sa tenue en laine imprégnée de transpiration.

– Oh, Louise ! s'exclama Cora en frappant dans ses mains. Je suis si heureuse pour vous !

C'était vrai. Et l'espace d'un instant, elle en oublia ses propres déceptions. Elle savait combien Louise désirait intégrer la troupe, combien elle s'était démenée pour y arriver. C'était un plaisir de voir un rêve devenir réalité – même si ce rêve était celui de quelqu'un d'autre.

— N'est-ce pas épatant ? Il faut que j'envoie un télégramme à Mère immédiatement. On pourra s'arrêter à la poste en chemin.

Une fille grande et mince, avec un visage étroit et luisant de transpiration, émergea du studio et s'engagea dans l'escalier. Lorsqu'elle croisa Louise, elle lui décocha un regard hostile. Auquel Louise répondit par un sourire et un petit geste d'adieu.

— Qui l'eût cru ? chantonna-t-elle dans le dos de sa camarade. Ma petite personne ! La seule qu'ils ont choisie. (Lorsque la fille eut disparu dans la rue, Louise se retourna vers Cora, avec un sourire rayonnant.) Ils veulent que je commence tout de suite. Je me produis demain soir avec la troupe à Philadelphie.

— Philadelphie ? Demain ? répéta Cora en s'adossant à la rampe. Je ne saisis pas...

— Je savais que vous ne me croiriez pas ! Je le leur ai dit ! Miss Ruth va vous en informer elle-même. Descendez, et demandez-lui, poursuivit Louise en la tirant par le coude, sans guère de ménagement. Demandez-lui vous-même. Elle vous attend.

Ruth St Denis l'attendait affectivement dans le studio, près du piano, dans une posture impeccable, ses cheveux blancs rassemblés en chignon au ras de la nuque, ses pieds nus à peine visibles sous l'ourlet de son ample jupe noire. Oui, confirma-t-elle. Tout ce que lui avait dit Louise était vrai. La jeune fille devait se présenter le lendemain matin en cours avec un sac et ses affaires pour la nuit. La troupe partirait pour Philadelphie dès la fin du cours. Le spectacle se terminerait sans doute tard, précisa Ruth, aussi la troupe passerait-elle la nuit sur place, mais elle se remettrait en route tôt le matin, et serait de retour à temps pour le cours du lendemain.

— Soyez sans inquiétude, dit-elle à Cora avec un mouvement de poignet qui fit glisser son bracelet en jade jusqu'au creux du coude. Je suis du voyage et je veillerai personnellement sur Louise. Elle et moi partagerons une chambre, ajouta-t-elle en se tournant vers l'intéressée.

Louise, conformément sans doute à son refus de sourire sur commande, afficha une expression neutre, tandis que Ruth St Denis poursuivit, sans la quitter des yeux :

– Et si Philadelphie se passe bien et que Louise prouve qu'elle peut satisfaire aux exigences tant esthétiques que morales de Denishawn, elle pourra rejoindre la troupe. Et à ce titre, ajouta St Denis en se retournant vers Cora, elle pourra emménager dans la pension où nous logeons nos danseurs dès la fin de la semaine prochaine. Hommes et femmes y occupent des étages distincts, et nous avons notre propre chaperon, évidemment.

– Vous allez donc pouvoir rentrer à la maison, intervint Louise en regardant Cora d'un air réjoui. Sans doute dès demain, si vous le souhaitez. Je suis sûre que tout va bien se passer.

Et sans attendre sa réponse, Louise gagna le vestiaire. Cora la regarda s'éloigner, stoïque. De toute évidence, même avec la redoutable Ruth St Denis pour remplaçante, Louise considérait le départ prématuré de Cora comme une bonne nouvelle – aussi bonne, peut-être, que le voyage à Philadelphie et son admission au sein de la compagnie. Eh bien, Louise ne se trompait pas : c'était une excellente nouvelle, songea Cora. Elle n'avait aucune raison, ni aucune envie, de rester plus longtemps. Elle était venue à New York avec un objectif, et elle l'avait rempli, tout comme Louise avait rempli le sien. Elle était arrivée avec des questions et, maintenant, elle avait des réponses, aussi tristes soient-elles. Peut-être qu'une fois de retour à Wichita le chagrin qui l'accablait se dissiperait et qu'au final elle serait contente d'être venue à New York, reconnaissante d'avoir eu au moins l'opportunité de rencontrer sa mère, même une seule fois, et d'apprendre le nom de son père. Et puis, elle ne rentrerait pas les mains vides. Il lui resterait le souvenir des spectacles de Broadway, des trajets en métropolitain et des gratte-ciel. Et celui de Joseph Schmidt, de leur équipée avec la poussette, de la sensation de légèreté et de liberté qu'elle avait éprouvée cet après-midi-là. Le souvenir de la main de Joseph sur sa nuque, de la caresse de ses doigts, de ses yeux plongés dans les siens. Le souvenir du désir, ressenti et inspiré. À cause d'eux, serait-elle encore plus malheureuse, une fois de retour à la maison ? Elle n'en savait rien. Elle verrait bien une fois là-bas.

Louise insista pour dîner au comptoir de leur snack afin d'annoncer la bonne nouvelle à Floyd Smithers et de travailler une dernière fois son élocution. Cora accepta, pour plusieurs raisons : Louise méritait de fêter son succès ; elle n'avait pas la force de s'engager dans une dispute ; et elle avait tout sauf envie de tenir une conversation, surtout avec Louise. Floyd, devinait-elle, serait une bonne distraction. En cela, elle avait vu juste. Pendant une bonne demi-heure, Cora put grignoter en paix et sans appétit son sandwich au fromage grillé pendant que Louise dégustait un *sundae* au caramel en récompensant parfois d'un sourire les ultimes efforts de Floyd pour l'impressionner. Et il ne ménageait pas sa peine. Les autres clients devaient se contenter d'une attention sommaire quand Louise se voyait offrir un supplément de crème fouettée sur son *sundae* chaque fois qu'elle le demandait. Floyd lui offrit également une seconde cerise au marasquin, qu'elle glissa dans sa bouche à la façon d'une sucette, la petite tige dépassant d'entre ses dents, et suçota jusqu'à ce que ses lèvres virent au rouge vif, comme si elles étaient fardées. Même à ce moment-là, Cora se garda d'intervenir. Louise et son goût des inconvenances seraient très bientôt le problème de Ruth St Denis. Pour sa part, sa mission touchait à sa fin, et c'était avec joie qu'elle passerait le flambeau.

Mais lorsque Louise et Floyd entreprirent de faire des messes basses par-dessus le comptoir, Cora s'éclaircit la voix et déclara qu'il était temps de rentrer.

– Pourquoi ? Pourquoi devons-nous rentrer ? protesta Louise en détachant la tige de la cerise et en mâchonnant celle-ci comme un chewing-gum. Allez-y, si vous voulez rentrer. J'arrive dans une minute.

– Non, vous venez avec moi. Maintenant, décréta Cora. (Le poids qui oppressait sa poitrine rendait sa voix brusque, cassante.) Parce que ça commence à bien faire, Louise. Vraiment. Ça suffit.

Elle se leva et attendit. Sans doute avait-elle sa tête des mauvais jours car, sans autre protestation, Louise tapota ses lèvres avec une serviette et souhaita bonne nuit à Floyd.

Plus tard, alors qu'elle était au lit et essayait de lire les dernières pages de *L'Âge de l'innocence*, Louise lui demanda pourquoi elle était à ce point irritée.

– Vous aviez le visage chiffonné toute la soirée, souligna-t-elle.

Louise était debout à côté du lit, en chemise de nuit – une combinaison en soie rose pâle qui lui couvrait à peine les genoux et semblait tout droit sortie d'un trousseau nuptial. Cora ne comprenait pas pourquoi, ni comment, la jeune fille possédait un tel vêtement. Elle poursuivit sa lecture, ou essaya du moins, gênée de se sentir observée. Pour quelqu'un qui aimait se cacher si souvent derrière un livre ouvert, Louise ne semblait avoir aucun scrupule à interrompre la lecture de quelqu'un d'autre.

– C'est quoi, l'histoire ? insista-t-elle. Devrais-je avoir peur ? On dirait que vous cogneriez volontiers quelqu'un.

– Je vais bien, trancha Cora en levant les yeux.

Elle réussit même à lui sourire, mais ses mâchoires étaient endolories, crispées. Elle n'était pas en colère, pourtant. Non, vraiment pas. Elle était juste triste, accablée de déception, épuisée par cette sale journée.

– Mère dit que faire ce genre de tête donne des rides. Vous ne pourrez pas dire que je ne vous ai pas prévenue.

Sur quoi elle se percha sur ses chaussures et partit s'enfermer dans la salle de bains.

Cora se replongea dans sa lecture. Si la petite voulait admirer l'effet de sa chemise de nuit avec des talons, libre à elle – tant qu'elle restait dans la salle de bains. Cora n'avait aucun désir d'entamer une dispute. Elle souhaitait avant tout qu'on la laisse tranquille, voulait seulement lire en paix. Mais son livre l'ennuyait lui aussi. Et Louise avait raison : ce héros n'en était même pas un. Maintenant qu'il était vieux, et que l'épouse qu'il n'avait jamais aimée était depuis longtemps disparue, il restait incapable de trouver la force de regarder le grand amour de sa vie – cette comtesse, elle aussi une vieille dame désormais – les yeux dans les yeux. Tout en lisant, Cora fronçait les sourcils. Quel affreux dénouement, pour un roman ! Ses mâchoires contractées avaient beau la faire souffrir, les lignes avaient beau danser devant ses yeux, elle lut attentivement jusqu'à la fin.

Elle referma le livre, croisa les bras, et regarda fixement le mur vert pomme. Quel terrible dénouement. Et ce pseudo-héros – quel imbécile ! Quel gâchis ! Elle sentait son visage se renfrogner, son front se plisser. Louise et sa mère avaient probablement raison – la contrariété devait donner des rides. Et maintenant, Cora savait exactement comment elle allait vieillir et quel serait son visage dans vingt ans, peut-être moins.

Louise rouvrit la porte mais demeura dans l'embrasure sans rien dire, comme si elle attendait de capter l'attention de Cora. Quoique agacée, celle-ci regarda donc la jeune fille, qui détourna aussitôt la tête. Dans le mouvement, une mèche de cheveux bruns resta collée contre ses lèvres. Louise, perchée sur ses talons, dansait d'un pied sur l'autre et l'ourlet de sa chemise de nuit ondoyait autour de ses genoux.

– Vous avez entendu parler de la fusillade, la nuit dernière ? lança-t-elle, sans regarder Cora.

Cora secoua la tête.

– Non, dit-elle, lorsque Louise se retourna, l'air d'attendre une réponse.

– Ça sera sans doute dans le journal demain. Une des filles en parlait en cours. Ça s'est passé à un bloc de chez elle. Il paraît qu'un agent de la prohibition avait un tuyau à propos d'une distillerie, et lorsque la police est venue voir ce qu'il en était, quelqu'un a commencé à tirer des coups de feu, expliqua Louise tout en se déchaussant, cramponnée au chambranle. Un garçon s'est fait tuer dans le couloir. La fille qui en est cours avec moi disait qu'il y avait du sang partout, et peut-être des bouts de cervelle sur le perron.

Cora songeant immédiatement à ses fils, comme chaque fois qu'elle entendait dire qu'un garçon, quel qu'il soit, avait été blessé ou tué.

– C'est affreux !

– Ouais, fit Louise en avançant vers le lit, une chaussure dans chaque main. La fille disait que son quartier était devenu drôlement dangereux, depuis la prohibition. Elle disait qu'avant, ce genre de choses n'arrivait jamais. Que c'était un quartier sûr.

Cora, de nouveau sur ses gardes, ne dit d'abord rien. Louise avait évidemment une idée derrière la tête. Elle cherchait la controverse.

– Je ne suis pas certaine qu'il y ait là un rapport, murmura finalement Cora en se faufilant sous le drap et en posant la tête bien à plat sur l'oreiller. C'est malheureux que ce garçon ait choisi de frayer avec les bootleggers et les distilleries.

– Mais ce n'est pas du tout ça ! protesta Louise en lâchant ses chaussures de son côté du lit. Ce garçon n'avait rien à voir avec la distillerie. Il vivait simplement dans l'immeuble avec sa famille et passait par hasard dans le couloir à ce moment-là. La fille a dit qu'elle le connaissait depuis toujours, et que c'était un bon garçon.

Cora, immobile, se concentra sur le ronronnement du ventilateur. Elle ne se laisserait pas entraîner dans une dispute. Elle n'en avait pas la force.

Louise s'allongea à son tour, en soupirant. Elle embaumait le dentifrice et le talc. Les nuits étaient si chaudes qu'elles dormaient recouvertes d'un simple drap et laissaient le couvre-lit en coton replié au pied du lit.

– C'est tellement bête, reprit Louise en remontant le drap sur elle. Les gens boivent toujours. Et ils vont continuer. Ils veulent boire. C'est comme ça. (Elle se tourna vers Cora et fixa soudain le col de sa chemise de nuit en fronçant les sourcils.) Dites, ce truc est confortable, pour dormir ? Cette dentelle, là, autour du cou ? Ça ne peut pas être agréable. Qu'est-ce qu'en pense votre mari ?

Cora ne répondit pas et éteignit la lampe de chevet. Elle ne mordrait pas à l'hameçon, elle ne défendrait pas sa chemise de nuit, ni la prohibition, ni rien ni personne. Elle voulait juste dormir, ne plus rien ressentir, et mettre enfin un terme à cette longue journée.

Et pour dormir, elle dormit. Elle sombra même presque immédiatement. Mais elle fit des rêves, et un en particulier, dont elle se souviendrait au réveil et qu'elle gardait longtemps en mémoire : elle était en chemise de nuit – elle sentait la dentelle du col chatouiller son cou et la caresse du coton sur ses jambes – mais elle était de retour à Wichita, dans la salle à manger, en compagnie d'Alan et de Raymond Walker, l'un et l'autre en complet, une tasse à thé à la main. Ils se montraient gentils avec elle et la conversation était plaisante, mais ils avaient chacun une main sous la table et Cora savait, rien qu'à leur mine, qu'il se passait là-dessous quelque activité illicite. Elle ne regardait pas sous la table, c'était inutile. Les sourires complices, espiègles, en disaient assez long. Et ce manège la rendait folle - folle. Mais lorsqu'elle portait sa tasse à ses lèvres, elle découvrait que celle-ci contenait de la bière - qui, dans son rêve, avait un goût sucré, le goût du thé mélangé à du miel. « De l'or liquide », disait alors Alan en levant sa tasse vers elle, comme pour porter un toast - en son honneur, lui semblait-il. Dans la rue, des sirènes de police hurlaient, de plus en plus proches, mais Cora avait soif, tellement soif qu'elle cessait de se préoccuper d'Alan, de Raymond et de leur manège qui la rendait folle, et même si les sirènes se rapprochaient toujours plus, elle buvait une longue gorgée. La bière était dans sa bouche comme un nectar merveilleusement frais et elle renversait la tête pour le boire jusqu'à la dernière goutte. Alan lui souriait, l'assurait que tout allait bien se passer. Qu'ils devraient rester cachés, mais qu'ils n'étaient pas des gens mauvais. Juste des gens qui voulaient boire un verre de bière.

Elle ne saurait jamais ce qui la réveilla. Plus tard, elle comprendrait qu'il n'y avait plus aucun bruit dans la chambre depuis des heures, plus aucun mouvement, sinon le tournoiement du ventilateur. Quelque chose cependant - la chaleur, ou une auto qui pétaradait dans la rue, peut-être - la tira du sommeil. Elle avait encore les yeux fermés, mais elle était consciente. Elle se remémora l'étrange rêve, et la douce saveur de la bière. Ce n'était qu'un rêve, pas un souvenir. Une auto passa dans la rue, suivie d'une autre, avec un moteur plus bruyant, et Cora ouvrit les yeux. Le rideau léger, devant la fenêtre, était comme embrasé par la lueur orangée d'un réverbère. Elle se retourna, délicatement, pour ne pas déranger Louise. En quelques semaines à peine, elle s'était accoutumée à partager un lit, à se cantonner d'un seul côté, sans étirer les bras et les jambes comme elle le faisait dans son grand lit, à la maison. Dans la pénombre, elle chercha à distinguer la tête brune pour évaluer l'espace dont elle disposait. Mais ne vit que le blanc de l'oreiller.

Elle s'assit et tâta le drap, pour s'assurer qu'elle n'avait pas la berlue.

— Louise ?

Le ventilateur ronronnait. Cora mit sa main en visière pour abriter ses yeux et alluma la lampe de chevet. Le cabinet de toilette était plongé dans le noir.

Elle repoussa le drap et se leva.

— Louise ? Où êtes-vous ? Répondez-moi.

Elle inspecta la salle de bains, par acquit de conscience, puis traversa précipitamment la cuisine et, dans l'antichambre, tira sur la chaînette du plafonnier.

Le chat siamois la dévisagea.

Elle rebroussa chemin en courant pour attraper sa montre sur la table de nuit. Trois heures vingt. Elle releva sa chemise, hissa un pied sur le lit, et se pencha pour regarder dans la ruelle, puis du côté de Louise, là où celle-ci avait laissé tomber ses chaussures quelques heures plus tôt. Les chaussures n'y étaient plus. Évidemment. Louise les avait laissées là à dessein, effrontément, à sa barbe. Quelle heure était-il alors ? Vingt-deux heures ? Presque cinq heures s'étaient écoulées depuis, et il n'y avait aucun moyen de savoir à quel moment Louise s'était sauvée. Cora alla tirer le rideau pour regarder dans la rue. En dépit de l'heure très matinale, il y avait des gens dehors, des hommes, des femmes, qui marchaient sur le trottoir, montaient dans des taxis, formaient des petits groupes aux croisements des rues. Dans l'immeuble d'en face, quelques fenêtres étaient éclairées. Mais le snack était fermé, l'enseigne électrique éteinte, les vitrines plongées dans l'obscurité. Sur le trottoir, un homme en bras de chemise se mit à gesticuler en direction de Cora, les deux amies qui l'accompagnaient étaient hilares, comme si c'était elle, Cora, dans sa chemise de nuit parfaitement décente avec son col fermé d'un ruban, qui se donnait en spectacle, et non ces filles qui déambulaient dans la rue en exhibant leurs genoux. Elle se recula, le cœur battant, les bras repliés sur la poitrine.

Elle ne savait pas quoi faire. Réveiller les voisins ? Les rares qu'elle avait croisés dans le couloir et dans l'escalier ne l'avaient jamais saluée. Devait-elle descendre dans la rue et se mettre à crier ? Demander à un passant où trouver la police ? Pour quoi faire ? Remplir une déclaration de disparition ? Cora se passa la main dans le cou, tripota le col en dentelle. Non. Il n'y avait pas lieu de paniquer. Louise allait bien. Elle s'était sauvée pour la faire enrager, mais elle allait revenir bientôt, et à ce moment-là, Cora la réprimanderait sans mâcher ses mots, pour qu'elle comprenne combien elle lui avait fait peur, et à quel point c'était inconsidéré de sortir seule à New York au milieu de la nuit. Ne savait-elle pas que si jamais Cora glissait un mot, un seul mot, au sujet de cette escapade à Ruth St Denis, Louise pourrait faire une croix sur Philadelphie et sa place au sein de la compagnie ?

Cora éteignit la lumière, pour pouvoir se poster à nouveau à la fenêtre, à l'abri des regards cette fois. L'idiote ! songea-t-elle tout en scrutant la rue avec inquiétude. Peut-être devrait-elle finalement en toucher deux mots à Ruth St Denis. Si Louise était contrainte de retourner au Kansas, si elle perdait tout à cause de son comportement puéril, ce serait tant pis pour elle. Mais au moment même où elle se disait cela, Cora savait déjà que si Louise revenait, elle ne dirait rien de l'escapade à Ruth St Denis. Louise devait être punie, certes, mais Cora ne voulait pas que la jeune fille perde tout – pas quand elle était la seule élève retenue et se trouvait si près du but.

Elle n'aurait su dire combien de temps avait passé lorsqu'elle les aperçut. Deux silhouettes qui progressaient d'une étrange façon sur le trottoir, la plus grande des deux dressée de toute sa hauteur, soutenant et remorquant à la fois l'autre, plus petite et vêtue d'une robe sans manches d'une couleur très pâle. Cora colla le front contre la vitre, posa les mains en coupe autour de ses yeux et reconnut le casque de cheveux bruns. Elle empoigna la clé de la porte d'entrée sur la table de la cuisine et se précipita dans l'escalier pieds nus, tantôt en agrippant la rampe, tantôt en laissant glisser sa main. Tandis qu'elle dévalait la dernière volée de marches, elle entendit le sifflement de sa respiration à travers ses narines gonflées, pareille à celle d'un taureau. Elle traversa en courant le hall d'entrée aux dalles granuleuses mais, quand elle voulut ouvrir la porte, elle s'aperçut que celle-ci était fermée à double tour pour la nuit. Elle actionna le verrou et poussa le battant avec une telle énergie qu'il alla se rabattre contre le mur dehors.

– Oh, bonsoir.

Floyd Smithers, le nœud papillon défait, était planté sous la marquise du perron et faisait de son mieux pour soutenir une Louise avachie contre lui comme une poupée de chiffon. Celle-ci souleva la tête et regarda Cora à travers ses paupières mi-closes.

– Oh merde. Pas elle. S'il te plaît ? Emmène-moi ailleurs, n'importe où. Pas elle. Pas maintenant. Au fait, ajouta-t-elle en fronçant les sourcils, c'est une chemise de nuit sacrément hideuse.

Floyd croisa le regard de Cora. Il paraissait paniqué et parfaitement sobre.

– Je voulais juste la ramener, dit-il.

Cora resta un instant sans voix. Elle voulait écorcher son beau visage de petit étudiant avec la clé qu'elle serrait dans sa main. C'était lui, le fautif. L'objet de ces messes basses par-dessus le comptoir, pendant le dîner, était désormais clair. Il avait tout manigancé pour faire sortir une jeune fille de quinze ans sans surveillance, et la faire boire au point de ne plus tenir debout afin de pouvoir... Quoi ? En dépit de la nuit, l'air était encore chaud et étouffant, mais Cora frissonna d'effroi.

– Vous êtes dégoûtant, siffla-t-elle entre ses dents. Je devrais appeler la police.

– Je n'avais pas l'intention de...

Floyd secoua la tête et écarta les pieds pour raffermir son équilibre car Louise était en train de glisser.

– Je devine sans peine quelles étaient vos intentions, le coupa Cora en allant se placer de l'autre côté de Louise et en glissant le bras nu et flasque de la jeune fille autour de son cou. Je m'occupe de tout à présent, merci. Mais soyez sans crainte. Vous n'allez pas tarder à entendre parler de moi. Et des autorités. C'est une enfant, elle n'a que quinze ans. Vous le saviez.

Le jeune homme se déchargea de son fardeau et recula. Louise s'effondra de tout son poids contre Cora, les deux femmes vacillèrent en arrière et manquèrent de s'écraser contre le mur. Pour quelqu'un d'aussi petit, Louise était étonnamment lourde, aussi dense qu'une éponge imbibée, et la combinaison en soie n'aidait pas à avoir une bonne prise. Cora se redressa, glissa un bras autour de la taille de Louise et fit prudemment un pas en direction de l'escalier. La tête brune roula sur son épaule et la jeune fille murmura des paroles indéchiffrables. Son haleine sentait le lait aigre et le pin.

Cora tourna la tête, en respirant avec difficulté.

– Floyd, appela-t-elle, sans savoir s'il était encore là. Floyd ?

– Oui ?

Elle ferma les yeux. Dieu soit loué.

– C'est au troisième étage, dit-elle. J'ai besoin de votre aide.

Il accourut et passa un bras sous les genoux de Louise, l'autre sous ses épaules. Sans un commentaire, il s'engagea dans l'escalier. Aussitôt, Louise se mit à marmonner des protestations, à donner des coups de pied dans le vide, à cogner des mains contre le dos de Floyd. Sur le palier du deuxième étage, elle perdit un soulier mais Cora, qui fermait la marche, ne le ramassa pas. Pas question. Peut-être serait-il toujours là le lendemain matin. Ou peut-être pas. Et ce châtiment serait mérité.

Devant la porte de l'appartement, Floyd, essoufflé, attendit que Cora glisse la clé dans la serrure. Louise, ragaillardie par l'ascension, respirait elle aussi bruyamment, mais volontairement, comme par plaisanterie.

– Ça vous plaît, Cora ? lança-t-elle, la voix pâteuse, les paupières lourdes, en soufflant son haleine âcre contre la joue de son chaperon. C'est du gin. Vous devriez y goûter, un de ces jours. Et vous savez quoi ? Peut-être que ça vous ferait le plus grand bien.

Cora ouvrit la porte et se dirigea vers la chambre, Floyd sur les talons.

— Posez-la sur le lit, indiqua-t-elle en tirant la chaînette de la lampe de chevet.

Le jeune homme s'exécuta, sans guère de ménagement, et se recula, le visage écarlate, le souffle court. Cora remarqua que tout signe de contrition s'était évaporé. Qu'il semblait même content de lui. S'il s'estimait absout juste parce qu'il avait transporté Louise dans l'appartement, ce garçon avait un sacré toupet. C'était bien le moins qu'il puisse faire.

— Il ne s'est rien passé, dit-il. Rien du tout. Je voulais juste la ramener.

Cora le dévisagea, en quête d'un indice prouvant sa sincérité. Elle voulait le croire. Elle ne demandait que ça. Mais il pouvait très bien raconter n'importe quoi, pour tenter de se mettre hors de cause. Ses joues empourprées le faisaient paraître plus jeune qu'il n'était. Il avait l'air d'un petit garçon. Peut-être ne mentait-il pas. Peut-être était-ce bien ce qui s'était passé – comment savoir ? Elle lui lança tout de même un regard cinglant.

— Pourquoi êtes-vous toujours là ?

Il leva les mains en signe de reddition, fit demi-tour et s'éloigna à grandes enjambées. La porte d'entrée claqua derrière lui.

Louise, allongée sur un flanc, les genoux remontés sous le menton, se mit à rire puis s'interrompit brusquement et tressaillit. Le visage soudain assombri, l'air presque effrayé, elle porta la main à son ventre.

— Oooh... je crois que je vais dégueuler.

Cora fronça les sourcils, sans éprouver la moindre compassion. Sans doute serait-ce là la seule forme de remords que Louise exprimerait.

— En ce cas, pour l'amour de Dieu, allez dans la salle de bains. Et n'imaginez pas que je vais vous y porter. Si vous ne pouvez pas marcher, rampez.

Et, à sa surprise, Louise obéit. Elle roula sur le ventre et tendit les mains en direction du sol. Mais en s'efforçant d'entraîner le poids de son corps à terre, elle perdit l'équilibre et tomba la tête la première. L'ourlet de sa combinaison remonta jusqu'en haut de ses cuisses. Puis elle rassembla ses forces et rampa en direction de la salle de bains, en poussant des gémissements, comme un petit enfant. Cora, soulagée, constata qu'elle portait des sous-vêtements.

Elle la suivit et tira la chaînette de l'applique. Deux cafards luisants disparurent dans la bonde du lavabo et Louise, allongée sur le flanc à côté des cabinets, replia le coude devant ses yeux. Cora, oppressée par les murs rouges, au bord de l'évanouissement, s'appuya au rebord du lavabo pour se préparer à l'épreuve. Elle n'avait qu'une envie, repartir au lit, se rendormir, mais si elle voulait des réponses, des réponses véridiques, c'était maintenant ou jamais.

— Où vous êtes-vous procuré l'alcool ? Où est-ce que Floyd se l'est procuré ?

Louise, les yeux toujours cachés derrière son bras pâle, sourit.

— Chais pas. J' l'ai suivi, c'est tout, marmotta-t-elle, sans plus se soucier de faire étalage de sa nouvelle élocution. Un endroit vraiment sensass, Cora. On y entre par ce qui ressemble à une cabine téléphonique, mais si on frappe sur le mur à droite, une porte s'ouvre et on se retrouve dans une salle. N'est-ce pas futé ?

— Un speakeasy, donc.

— Écoutez-vous donc ! Madame a roulé sa bosse. Je suis impressionnée.

Cora lui aurait volontiers donné un coup de pied. Elle était assez hors d'elle pour relever la jeune fille de force et la secouer, jusqu'à ce qu'elle dessoûle suffisamment pour comprendre que l'heure était grave, trop grave pour tolérer son éternel comportement belliqueux. Elle était sortie avec un garçon, sans chaperon, et s'était soûlée au point de ne plus tenir debout. Cora allait devoir prévenir ses parents. Et leur dire quoi ? Que leur fille avait peut-être été violée ? Qu'elle se proposait de la conduire chez un docteur ? Peut-être Floyd n'avait-il pas menti. Peut-être ne l'avait-il pas touchée et, en ce cas, un docteur pourrait leur assurer à tous qu'il n'y avait pas eu viol. Cora jurerait le silence. Naturellement. Mais Louise devait cesser ces grimaces de mépris, cesser de se comporter comme si tout cela n'était qu'une bonne blague hilarante.

Louise s'assit, une main sur la bouche. Cora, qui n'entendait rien aux gens ivres mais avait soigné son mari et ses fils lors d'innombrables grippes, positionna la tête de la malade au-dessus du cabinet, *in extremis*. Louise recracha un jet de liquide clair qui sentait davantage la bile que le gin. Cora dut se détourner légèrement pour contrôler un haut-le-cœur, mais elle ne lâcha pas pour autant les épaules de la jeune fille et, chaque fois qu'elle la sentait frissonner sous l'effet d'un nouveau hoquet, elle lui tapotait le dos.

— Il faut que ça sorte. Insistez. Videz-vous l'estomac.

Elle resta là jusqu'à ce que Louise, n'ayant plus rien à expulser, se redresse. Elle avait le nez et les joues roses, et son regard était vide, comme celui d'un aveugle. Elle se recula en rampant pour s'adosser à la baignoire, et resta assise là, jambes écartées, une bretelle de combinaison pendant sur son épaule. Cora tira la chasse d'eau et s'assit à côté d'elle, par terre, dos au mur.

— C'était incroyable, chuchota Louise. Je me sens beaucoup mieux.

Cora secoua la tête. Elle avait eu tort de lui tapoter les épaules, de lui offrir du réconfort, du soutien. Louise n'avait aucun remords, aucune conscience de la gravité de la situation.

— Louise, ceci est une affaire très sérieuse. Je dois vous poser une question, et vous devez me répondre honnêtement. A-t-il profité de vous ?

Louise la regarda dans les yeux et, chose incroyable, alors même qu'elle avait encore le menton luisant de salive, son regard était pétri de condescendance, de dédain. Elle renifla avec mépris et secoua la tête.

— Louise ? Vous comprenez le sens de ma question ? En êtes-vous certaine ? Est-ce qu'il a profité de vous ? Vous comprenez ce que je vous demande, Louise ? Vous n'avez pas été… compromise ? C'est ça ma question.

Louise leva la main, comme pour donner sa parole.

— Il ne m'a pas compromise. Je suis intacte.

Cora ferma les yeux.

— Dieu merci !

Louise éclata de rire et baissa la main pour s'essuyer la joue.

– C'est moi qu'il faut remercier. Floyd n'est tout simplement pas mon genre. Et il ne ferait pas le poids, je pense. (Elle s'interrompit pour passer la langue sur sa lèvre.) Et puis d'autres types avaient plus d'argent que lui pour m'offrir à boire.

– Oh, Louise, soupira Cora en secouant la tête.

– Oh, Cora ! la singea Louise. Arrêtez donc de trembler pour ma virginité, de craindre que je la perde ici à New York. Elle ne faisait même pas partie de mes bagages, si vous tenez tant à le savoir. Elle est restée au Kansas, quelque part.

Elle étira ses bras pâles et se cambra pour décoller son dos de la baignoire.

– Désolée de vous dire ça maintenant, alors que vous avez pris votre mission tant à cœur, reprit-elle. C'était charmant à vous, vraiment. (Elle croisa les bras et mima une moue de dépit.) Pauvre Cora ! Pauvre, pauvre bécassine, assignée à la protection de ma vir ginité ! Faut croire qu'on vous a envoyée ferrer les oies, j'en ai peur. Je l'ai perdue depuis bien longtemps.

Cora scruta le visage de la jeune fille, son regard somnolent. Ce pouvait être un mensonge, une provocation pour la faire sortir de ses gonds. Cependant, Louise semblait moins sur ses gardes, et bien moins stratégique qu'à son habitude. L'alcool affectait la rigueur de ses propos et la rendait honnête.

Elle tira une mèche en direction de sa bouche, mais celle-ci était trop courte.

– Vous semblez surprise. À croire que vos bonnes amies et vous-même n'en saviez finalement pas si long sur mes visites à l'église.

Cora secoua la tête. Elle était complètement perdue.

Louise leva les yeux au ciel.

– Eddie Vincent ? lâcha-t-elle.

Il fallut un petit moment à Cora pour comprendre de qui il s'agissait.

– Mr. Vincent ? Votre professeur à l'École du dimanche ? Vous m'avez dit qu'il vous conduisait à l'église en voiture.

– Oui. Mais pas seulement.

Cora déglutit tout en considérant Louise, son expression moqueuse, la nonchalance de sa voix, comme si son sous-entendu ne lui inspirait aucune honte. C'était pourtant terrible.

– Qu'êtes-vous en train de me dire ? Voulez-vous dire que… Louise, soyez claire.

– Je vous dis que nous avions une liaison, bête que vous êtes. (Elle souleva l'ourlet de sa combinaison puis la relâcha sur ses genoux.) C'est lui qui m'a offert cette jolie petite chose. N'est-ce pas chouette ? Il m'a photographiée avec – de très jolies photos. Il a l'œil. Il aurait pu être artiste, mais sa femme est tombée enceinte.

Cora était consciente de l'inconfort du carrelage sous ses fesses, de l'atmosphère étouffante dans la salle de bains.

– Louise. Edward Vincent est un homme respecté à Wichita. C'est une allégation très grave.

– Je n'allègue rien du tout, riposta Louise en examinant le dos de sa main. Je vous dis juste que nous entretenions une liaison. J'étais son amante.

Cora scruta les yeux de la jeune fille, en quête d'un signe qui trahirait de la peur, des regrets, d'un tressaillement susceptible de suggérer qu'elle mentait, ou au moins exagérait. Mais elle n'y décela rien de tel. Louise paraissait sûre d'elle, fière même.

– Oh, Louise, souffla Cora, au bord de la nausée. Si cela est vrai, si cette histoire épouvantable que vous me racontez est vraie, ce n'était pas une liaison. Vous n'étiez pas son amante. Edward Vincent est plus vieux que moi. Et il enseigne à l'École du dimanche. Je vais devoir mettre votre mère au courant, ajouta-t-elle en secouant la tête avec gravité.

Louise bâilla et un trille de soprano s'échappa de sa gorge.

– Oh, je pense qu'elle l'est déjà. Elle savait qu'il me photographiait, que je posais pour lui. Elle pensait même que je pourrais utiliser ces photos pour ma carrière. Nous ne sommes jamais rentrées dans les détails. Et je ne pense pas qu'elle voudra en discuter avec vous, ajouta-t-elle en regardant Cora d'un air de reproche. Elle n'apprécierait probablement pas que vous vous montriez si... familière.

Cora porta la main à sa gorge. Il lui semblait que du vomi aigre et du gin s'étaient faufilés dans son propre ventre. Edward Vincent, avec ses cheveux impeccablement peignés et son sourire plein de morgue, toujours assis au premier rang à l'église aux côtés de sa femme. Et Myra – quelle mère laissait sa fille poser pour ce genre de photographies ? Quel était le problème de cette femme ?

– Louise, murmura-t-elle. Êtes-vous sûre qu'elle sait... jusqu'où cela est allé ? J'ai peine à croire qu'une mère n'interviendrait pas en apprenant qu'un homme d'âge mûr, et marié a... compromis sa fille de quatorze ans.

– Il ne m'a pas compromise. Pourquoi vous obstinez-vous à utiliser ce mot, Cora ? On baisait, d'accord ? lâcha-t-elle avec un sourire féroce avant d'éclater de rire. J'aime baiser. Peut-être que vous, vous n'aimez pas, mais moi, ça me plaît.

Cora détourna les yeux. Si Louise cherchait à la choquer par son langage, sa vulgarité désinvolte, elle avait réussi. Il était évident qu'elle se régalait à jouer les délurées, la femme libérée, et qu'elle se délectait de l'effroi de Cora et de ses contemporaines. Cependant, lorsqu'elle se retourna et dévisagea attentivement Louise, Cora vit moins une libération qu'une posture bravache et un vacillement d'incertitude.

– Non, Louise. Non. Si ce que vous me dites est vrai, Edward Vincent a abusé de vous. Vous étiez une enfant. Vous l'êtes toujours.

– Vous ne savez pas de quoi vous parlez. J'ai dit que ça m'avait plu, et c'est la vérité. J'ai aimé baiser avec lui, Cora. Simplement, vous êtes trop vieille, trop morte pour pouvoir le comprendre.

Cora suça sa lèvre, jusqu'au sang. Même ivre et dans l'incapacité de contrôler ses mouvements, Louise savait où, et comment frapper. Mais cela n'avait pas d'importance. Pas en ce moment.

– Le pasteur doit être prévenu.

– Non ! Non. N'allez pas créer d'ennuis à Eddie. Bon Dieu !

– Il enseigne toujours à l'École du dimanche.

– Et alors ?

– Et alors ? Et les autres filles ?

Louise leva les yeux au ciel.

– Quoi, les autres filles ? Ce n'est pas un maniaque sexuel. Il m'aimait bien moi - pas une autre. Où est le mal ? Et si jamais une autre fille arrivait à lui plaire, tant mieux pour elle. Je suis à New York. Qu'est-ce que ça peut me faire ?

Elle était convaincante. Peut-être n'était-ce pas simplement une bravade. Peut-être que Louise était réellement si sophistiquée, si nonchalante, et qu'elle avait une tournure d'esprit si différente de celle de Cora qu'elles ne pouvaient pas se comprendre l'une et l'autre. Cependant, Cora se sentait incapable de baisser les armes.

– Il a fait une chose affreuse, Louise. Si ce que vous me dites est vrai, il a abusé de sa position. Et quand cela s'est-il passé ? L'année dernière ? Vous aviez quatorze ans ? Treize ?

– Oh bon Dieu ! Calmez-vous. Si vous tenez à le savoir, il n'était même pas mon premier, lança Louise avant d'éclater de rire. Alors ? Que dites-vous de ça, Cora ? Là, vous allez vraiment perdre la tête. J'étais compromise avant même que nous n'emménagions à Wichita, d'accord ? Bien longtemps avant Eddie. Alors, vous en dites quoi ?

Un cafard émergea de derrière la cuvette des toilettes. Cora le regarda, hébétée, détaler et s'engouffrer dans une fissure sous le mur opposé. Cette épreuve en pleine nuit n'était peut-être qu'un cauchemar, sans plus de réalité que ce rêve où elle buvait de la bière dans une tasse de thé en compagnie d'Alan et de Raymond Walker. Ce cafard, pourtant, avait l'air bien réel. Comme le carrelage dur et inconfortable sous ses fesses. Quant à la peinture rouge des murs, elle était tout aussi crue qu'à la lumière du jour. La bave séchée sur le menton de Louise n'était pas non plus un rêve.

– De quoi parlez-vous, Louise ? Votre famille est installée à Wichita depuis des années.

– Seulement depuis quatre ans.

– Êtes-vous en train de me dire que vous avez eu une autre *liaison* à onze ans ?

Louise la contempla d'un regard si absent que Cora regretta son sarcasme. Mais elle se sentait totalement dépassée. Jamais de sa vie elle n'avait eu une conversation comme celle-là.

– Pas une liaison, répondit Louise d'une voix éteinte, en étirant les doigts de pied de part et d'autre du siège des toilettes. Mais nous étions en bons termes. Il était gentil avec tous les enfants. Mais plus gentil encore avec moi. Et c'est moi qui suis allée dans sa maison.

– Quelle maison ? De quoi parlez-vous ?

– Mr. Flowers. Il habitait à côté de chez nous, à Cherryvale. Il était gentil avec tous les enfants, avec mes frères. June était trop petite pour jouer avec nous. Il disait qu'il avait du pop-corn chez lui. Qu'il avait laissé des bonbons sous son porche. Alors, j'y suis allée. Je suis la seule à l'avoir suivi. (Elle pinça les lèvres.) C'est rigolo, non ? J'ai été déflorée par Mr. Flowers.

Cora se cacha les yeux derrière les mains. Tout en elle voulait croire que Louise se moquait d'elle, inventait des histoires ignobles pour la distraire de son escapade. Mais c'était une Louise bien différente qu'elle avait devant elle - une Louise ivre, avachie sans la moindre élégance contre la baignoire, les cheveux rabattus derrière les oreilles, l'extrémité du nez rougie. Cora haletait, se sentait oppressée ; elle ne portait pas son corset et n'arrivait pourtant pas à remplir ses poumons. Elle avait l'intime conviction que Louise ne mentait pas.

– Quand vous étiez petite ? demanda-t-elle d'un filet de voix. Louise ? Vous aviez onze ans ?

– Non. C'était deux ans avant qu'on ne déménage, répondit Louise les yeux rivés au sol, les sourcils froncés. Quand je suis rentrée à la maison et que je l'ai dit à Mère, elle était furieuse, absolument furieuse contre moi.

Cora regarda Louise. Neuf ans, donc. Elle avait neuf ans.

– Elle m'a dit que j'avais dû le provoquer. Mais franchement, dans mon souvenir, je voulais juste du pop-corn.

Un homme adulte, songea Cora. Un homme adulte qui attirait une petite fille chez lui avec du pop-corn. Dans quel but ? Pour assouvir quelle sorte de besoin ? Jamais elle n'aurait imaginé une chose pareille. Jamais elle n'avait entendu semblable histoire.

— L'a-t-elle dit à la police ? À votre père ?

La question sembla laisser Louise perplexe, comme si elle ne se l'était jamais posée.

— Elle le lui a peut-être dit. Mais elle m'a ordonné de n'en parler à personne d'autre, parce que sinon, les gens raconteraient des choses sur moi. Elle m'a dit aussi de ne pas retourner chez lui. Et de réfléchir davantage à ma conduite.

— Vous n'étiez qu'une enfant.

Louise secoua la tête et se renfrogna, comme si Cora l'importunait avec ses commentaires stupides.

— Peu importe. Même à l'époque j'avais quelque chose, quelque chose qu'il a vu. C'est ça que Mère voulait dire.

Cora réprima un gémissement et se souvint du jour de leur arrivée à New York. Qu'avait-elle dit à Louise ? Quelle remarque idiote lui avait-elle faite, au sujet de sa blouse trop décolletée ? *Voulez-vous vous faire violer ?* Elle lui avait dit ça, et d'autres choses encore. Elle se pencha pour lui toucher le genou. Louise décala sa jambe.

— Louise, votre mère a eu tort. Vous n'étiez qu'une enfant innocente.

Et ne l'était-elle pas encore ? Cora désirait tellement lui tendre la main, la consoler, caresser son casque de cheveux noirs.

— Innocente… peut-être quand je suis entrée, mais pas en sortant. Ne soyez pas dure avec Mère, ajouta-t-elle en lui décochant un regard froid. Elle avait raison. Les gens auraient raconté des choses sur moi. *Vous* en auriez raconté, ajouta-t-elle en étrécissant les yeux. Vous auriez été la première. Parce que ma friandise n'a plus sa papillote, pas vrai ?

Quand Cora reconnut ses propres mots, cela lui fit l'effet d'une gifle.

— Oubliez ce que j'ai dit. S'il vous plaît. Cela n'a rien à voir avec ce que vous me racontez là. Je vous en prie, oubliez que j'ai dit ça.

— Je n'oublierai rien.

Elles se toisèrent et Cora, pour la première fois, fit la triste expérience de se voir, de se voir vraiment, avec les yeux de Louise : une bonne femme à l'esprit confus, confite dans son hypocrisie. Une imbécile qui s'était dépensée en pure perte, effectivement. Une femme malheureuse qui avait passé son temps à se ridiculiser, à égrener des maximes blessantes et stupides à propos de friandises et de vertu, à raconter des mensonges à une enfant blessée. Car n'étaient-ce pas des mensonges ? Ne le savait-elle pas déjà ? Elle avait bien vu qu'elle avait été la vraie valeur de sa propre virginité, de sa propre ignorance, à dix-sept ans. Pourquoi avait-elle tant tenu à enseigner à cette petite les illusions dont elle s'était elle-même bercée ? Pourquoi ? Qu'avait-elle à y gagner ?

Louise se retourna et prit appui sur le bord de la baignoire pour se mettre à genoux. Le carrelage avait imprimé des marques rouges sur l'arrière de ses cuisses.

— Je veux me brosser les dents, marmonna-t-elle en se levant.

Cora acquiesça. Elle songea à lui tendre la main pour lui demander tacitement de l'aider à se relever, mais elle était presque certaine que Louise ne la saisirait pas. Alors elle s'agrippa au rebord du lavabo et se hissa sur ses pieds. Elle se sentait plus mal en point et plus vieille qu'elle ne l'était.

— Puis-je avoir un peu d'intimité ? demanda Louise sans la regarder. Il faut que je fasse pipi.

Cora regagna la chambre d'un pas raide. *Innocente... peut-être quand je suis entrée, mais pas en sortant*. Le rideau était resté ouvert devant la fenêtre d'où, quelques dizaines de minutes plus tôt, elle avait monté la garde, rongée de colère et d'angoisse. En le tirant, elle constata que les réverbères étaient toujours allumés, bien qu'il y eût moins de passage de voitures et moins de piétons sur les trottoirs. Quelle heure pouvait-il être ? Quatre heures ? Plus de 4 heures ? Elle s'allongea de son côté du lit et remonta le drap sous son menton. Elle allait tendre l'oreille pour s'assurer que Louise se couche et dorme au moins un peu. Mais elle comprenait que la jeune fille aurait besoin d'intimité, ou du moins d'une illusion d'intimité, durant les quelques jours où elles devraient encore partager cette chambre. Aussi se tourna-t-elle vers le mur et ferma-t-elle les yeux, même si elle savait déjà qu'elle ne dormirait pas.

16

Le Russe au nez crochu qui tenait l'épicerie, au croisement, annonça à Cora qu'elle était sa première cliente de la journée et n'interrompit son amical bavardage que lorsqu'il remarqua son regard absent et épuisé. Elle acheta *The New York Times*, du pain, de la gelée de fraises, une plaquette de beurre, une boîte de thé noir et cinq oranges. Dehors, le soleil se levait à peine et l'air était agréable, presque frais.

Dans le hall de leur immeuble, aucun signe ne révélait le drame qui s'y était déroulé quelques heures plus tôt. En remontant l'escalier, Cora aperçut le soulier de Louise, dont le talon s'était coincé entre deux barreaux, juste avant le palier du deuxième étage.

Elle entra dans l'appartement sans faire de bruit, posa le soulier par terre et ses emplettes sur le petit bureau. Elle fit chauffer l'eau du thé, se déchaussa et passa dans la chambre. Louise dormait, recroquevillée en chien de fusil, le visage presque entièrement dissimulé derrière ses mains. À chaque expiration, elle produisait un léger sifflement. Rassurée, Cora s'éloigna à pas feutrés.

Dans le journal, on parlait du jeune garçon qui s'était fait tuer sur son perron. Cela s'était passé exactement comme l'avait raconté Louise : une descente de policiers dans une distillerie signalée à leur attention, des bootleggers armés, le garçon qui passait par là pile au mauvais moment. L'article citait le chef de la police, qui déplorait qu'un innocent, un garçon de treize ans, ait perdu la vie à cause de criminels. Les suspects avaient été arrêtés et inculpés d'homicide volontaire, ainsi que de distillation illégale d'alcool puisque plusieurs barriques de gin avaient été découvertes sur les lieux, et détruites. Le journal rapportait aussi le témoignage de la mère de la victime, qui affirmait que son fils était un bon garçon qui n'avait jamais cherché les ennuis, et reproduisait une photo du perron, qu'un homme au visage grave, identifié par la légende comme l'oncle de la victime, était en train de lessiver.

Cora posa sa paume sur la photo, en l'effleurant d'abord puis en exerçant une pression, comme si elle cherchait à l'effacer.

Il lui fallait trouver à s'occuper en silence pendant que Louise dormait encore, elle lut donc le journal de la première à la dernière page. À Wichita, elle lisait régulièrement la gazette locale et, depuis qu'elle était à New York, elle lisait *The New York Times* ; mais ce matin-là, elle fut frappée par la façon dont la mise en page faisait voisiner, pêle-mêle, des informations frivoles et des nouvelles dérangeantes. Le joueur de base-ball Ruth Babe avait réalisé trois coups de circuit en une seule journée pour la seconde fois. Une jeune femme de vingt et un ans, infirmière à Rochester, s'était défenestrée parce que, d'après ses colocataires, elle ne savait pas comment annoncer à son fiancé qu'ils ne pouvaient pas se marier : un de ses parents était à moitié nègre. Le divorce d'une star de cinéma venait d'être confirmé à Las Vegas. En Allemagne, le ministre des Affaires étrangères, un juif, avait été abattu devant chez lui et un groupuscule – des extrémistes, mais très virulents – menaçait de tuer d'autres juifs occupant des postes importants. Le *borough* de Brooklyn envisageait de créer deux mille places de parking à Coney Island. Le peuple arménien souffrait, victime de famine. Le président Harding s'était engagé à mettre un terme à la crise du charbon. Les ouvriers du textile étaient en grève. Un autre lynchage avait eu lieu en Géorgie, et la victime était cette fois un garçon de quinze ans. Sur une note plus joyeuse, les jupes qui découvraient les genoux appartenaient désormais au passé, les ourlets avaient rallongé et partout dans le pays, parents, clergé et éducateurs poussaient un grand soupir collectif de soulagement puisque la moralité était de nouveau à la mode.

Cora se recula contre le dossier de la chaise et contempla distraitement les murs jaune pâle, désormais baignés de soleil, et le tableau du chat siamois. Elle avait les mâchoires crispées. Les poings repliés. Il était inutile de prétendre qu'elle était simplement encore sous le coup de la tristesse, ou de la déception. Par deux fois, elle avait dû se lever et arpenter la pièce.

À 9 heures moins le quart, elle alla tirer lentement le rideau de la chambre. Le crissement des anneaux, en glissant sur la tringle, la fit ciller. Dans le lit, Louise se retourna et tira le drap par-dessus sa tête. Cora contourna le lit et alla se placer à côté d'elle.

– Louise ? C'est l'heure. Si vous voulez aller en cours, vous devez vous lever et vous habiller. Et préparer votre sac pour Philadelphie.

Il n'y eut aucune réponse audible. Mais les sourcils noirs se creusèrent.

– J'ai préparé le thé et le petit déjeuner… Louise ? Si vous voulez dormir, dormez. C'est comme vous voudrez. Mais si vous êtes en retard en cours, vous n'irez pas à Philadelphie. Et vous pourriez ne pas rejoindre la troupe.

Le drap se souleva de quelques centimètres. Louise fixa Cora avec des yeux larmoyants et ourlés de rose, sans rien répondre. Mais au moins était-elle réveillée, et capable de décider par elle-même. Satisfaite, Cora passa dans la cuisine et rempli deux verres de thé, qui avait eu le temps de refroidir. Elle glissa quatre tranches de pain dans le four et entreprit de peler une orange. Après un petit moment, elle perçut du mouvement dans la salle de bains et entendit le crachotement du robinet. Cora transporta assiettes et verres sur la table de l'antichambre. Elle replia le journal et le mit de côté. Ce n'était plus le moment de se laisser distraire.

Seule à table, Cora mangea son orange, même si elle avait de la peine à mastiquer et à déglutir à cause de l'appréhension qui lui nouait la gorge. Peut-être ne devrait-elle rien dire ? Elle pouvait faire comme si la conversation de la nuit précédente n'avait jamais eu lieu, et il ne serait jamais plus question entre elles d'Edward Vincent ni de Mr. Flowers. D'une certaine façon, cela semblait être la meilleure solution. Elle n'était qu'un chaperon. Peut-être n'était-ce pas son rôle de se mêler d'une histoire aussi intime, aussi abominable. Cependant, elle ne se pensait pas capable de cette réserve, plus maintenant qu'elle avait en tête cette image de Louise, petite fille, attirée dans la maison d'un pervers sous prétexte de manger du pop-corn, plus maintenant qu'elle pensait à Edward Vincent qui enseignait toujours à l'École du dimanche.

Louise traversa la cuisine en se tenant les tempes. Elle avait enfilé une robe ample en coton et, apparemment, elle s'était aspergé le visage et brossé les cheveux. Mais quand elle s'avança dans l'antichambre, mains écartées devant elle comme si elle luttait pour garder l'équilibre sur le pont d'un bateau en train de tanguer, Cora jugea impossible qu'une personne dans un tel état soit à même de se consacrer à une pratique exigeante de la danse dans moins d'une heure. Même si elle parvenait à supporter l'épreuve jusqu'au bout, sa performance serait médiocre.

– Peut-être devriez-vous rester ici pour vous reposer, suggéra-t-elle. Je peux aller prévenir miss Ruth que vous êtes malade. Vous pourriez ne passer à côté que de Philadelphie.

Louise se laissa tomber sur la chaise en face et regarda son assiette, la tartine, l'orange pelée.

– Ce ne serait pas un mensonge, reprit Cora en beurrant sa tranche de pain. Vous êtes malade.

– Qu'allez-vous lui dire d'autre ? demanda Louise d'une voix râpeuse et basse.

– Rien.

Cora appuya trop fort sur le couteau et la lame transperça la tartine. Elle la regarda et, après une brève délibération, décida de renoncer à faire semblant. Elle reposa son couteau bruyamment sur l'assiette. Louise leva les yeux en sursautant.

– Louise, je ne cherche pas à ruiner vos chances avec Denishawn. Si vous voulez aller à Philadelphie, allez-y, dit-elle en aplatissant l'angle de la toile cirée. Je veux parler de ce que vous m'avez dit hier soir.

Cora espérait que le repentir qui l'avait privé de sommeil se lisait sur son visage, en même temps que son indignation. Mais au cas où il n'en aurait rien été, elle s'éclaircit la voix et reprit :

— Je suis désolée… Je suis affreusement désolée de ce qui s'est passé. À Cherryvale, j'entends.

Louise s'essuya les lèvres d'un revers de main. Elle paraissait embarrassée. Cora n'aurait pas pensé cela possible. Mais la gêne fut de très courte durée, et laissa place à l'expression, bien plus familière, de la maîtrise de soi.

— Je ne vois pas ce dont vous parlez.

— Louise.

— Non, vraiment. Je ne vois pas.

— Flowers ? C'est bien comme ça qu'il s'appelait ?

Louise plaqua les mains contre ses tempes.

— Bon sang ! J'aurais dû tenir ma langue, marmonna-t-elle, sans vraiment s'adresser à Cora. Ça m'apprendra. Voilà pourquoi je ne devrais pas boire.

— Il faut prévenir quelqu'un, Louise. Il pourrait continuer à attirer des jeunes filles, des petites filles chez lui.

Louise agita mollement la main en signe de protestation.

— Non. Je n'ai jamais entendu dire qu'une autre fille y était allée.

Bien évidemment, songea Cora. S'il y en avait eu d'autres, leur mère leur auraient ordonné à elles aussi de ne rien raconter. Il n'y avait aucun moyen de le savoir.

— Et de toute façon, il a quitté la ville. Il a déménagé avant nous.

— Savez-vous où il est allé ?

— Aucune idée. Cora, je ne suis même pas sûre que ce soit vraiment son nom. J'ai retenu celui-là, Flowers, mais en y repensant, peut-être qu'il s'appelait Mr. Feathers. Peut-être que j'ai été déplumée, en fait[1], ajouta-t-elle en souriant.

1. *Feathers* signifie plumes en anglais.

– Ce n'est pas drôle, Louise.

Le sourire s'évanouit d'un coup.

– N'est-ce pas à moi de le décider ? Laissez tomber, s'il vous plaît, d'accord ? C'est juste quelque chose qui est arrivé. Je vais bien. Je ne veux pas que vous en fassiez toute une histoire.

– Mon intention n'est pas de vous mettre dans l'embarras, si c'est là votre crainte.

– C'est pourtant ce que vous feriez, riposta Louise en la fixant d'un regard dur. Donc, comprenez-moi bien : si jamais vous évoquez Eddie ou Cherryvale, je ne saurai pas de quoi vous parlez. Mère ne le saura pas non plus, je tiens à vous le préciser. Tout ce que vous gagnerez, c'est de passer pour une folle.

Cora regarda sa tartine percée. Myra. Une mère lamentable. Et Leonard – un père aveugle et préoccupé. À cette table, c'était Louise la véritable orpheline. Cora, elle, avait eu les Kaufmann.

Louise reposa son couteau et le fit tourner paresseusement sur la table comme l'aiguille d'un cadran.

– Vous pensiez vraiment ce que vous avez dit ? C'est vrai que vous ne raconterez rien à miss Ruth, à propos d'hier soir ?

– Oui, c'est vrai.

Louise fixa son assiette et la tartine à laquelle elle n'avait pas touché. Elle paraissait trop perplexe pour être reconnaissante.

– Bien, dit-elle après un moment. Alors, je vais aller en cours. Je vais préparer mon sac. Je ne peux pas avaler ça, désolée, ajouta-t-elle en repoussant son assiette.

– Vous devriez essayer de manger quelque chose. Ne serait-ce que l'orange. Vous allez passer cinq heures en cours. Et ensuite, vous allez voyager.

– Si je mange, je vais vomir, trancha-t-elle en reculant sa chaise.

Elle se leva et Cora lui tendit la main, paume offerte. Louise la dévisagea de ses yeux injectés et tangua légèrement. Elle posa une main sur le dossier de la chaise pour se stabiliser.

– Quoi ? fit-elle.

– Je me fais du souci pour vous.

– Je n'ai pas faim.

– Pas pour ça. Louise. Je m'inquiète pour vous.

Cora ne cherchait pas à avoir le dernier mot, mais ce fut la seule fois où elle l'obtint. Louise lâcha un rire étouffé puis tourna les talons et battit en retraite, droite comme un i.

Elles n'échangèrent pas un mot pendant le trajet jusqu'au studio. Louise marchait d'un pas étonnamment alerte, même avec ses talons, tandis que son sac se balançait à son épaule. Mais elle se laissa convaincre lorsque Cora suggéra d'acheter en chemin un tube d'aspirine, ainsi qu'une pomme à glisser dans son sac. Lorsqu'elles s'engagèrent dans l'escalier qui conduisait au studio, Louise ne montrait aucun autre signe que ceux d'une bonne nuit de sommeil. En ressortant du vestiaire, elle sourit à Ted Shawn et salua Ruth St Denis d'une voix enjouée. Cora préféra s'attarder, elle s'installa dans un coin, sur la chaise en fer, pour suivre l'échauffement. Elle fut très vite rassurée : les mouvements de Louise étaient aussi gracieux et précis que d'habitude, et lorsque la jeune fille daigna enfin croiser son regard dans le grand miroir, Cora lut dans ses yeux de l'agacement, voire de l'hostilité. Comprenant que sa surveillance était importune, elle gagna la porte.

Le retour jusqu'à l'appartement lui sembla particulièrement long et suffocant. Sitôt rendue, elle se fit couler un bain tiède. Ses cheveux étaient encore propres, mais une fois dans la baignoire, elle se laissa couler sous l'eau et se sentit comme libérée du poids de ses boucles, déployées en éventail autour de sa tête. Et là, enfin seule, elle laissa craquer le fragile barrage et libéra ses larmes. Elle glissa une main tout en haut de sa nuque et suivit du doigt l'implantation de ses cheveux. Dans quelques jours à peine, elle serait de retour à la maison, de retour à sa vraie vie. Et qu'avait-elle accompli, le temps de ce séjour ? Avec Louise, ç'avait été un fiasco. Et le résultat n'était guère plus brillant en ce qui la concernait. Elle était venue à New York avec l'espoir que retrouver sa mère ou son père, ou simplement découvrir qui ils étaient, lui procurerait une certaine plénitude, ou du moins lui en montrerait la voie. Elle avait toujours supposé que cette première perte, dont elle ne gardait aucun souvenir, était la racine de sa tristesse. Mais peut-être n'était-elle en rien différente d'une personne qui avait grandi avec ses vrais parents, avec des frères et des sœurs dont elle aurait partagé le nom. Peut-être son statut d'orpheline n'était-il qu'un faux-fuyant. Car maintenant qu'elle connaissait le nom de sa mère, et celui de son père, maintenant qu'elle savait tout ce qu'elle avait besoin de savoir, elle ne se sentait en rien différente.

Elle avait tellement envié Louise.

Au sortir du bain, les cheveux encore ruisselants, elle ouvrit la fenêtre, tira le rideau et alluma le ventilateur, moins pour la fraîcheur qu'il pouvait apporter que pour son ronronnement qui couvrait les pétarades de moteurs montant de la rue. Elle se mit au lit, se glissa sous le drap, nue, la peau encore fraîche et elle essaya pour de bon d'apaiser ses pensées. Elle avait besoin de dormir, de récupérer de cette nuit blanche. Elle s'efforça de visualiser la galerie couverte qui faisait le tour de la maison, à Wichita. Dans une semaine à peine, elle serait assise là, sur la balancelle, avec Alan. Elle siroterait une limonade en contemplant le grand chêne de son jardin, elle saluerait de loin les voisins qui passeraient, à pied ou en voiture. Et elle reprendrait le fil de la vie qu'elle connaissait. Mais durant tout ce temps où elle essayait de penser à Wichita, de prétendre que le souffle du ventilateur était une brise d'automne frisquette qui balayait la pelouse devant sa maison, ses yeux refusaient de se fermer et continuaient de fixer avec hébétude le plafond bas de la chambre.

Et quand enfin le sommeil s'empara d'elle, Cora dormit longtemps. Au réveil, ses cheveux étaient secs comme du foin, et tout emmêlés. Elle avait faim. Très faim. Elle plissa les yeux pour consulter sa montre et, en étouffant un hoquet, se leva d'un bond. Elle était déjà à moitié habillée lorsqu'elle se souvint qu'elle n'était pas en retard, que Louise devait être en route pour Philadelphie et ne serait pas de retour avant le lendemain après-midi.

Elle se rassit sur le lit et passa les doigts dans ses boucles emmêlées. Cette soirée lui appartenait, elle pouvait faire ce que bon lui semblait. Dans l'immédiat, il lui fallait manger.

Une demi-heure plus tard, elle était installée au comptoir du snack et attendait que Floyd Smithers se décide à venir vers elle. Elle savait qu'il feignait de ne pas la voir ; ce n'était pas encore l'heure du dîner, et seuls trois autres clients - un couple âgé et un homme d'affaires - se trouvaient au comptoir. Floyd faisait le va-et-vient entre eux, pour leur proposer de les resservir en café ou vider les cendriers. Cora s'arma de patience en consultant le menu, même si son appétit s'était transformé en une faim tellement lancinante qu'elle n'arrivait plus à penser.

Floyd vint enfin se poster devant elle, sans l'ombre d'un sourire.

— Que puis-je pour vous ?

Cora reposa le menu et se pencha légèrement par-dessus le comptoir.

— Floyd.

Le regard du jeune homme balaya la salle et revint brièvement se poser sur elle.

— Écoutez, chuchota-t-il. S'il vous plaît, ne venez pas me créer des ennuis ici. Je suis désolé, d'accord ? Croyez-moi, je le suis. Et je sais que vous m'en voulez. Je le sais bien.

Cora s'aperçut à ce moment-là combien lui-même était fatigué. La peau, sous ses yeux, avait viré au bleu lavande. Pour lui aussi, la nuit avait été longue.

— Je ne veux pas vous créer d'ennuis, l'assura-t-elle à voix basse. Juste vous dire...

Elle regarda par-dessus ses épaules, de part et d'autre. Le couple d'un certain âge s'esclaffait. Personne ne les écoutait ni ne leur prêtait attention.

— Je veux juste vous informer que Louise m'a dit que vous n'aviez pas... Qu'il ne s'était rien passé, lâcha-t-elle tandis qu'une sensation de chaleur lui picotait les joues. J'ai été trop sévère avec vous. Enfin, un peu. Vous saviez qu'elle était jeune. Vous n'auriez pas dû l'inciter à s'éclipser en douce pour vous rejoindre. (Elle croisa son regard et observa les longs cils, les taches de rousseur discrètes sur son nez.) Mais merci de l'avoir ramenée à la maison.

Il était surpris. C'était là tout ce que Cora pouvait induire de son expression, de la façon dont il la dévisageait en plissant le front. La sonnette de la cuisine retentit et il se retourna pour réceptionner la commande sur le passe-plat. Cora se replongea dans la lecture du menu et son regard s'attarda sur la description détaillée du méga-sandwich : de fines tranches de rosbif. Du fromage suisse. Un mélange spécial d'herbes et épices. Du pain frais.

Floyd revint se poster devant elle, avec une expression radoucie.

— Je tiens à vous préciser que je ne voulais pas que la soirée prenne ce tour-là, chuchota-t-il. Je voulais l'emmener dans un endroit pour adultes, vous comprenez ? Pour l'impressionner. Eh bien, on peut dire que j'ai été le dindon de la farce. À la seconde où je l'ai fait entrer là-dedans, elle m'a traité comme son petit frère. Elle m'a laissé en plan, pour aller parler à d'autres types, dont certains n'avaient pas l'air d'être des tendres. Et qui étaient bien plus vieux que moi, pour votre information. Je n'arrivais pas à la décider à partir. Elle refusait de m'écouter. Quand je lui ai pris le bras de force, j'ai bien cru qu'elle allait m'arracher la main avec les dents. Jamais je n'ai vu une fille boire comme ça, ajouta-t-il avec un battement de paupières qui en disait long sur sa fatigue.

Cora avait envie de tendre la main, de lui tapoter la tête comme elle le faisait avec ses garçons lorsqu'ils venaient de lui confier une peine de cœur ou une déception. Elle imaginait sans peine la scène qui s'était déroulée dans le speakeasy – le revirement de comportement de Louise une fois à l'intérieur, la panique grandissante de Floyd lorsqu'il avait compris dans quel pétrin il s'était mis. Certes, il était l'aîné de Louise mais il n'avait jamais que dix-neuf ans – vingt tout au plus. Un jeune homme séduisant et correct. Qui ne faisait pas le poids face à Louise – comme elle l'avait dit elle-même. Et pourtant, il était resté avec elle, il avait attendu, pendant des heures peut-être, pour s'assurer qu'elle rentre sans encombre à la maison.

— Je voulais juste avoir une chance de mieux la connaître, reprit-il, les sourcils froncés, en astiquant le comptoir. Et vous n'alliez pas m'en laisser l'occasion. Vous ne l'auriez pas autorisée à sortir avec moi. Je le savais. C'est la plus jolie fille que j'aie jamais vue. Chaque jour, j'attends que vous veniez ici toutes les deux, je pense tout le temps à elle. Je ne savais pas comment faire autrement.

Cora hocha la tête. Il avait raison. Jamais elle n'aurait autorisé Louise à sortir en sa compagnie. Donc, il avait pris les devants et s'était débrouillé de la seule façon qu'il pouvait.

— Je suis navrée, Floyd. Vraiment navrée de toute cette histoire absurde. Je vous suis reconnaissante d'être un jeune homme bien. (Cora marqua une pause, aussi longue qu'elle le put, et ajouta :) Et je prendrai un méga-sandwich, s'il vous plaît.

Sur le comptoir, le chiffon s'immobilisa.

— Pardon ?

— Un méga-sandwich, répéta Cora en pointant un doigt sur le menu. Avec un verre de lait. S'il vous plaît.

Il lui décocha un regard bizarre. Mais c'était le cadet de ses soucis. Elle lui avait dit qu'elle était navrée - et elle l'était - mais maintenant, elle avait si faim qu'elle était à deux doigts de se lever pour aller dérober le petit pain beurré dans l'assiette de son voisin de comptoir.

Elle vida son verre de lait d'un trait sitôt servie. Elle sentit le liquide frais remplir son estomac et, presque immédiatement le corset faire pression sur son buste. Ce qui était une fausse impression, bien sûr. Le corset ne se resserrait pas, il était en place et y restait. Le problème, comme toujours, c'était son ventre qui enflait, se dilatait - et ça, à cause de quelques gorgées de lait. Cora reposa le verre et rectifia son assise sur le tabouret en essayant d'inspirer, d'expirer. Et elle n'avait même pas encore mangé ! Deux choix s'offraient à elle : dépérir de faim ou, si elle mangeait un repas complet, risquer un autre rappel à l'ordre de la part du corset. La crampe à l'estomac, ou l'étau qui se refermait sur elle ? Qu'est-ce qui était le pire ? Elle ne savait qu'une seule chose : elle en avait plus qu'assez d'avoir faim.

L'après-midi touchait déjà à sa fin lorsque Cora ressortit du snack, lestée par le méga-sandwich – un régal, mais qui ne lui autorisait maintenant que des respirations superficielles. Bien que repue, elle se sentait parfaitement alerte, et compte tenu de sa longue sieste, elle savait qu'elle aurait du mal à trouver le sommeil. Le soleil était déjà rasant et en partie caché par les immeubles, mais la chaleur continuait à monter des trottoirs, à irradier des façades en brique. Elle pouvait remonter à l'appartement. Mais elle avait terminé son livre et, une fois là-haut, elle n'aurait rien à faire. Elle pouvait acheter un magazine… Dire qu'elle avait pensé profiter de cette paisible soirée de liberté ! En réalité, songea Cora, une soirée sans Louise était identique à une soirée en sa compagnie, et finalement pas si différente de tant d'autres soirées de sa vie – des heures à supporter, à laisser couler juste pour survivre à la journée. Quelle fraction de sa vie avait-elle passé à raisonner ainsi ?

Elle décida d'aller voir un film. Elle savait que presque tous ceux qui étaient à l'affiche seraient sans doute projetés à Wichita quelques semaines plus tard, et que, aller au cinéma, ce ne serait pas profiter pleinement de la ville et d'un séjour dont le temps lui était désormais compté.

Mais elle voulait avant tout trouver à s'occuper, s'asseoir dans une salle obscure baignée d'une relative fraîcheur et s'absorber dans la contemplation des images, quelles qu'elles soient, projetées sur l'écran si grand, si proche, jusqu'à ne plus voir que cela – cet autre monde devenu réalité.

Elle marcha jusqu'à un cinéma et porta son choix sur des sketches de Buster Keaton, en espérant qu'elle allait rire ou, au moins, arrêter de penser pendant quelques heures. C'était exactement ce dont elle avait besoin. Une distraction légère. Une parenthèse, ne rien faire, ne pas penser.

Le cinéma ne disposait pas d'un orchestre entier, uniquement d'un pianiste et d'un hautboïste qui jouaient côte à côte à l'extrémité droite de la scène. Quand on lança la première bobine, les deux hommes regardèrent l'écran en souriant et entamèrent une mélodie guillerette. Keaton, dans le rôle du héros, trouvait un portefeuille, le rapportait à son propriétaire, qui l'accusait alors d'avoir tenté de le voler. Il essayait ensuite d'acheter des meubles d'occasion et, une fois de plus, on l'accusait d'avoir voulu les voler. Le hautbois se mit à pépier, le piano lui emboîta le pas avec souplesse. Cora entendait les spectateurs rire autour d'elle, tout le monde ayant saisi l'astuce – Keaton était condamné à passer pour un criminel, quoi qu'il fasse. Et puis le pianiste plaqua quelques accords dramatiques : le héros, alors qu'il allumait simplement une cigarette, venait de lancer par mégarde une bombe anarchiste dans un défilé de police et toutes les forces de l'ordre s'élancèrent à ses trousses tandis que le hautboïste entonnait une mélodie pleine de fougue. Cora, dans son fauteuil, était immobile, silencieuse. Elle avait conscience que le film était drôle, léger, et que n'importe quel autre soir, elle aurait pu rire.

Elle prenait ces saynètes trop au sérieux, son humeur sombre déteignait sur tout, même sur ce qui était censé être simple, amusant.

À la fin du sketch, par quelque mystérieuse ruse, Keaton se débrouillait pour diriger, tel un berger son troupeau, l'ensemble des forces de police vers la prison, où il les bouclait en cellule tandis que lui-même restait en dehors, comme l'homme libre qu'il méritait d'être. Cora trouva que c'était un bon dénouement.

Mais, en réalité, l'histoire ne s'arrêtait pas là. Une jolie fille lui lançait alors un regard réprobateur et il n'en fallait pas plus pour que Keaton aille déverrouiller la porte de la cellule et relâcher sa meute de poursuivants. Sitôt libérés, les policiers poussaient Keaton dans la geôle et l'y enfermaient à double tour.

Quand le mot « Fin » apparut sur le carton, le public, hilare, se mit à applaudir et à siffler pour en réclamer davantage. Cora, heureuse que la salle soit plongée dans l'obscurité, continua à fixer l'écran d'un regard sombre.

Le trajet lui prit plus de deux heures à pied. Elle aurait pu prendre le métro mais, quand elle avait commencé à marcher, elle s'était dit qu'elle allait simplement faire une petite promenade.

Cela n'avait rien d'une idée saugrenue. Il faisait encore jour mais la température s'était déjà assez rafraîchie pour que, en traversant la 57e Rue, un moustique vienne bourdonner près de son oreille et lui pique la nuque. À ce moment-là, elle s'était déjà rendu compte qu'elle avançait toujours dans la même direction, et avait une destination en tête. Elle marchait vite, réglant son pas sur celui des New-Yorkais – ces marcheurs résolus. Tandis qu'elle progressait, longeant immeuble après immeuble, dépassant un bloc après l'autre, traversant les rues qui grondaient de circulation et résonnaient du tintamarre des klaxons, elle voyait le ciel d'été s'obscurcir peu à peu, elle sentait des ampoules se former à l'arrière de ses talons mais, surtout, elle était consciente de l'énergie qui la portait, de cette tension enfin évanouie, de la détermination avec laquelle elle avançait, de cette lucidité, neuve et aiguë, qui l'habitait et avait la saveur de la joie.

Avec un caillou, elle visa la fenêtre de l'étage qu'il lui avait désignée, à côté de la porte. C'était tout ce qu'il lui était venu à l'esprit. Elle en lança plusieurs à la suite, par-dessus la grille du portail, mais la fenêtre se trouvait à six bons mètres de distance et la plupart des projectiles rataient leur cible. Deux d'entre eux réussirent à atteindre l'escalier métallique, Cora s'inquiéta aussitôt du bruit produit et se demanda si les sœurs dormaient déjà. La rue était tranquille, les trottoirs presque déserts, seules quelques rares voitures passaient en crachotant. Chaque fois qu'un piéton la dépassait, Cora se retournait vers la chaussée et cachait sa main pleine de cailloux derrière son dos. Lorsque ces piétons étaient des femmes, elle les saluait d'un bref signe de tête. Les hommes, elle les ignorait et scrutait le bout de la rue en faisant mine d'attendre un taxi. Mais comment savoir ce qu'imaginaient ces passants, en voyant cette femme entre deux âges, sans alliance, ni escorte, ni sac à main, plantée là sur un trottoir ? Une bouffée d'anxiété l'assaillit, puis reflua. Peu lui importait ce que les gens pensaient. C'était ce qu'elle venait de comprendre. Il n'y avait aucune raison rationnelle de s'en soucier.

Un rideau était tiré derrière la fenêtre, mais elle distinguait la lueur d'une lampe. Elle patienta, à l'affût d'un mouvement, et retira son gant droit pour affiner son tir. Le caillou suivant percuta la porte, éclairée par une lanterne fixée au chambranle. Des insectes voletaient dans le halo de lumière, nullement dérangés par son projectile. Le caillou suivant ricocha sur le toit en pente. C'était son corset qui limitait l'amplitude de son geste. Elle se rappela le jeu des grâces, dans la grange, avec maman Kaufmann – comment le cerceau semblait parfois épouser l'exacte trajectoire qu'elle avait voulu lui imprimer.

Le caillou suivant heurta la porte.

Il l'ouvrit. Cora retint son souffle. Il ne lui avait pas échappé que, malgré sa calvitie naissante et sa petite taille, il avait un physique qui ne devait pas laisser insensible, qu'il se pourrait qu'il ne soit pas seul et qu'elle aille au-devant d'une humiliation. Il s'avança sur le petit palier et fouilla du regard la cour plongée dans l'obscurité, une moitié du visage seulement éclairée par la lanterne. Cora lui sourit, avant même qu'il ne la voie. Il tenait un livre à la main, refermé autour d'un doigt. De l'autre, il chassa la nuée d'insectes. Cora agita la main à son tour.

— Cora ? fit-il en inclinant la tête.

Il lui fit signe de patienter et disparut derrière la porte. Un instant plus tard, il reparut sans son livre, descendit en hâte l'escalier, dans un tintement de clés, et franchit les trois dernières marches d'une seule enjambée.

— Quelle bonne surprise.

Une fois de plus, il avait l'air sincèrement content de la voir. Il cherchait la bonne clé sur son trousseau.

Cora s'appuya au portail, en s'accrochant des deux mains à la grille encore tiède.

— Je... je passais dans le quartier et...

Elle s'interrompit. Le mensonge était ridicule. Il faisait presque nuit. Qu'aurait-elle bien pu faire dans le coin ? Non, cette fois, elle n'avait pas d'excuse. Il n'y avait pas de poste à acheter ni aucun service à demander. La vérité, c'était qu'elle avait parcouru à pied plus de soixante blocs par simple désir de le voir. Peu lui importait de n'avoir plus qu'une semaine à New York. C'était précisément parce qu'elle savait qu'elle allait partir qu'elle n'avait pas de temps pour la fausse timidité.

— Je suis libre ce soir, bafouilla-t-elle. Je me demandais si vous l'étiez également.

Cela suffisait. Il hocha la tête tout en déverrouillant le portail.

17

Il lui demanda ce qu'étaient ces marques sur son buste, sur ses épaules. De ses doigts, rêches contre sa peau, il suivit le tracé d'une courbe qui partait de sous son sein et filait jusqu'au nombril.

– C'est à cause de ce que tu portes ? C'est si serré que ça ? Ça doit faire mal.

Elle était gênée. Il n'avait pas éteint la lampe posée sur la table de nuit. Ce n'était qu'une lampe de chevet mais son halo, aussi faible fut-il, s'étendait jusqu'au lit. En dépit de tous ses efforts pour se détendre, se concentrer sur ce qu'elle ressentait et voyait, à aucun moment elle n'avait oublié qu'il la voyait lui aussi, qu'elle n'était pas abritée par l'obscurité, comme avec Alan. Elle s'apercevait que son appréhension n'était pas sans fondement : sans qu'elle s'en fût doutée, quelque chose, dans sa nudité, offrait un spectacle étrange. Les corsets ne laissaient-ils pas des marques également sur les autres femmes ? Son épouse, supposa Cora devant son étonnement, n'avait pas eu de marques, elle. Certes, les immigrantes ne portaient pas toujours de corset, surtout lorsqu'elles travaillaient. Mais les autres femmes comme elle avaient-elles des marques, elles aussi ? Il n'y avait aucun moyen de le savoir. Même lorsqu'elle avait donné naissance aux jumeaux, son corps avait été recouvert d'un drap jusqu'aux genoux. Personne n'avait jamais vu son ventre nu depuis que maman Kaufmann avait arrêté de lui donner des bains.

– On s'y habitue, dit-elle.

Il fronça les sourcils et reposa la tête sur l'oreiller. Mais il laissa sa main tiède au creux de sa taille, et Cora sentit sa gêne s'apaiser, se dissiper peu à peu, puis disparaître totalement. C'était ça, songea-t-elle. Ça, plus que la honte ou l'inquiétude, qui, pendant un temps, allait la poursuivre, cette sensation qu'elle n'oublierait pas, et à laquelle elle n'aurait pas le loisir de s'habituer : l'arrondi d'un mollet lové au creux de son genou, le mince voile de transpiration entre les deux épidermes, les picotements. Cora ne bougea pas d'un millimètre. Le creux de son genou pouvait transpirer à grosses gouttes et la démanger, ou même se mettre à brûler, elle ne le déplacerait pas. Elle voulait que sa peau continue à s'imbiber de cette sensation, qu'elle s'en imprègne maintenant que ces picotements étaient à la limite du supportable mais que, dans moins d'une semaine, ils ne seraient plus qu'un souvenir.

Et dire qu'il s'était excusé… D'avoir fini trop vite, avait-il dit. Il espérait qu'elle lui donnerait une chance de se racheter. Il avait souri, alors elle avait souri elle aussi, même si elle n'avait pas entièrement compris – rien ne lui avait semblé rapide, comparé à ce dont elle se souvenait de ces quelques nuits dans le noir avec Alan Et Joseph, lui, n'avait eu de cesse de la caresser, de l'embrasser, de la regarder. Elle n'était d'ailleurs pas très contente d'elle. À côté de lui, on aurait dit une poupée en chiffon trop timide, trop timorée pour oser davantage que poser les mains sur ses épaules ou le regarder dans les yeux – et même ça, ça lui avait coûté un gros effort.

Elle aussi aurait besoin d'une autre chance.

La pièce était petite, meublée très simplement et parfaitement en ordre. Du lit, en tendant le bras, Cora aurait presque pu toucher l'évier blanc immaculé et surmonté d'une pompe à eau. De l'autre côté, une petite glacière était posée sur ce qui ressemblait à une table de nuit. Les murs étaient bruts et nus, à l'exception de deux paires de salopettes et de deux chemises blanches, chacune suspendue à un clou. Il avait transformé le placard en cabinets lui-même, car il avait appris des rudiments de plomberie lorsqu'il avait donné un coup de main pour installer ceux de l'orphelinat. Le plombier avait apprécié son aide et lui avait proposé de lui trouver des tuyaux et un siège d'occasion.

— La première fois, j'ai fait une erreur, expliqua-t-il. Ce n'était pas assez isolé. Je ne savais pas. La conduite était à l'extérieur et en janvier, elle a gelé et explosé. C'était fichu. J'ai dû tout refaire mais, cette fois, je l'ai fait bien.

Lorsque Cora était entrée, avec la sensation d'être sur le point de se jeter dans le vide, il l'avait invitée à s'asseoir sur l'une des deux chaises devant la petite table, près de la fenêtre. Il lui avait proposé des cacahouètes, aussi, en s'excusant de n'avoir rien d'autre à lui offrir. Elle l'avait assuré qu'elle n'avait pas faim, qu'un verre d'eau suffirait. Sur une étagère au-dessus de l'évier se trouvaient deux verres dépareillés, deux assiettes et un seul couteau à la lame tranchante. Sa fille venait chez lui le dimanche, dit-il, et l'un et l'autre aimaient les sandwichs. Il achetait du fromage et des tranches de viande froide au *deli*. Pendant la semaine, les nonnes le nourrissaient avec tout ce que les filles avaient laissé. Ce n'était pas si mauvais. Du porridge au petit déjeuner. Des cacahouètes. Du pain. La Hudson Guild leur faisait des dons. Des fruits parfois, des légumes. La plupart des épiciers du quartier étaient catholiques, et généreux avec les sœurs.

Il lui demanda si elle avait reçu une lettre du Massachusetts, si elle avait découvert d'autres informations concernant sa mère. Elle lui raconta dans les grandes lignes la rencontre à Grand Central, la famille à Haverhill qu'elle ne connaîtrait jamais. Il lui posait des questions, il lui faisait comprendre qu'il était prêt à écouter un récit plus détaillé, mais elle en perdait sans cesse le fil, distraite. Tout de suite après sa rencontre avec Mary O'Dell, elle aurait tellement voulu lui en parler, avoir quelqu'un à qui se confier, mais maintenant qu'elle était là, elle ne pensait qu'à la façon qu'il avait de la regarder, à ce rai doré dans son œil droit. Et au fait qu'elle se trouvait seule avec lui dans une petite pièce. Sur le mur au-dessus de la table, il y avait une bibliothèque ou, plus exactement, une rangée de livres posés sur une longue planche, soutenue par des équerres métalliques vissées au mur, et maintenue de part et d'autre par une brique qui faisait office de serre-livres. Tout en buvant son verre d'eau à petites gorgées, Cora avait lu les tranches soigneusement époussetées. *Principes de la transmission sans fil. Oscillations électriques et ondes électriques. Notions de base de l'anglais. Ingénierie automobile, vol. III. Lettres du président T. Roosevelt à ses enfants.* Certains des titres étaient en allemand.

Elle lui demanda si l'Allemagne ou le fait de vivre parmi ses compatriotes lui manquaient. Ce serait plus facile pour lui, imaginait-elle, de vivre dans un pays où on parlait sa langue.

– Ça me manque parfois, dit-il en reposant son verre d'eau sur la table.

– Votre famille vous manque ? Vous avez des frères et sœurs ? Vos parents sont encore en vie ?

Il se gratta la nuque.

– La situation n'était pas si facile. Mon frère aîné avait un sale caractère. Mon père et lui étaient pareils. Ma mère est morte. Ma famille, c'est Greta, ajouta-t-il en haussant les épaules.

– Je suis heureuse que vous l'ayez, dit Cora en hochant la tête.

Il laissa échapper un rire triste.

– Oui, moi aussi.

– Mais n'éprouvez-vous jamais... (Elle hésita, essaya de cerner ce qu'elle voulait savoir.) Ne vous dites-vous jamais que vous devriez être en Allemagne ? Vous êtes né là-bas. Je comprends que vous puissiez avoir des relations difficiles avec votre famille. Mais c'est la vôtre, vous avez des liens de sang avec eux. Avec votre fille aussi, bien sûr – mais tous vos autres parents sont là-bas.

Il secoua la tête et Cora se dit qu'il n'avait peut-être pas compris sa question, qu'il n'était pas habitué à l'accent du Midwest, ou qu'elle avait parlé trop vite. Elle essaya à nouveau.

— Vous avez rencontré une telle malchance, dans ce pays. Ne vous demandez-vous jamais si tout ça n'était pas une erreur ? Si vous n'étiez pas censé rester là-bas, auprès de votre famille ? Là où est votre histoire ?

Il secoua encore la tête, avec plus de détermination cette fois.

— L'Allemagne est le pays où je suis né. Et rien d'autre. Je suis censé être là où je décide d'aller.

Peu après, ils étaient allongés sur son petit lit et Cora l'aidait à tirer sur les boutons de sa blouse. Même à ce moment-là, elle restait terrifiée à l'idée de ce qu'elle devait demander, des mots qu'elle devait prononcer.

— Je ne peux pas tomber enceinte.

Elle l'avait dit dans un souffle, les yeux clos. Franchement, c'était ça le grand saut, le plus dur - plus dur encore que de venir jusqu'à sa porte.

— Enfin, si, je le peux, continua-t-elle. Ce serait possible, mais je dois l'éviter. C'est le docteur qu'il l'a dit. Et puis, je ne le veux pas.

Elle rouvrit les yeux. Il s'était reculé, l'air affolé, les lunettes de travers. Elle entendit au loin la corne grave d'un bateau.

— Okay. Pardon.

Il roula sur le dos pour s'écarter d'elle et contempla le plafond, mains croisées derrière la tête.

Cora se rassit. Non, il l'avait mal comprise. Elle n'avait pas de temps pour les malentendus.

— Je ne veux pas tomber enceinte. Voilà ce que je voulais dire. C'est ça que je ne veux pas.

Il la dévisagea, l'air à nouveau surpris et, tout d'un coup, avec la sensation d'être aspirée dans le vide, elle songea à ce qu'il devait penser. Voilà pourquoi Margaret Sanger et ses discours sur le contrôle des naissances étaient taxés d'obscènes ! Ce que Cora venait de dire, cela changeait tout, tant pour Joseph que pour elle : elle n'était pas venue à lui à la faveur d'un égarement passager. Elle ne s'était pas laissé séduire dans un moment de faiblesse. Non. Si elle était allongée là, avec lui, c'était parce qu'elle l'avait voulu, et elle était assez lucide pour se ressaisir, anticiper, et savoir également ce qu'elle ne voulait pas.

Il devait penser qu'elle était folle, qu'elle ne se comportait pas comme une dame. Il y avait des noms pour ces femmes – le genre de femmes qui disaient le genre de choses qu'elle venait justement de prononcer. Elle posa le bras en travers de sa poitrine, devant ses boutons défaits.

Mais elle ne lisait aucun mépris dans son regard, ni aucun jugement. En fait, il semblait aussi décontenancé qu'elle.

— Je n'ai rien, dit-il en lui présentant ses paumes, comme pour montrer qu'il disait vrai. Je suis désolé. Je vis seul.

Elle attendit. Elle ne pouvait rien ajouter d'autre. Elle en avait déjà dit plus qu'elle ne s'en pensait capable.

Il s'éclaircit la voix.

— Je peux... Vous voulez que j'aille acheter quelque chose ?

Elle réussit à hocher la tête. Il éclata de rire et, chose incroyable, elle l'imita.

— Vous allez m'attendre ici ?

Elle acquiesça. Que s'imaginait-il – qu'elle allait vouloir l'accompagner ? Sûrement pas. Quoi qu'il achète, où que ce soit, personne ne prêterait attention à lui. Pour elle, en revanche, il en irait différemment.

— Un quart d'heure. D'accord ? dit-il en se relevant et en rentrant les pans de sa chemise dans son pantalon.

Cora comprit alors qu'il ne lui avait pas proposé de l'accompagner. Simplement demandé si elle était disposée à l'attendre.

Ce ne fut qu'après son départ que Cora s'autorisa à examiner la photo encadrée posée sur la glacière. Elle l'avait remarquée en entrant mais avait jugé préférable de ne pas la mentionner, de ne pas la regarder avec trop d'insistance, compte tenu des circonstances. Elle avait aussi jugé que ce serait injuste. Il ne savait pas qu'elle viendrait ce soir-là. Comme il le lui avait dit, il vivait seul. Mais maintenant qu'il n'était plus là, elle s'approcha et vit ce qu'elle s'était attendue à découvrir : Joseph, avec une chevelure bien fournie, vêtu d'un beau costume, la main posée sur l'épaule d'une femme assise, qui tenait dans ses bras un bébé en robe de baptême. C'était un portrait solennel, les deux adultes avaient une expression grave, mais le bébé, qui ne connaissait pas les usages, semblait avoir été surpris en plein éclat de rire.

Greta. Un bébé heureux, qui ne pouvait savoir ce qui se préparait. La grippe. La mort de sa mère. La longue absence de son père, détenu en Géorgie. La solitude. La faim, aussi, probablement. Puis le New York Home for Friendless Girls, même après le retour de son père.

Cora sentit les larmes lui monter aux yeux. Les quelques années qui avaient suivi cette photo avaient été cruelles pour ces trois êtres. Elle n'osa pas toucher le cadre, mais elle se pencha pour étudier le visage lisse et plus jeune de Joseph, et observer aussi l'épouse et la mère – blonde, un peu costaude, et plus jolie que Cora ne l'avait imaginé. Mais elle n'éprouvait aucune jalousie, aucun ressentiment égoïste, pas plus qu'elle n'était tentée de retourner la photo. Cette mère malchanceuse au regard grave ne lui inspirait que douleur et chagrin. Et si la jeunesse et la beauté de la défunte pouvaient lui faire l'effet d'une réprimande, ce n'était pas parce qu'elle se trouvait là, en cet instant, la première femme à pénétrer dans cette petite chambre, mais plutôt parce qu'elle avait attendu si longtemps avant d'y venir. Parce qu'elle avait bêtement gaspillé tant d'années de sa vie à se conformer à des règles absurdes, comme si elle, lui, n'importe qui, avait l'éternité devant soi.

Ils devraient partir bien avant l'aube, lui dit-il – avant que les sœurs ne se lèvent. Il la raccompagnerait chez elle. Cora suggéra d'aller prendre un petit déjeuner. Lorsqu'il hésita, elle sentit un coup au cœur. Était-ce donc vrai, ce qu'on lui avait raconté sur les hommes ? Se lassaient-ils aussi vite de ce qu'ils avaient obtenu trop facilement ? Peut-être avait-elle été présomptueuse, et naïve, de supposer qu'il éprouvait le même sentiment d'urgence. Seulement, dans quelques jours, elle serait partie.

— Un petit déjeuner, c'est une bonne idée.

Mais il semblait nerveux, et ce n'est qu'à ce moment-là que Cora songea qu'il hésitait sans doute pour une question d'argent. Évidemment ! Quelle idiote elle faisait. Comment pouvait-elle être aussi indélicate ? Il subsistait en mangeant des flocons d'avoine, des cacahouètes, des fruits qu'on lui donnait. Depuis qu'elles étaient à New York, Cora et Louise avaient mangé tous les jours au restaurant sans vraiment se préoccuper de la note. Cora avait de l'argent, donné par Leonard Brooks, par Alan. Elle pouvait sans problème régler l'addition de leurs petits déjeuners, mais elle savait que même le suggérer serait très certainement une erreur.

— J'ai des toasts et de la confiture à l'appartement, dit-elle. Et des oranges.

Dans le métro, il lui tint la main. Lorsqu'ils descendirent à sa station, les réverbères étaient encore allumés. Une lueur rosée commençait seulement à poindre dans le ciel, tout à l'est, et les rues étaient si calmes qu'on pouvait entendre le pépiement des oiseaux. Ils croisèrent un livreur de journaux chargé de son fardeau, et une femme en robe voyante, qui boitait. Mais le reste du temps, ils déambulèrent seuls sur ces trottoirs larges et dégagés qui semblaient n'avoir été déroulés là que pour eux.

Il partit avant midi. Il devait s'assurer que les sœurs n'avaient besoin de rien, et aussi s'acquitter de ses tâches quotidiennes. Mais s'il travaillait tard, il pourrait prendre un peu d'avance et se libérer pour la rejoindre le lendemain matin. Non, lui promit-il en posant la main sur sa joue. Non, il ne serait pas fatigué.

En ce cas, c'était entendu pour le lendemain, dit-elle en caressant du bout des doigts les poils fins sur son avant-bras. Elle réfléchissait déjà au repas qu'elle pourrait lui préparer, ou acheter tout prêt – un plat simple, qu'elle pourrait prétendre avoir eu sous la main. Il pouvait venir dès 10 h 30, lui dit-elle. Louise serait en cours.

Après son départ, Cora se mit au travail. Elle prit un bain rapide, vida la baignoire puis la remplit à nouveau pour laver les draps, en frottant longuement la savonnette sous le jet du robinet pour la faire mousser. Elle essora les draps du mieux qu'elle put avant de les étendre sur la tringle à rideaux, dans la chambre. Puis elle mit de l'ordre dans l'appartement, lava les assiettes et les tasses, regonfla les oreillers. Cependant, lorsque sonna l'heure d'aller chercher Louise, Cora eut la certitude qu'elle serait trahie, au premier coup d'œil, par les rougeurs que la barbe naissante de Joseph avait laissées sur ses joues, son cou, par sa nervosité, son sourire irrépressible. Elle était sur un nuage, distraite par ses souvenirs. Sur Broadway, aveuglée par un soleil ardent, elle fonça droit sur le poteau d'un réverbère.

— Hé, faites attention, aboya inutilement un passant, tandis que deux petits garçons s'écartaient de son passage, comme si elle était un danger public, ou une ivrogne.

Lorsqu'elle arriva au studio, Louise était déjà rhabillée en vêtements de ville et elle semblait étonnamment vive pour quelqu'un qui venait de suivre un cours de danse après un voyage en bus depuis la Pennsylvanie. Mais elle passa devant Cora en lui accordant à peine un regard, elle paraissait sincèrement n'avoir conservé aucun souvenir de la matinée pénible qui avait précédé son départ.

— Quel plaisir d'être de retour à la maison ! déclara-t-elle en s'engageant dans l'escalier. Je n'ai rien contre Philadelphie. C'est déjà un pas d'accompli par rapport à Wichita. Et un grand pas, c'est sûr. Le public était merveilleux, très sophistiqué. On voyait bien qu'il était subjugué. Mais c'était si bizarre, New York me manquait tellement – même pour une nuit. Je me sens chez moi ici !

Et tandis qu'elles débouchaient sur le trottoir, Louise inspira à pleins poumons en embrassant du regard Broadway, ses gratte-ciel, ses façades aux milliers de fenêtres.

— N'est-ce pas incroyable ? reprit-elle. N'est-ce pas étrange que je sois si attachée à un lieu que je connais encore si mal ? Alors que je ne suis même pas née ici ?

Louise n'avait sans doute que faire de l'avis de Cora car elle enchaîna aussitôt et lui raconta que Ted Shawn était un merveilleux partenaire, que tous les danseurs avaient dû s'enduire de peinture couleur chair afin de n'être pas à proprement parler quasi nus, que cette peinture sentait l'hamamélis de Virginie, que ce subterfuge était à ses yeux complètement absurde... Cora ne l'écoutait qu'à moitié et réfléchissait encore à la question à laquelle Louise ne lui avait pas laissé le temps de répondre. Si éprouver de l'attachement pour un lieu était chose étrange, alors Cora était elle-même coupable d'étrangeté : en ce moment même, et malgré tout ce qui venait de se passer, elle voulait toujours retourner à Wichita. Elle savait qu'elle repenserait à ces quelques jours qu'elle allait encore passer avec Joseph pendant le restant de sa vie, avec nostalgie et chagrin. Mais sa maison lui manquait. Tout comme les rues paisibles et familières, le ciel dégagé. Cela lui manquait de ne pas entendre des amies de presque vingt ans la héler. Après la disparition des Kaufmann, cette ville l'avait accueillie à bras ouverts. Jamais elle n'y avait été considérée comme une étrangère, jamais elle ne s'y était sentie exclue, et encore maintenant, tout cela signifiait beaucoup pour elle.

De toute façon, elle devait rentrer. Bien sûr qu'elle le devait. Ses fils reviendraient à la maison pour les vacances scolaires, et il faudrait que celle-ci soit, à leur retour, telle qu'ils l'avaient toujours connue. Une mère présente pour leur préparer des crêpes, s'intéresser à leurs études, à leurs matchs, à leurs projets. Et puis, même sans parler des garçons, il y avait Alan. Elle ne pouvait pas quitter Alan. Il était sa famille, tout autant que ses fils. Il lui avait menti, certes, mais il avait également pris soin d'elle, et il avait toujours été un père dévoué. Si elle le quittait, cela provoquerait un scandale, et ouvrirait peut-être la porte à la suspicion. Il serait obligé de se remarier, et de mettre sa vie - au sens propre - entre les mains d'une nouvelle épouse qui ne serait peut-être pas aussi naïve que Cora l'avait été, ni aussi loyale qu'elle l'était maintenant.

Elles n'étaient plus très loin de chez elles lorsque Cora s'aperçut que Louise l'observait. Et tandis que, machinalement, elle portait sa main gantée à sa joue irritée par le frottement de la barbe, il lui sembla que les yeux noirs la transperçaient.

— Qu'y a-t-il ? demanda-t-elle en détournant le regard.

— Depuis combien de temps vous ne m'écoutez plus ? Bon Dieu. Je crois bien que je parlais dans le vide.

— Je vous demande pardon, très chère ? Que disiez-vous ?

— Je *disais* que miss Ruth a dit que je pourrai emménager après-demain à la pension. Je pensais que ça vous intéresserait de le savoir.

— Oui, merci.

Cora fit semblant de sourire. Vendredi, donc - son dernier jour. Elle ne pourrait invoquer aucune raison pour prolonger son séjour. Elle pouvait dire aux Brooks qu'elle préférait partir le matin. Soit samedi. Cela lui laisserait trois soirées de plus à New York. Elle s'imagina dans le train, seule, pendant que défilaient derrière la vitre les mêmes campagnes, les mêmes villes, les mêmes rivières qu'elle avait contemplées à l'aller. Elle songea à tous les ponts qu'elle avait franchis, et qu'elle allait retraverser. Elle pourrait s'acheter un nouveau roman pour le voyage - quelque chose de léger, distrayant. Le dimanche soir, elle serait à la maison, résignée au confort et aux privations qu'elle lui offrait. Et Joseph serait, lui, toujours ici.

Louise ne broncha pas lorsqu'elles dépassèrent le snack. Mais Cora la vit jeter un regard à la dérobée vers le comptoir. Il lui sembla qu'elle éprouvait des remords, ou du moins qu'elle était contrariée d'avoir perdu un ami.

— Vous pourriez aller lui parler, suggéra Cora avec douceur. Essayer de vous rabibocher.

Louise continua à marcher et changea son sac d'épaule.

— Je suis sûre qu'il me déteste. Et je vous l'ai déjà dit, il n'est pas mon genre.

Cora, sans tourner la tête, s'éclaircit la voix.

— Mais vous lui avez laissé croire qu'il l'était, Louise. Vous l'avez blessé. Et pourtant, il vous a raccompagnée. Vous pourriez le remercier. Et vous excusez. Ou au moins lui dire au revoir.

Louise s'arrêta. Cora en fit autant. Une vieille femme grommela et les contourna.

— Pourquoi vous souciez-vous de ça ?

Cora soupira et chassa une mouche de la main. Question idiote. Évidemment, qu'elle s'en souciait ! Elle se souciait de Floyd mais, surtout, elle savait que Louise aurait tout à gagner à prendre en considération les sentiments des autres, à ne pas redouter qu'on lui témoigne de la gentillesse et une attention sincère. Au cours de ces semaines passées ensemble, Cora avait compris le besoin de Louise d'être maternée, son besoin que quelqu'un occupe le rôle que Myra, apparemment, avait déserté depuis longtemps. Mais Cora prenait conscience que, depuis le début, elle s'était focalisée sur des détails – les vêtements, les sorties sans surveillance, le rouge à lèvres – sans guère d'importance au regard de ce dont Louise avait réellement besoin : des lignes de conduite, un exemple à suivre. Elle était déjà capable de bonté – c'était elle, après tout, et non Cora, qui le soir de leur arrivée avait pensé à proposer un verre d'eau aux porteurs. Et en cet instant, Cora voyait bien qu'elle s'en voulait d'avoir blessé Floyd. Que même si elle n'était pas amoureuse de lui, et qu'elle ne pouvait probablement pas l'être, il lui manquait au moins un peu et elle comprenait qu'elle avait mal agi envers lui. C'était une dernière opportunité, songea Cora. À présent que leurs routes étaient sur le point de se séparer, et même en sachant maintenant à quel point Louise elle-même n'avait pas été épargnée par la vie, Cora regrettait de n'avoir pas consacré plus de temps aux fondamentaux : savoir quand dire « merci » et « excusez-moi ».

— Je pense que vous avez des remords, dit-elle en rabattant le bord de son chapeau. (Elle venait de se rendre compte qu'elles obligeaient les passants à dévier leur trajectoire, tels des rochers au beau milieu d'un torrent.) Je le lis sur votre visage. Vous savez que vous devriez aller lui parler.

Louise glissa une mèche de cheveux derrière ses oreilles en contemplant le trottoir. Sa moue contrariée semblait sincère pour une fois.

– Tout de suite ? Je suis encore en nage.

– Vous êtes très présentable. Vous sentez bon. Vous le savez pertinemment.

– Vous m'autorisez à y aller seule ?

– Je vous donne une heure. (Cora frotta la piqûre de moustique sur son cou.) Je vous attends dans une heure à l'appartement. Et vous n'allez nulle part ailleurs. Ai-je votre parole ?

Louise la regarda sans répondre.

– Votre parole, Louise. Je vous fais confiance. Une heure ?

– Très bien.

– Ai-je votre parole ? martela Cora, résolue à lui faire entrer de force ce concept dans la tête.

– Oui. Oui, d'accord, répondit Louise, plus tendue qu'agacée. Oui. Vous avez ma parole.

Cora hocha la tête.

– Bonne chance, en ce cas, dit-elle avant de tourner les talons.

L'appartement n'était guère plus frais que la fournaise de la rue. Cora mit en route le ventilateur dans la chambre et retira immédiatement son chemisier, sa jupe et son corset. Elle commençait à enfiler sa robe d'intérieur lorsqu'elle se ravisa – elle aurait moins chaud dans son peignoir en étoffe légère. Et elle était fatiguée. Les draps étaient secs, ils flottaient devant la fenêtre. Elle les décrocha de la tringle à rideaux et fit soigneusement le lit, en lissant les rides du plat de la main. Demain. Demain, Joseph et elle s'étendraient sur ce lit, dans ces draps encore tièdes, imprégnés de soleil. De combien de temps disposeraient-ils ? Trois heures ? Quatre ? Peut-être auraient-ils aussi un peu de temps pour parler, pour manger ensemble dans l'autre pièce, ou simplement rester allongés sur le lit, comme ils l'avaient fait ce matin-là, peau contre peau. Le festin, avant la famine. Elle posa la couverture pliée au pied du lit, défit son chignon et s'allongea, les yeux ouverts. La tache d'humidité au plafond ne lui évoquait plus du tout une tête de lapin. Elle ne comprenait pas d'où avait pu surgir cette comparaison saugrenue.

On frappa à la porte. Deux coups. Puis quatre.

Cora se releva, agacée, en resserrant la ceinture de son peignoir. Elle avait espéré que Louise profiterait jusqu'au bout de son heure de liberté, ne serait-ce que pour lui laisser un peu de répit. Cependant, avant d'ouvrir la porte, elle prit le temps de se composer un visage aimable. Elle devait montrer qu'elle appréciait et approuvait. Louise avait tenu parole.

Son expression se décomposa quand elle découvrit en face d'elle sur le palier non pas Louise, mais Joseph, le visage grave. Il n'était pas rasé mais portait une chemise et une salopette propre ; la casquette était glissée dans une poche. Un gros sac de toile était suspendu à son épaule, et derrière lui, il y avait quelqu'un, de petite taille. Cora ne pouvait distinguer de qui il s'agissait, elle ne voyait qu'un bras maigre enroulé autour de la cuisse de Joseph, et une main cramponnée de toutes ses forces à la toile de la salopette.

– Nous avons quitté le foyer, annonça-t-il. Ce matin. Nous partons habiter ailleurs. Il fallait que je te le dise. J'avais peur que tu ailles là-bas.

Sa voix était amicale, détendue, mais il la fixait intensément, et c'était le regard d'un adulte qui parle en langage codé en présence d'un enfant.

Cora le fixa à son tour, sans un mot. Il s'était fait prendre. Ils n'avaient pas quitté sa chambre assez tôt. Une sœur les avait vus. Ou une des filles. Et elle avait parlé.

– Entrez, je vous en prie.

Elle s'écarta et les invita d'un geste. Elle aussi, elle communiquait avec les yeux. Il devait entrer, lui disait-elle, et faire entrer cette petite personne qui, elle le savait, n'était autre que sa fille, terrorisée. Elle était affreusement désolée. Tout était sa faute. Ç'avait été son idée. Son amusette, sa parenthèse de liberté dans une autre ville. Et maintenant, il avait perdu son travail. Et leur toit.

— Ça va aller, dit-il. J'ai un ami dans le Queens. (Le petit bras lui enserrait la jambe en redoublant de force et il écarta les pieds pour garder l'équilibre.) À cette heure-ci, il travaille mais nous irons le trouver à 17 heures. C'est un bon ami. Ça va aller.

— Entre, murmura-t-elle. Entre.

La petite fille était toujours cramponnée à lui. Il s'avança en boitant, comme s'il avait une jambe de bois.

— Allons, Greta, arrête, chuchota-t-il en essayant de desserrer les mains de la fillette.

Cora, qui était derrière eux, voyait maintenait l'enfant. Sa tête blonde arrivait à la hauteur de la ceinture de son père. Elle portait une robe couleur moutarde, rapiécée sous les bras, avait des cheveux coupés court, au menton. Elle écrasait son visage contre la hanche de son père.

— Désolé, dit Joseph en regardant par-dessus son épaule. Elle n'est pas toujours aussi timide.

— Ce n'est pas grave.

Cora referma doucement la porte. Quand elle passa à côté d'eux, elle ne put regarder le visage de la petite fille. Elle n'était pas certaine de pouvoir le supporter.

— Avez-vous faim ? Est-ce qu'elle a faim ? J'ai du pain et de la confiture.

La tête blonde jaillit de derrière Joseph si soudainement que Cora sourit. La petite fille, cependant, resta impassible. Elle avait un joli visage, comme celui de sa défunte mère. Cora continua à sourire, bien que son cœur tanguât dans la poitrine. *J'ai été toi, autrefois*, avait-elle envie de dire. *Ça va aller. Moi aussi j'ai été petite, moi aussi j'ai eu peur.* Cela lui demanda un gros effort pour garder un visage et une voix calmes.

— J'ai de la confiture de fraises. Est-ce que tu aimes la confiture ?

Greta leva les yeux vers son père.

— Tu vas aimer, lui promit-il.

Cora passa dans la cuisine et glissa six tranches de pain dans le four. Elle regrettait de n'avoir rien de mieux à leur offrir, rien de plus consistant. Avaient-ils pu manger, avant de quitter le foyer ? Ou bien les nonnes les avaient-elles chassés sans ménagement ? Elle passa la tête dans l'antichambre.

– Tu aimes les oranges ?

Greta hocha la tête. Elle était toujours collée à son père et elle regardait attentivement le portrait du chat siamois. Elle se souviendrait de cela, songea Cora. Elle se souviendrait de cette journée de grand remue-ménage, de ces détails étranges, de la visite chez cette dame inconnue, qui portait un peignoir, de ses cheveux défaits au beau milieu de la journée. L'enfant ne reverrait jamais Cora, mais celle-ci ferait partie du souvenir douloureux de cette journée, des incertitudes et de la peur qui lui seraient associées.

Elle apporta sur la table deux oranges pelées dans une assiette, avant de repartir chercher des verres d'eau. À son retour, Greta avait déjà enfourné la moitié d'une orange et mastiquait aussi vite qu'elle le pouvait, ses petites joues pleines à éclater, les paupières frémissantes au-dessus de ses yeux pâles. Lorsque Cora posa un verre devant elle, Greta attrapa l'autre moitié du fruit et la cacha sur ses genoux.

– Doucement, l'avertit Joseph. Tu vas t'étouffer.

Cora s'accroupit en se retenant au bord de la table.

– Et il y en a d'autres, dit-elle. Et tu pourras manger autant de tartines que tu veux. Rien ne presse.

Elle souriait mais, en regardant la fillette et son visage aux os saillants, des larmes commencèrent à lui picoter les yeux. Que s'imaginait-elle ? Que cette pitoyable collation de tartines et d'oranges compenserait le mal qu'elle avait fait ? Car tout était sa faute. C'était de sa seule initiative qu'elle était allée chez Joseph, sans y avoir été invitée. Maintenant, elle allait retrouver sa vie confortable, et eux, ils paieraient le prix fort.

Joseph lui effleura le bras.

– Ça va, je t'assure, chuchota-t-il. Nous pouvons aller dans le Queens. Je voulais juste que tu ne penses pas…

Cora hocha la tête. Elle voulait le croire. Peut-être que tout irait bien. Peut-être trouverait-il un autre travail et pourrait-il garder sa fille avec lui. Il avait des économies. Elle pouvait essayer de lui donner de l'argent. Elle savait déjà qu'il ne l'accepterait pas.

Lorsque les tartines furent prêtes, Greta, qui avait déjà mangé deux oranges, en dévora une garnie de confiture.

— Je t'avais bien dit que tu aimerais la confiture, dit Joseph.

Père et fille échangèrent un sourire - ils avaient le même, remarqua Cora, et aussi la même forme de mâchoire supérieure.

Joseph regarda Cora et inclina la tête vers la cuisine.

— On parle ?

Tout en se relevant, Cora se pencha vers Greta.

— Tu pourras emporter la confiture avec toi. Tout le pot.

Elle faillit poser la main sur son petit bras maigre, mais se ravisa. Personne n'y gagnerait rien si elle perdait sa contenance.

Elle invita Joseph à la suivre dans la chambre, vit le lit qu'elle venait de faire, avec les draps propres, en rêvant au lendemain, à cette visite qui n'aurait pas lieu, puis entra dans la salle de bains, pour éviter que Greta ne les voie ni ne les entende. Lorsqu'elle se retourna, elle était en larmes, des larmes froides qui ruisselaient sur ses joues.

— Les sœurs m'ont vue partir ? C'est ça ? chuchota-t-elle.

Il s'avança vers elle, lui caressa la joue, les cheveux.

— Je voulais juste te prévenir. Je ne suis pas venu pour te faire pleurer.

— Tout est ma faute.

— Non.

— Pourquoi les sœurs ont-elles obligé Greta à partir ? Elle n'a rien fait.

— Elles voulaient la garder mais j'ai dit non. Je voulais qu'elle reste avec moi.

Cora hocha la tête, soudain épuisée, faible. Oui. Il avait eu raison d'insister. Si jamais les sœurs avaient mis Greta dans un train, il l'aurait perdue.

— Tu peux rester chez cet ami dans le Queens ? Tu peux habiter là-bas ? Tu en es sûr ?

— *Ja*. C'est un bon ami.

— Pour combien de temps ?

Il haussa les épaules. Il faisait bonne figure, songea-t-elle. Il avait peur. Il avait forcément peur.

— Où vas-tu travailler ? Qui s'occupera d'elle quand tu seras au travail ?

Il baissa les yeux tout en pétrissant le dessus de son sourcil entre le pouce et l'index. Même avec la fenêtre ouverte et en dépit des automobiles qui passaient dans la rue, l'appartement était silencieux. Depuis la salle de bains, Cora entendait la lame du couteau heurter les parois du pot de confiture. Elle écouta ces tintements, aussi bouleversée que lorsque, jeune mère, elle entendait un de ses garçons pousser un son plaintif dans une autre pièce. Cette plainte-là était juste d'une nature différente : muette, enrouée. Greta n'avait pas cru que cette dame qu'elle ne connaissait pas lui laisserait vraiment emporter le pot, alors elle allait manger tout ce qu'elle pouvait maintenant, même si elle n'avait plus faim. Cora comprenait. Elle avait fait exactement pareil, lors de ses premiers repas avec les Kaufmann. Elle se gavait de purée jusqu'à en avoir mal au ventre ; elle cachait des biscuits dans les plis de sa jupe, pour les emporter en douce dans sa chambre.

La lame du couteau racla à nouveau le verre et c'est à ce moment précis que Cora entendit comme une sonnette dans sa tête. Elle prit une profonde inspiration et retint son souffle. Évidemment. Elle entendait le moteur d'un camion, le roucoulement des pigeons et, pourtant, le monde alentour venait de se figer. Elle posa la main sur l'épaule de Joseph. Elle en était certaine, de tout son être. C'était lui qu'elle allait devoir convaincre.

— Viens avec moi.

Il fronça les sourcils.

— Où ça ?

— À Wichita. Emmène-la. Nous avons une grande maison. Avec des chambres libres.

Elle scruta ses yeux. Elle allait devoir enchaîner avant qu'il ne réponde, faire valoir ses arguments avant qu'il ne rejette sans appel la proposition.

— Comme ça, tu pourras rester avec elle. Comment feras-tu, sinon ? Nous avons un étage entier inoccupé. Elle pourra aller à l'école.

Il secouait déjà la tête.

— Arrête. Je ne vais pas accepter que tu me fasses la charité.

Mais ce n'était pas de la charité ! Pas du tout. Comment faire pour l'amener à voir cette évidence ? Que lui restait-il, à Wichita, maintenant que les garçons ne seraient plus là ? Les déjeuners au club ? Les dîners mondains ? Non. Son destin était d'aider cette petite fille. Cora n'avait rien appris à Grand Central, la pauvre Mary O'Dell ne lui avait offert aucune clé. Et pourquoi l'aurait-elle fait ? Les Kaufmann avaient été là pour elle. Et ils l'étaient encore aujourd'hui, comme s'ils se trouvaient là, dans cette pièce, avec elle, à l'encourager. *Nous aimerions que tu viennes vivre avec nous et que tu sois notre petite fille.* Elle revit maman Kaufmann, avec son bonnet, s'accroupir devant elle. *Nous t'avons préparé une chambre. Ta chambre. Il y une fenêtre, un lit. Et une petite commode.*

— Bien entendu, tu travailleras, tu gagneras ta vie. Joseph, tu pourras trouver du travail là-bas, un bon travail.

Elle entendait la note de supplique dans sa voix. C'était pour elle, qu'elle le suppliait. Elle voulait aider cette fillette comme on l'avait aidée elle, mais elle voulait également passer plus de temps avec lui – juste pour voir. Une part d'elle au moins était convaincue de mériter cette chance.

— Mon mari a de l'entregent. Il pourrait t'aider à trouver un travail, et quand tu travailleras, je m'occuperai d'elle.

Il la regardait comme si elle avait perdu la raison, comme si ce qu'elle disait n'avait ni queue ni tête.

— Pourquoi est-ce que ton mari m'aiderait ?

— Parce qu'il me doit bien ça. (Ce fut en le disant qu'elle comprit combien c'était vrai.) Et parce que c'est un homme bon.

Elle écrasa la main sur sa bouche. L'argument devait lui paraître fou, forcément. Elle lui demandait de la suivre aveuglément, avec sa fille, alors qu'il ne connaissait pas Wichita, ni Alan. Et qu'en vérité, il ne connaissait pas Cora non plus – en tout cas pas assez pour remettre son destin et celui de sa fille entre ses mains. Elle-même ne le connaissait pas davantage. Mais, encore une fois, connaissait-elle mieux Alan lorsqu'elle avait sauté le pas avec lui ? Et pourtant, tout avait été fait selon la tradition – les longs mois de cour, la réception de fiançailles, l'approbation de ses parents et des Lindquist. Et en dépit de toutes ces précautions, de tous ces garde-fous, elle avait été profondément dupée. N'en savait-elle pas déjà plus sur Joseph, franchement ? Ou du moins autant qu'on pouvait jamais en savoir sur quelqu'un ?

– Tu pourras toujours revenir. Si Greta n'est pas heureuse, si toi tu n'es pas heureux, tu pourras revenir, tout simplement. (Elle se retenait de le toucher, elle ne voulait pas qu'il se méprenne.) Je te donnerai l'argent pour payer les billets de retour. Pour elle et pour toi. Je te le donnerai avant de partir, comme ça tu seras libre de repartir. Tu pourras revenir ici, et la situation ne sera pas pire que maintenant.

Elle le regarda, et attendit. Elle ne savait plus quel argument ajouter pour le convaincre. Peut-être était-ce arrogant de sa part de présumer qu'elle était ce dont Greta avait besoin. Mais elle le pensait. Les Kaufmann avaient-ils, d'ailleurs, agi autrement à son égard ? N'avaient-ils pas supposé que Cora avait besoin d'eux ? Elle voulait juste qu'on lui donne la chance d'essayer. Et s'il le fallait, elle supplierait à genoux.

Il y eut un bruit de pas dans le couloir puis Cora entendit un crissement de poignée de porte. Elle mit la main à sa gorge ; elle n'avait pas tiré le verrou. Louise. Elle avait tenu parole. Cora resserra la ceinture de son peignoir tout en se faufilant devant Joseph. Elle devait aller accueillir Louise, elle devait éviter que la surprise ne lui arrache un cri qui ferait peur à Greta. Elle ne pouvait penser à rien d'autre.

Mais elle arriva trop tard, Louise était déjà dans l'antichambre et contemplait la table d'un air déconcerté.

– Cora ? Qui est cette petite fille sous la table ? demanda-t-elle avec un sang-froid impressionnant.

Puis Cora la vit écarquiller les yeux et elle comprit que Joseph l'avait suivie, et que Louise était en train d'embrasser la scène - cet homme qui émergeait de la chambre, et elle en peignoir, les cheveux lâchés. Cora ouvrit la bouche, pensant trouver quoi dire, mais rien ne semblait approprié aux circonstances. Louise haussa les sourcils.

– Cora ?

Cora releva le menton. Ce serait sa seule réponse. Il y avait trop de choses auxquelles faire attention pour l'instant, trop de complications éventuelles pour penser à préserver son orgueil. Si Joseph disait oui, si lui et Greta l'accompagnaient à Wichita, elle devrait réfléchir à un plan, à ce qu'elle raconterait aux voisins, aux amis. En attendant, faute de plan précis, mieux valait ne rien dire, n'inventer aucune explication - et tant pis si ce mutisme offrait à Louise, dont la stupeur laissait déjà place à l'amusement puis à l'hilarité, l'occasion de la tourner en ridicule. Ce n'était pas grave, décida Cora. Elle pouvait le supporter. Endurer cette hilarité serait le commencement de sa pénitence, la punition méritée pour sa cécité et toutes les sottises qu'elle avait dites. Elle supporterait la mortification et s'en remettrait. L'avenir recélait de si belles promesses. Louise pouvait bien ricaner de délectation, Cora lui devait au moins ça.

PARTIE III

« – Vous voudriez donc faire de moi votre maîtresse – puisque je ne peux être votre épouse ? demanda-t-elle.

La question, crue et directe, le prit de court : ce mot, les femmes de son monde évitaient de le prononcer, même quand le sujet affleurait dans la conversation. Or, à voir l'aisance avec laquelle Mme Olenska l'avait proféré, il paraissait avoir une place établie dans son vocabulaire, et Archer se demanda s'il avait été utilisé avec familiarité en sa présence dans l'abominable vie qu'elle avait fuie.

Il tressaillit et balbutia :

– Je veux… je veux partir avec vous pour un monde où de tels mots – de telles catégories – n'existent pas. Où nous serons simplement deux êtres qui s'aiment, qui sont tout l'un pour l'autre ; et plus rien d'autre au monde n'aura d'importance…

Elle poussa un lourd soupir, qui se brisa sur un semblant de rire.

– Oh, mon ami… où est donc ce pays ? Y êtes-vous jamais allé ? »

Edith Wharton
L'Âge de l'innocence

« Personne ne m'intimide. Nous avons tous deux bras, deux jambes, un ventre et une tête. N'oubliez jamais ça. »

Josephine Baker

18

Leur train arriva peu avant midi. À la gare, Alan embrassa Cora et la regarda juste assez longtemps pour qu'elle voie combien il était nerveux. Mais il se montra amical – accueillant Joseph d'une poignée de main et faisant apparaître une sucette de son gilet pour Greta. Tout en se dirigeant vers la voiture, il s'enquit de leur voyage et, en contemplant le ciel bleu sans un nuage, s'excusa du supplice que leur infligeait la dernière vague de chaleur en date.

— Della a mis en route un ventilateur dans chaque pièce, les rassura-t-il, comme s'il avait l'habitude que son épouse le prévienne à peine trois jours auparavant par télégramme qu'elle rentrerait à la maison avec des invités – à savoir ici, en l'occurrence, son frère de New York, qu'elle avait perdu de vue, et sa petite fille, orpheline de mère.

Greta avait peur de monter dans la voiture – une expérience inédite pour elle – donc Joseph s'installa à côté d'elle, à l'arrière, et répondit à voix basse à ses questions : oui, ils étaient à Wichita ; et très bientôt, ils arriveraient chez tante Cora. Oui, il y aurait un lit pour elle. Ce grand monsieur qui conduisait ? C'était le mari de tante Cora – oncle Alan. Cora se retourna vers Joseph et lui adressa un regard qu'elle espérait réconfortant – et dont il semblait avoir grand besoin – avant d'observer Alan du coin de l'œil. Sa réponse, pour le moins laconique, lui était parvenue avant leur départ de New York : il lui confirmait qu'il demanderait à Della de préparer les chambres des garçons, comme Cora l'en priait. À présent, tout en conduisant, il bavardait et désignait à Joseph et à Greta la bibliothèque municipale, la mairie, il s'excusait en plaisantant des dimensions modestes des immeubles de Wichita, bien différents des gratte-ciel auxquels ils étaient habitués. Lorsque Joseph, prenant pour la première fois la parole, observa que Wichita lui faisait l'effet d'une ville agréable à vivre, Alan ne fit aucun commentaire à propos de son accent. Cora n'avait pas la moindre idée de ce qu'il pensait – il avait toujours été d'une exquise politesse. Peut-être était-il heureux pour elle, ou perplexe. Peut-être avait-il cru au mensonge.

Ce n'est que plus tard, une fois les bagages transportés à l'intérieur, une fois leurs hôtes restaurés et retirés dans leurs chambres pour se reposer, qu'Alan demanda à Cora s'il pouvait lui parler, dans son bureau. Il était impossible de déterminer à sa voix ou à son expression s'il était en colère. Cora lui répondit qu'elle était à lui dans un instant – elle avait besoin d'un verre d'eau, en voulait-il un également ? Non, merci, lui répondit-il. Même après qu'il eut refermé la porte et qu'ils furent assis dans les fauteuils en cuir de part et d'autre de son imposante table de travail, Alan garda le silence, attendant qu'elle parle. Cora sirota son verre d'eau en regardant les livres de droit sur les étagères, le buvard sur son bureau. Elle ne savait pas par où commencer. Elle le connaissait bien, et il la connaissait. Mais pour de nombreuses raisons, cela faisait des années qu'ils n'avaient pas eu une conversation franche. Ce fut lui qui se lança, pour finir.

— Il s'est donc passé beaucoup de choses pendant ce séjour.

Elle hocha la tête. Elle entendait des bruits de pas à l'étage, et les exclamations de Greta. Cora devina que la petite fille était en train de découvrir le balcon sur lequel ouvrait sa chambre – l'ancienne chambre d'Earle, avec ses piles de *National Geographic* sur le bureau, et les fanions de diverses équipes de football accrochés aux murs. Si Joseph et Greta restaient, décida Cora, elle les installerait au deuxième étage, afin que les garçons puissent retrouver leurs anciennes chambres lorsqu'ils seraient de retour pour les vacances.

– Es-tu certaine que cet homme est ton frère ? demanda Alan. Comment l'as-tu découvert ? Vous ne vous ressemblez pas du tout, ajouta-t-il en fronçant les sourcils.

Cora se détourna vers la fenêtre. En dépit de la lumière très vive de l'après-midi, les rideaux épais et presque entièrement tirés pouvaient laisser croire que c'était déjà le crépuscule. Des années plus tôt, elle était souvent entrée en douce dans cette pièce en l'absence d'Alan, pour fouiller dans les tiroirs et les papiers, et trouver la preuve de ses sombres suspicions, la preuve de Raymond, la preuve de toutes ces choses qu'elle savait déjà. Après bien des chasses couronnées de succès, lorsqu'elle eut découvert la montre gravée, les poèmes, elle avait arrêté de venir dans cette pièce puisque, quoi qu'elle trouvât, ou ne trouvât pas, cela ne changerait rien. Il continuerait à se consumer d'amour.

– Ce n'est pas mon frère. Mais c'est comme ça que nous allons le présenter à tout le monde, répondit-elle sans détour, et sans aucune note de menace dans la voix.

Mais le ton était affirmatif, pas interrogatif. Elle avait décidé qu'il ne pourrait pas lui dire non.

Alan la dévisagea.

Elle sourit.

– Oh, bon sang, Cora, lâcha-t-il.

Il fallait croire qu'elle l'avait surpris.

– Tu es… vous avez une relation ?

Elle secoua la tête.

– Non. Plus maintenant.

Elle fit de son mieux pour expliquer la situation. Elle et Joseph avaient décidé qu'ils seraient amis, et seulement amis, au moins jusqu'à ce qu'il retombe sur ses pieds, et que lui et Greta ne soient plus aux abois. C'était Cora qui avait posé cette condition – elle ne voulait pas être, une fois de plus, la bénéficiaire du désir fictif d'un homme, celle qu'il fallait flatter et apaiser parce qu'elle était l'indispensable instrument de sa survie. Donc, elle allait l'aider sans rien attendre en retour, en se gardant de toute intimité susceptible de rendre leur arrangement inconvenant, ou humiliant pour l'un et l'autre. Une fois qu'il aurait un travail et des économies, il serait libre de s'en aller, de repartir à New York peut-être, et elle lui souhaiterait de réussir, en sachant qu'elle l'aurait aidé à ne pas être séparé de sa petite fille. C'était là, insista-t-elle, son premier souci.

En tout état de cause – Cora avait insisté et Joseph avait accepté – ils ne décideraient de ce qu'ils étaient l'un pour l'autre que lorsqu'ils seraient sur un pied d'égalité.

Déjà dans le train, songea Cora, même pendant que Greta dormait, ils avaient veillé à ne pas se toucher, à ne pas effleurer le bras de l'autre et s'étaient retenus d'échanger des regards trop appuyés. Le pacte qu'ils avaient conclu était sincère. Même si, tandis qu'ils étaient assis côte à côte, Cora avait eu la sensation que le duvet de ses bras se dressait comme pour l'atteindre coûte que coûte.

La voix d'Alan, tendue et sèche, la ramena à l'instant présent.

— Cora. Que lui as-tu raconté ?

Et comme elle ne répondait pas, il frappa des deux mains sur son bureau. Elle tressaillit et sentit son sourire s'évanouir.

— Cet homme est ton amant ? As-tu perdu la tête ? Que lui as-tu raconté à mon sujet ?

Elle était déçue qu'Alan ne pense qu'à lui. Mais elle lut la peur dans ses yeux.

— Alan. Il s'en moque.

Il secoua la tête. Même dans la pénombre, elle vit son visage pâlir – la couleur qui désertait son grand front, puis ses joues rasées de frais, et enfin son menton marqué d'un sillon.

— Il s'en moque, Alan, répéta-t-elle. Il n'a aucune prise sur toi. Si jamais... Si jamais il en parlait à quelqu'un, ce qu'il ne fera pas, cela nous mettrait nous aussi en danger. Il n'est pas mon frère. Nous serions inculpés de concubinage. Nous serions tous arrêtés.

— Votre châtiment serait sans commune mesure avec le mien.

Elle appuya une main sur le bureau et se pencha.

— Il pourrait perdre sa fille. Et il ne te mettra pas en péril. Il comprend. Alan. Ne t'inquiète pas. Tout va bien se passer. Je veux juste leur donner une chance ici. Peut-être qu'ils ne seront pas heureux. Mais nous voulons voir ce que ça donne. Et il n'y a pas d'autre moyen de le découvrir.

Elle se recula contre son dossier. Peut-être n'aurait-elle pas dû lui dire la vérité, ne serait-ce que pour lui épargner les inquiétudes. Après tout, elle allait devoir mentir à Howard et à Earle. Elle allait devoir continuer à mentir à Greta. Mais elle avait besoin du soutien d'Alan, ou du moins de sa complicité. Sans cela, le mensonge paraîtrait encore plus suspect – personne à Wichita, à l'exception d'Alan, ne savait qu'elle était née à New York et qu'elle était arrivée au Kansas en orpheline. Mais si Alan la soutenait, si c'était lui qui racontait aux gens l'histoire de ses débuts difficiles et témoignait de sa joie de retrouver enfin son frère, il y aurait moins de questions.

— Que va-t-il faire ici ? A-t-il seulement de l'argent ? Est-ce que tu attends de moi que je l'entretienne ?

— Je veux que tu l'aides à trouver un emploi. Ça pourrait se révéler ardu, à cause de son accent. Mais tu connais beaucoup de monde. Tu pourrais l'aider. Il acceptera n'importe quel travail. Il est doué pour les travaux d'électricité, la mécanique.

— Et la petite fille ?

— Je m'occuperai d'elle, affirma-t-elle en souriant.

Dans le train, Greta était longtemps restée cramponnée à son père, mais pendant la traversée du Missouri, Cora et elle, côte à côte, avaient passé un long moment à compter les granges qu'elles voyaient et Greta avait fini par poser sa petite tête blonde sur les genoux de Cora et par s'endormir. Elle avait cru à toute l'histoire. Tante Cora. Sa tante Cora, depuis si longtemps perdue de vue, qui allait les emmener au Kansas, et les aider, elle et son papa, à rester ensemble.

Alan secoua la tête.

— Tu vas continuer à lui laisser croire qu'elle est ta nièce ? Vous allez continuer à mentir à cette petite ?

— Nous n'avons pas le choix. Le contraire serait trop risqué.

— Pendant combien de temps comptes-tu jouer cette comédie ? Et que va-t-il se passer lorsque les garçons vont rentrer à la maison ?

Tu vas leur mentir ? Tu vas mentir à tes propres fils ? Tu vas leur dire que cet homme est leur oncle ? Oncle Joseph de Düsseldorf ?

– Hambourg, corrigea-t-elle en croisant son regard. Et cela fait déjà un petit moment que nous mentons à nos fils. Leur dire la vérité ne ferait que les perturber, ils se poseraient des questions sur notre couple, et bien d'autres choses.

Il détourna le regard. Elle n'éprouvait aucun sentiment de triomphe ou de satisfaction. Aucun plaisir à le culpabiliser. Et lui n'avait aucun droit de le faire. Ne méritait-elle pas sa part de bonheur ? Même au prix d'un mensonge ? Il devait bien voir la logique qu'il y avait dans ce raisonnement, non ? Elle allait l'obliger à la voir.

– J'ai besoin de ton aide, reprit-elle avec douceur. Tu me la dois. Tu le sais.

Alan fronça les sourcils. Elle comprenait sa détresse. Même si elle arrivait à le convaincre que Joseph ne lui ferait aucun mal, il ne pouvait s'empêcher de songer aux bouleversements que cela induirait dans leur quotidien, leur vie domestique. Cela faisait maintenant des années qu'Alan menait sa double vie, en comptant sur l'aide et la discrétion de Cora en échange de toutes les attentions dont il l'entourait, en échange des garçons, des beaux vêtements et du poids social de son nom. Sans doute avait-il espéré que cela serait à jamais suffisant.

– Cela pourrait être agréable, un peu d'animation dans cette maison. (Elle baissa les yeux et frictionna son cou encore endolori par le long voyage en train.) Je me disais que nous pourrions recevoir davantage. (Elle marqua une pause.) Que peut-être... Raymond pourrait venir dîner, de temps en temps ?

Il la dévisagea. Elle fit de même. Elle n'était pas en train de négocier. Elle n'en avait pas besoin, ils le savaient l'un et l'autre. Il restait à sa merci. Mais elle voulait qu'il comprenne que le bonheur, quel qu'il soit, qu'elle pourrait retirer de ce nouvel arrangement ne serait que positif pour lui. Franchement, si elle pouvait avoir cette chance, que lui importait que Raymond Walker vienne dîner ? Depuis presque vingt ans maintenant, elle savait qu'Alan et lui continuaient à se voir, à risquer leur vie pour leurs rendez-vous clandestins. Et si les lettres et les cadeaux qu'ils avaient échangés lui avaient causé une peine infinie, elle se sentait à présent résolument neutre, elle ne voulait ni juger, ni être une entrave à leur bonheur. N'était-elle pas tout aussi résolue à risquer la disgrâce d'un scandale, voire la prison, pour découvrir si Joseph et elle pouvait s'aimer ? Cela paraissait donc logique que ses sentiments à l'égard de Joseph soient les mêmes que ceux qu'Alan éprouvait pour Raymond – des sentiments qu'il ne pouvait ni oublier ni ignorer. Et cette fidélité qui l'avait autrefois remplie d'amertume lui inspirait maintenant une infinie sympathie – de l'admiration même. Elle espérait qu'en prenant elle aussi de si grands risques, elle trouverait à son tour une voie.

Alan pianotait sur le buvard. Il la scruta entre ses paupières étrécies.

– Tu vas raconter aux gens que tu es allemande ? Est-ce que tu l'es ? C'est ça que tu as découvert ? Tu as appris quelque chose au sujet de tes parents ?

– Rien de tout cela n'a d'importance, répondit-elle en haussant les épaules. Disons que mon père était allemand. Et ma mère, aussi. Elle est morte en couches, à New York. Mais ils étaient mariés. Je suis une enfant légitime.

Elle le regarda posément. Quitte à inventer une histoire de toutes pièces, pourquoi ne pas en inventer une qui faciliterait les choses, non seulement pour elle mais aussi pour Joseph et Greta, pour Howard et Earle ?

– Disons que, lorsque j'étais encore bébé, mon père m'a confiée à des parents et qu'il est reparti en Allemagne avec mon frère aîné. Joseph a immigré à nouveau avant la guerre, et j'ai fini par retrouver sa trace à New York.

Elle voyait bien, à son expression, qu'Alan examinait l'histoire sous toutes ses coutures, en quête de failles. Et si jamais il y en avait, il serait le premier à les trouver, en tant qu'avocat émérite et menteur patenté.

– En ce cas, comment t'es-tu retrouvée chez les Kaufmann ? Que diras-tu ?

— La parente à laquelle on m'avait confiée à New York est morte. Je suis arrivée au Kansas par le train des orphelins. (Elle soupira.) Je me moque pas mal que les gens soient au courant de ça. C'est le cadet de mes soucis.

Alan battit des paupières.

— C'est le moins qu'on puisse dire.

Il paraissait abasourdi. Il la scrutait, bouché bée, comme s'il n'était plus certain de savoir qui elle était. Cora comprenait. Alan avait toujours dû planifier très soigneusement leur vie, sa propre vie, soupeser chaque décision afin de protéger son secret, répéter par avance chaque argument, chaque justification. Et voilà que, maintenant, elle lui tendait une embuscade, elle se mettait en travers de sa route avec ses propres désirs, ses propres plans. Il allait lui falloir un peu de temps pour retrouver ses repères, et assimiler que, oui, cette mutinerie était bien réelle. Mais Cora avait le sentiment qu'ils avaient trouvé un accord - ou en avaient au moins posé les bases. Si besoin était, elle l'obligerait à l'aider ; cependant elle préférait qu'il lui conserve son affection. Elle ne dit rien de tout cela, elle se contenta de le regarder de telle façon qu'il le comprenne. Elle veilla à ne pas sourire. Elle ne voulait pas qu'il frappe à nouveau des mains sur le bureau. Mais, franchement, elle était très heureuse de le revoir, très heureuse d'être enfin rentrée à la maison.

Avant même la fin de la semaine, Joseph travaillait à l'emboutissage chez Coleman Lanterns, où Alan avait parlé de lui à un ancien client. Son équipe commençait bien avant l'aube, et donc, par une matinée étouffante de début septembre, ce fut Cora qui conduisit Greta à l'école pour son premier jour de classe. La fillette portait la jolie robe bleue que Cora lui avait achetée chez Innes, et ses cheveux blonds étaient propres et bien peignés. Cora lui assura qu'elle allait aimer l'école, que ses maîtresses seraient gentilles et la plupart de ses camarades amicales.

— Et si l'une d'elles ne l'est pas, tu l'ignores, lui dit-elle.

Greta lui décocha un regard sombre et Cora craignit de l'avoir inquiétée sans raison. Après tout, il n'était pas impossible que Greta, avec sa jolie robe neuve, passe inaperçue. Elle était timide et peu sûre d'elle, mais elle n'avait pas d'accent, et même si d'autres parents avaient entendu dire que son père était allemand et qu'elle venait d'arriver de New York, il y avait une chance pour que ce détail n'intéresse personne. Les gens étaient plus ouverts d'esprit qu'à l'époque où Cora était petite fille, et Wichita était une ville assez grande, dans laquelle il y avait pas mal de passage. Greta se ferait peut-être des amies. Mais même dans le cas contraire, tout irait bien pour elle. Elle avait survécu à la mort de sa mère, et à des années dans un orphelinat. Si jamais les autres filles là tenaient à l'écart, elle serait de taille à le supporter, exactement comme Cora l'avait été.

Lorsqu'elles arrivèrent devant l'école dont la cour résonnait déjà de rires et de galopades, et qu'elle aperçut la jeune maitresse qui, de loin, les accueillait d'un signe de main, Cora sentit pourtant son cœur palpiter. C'était très étrange – elle ne se souvenait pas d'avoir éprouvé autant d'inquiétude en conduisant Howard et Earle, même quand ils étaient tout petits. Peut-être parce qu'elle savait que ses garçons se débrouilleraient, forts de leur enfance confortable sous le toit familial et de leur soutien réciproque. Greta, encore très fluette, semblait, elle, plus vulnérable. Cora se demanda si les Kaufmann avaient ressenti la même chose, et si c'était pour cela qu'ils s'étaient donné tant de mal.

– Quand est-ce que je vais voir mon papa ? demanda Greta. Quand est-ce qu'il viendra me chercher ?

Cora, sensible à l'appréhension dans la voix de la petite fille, s'accroupit aussi bas qu'elle le put et lui sourit.

– Ton papa travaille jusqu'à 5 heures cet après-midi, et à ce moment-là, tu seras rentrée à la maison. Nous dînerons tous ensemble. Oncle Alan rapportera un dessert spécial parce que tu auras été extrêmement courageuse. Et je serai ici à 3 heures, lorsque tu sortiras. Si tu veux, on s'arrêtera acheter une sucette avant de rentrer à la maison. Et tu pourras tout me raconter de ta journée.

Elle déposa un baiser sur le crâne chaud de Greta et la poussa vers les grilles. Elle ne pouvait rien faire de plus. Cela n'aurait pas eu de sens de lui assurer qu'elle allait passer une bonne journée – ou, en l'occurrence, une mauvaise. Cora ne pouvait dire ce que la vie réserverait à Greta ce jour-là, ou n'importe quel autre jour. Elle pouvait seulement promettre qu'elle serait là à 3 heures, prête à consoler, célébrer ou ourdir une stratégie, à aider cette petite du mieux qu'elle pourrait, à lui tenir la main pour la reconduire à la maison.

Fin octobre, la première nuit fraîche de la saison, Joseph vint frapper discrètement à la porte de sa chambre. Il ne prononça pas un mot, il se contenta de la regarder, d'attendre.

Elle ne dormait pas, elle était en train de se tourner et de se retourner dans son lit, et lorsque Joseph tendit la main, elle l'attira vers elle. À ce moment-là, il versait un loyer à Alan, participait aux dépenses alimentaires et aux frais d'entretien domestique. Il était loin de gagner autant d'argent qu'Alan, et sa contribution ne faisait pas grande différence. Mais il ne l'avait pas touchée, il n'avait même pas essayé, avant d'être en mesure de payer son écot. Aussi, lorsqu'il se présenta à sa porte, Cora fut à la fois rassurée et heureuse de savoir qu'il venait vers elle avec un désir authentique. Le désir qu'elle avait de lui était tout aussi pur. Ils ne voulaient rien l'un de l'autre – ni enfants, ni sécurité, ni approbation sociale – sinon être l'un avec l'autre. Ce qu'il y avait entre eux ne concernait qu'eux. Personne d'autre, excepté Alan, et vraisemblablement Raymond, n'était au courant.

Néanmoins, la folie de son geste continuait parfois de la stupéfier. Elle ne pouvait s'ôter de l'idée qu'un jour, ils seraient tous démasqués, ou que Joseph et elle se lasseraient l'un de l'autre, ou que Greta déciderait de ne pas l'aimer, ou encore qu'Alan se refuserait à continuer ce manège.

Mais rien de cela ne se passa. Personne, en ville, ne fit part à voix haute de suspicions. Seule Viola Hammond réprimanda Cora pour lui avoir caché qu'elle était née à New York, tout en la couvrant d'éloges pour accomplir son devoir de chrétienne en accueillant sa nièce. Alan se montra beaucoup plus cordial après que Joseph eut bricolé le moteur de l'automobile et supprimé un inquiétant cliquètement, et plus encore lorsque Raymond accepta enfin une des nombreuses invitations à dîner de Cora. Raymond, qui à ce moment-là avait perdu la plupart de ses cheveux roux, se montra d'abord peu disert et circonspect – surtout à l'égard de Cora. Mais il s'entendit bien avec Greta et, après quelque temps, ces soirées s'installèrent dans une routine facile. L'été précédent, Alan avait acheté un poste et, le dîner terminé, tout le monde passait au salon pour écouter une pièce radiophonique ou de la musique. Cora remarqua qu'Alan et Raymond échangeaient rarement des regards et évitaient de s'adresser la parole directement, et elle trouva que c'était là une stratégie que Joseph et elle pourraient adopter. Quand ils sortaient, si elle dansait, c'était toujours avec Alan. Jamais avec Joseph. (Jamais non plus avec Raymond – cela semblait découler d'un agrément mutuel.) La comédie se poursuivait jusque dans la maison, afin de ne pas perturber Greta. Mais cela ne gênait pas Cora. Cela lui suffisait d'avoir Joseph à proximité, d'entendre sa voix, même lorsqu'elle ne le regardait pas.

Et pour le reste, ils se débrouillaient. Greta avait un sommeil de plomb, et la porte de la chambre de Cora possédait un verrou. Même une fois que Joseph avait regagné sa chambre, après s'être penché pour lui donner un baiser et lui souhaiter bonne nuit, Cora restait allongée les yeux ouverts, satisfaite, en écoutant la maison silencieuse. Avec le temps, elle déciderait que ce qu'elle avait fait n'était en rien une folie. Était-ce être fou que d'essayer de vivre selon son vœu, aussi conformément que possible à ses désirs ? *Cette vie est la mienne*, songeait-elle parfois. *Cette vie est la mienne parce que j'ai eu de la chance. Et parce que j'ai su saisir cette chance.*

Alan lui fit valoir qu'il ne servirait pas à grand-chose de rapporter ce que Louise lui avait dit concernant Edward Vincent. Que cet individu continue d'enseigner à l'École du dimanche était inquiétant, il en convenait, mais si Louise refusait de voir son nom mentionné sur le dépôt de plainte, Cora ne pourrait aller voir les responsables paroissiaux qu'avec une accusation vague. Il était peu probable que Vincent soit remercié sur la base d'allégations, et si Cora le confrontait, elle ne réussirait qu'à se faire un ennemi.

— Et compte tenu de nos arrangements domestiques, nous serions bien inspirés de choisir nos ennemis avec soin, ajouta-t-il.

Mais Cora ne pouvait pas rester les bras croisés. Non sans un sentiment de lâcheté, elle envoya une lettre anonyme au bureau d'Edward Vincent, qu'elle écrivit sur du papier à lettre ordinaire, et de la main gauche.

Ne touchez pas aux filles de l'École du dimanche.
On vous surveille.

Elle ignorait ce qu'il résulterait de cette tentative, et elle la jugeait trop timide. Mais le dimanche suivant, le pasteur annonça qu'Edward Vincent ayant décidé de se consacrer entièrement à ses affaires et à sa famille, la paroisse recherchait une personne bénévole pour inculquer les principes de morale à ses jeunes ouailles. Cora envisagea brièvement de lever la main. Depuis son retour de New York, elle avait beaucoup réfléchi aux questions de morale et cela ne lui aurait pas déplu de pouvoir partager quelques-unes de ces pensées, et quelques interrogations aussi, avec les jeunes presbytériens de Wichita. Mais elle savait que ce n'était pas là le genre d'enseignement que le pasteur attendait. Et compte tenu de la vie qu'elle menait, enseigner ces règles de morale austère et ces exemples édifiants qu'on lui avait appris enfant auraient fait d'elle une hypocrite aussi éhontée qu'Edward Vincent. Aussi, lorsque le pasteur la regarda, assise sur le banc entre Alan et Joseph, détourna-t-elle poliment les yeux.

En 1926, une Louise Brooks de dix-neuf ans, actrice encore relativement inconnue, fut choisie pour interpréter le principal rôle féminin dans *Au suivant de ces messieurs* et donner la réplique au très populaire Adolphe Menjou. Lorsque le film sortit à Wichita, Cora et Joseph allèrent le voir et ils emmenèrent Greta. À dix ans, la fillette arrivait déjà presque aux épaules de Cora, et ses cheveux avaient encore blondi après tant d'étés passés sous le soleil du Kansas. La fillette affirma avec insistance avoir un souvenir très net de la jolie fille brune qu'elle avait brièvement croisée à New York quand elle avait six ans : elle était en train de manger du pain et de la confiture, et s'était cachée sous la table lorsque la jeune fille était entrée, et puis celle-ci s'était mise à rire au sujet de quelque chose. Comme si ces détails n'étaient pas une preuve suffisante, à l'instant où Louise apparut sur l'écran, Greta eut un hoquet et agrippa le bras de Cora.

— C'est elle ! chuchota-t-elle. Tante Cora, je me souviens ! Elle n'a pas du tout changé !

Joseph la fit taire gentiment. Cora, elle, était incapable de lui répondre. Elle était bouche bée et dévorait l'écran des yeux - le regard sombre qui semblait lancer des éclairs sous la frange, le sourire familier, étincelant. Cora n'était pas du tout surprise que Louise ait réussi, mais c'était tellement excitant, tellement stupéfiant de voir une personne qu'elle connaissait dans la vraie vie à l'écran. En revanche, Greta se trompait - Louise n'était plus exactement la même que cet été-là, à New York. Ses cheveux étaient encore plus courts, ses traits légèrement plus anguleux, son visage s'était affiné et évoquait davantage celui de sa mère. Ses yeux étaient soulignés d'un épais trait noir, ses paupières assombries par du fard. Elle interprétait le rôle d'une garçonne qui n'avait pas froid aux yeux et voulait aller à New York pour devenir danseuse. Son interprétation n'avait pas dû exiger d'elle un grand effort de composition, mais Cora la trouva convaincante. Et quelque mouvement qu'elle fît, quelque expression qu'elle prît, son visage lumineux attirait le regard. Lorsqu'elle apparaissait dans une scène, il était difficile de prêter attention à qui que ce soit d'autre. Au début du film, elle portait des vêtements simples, mais à la fin, elle apparaissait dans une robe de soirée rebrodée de perles, avec un profond décolleté, et sans aucun bijou autour du cou.

Le lendemain, *The Wichita Eagle* citait avec jubilation un critique new-yorkais : « *Il y a dans ce film une fille qui s'appelle Louise Brooks. Peut-être n'avez-vous jamais entendu parler d'elle. Et si tel est le cas, n'ayez crainte, ça va changer.* »

D'un coup d'un seul, il semblait que son visage et son nom étaient partout. Des portraits apparurent dans les pages de *Photoplay*, *Variety* et *Motion Picture Classic*. Sur certains, Louise fixait l'objectif d'un regard sensuel, sur d'autres, elle souriait de façon ingénue, mais dans tous les cas, le cliché en noir et blanc jouait du contraste entre ses cheveux bruns et sa peau pâle. Avant même la sortie de son second film, les échotiers commencèrent à la traquer. On rapportait des dîners fins dans des restaurants, des soirées dansantes dans des clubs ; des rumeurs circulèrent, selon lesquelles elle avait été vue à New York en compagnie de Charlie Chaplin qui, les articles omettaient rarement de le mentionner, était un homme marié et deux fois plus âgé qu'elle. Les magazines rapportaient aussi que quelques années à peine auparavant, Louise avait dansé avec la compagnie Denishawn et en avait été renvoyée pour conduite indécente. Que dans la foulée, elle était devenue une Ziegfeld *girl* ; et qu'à l'époque, bien qu'encore mineure, elle menait grand train et vivait dans la plus totale liberté à l'hôtel Algonquin, jusqu'à ce que l'établissement la jette à la rue pour comportement obscène. De toutes les garçonnes avec des coupes au carré et les genoux à l'air qui apparurent à l'écran cette année-là, il semblait que Louise Brooks était la seule à être réellement rebelle et à mener une vie débridée. Howard écrivit à Cora qu'il avait impressionné ses nouveaux camarades de la fac de droit en leur racontant que non seulement il avait été l'école avec Louise Brooks, mais que sa chère mère l'avait chaperonnée pendant tout un été. « Les copains sont jaloux de moi, ajoutait-il. Mais aucun n'a dit qu'il vous enviait ! »

Ils avaient bien raison, songea Cora. Avec le recul, elle voyait encore plus clairement que cet été-là, à New York. Sa mission aurait tout aussi bien pu être d'essayer de contenir le vent ou d'arrêter le passage du temps. Louise était déjà pareille à un élément incontrôlable. Mais, à l'époque où elles partageaient ce petit appartement étouffant, quand Cora avait obligé la jeune fille à se relaver le visage pour effacer toute trace de fard, elle avait été sincèrement convaincue de faire, en plus de ce qui s'imposait, la seule chose qui était en son pouvoir. Et tel un perroquet bien entraîné, elle avait mis Louise en garde, encore et encore, contre les terribles conséquences d'une réputation souillée. Quelques années plus tard à peine, la réputation de Louise se retrouvait traînée dans la boue par la presse populaire, et pourtant, pour ce qu'en voyait Cora, cela n'avait pour seule conséquence que de nouvelles propositions de rôles et un surcroît de célébrité.

Cependant, Cora ne pouvait se défaire d'un sentiment d'inquiétude, ce même sentiment qui l'avait tarabustée cet été-là à New York. Louise avait-elle été heureuse de quitter Denishawn ? Si ce n'était pas le cas, qu'avait-elle fait pour se faire renvoyer ? Était-elle sortie le soir pour aller boire ? Louise était-elle satisfaite d'être la dernière jeune maîtresse en date de Charlie Chaplin, ou bien espérait-elle quelque chose d'autre ? *Allons, ne sois pas bête*, se réprimandait-elle. Louise n'avait que faire de sa sollicitude et n'en voudrait vraisemblablement pas. Sur toutes les photographies qui paraissaient d'elle, elle renvoyait l'image d'une jeune femme pétrie d'assurance, au regard aiguisé. Cora se disait que, très probablement, Mr. Chaplin se verrait relégué, avec le sentiment d'avoir été utilisé – ou qu'ils se quitteraient d'un commun accord et indemnes. Louise avait beau être encore très jeune, elle était une femme adulte, une femme moderne, intelligente et indifférente au jugement des autres. Elle était la lame la plus étincelante de cette nouvelle génération en train d'entailler les vieilles conventions.

Quelques années plus tard à peine, le cinéma situé à côté du cabinet d'Alan s'était doté d'une enseigne qui indiquait en grosses lettres « *À l'affiche ce soir l'étoile de Wichita : Louise Brooks* », qu'il ajoutait au fronton de la marquise chaque fois qu'un de ses films passait en ville. À l'écran, remarqua Cora, Louise adoptait souvent une gestuelle enfantine, faisant des petits bonds, tournoyant sur elle-même. Elle se perchait sur les genoux de vieux messieurs aux yeux écarquillés, et continuait d'user régulièrement de sa moue. Les potins rapportés dans les magazines brossaient un portrait d'elle bien différent, et devaient semer la perplexité chez ses admirateurs. Cora ne fut pas surprise en lisant que Louise avait engagé des poursuites à l'encontre d'un photographe, qui avait fait circuler un cliché sur lequel, seulement drapée d'une écharpe, elle dévoilait une hanche nue. Face aux journalistes, Louise défendait sa position en expliquant que cette photo datait de l'époque où elle était une Ziegfeld *girl*, mais qu'elle exerçait maintenant une profession tout à fait différente : « *J'ai désormais embrassé une carrière sérieuse d'actrice de cinéma*, expliquait-elle, *et je crains que ces clichés qui font le tour du pays ne nuisent à mes chances de succès dans ma nouvelle profession. Dans celle-ci, je suis souvent appelée à jouer des héroïnes innocentes, des jeunes filles qui sont des modèles de modestie et de respect des conventions. D'après les réalisateurs qui me dirigent, ce sont là les rôles auxquels je suis avant tout adaptée. Pour les spectateurs qui m'ont admirée dans un de ces rôles, ce serait un choc trop grand, j'en ai bien peur, que de tomber sur une photographie de M. De Mirjian qui me montre posant nonchalamment vêtue en tout et pour tout d'une écharpe, et parfois d'une paire de sandales. Le contraste détruirait ou affaiblirait sans nul doute l'illusion d'innocence et de naturel que mon jeu a créé.* »

Louise poursuivait en clarifiant qu'elle n'éprouvait aucune honte d'avoir posé pour ces photographies, qu'elle jugeait artistiques, élégantes, et parfaitement appropriées pour une danseuse de revue. Une belle robe très décolletée, soulignait-elle, pouvait être parfaitement acceptable dans le cadre d'une soirée, mais la même serait indécente portée dans l'après-midi. La robe n'était pas indécente en soi, seulement inappropriée dans certaines circonstances.

— Elle pourrait être avocat, gloussa Alan. Je pense qu'elle réussirait à merveille.

Cora dut en convenir. L'exemple que faisait valoir Louise était criant d'à-propos. Depuis quelque temps, il devenait impossible de prédire ce qui serait d'un jour à l'autre considéré comme approprié ou pas. Deux ans plus tôt, les ourlets avaient rallongé, presque jusqu'aux chevilles, mais voilà qu'ils étaient remontés à nouveau aux genoux. Et cet été-là, à Wichita, l'équipe de base-ball du Ku Klux Klan devait se mesurer aux Morovians de la Negro League lors d'un match arbitré par des catholiques blancs, présumés impartiaux. Cora, qui redoutait une explosion de violence, n'y assista pas, et refusa également à Greta la permission d'y aller. Mais Joseph, Raymond et Alan s'y rendirent, et la rencontre se déroula sans incident. Pendant des années, les trois hommes pourraient se vanter d'avoir été là le soir où les Morovians avaient battu le Klan – dix à huit.

Mais il y eut encore plus surprenant, du moins pour Cora : Myra Brooks, apprit-on, avait quitté son mari, et abandonné ses deux cadets qui vivaient encore sous le toit familial. Le bruit courait qu'il y avait un autre homme, mais peut-être ne s'agissait-il là que de rumeurs. Ce qu'on savait, c'était que Myra travaillait à Chicago, où elle écrivait une rubrique hebdomadaire traitant de santé, beauté et psychologie dans un magazine dont personne n'avait jamais entendu parler. Les femmes, dans le cercle de Cora, étaient horrifiées – c'est le moins que l'on puisse dire. Un après-midi d'automne où, avec Viola, elle rédigeait des enveloppes pour la League of Woman Voters, Cora commit l'erreur de mentionner le nom de Myra.

— Ce qu'a fait cette femme est méprisable, siffla Viola en soulignant chaque syllabe d'un coup de stylo sur la table. Qu'elle ait été malheureuse avec son mari, c'est une chose, mais je ne peux pas comprendre qu'une mère abandonne ses enfants. Theo va être envoyé dans une école militaire. Et la petite June a été confiée à une parente. (Viola s'interrompit un instant pour humecter la gomme d'une enveloppe, mais se ravisa.) Et Zana Henderson qui prend sa défense ! Parce qu'elle aurait soi-disant des circonstances atténuantes ! À ce qu'il paraît, *Madame* Brooks n'avait jamais désiré être mère. Elle voulait être écrivain, *artiste*, et il lui a semblé qu'elle s'était reniée assez longtemps. (Viola secoua la tête, puis rajusta une épingle qui était tombée de son chignon.) Eh bien je ne suis pas d'accord. Myra ne voulait peut-être pas être mère, mais c'est ce qu'elle est, et elle doit se comporter comme telle. Je sais que Zana et Myra sont très amies, mais c'est un *crime* qui a été commis contre ces enfants !

Cora se taisait. Viola était en colère, et à juste titre. Mais bon, Cora savait ce qu'elle savait. Elle compléta l'adresse sur une enveloppe, consciente que Viola la regardait avec insistance et attendait qu'elle parle.

— C'est vrai, dit-elle finalement. Ce qu'a dit Zana est vrai. C'est du moins ce que Louise m'a raconté, autrefois. Myra ne voulait pas d'enfant, et n'était pas heureuse avec Leonard. (Elle croisa le regard outré de Viola et détourna les yeux.) Mais je suis d'accord avec vous, c'est très triste. Cela me fait beaucoup de peine pour Theo et June.

— Oui, c'est triste. Et je suis navrée, mais je ne comprends pas toute cette sympathie à l'endroit de cette femme. Je ne vois pas en quoi Leonard Brooks est si mauvais qu'elle n'ait eu d'autre choix que de le quitter. Il m'a fait l'effet d'un homme très bien chaque fois que je l'ai croisé. Et il gagne très bien sa vie. D'après Zana, Myra se plaignait de ce qu'il était « exigeant et manquait d'égards », mais ce n'est jamais l'impression qu'il m'a donnée. Tous ceux à qui j'en parle pensent qu'il est parfaitement aimable. Mais si jamais ce que dit Myra est vrai, elle aurait dû s'en apercevoir avant de l'épouser. S'il était l'ogre qu'elle prétend, elle l'aurait sans doute remarqué.

— Pensez-vous qu'elle faisait référence à leurs relations conjugales ?

Viola ne répondit rien. Mais son expression laissait entendre sans ambiguïté que Cora aurait dû s'interroger en silence.

— C'est peut-être ce que Myra entendait par là, non ? reprit Cora en faisant une petite pile bien nette d'enveloppes. Ou pas.

Mais si c'est le cas, elle ne pouvait pas savoir où elle mettait les pieds – pas de ce point de vue. Elle s'est mariée très jeune. C'est tout ce que je voulais dire.

Viola reprit son stylo, sans quitter Cora des yeux. Ses joues creusées, remarqua celle-ci, avaient rosi.

— Bonté divine, Cora. Je n'arrive pas à croire que vous venez de dire cela.

Cora ne répondit rien. Ç'aurait été mal avisé de sa part d'insister, de rejoindre le combat perdu de Zana Henderson pour défendre, ou du moins comprendre, le départ de Myra. Elle n'aurait su dire pourquoi cela la tracassait autant – elle n'appréciait même pas Myra Brooks. Mais elle aussi avait été une très jeune mariée, qui ignorait où elle mettait les pieds, et ce que le mariage et les relations conjugales seraient – ou ne seraient pas. Cora avait réussi sa fuite à l'insu de tous, mais Myra n'avait pas eu ce luxe-là. Et elle ne pouvait pas la juger, maintenant qu'elle-même avait Joseph. Si Myra avait bel et bien fait allusion aux relations conjugales, l'exigence et le manque d'égards formaient, lui sembla-t-il, une bien triste combinaison – pire, peut-être, que rien du tout.

Mais personne ne put prendre la défense de Myra une fois qu'Ethel Montgomery eut reçu de sa cousine, qui habitait dans le Michigan, un prospectus publicitaire, orné de la photo de Myra : « *Myra Brooks, la mère à l'éternelle beauté juvénile de la star de cinéma Louise Brooks, vous entretiendra ce soir de conseils de beauté et de santé* ». On ne tarda pas à découvrir que Myra, profitant de la renommée grandissante de Louise, s'était immiscée dans la tournée de conférences du très populaire Institut Chautauqua et donnait des causeries pour enseigner comment elle avait façonné la beauté et le maintien de sa célèbre fille – et réussi à conserver sa propre jeunesse. Les dames de Wichita se demandèrent à voix haute si Myra, lorsqu'elle dispensait ses conférences sur sa sagesse maternelle, mentionnait également le fait qu'elle avait abandonné les petits frère et sœur de Louise, ou si c'était simplement parce que seul le nom de Louise était lucratif qu'elle n'évoquait jamais ses autres enfants.

Pour savoir ce que Louise, pour sa part, en pensait, on ne pouvait s'en remettre qu'à des suppositions. Désormais, la jeune femme était réellement célèbre et inatteignable. Son nom défilait sur l'écran à côté de celui de WC Fields, et les magazines racontaient qu'elle était sur le point d'épouser le jeune et beau réalisateur de son dernier film. Bientôt, on décrirait la nouvelle demeure des jeunes mariés en Californie, les somptueuses réceptions où était servi du caviar, les garden-parties au château de Hearst en compagnie de leurs amis célèbres. Louise serait photographiée aux côtés de son mari en robe du soir et, lors de ses séjours à New York, arborant toute une panoplie de manteaux de fourrure.

Au mois de mai cette année-là, après l'école, et après avoir mordu dans la pomme que venait de lui tendre Cora, Greta déclara qu'elle ne connaissait aucune fille qui plaignait June Brooks, même si sa mère l'avait abandonnée.

– Elle va aller à Hollywood, expliqua Greta en mastiquant. Elle va passer tout l'été chez Louise. J'ai dit à June que j'avais rencontré sa sœur à New York et que j'aimerais bien la revoir, moi aussi. Elle m'a dit qu'elle allait voir ce qu'elle pouvait faire. Son frère Theo est aussi du voyage. Tout le monde raconte qu'ils vivent dans un manoir avec des serviteurs, et probablement avec une piscine, que le mari de Louise est si riche qu'il a six voitures, et qu'il y aura sans doute toutes sortes de vedettes de cinéma en train de se prélasser dans la maison.

Et là, Greta se redressa sur sa chaise, le dos bien droit, croisa ses genoux écorchés et haussa le menton, comme si elle était une dame élégante prenant la pose au bord d'une piscine. Cora sourit. La fillette se montrait encore timide à l'école et en société, mais en privé, elle aimait bien prendre des attitudes théâtrales.

– Que se passera-t-il, à la fin de l'été ? demanda Cora. Est-ce que June va revenir ?

Greta secoua la tête.

— Non, elle ira à l'école à Paris. Je n'ai pas retenu le nom mais lorsque notre maîtresse l'a entendu, elle a dit : « Eh bien, eh bien, ce doit être agréable d'avoir pour sœur une vedette de cinéma. » Et Louise ira la voir tout le temps à Paris parce qu'elle est tellement riche qu'elle peut traverser l'océan dans un sens et dans l'autre comme la plupart des gens traversent une rue.

Cora était impressionnée, non par l'argent, mais par le geste. Si quelqu'un lui avait dit, à l'été 1922, que la jeune fille de quinze ans intrigante et revêche dont elle avait la charge serait bientôt riche et célèbre, elle n'aurait pas été si stupéfaite que cela. En revanche, jamais elle n'aurait deviné qu'à peine quelques années plus tard Louise serait non seulement mariée et heureuse, mais qu'elle veillerait également sur ses jeunes frère et sœur, reprenant le flambeau là où sa mère l'avait abandonné. Cora reconnut qu'elle avait peut-être eu tort de se faire du souci. Louise, en dépit de toute son effronterie et son insouciance, se débrouillait très bien.

Cela étant, tout le monde semblait très bien se débrouiller, au cours de ces dernières années de vie facile. Earle se maria à Saint-Louis, et bien qu'il ne fût encore qu'un étudiant en médecine quelque peu désargenté, les parents de la mariée donnèrent une noce somptueuse, avec plus de trois cents invités, un petit orchestre et des entrecôtes au menu. Howard fut le témoin de son frère, et Greta la demoiselle d'honneur. On porta des toasts à l'avenir du couple, et malgré la présence d'un commissaire de police et du maire parmi les convives, personne ne sembla se soucier du fait que l'un des bols de punch était relevé au gin.

Joseph réussit quant à lui à se faire embaucher dans l'une des usines d'aéronautique de la ville – c'était encore l'époque où l'on pouvait croiser en toute simplicité Clyde Cessna et Walter Beech sur Douglas Avenue, et où rares étaient ceux capables d'entrevoir ce que ces deux hommes, et cette jeune industrie, deviendraient. Joseph y débuta comme gardien et conserva ce poste pendant un an avant qu'on ne lui laisse l'occasion de bricoler un moteur. Il fit rapidement impression. Lorsque l'université de Wichita annonça la création d'un nouveau diplôme dans une discipline baptisée

« ingénierie aéronautique », la société le paya pour suivre les cours. Il commença à gagner un bon salaire et Ethel Montgomery demanda un jour à Cora si son frère était « sur le marché », car elle avait une sœur, veuve, qui habitait à Derby. Cora lui expliqua que, malheureusement, la femme de son frère, sur son lit de mort, lui avait fait jurer de ne jamais se remarier, et que Joseph, que son cœur soit béni, avait tenu parole.

– Comme c'est romantique ! s'était émerveillée Ethel.

– Oui, n'est-ce pas ?

Plus tard, cet après-midi-là, elle raconta son mensonge à Joseph.

– Les femmes adorent se sentir désolée pour un homme, le prévint-elle. Maintenant, elles vont toutes être après toi.

Il trouva cela très drôle. Et comme ils étaient seuls à ce moment-là dans la maison, il l'embrassa.

La bonne fortune semblait omniprésente, comme l'air qu'on respire sans s'en rendre compte. Les cours de la Bourse étaient hauts, il tombait juste ce qu'il fallait de pluie pour les récoltes et l'avenir semblait aussi radieux et dégagé que le ciel d'été. En cette année 1929, aux quatre coins du pays, les garçonnes endiablées dansaient sur la musique jazz, et chaque petit souffle de brise continuait de murmurer le nom de Louise dans les pages des magazines et les salles de cinéma.

Naturellement, le vent était sur le point de tourner.

19

Pendant les pires tempêtes de poussière[1], ils calfeutraient les fenêtres avec du ruban adhésif et glissaient sous chaque porte des chiffons imbibés de paraffine. Mais la poussière pénétrait tout de même. Cora en sentait le goût sur ses lèvres lorsqu'elle se réveillait. Sitôt debout, elle balayait soigneusement la maison de fond en comble et, trois heures plus tard, une nouvelle couche de poussière recouvrait le sol, si épaisse qu'elle retenait ses empreintes de pas. La poussière recouvrait les diodes du poste, les papiers d'Alan sur son bureau, la vaisselle dans les placards. Joseph rinçait les verres de ses lunettes et, quelques minutes plus tard, devait recommencer. On ne pouvait laisser aucune nourriture à l'air libre. Della faisait de son mieux pour la lessive, mais les mauvais jours, quand les rafales étaient si denses qu'elles empêchaient de voir de l'autre côté de la rue, les autobus arrêtaient de circuler et elle ne venait pas. Quand les écoles fermèrent, Greta resta à la maison et seconda Cora avec les balais et serpillières mouillées. Lorsque, avec l'été, la chaleur revint, ce ne fut plus simplement la poussière qu'elles durent balayer, mais les araignées et les mille-pattes. Et encore, elles

1. Dans les années 1930, et pendant près d'une décennie, une terrible sécheresse et d'incessantes tempêtes de poussière (« Dust Bowl ») dévastèrent la région des grandes plaines.

étaient dans leur maison, leur sanctuaire. À l'extérieur, le vent piquait la peau et les yeux et écaillait la peinture des palissades.

Ils étaient bien mieux lotis que la plupart des gens. Alan continuait à bien gagner sa vie, et il avait toujours été prudent en matière d'investissements, donc il n'avait pas trop perdu au moment du krach. Joseph renonça à une part conséquente de son salaire chez Stearman mais, en 1934, l'usine ayant signé des contrats avec l'armée pour des avions d'entraînement, son salaire remonta un peu. C'étaient les fermiers et leurs familles qui continuaient à souffrir le plus, année de sécheresse après année de sécheresse. Parfois, Cora avait l'impression de balayer de son salon le foyer et le gagne-pain de quelque pauvre habitant de l'Oklaoma. Le bétail en était réduit à la famine, ou bien s'étouffait, et les fermiers n'avaient d'autre choix que d'abandonner leurs maisons pour émigrer en ville. À tous les croisements de Douglas Avenue, il y avait maintenant des hommes qui vendaient des crayons à papier, ou des pommes de l'Armée du Salut et, plus d'une fois, des voyageurs accompagnés d'enfants étiolés de faim vinrent frapper à la porte de service de Cora, pour mendier de la nourriture. Avec Della, elle préparait alors des sandwichs avec tout ce qu'elles avaient sous la main.

Même dans son cercle d'amies et de voisins, certains rencontraient des problèmes, quoique moins dramatiques. Viola Hammond et son mari avaient perdu tellement d'argent dans l'effondrement de la Bourse qu'ils avaient dû accueillir deux pensionnaires pour les aider à rembourser leurs traites de crédit. Les Montgomery avaient vendu leur Cadillac et acheté une Buick Standard. Le club de jardinage s'était entièrement dissous et tout le monde avait abandonné ses parterres de fleurs à la poussière. Mais certaines personnes ne semblaient pas du tout affectées, même si la pluie se faisait toujours attendre, même si le cours des actions stagnait au plus bas et qu'un président démocrate, F. D. Roosevelt, venait de prêter serment. Cora continuait à être invitée à des déjeuners et des goûters entre dames où elle, comme les autres, portait des gants blancs, des chapeaux cloche et ces nouvelles robes à mi-mollets, ceinturées et assorties d'un boléro. Désormais, même les femmes d'un certain âge avaient abandonné les corsets, et il était devenu plus facile de manger, de respirer, de se mouvoir ; cependant, et bien qu'elles fussent moins contraignantes, les gaines restaient un supplice avec cette chaleur. Par un matin d'été brûlant, après onze jours d'affilée avec des températures avoisinant les 40 °C, Winnifred Fitch, dont le mari venait d'une famille de grossistes en viande très en vue, loua un théâtre et demanda à ses directeurs d'installer sur la scène des lampes et une longue table afin qu'elle et sept autres dames puissent se faire livrer à déjeuner dans un lieu confortable et climatisé. L'air frais réveilla l'appétit de Cora, et elle mangea cinq tranches de melon délicieusement glacé, en savourant chaque bouchée.

Lorsque le petit personnel eut débarrassé les assiettes, Winnifred, qui présidait la tablée, s'éclaircit la voix et se leva. Elle avait une petite cinquantaine, soit quelques années de plus que Cora, mais les deux ne se connaissaient pas très bien car les Fitch (qui avaient fui l'ouest de l'État parce que, chose difficile à croire, l'air était meilleur en ville) n'étaient installés que depuis peu à Wichita.

– Merci infiniment à vous toutes d'être venues, commença Winnifred en lissant le devant de sa robe. Je sais que je vous ai invitées aujourd'hui en prétextant quelque entreprise d'aide sociale et je vous promets que si, en sortant, vous voulez bien glisser quelques piécettes dans le bocal à conserve à côté des marches, cet argent sera remis à la soupe populaire de l'Église méthodiste. J'y veillerai personnellement. Mais je dois vous avouer que ce n'est pas dans ce but que je vous ai réunies ici. (Elle marqua une pause et redressa ses épaulettes.) Mesdames, j'ai organisé ce déjeuner dans l'espoir que nous pourrions unir nos efforts contre un ennemi que toutes les soupes populaires du monde ne pourront vaincre, un ennemi qui s'attaque à nous tous, riches ou pauvres pareillement.

Cora se tamponna délicatement les lèvres avec sa serviette, tout ouïe. Si Winnifred Fitch connaissait une solution pour vaincre la poussière, elle voulait l'entendre, sans aucun doute.

Mais Winnifred avait l'air grave.

— En tant que nouvelle venue dans cette communauté, j'ai été choquée de voir… des articles obscènes exposés en des lieux où le public, y compris des enfants innocents, peuvent les voir. Je parle ici de préservatifs. J'ai l'impression qu'en cette période difficile, les droguistes sont tellement à l'affût des moindres sources de revenus qu'ils ont laissé leur rigueur morale partir à la dérive. J'ai le sentiment que même vous, qui êtes plus citadines que moi, déplorez qu'il soit devenu si ardu de protéger nos enfants et nos petits-enfants des sous-entendus vulgaires de ces étalages. (Elle balaya l'assistance du regard.) Virginia. Cora. Je crois que vous avez l'une et l'autre des filles adolescentes.

— Oui, fit Virginia en hochant la tête. Trois de mes filles sont encore à la maison. Je ne peux que me sentir concernée par le sujet.

Winnifred, imitée par toutes les autres, regarda ensuite Cora.

— Greta est ma nièce, précisa celle-ci, sans entrer dans les détails.

Cora savait qu'elle n'avait pas répondu à la question de Winnifred, mais il ne lui semblait guère avisé de faire savoir à ces dames que les préservatifs mis à disposition des clients dans les drugstores ne lui posaient aucun problème. D'ailleurs, à peine quelques semaines plus tôt, Cora avait mentionné l'apparition de ces articles à Greta, en lui glissant avec décontraction que si jamais une fille et un garçon se trouvaient contraints de se préoccuper de « contraception », pour reprendre le terme lancé par Mrs. Sanger, ils feraient mieux de se procurer une marchandise dûment contrôlée chez un droguiste, plutôt que de prendre des risques avec un préservatif acheté sous le manteau dans une salle de billard ou une station essence. Greta, d'ordinaire si volubile, était restée muette, sous l'effet du choc, puis de l'embarras.

— Tante Cora ! Pour quel genre de fille me prenez-vous ? s'était-elle indignée.

— Le genre que j'aime, lui avait répondu Cora.

Mais cette conversation lui avait paru nécessaire, puisque Greta avait maintenant dix-sept ans, et un petit ami attitré.

— Mesdames, reprit Winnifred. Je vous ai invitées ici aujourd'hui parce que j'ai entendu dire que chacune d'entre vous est bien introduite, et respectée, dans cette communauté. J'espère que vous signerez donc ma pétition contre la vente libre de ces articles et les publicités dont ils font l'objet, et que nous travaillerons toutes main dans la main pour élaborer un code de décence pour le centre-ville.

Une vague de murmures approbateurs et de hochements de tête se propagea autour de la table. Cora jouait nerveusement avec sa serviette, sans trop savoir quoi faire. Elle venait tout juste de savourer du melon et du thé aux frais de Winnifred Fitch ; elle pouvait difficilement prendre congé de façon abrupte. Mais jamais elle n'aurait imaginé que ce déjeuner serait un appel aux armes contre les préservatifs. Franchement, tels que le droguiste les présentait dans son magasin, les préservatifs n'étaient en rien choquants. Pendant des années, McCall's avait affiché des publicités vantant les mérites du Lysol « pour l'hygiène féminine des épouses inquiètes », quand personne n'ignorait où résidait la vraie promesse : ni grossesse ni maladies. Le docteur de Cora l'avait mise en garde : ces publicités étaient absurdes, le Lysol était impuissant contre les bébés, et pouvait causer de sérieux dommages chez une femme. Cora n'avait eu aucun mal à tenir compte de cet avertissement, puisqu'en femme mariée elle avait disposé d'une alternative – un diaphragme, prescrit sur ordonnance – dès lors qu'elle avait eu rassemblé assez de cran pour le demander. Mais qu'en était-il d'une fille de l'âge de Greta ? En vérité, Cora était soulagée qu'une jeune fille, ou du moins son soupirant, puisse désormais entrer dans un drugstore et y trouver le nécessaire. Ce n'était pas qu'elle souhaitait que Greta ait des relations intimes à dix-sept ans – Cora ne tenait pas le petit ami en grande estime. Mais les jeunes gens se comporteraient en jeunes gens, que les droguistes retirent les préservatifs des rayonnages ou non. Pas plus tard que la semaine précédente, deux médecins de Wichita qui espéraient ouvrir un foyer pour filles-mères avaient adressé un courrier de sollicitation à Cora. Certaines des filles qu'ils voulaient aider, écrivaient-ils, étaient parfois très jeunes, et indifféremment issues de familles honorables ou défavorisées.

Aussi, pendant le discours de Winnifred, Cora se tint-elle tranquille. Elle écouta le tic-tac de sa montre et se concentra sur la climatisation et la sensation de fraîcheur sur sa peau. Il était inutile d'engager un débat avec une pleine tablée de femmes qui semblaient savoir, avec autant de certitude que Cora autrefois, ce qui était acceptable et ce qui ne l'était pas. Cora ne serait pas capable de les amener à réviser leur position, certainement pas en l'espace d'un déjeuner. Elle ne gagnerait qu'à être ostracisée. La seule chose qu'elle pouvait espérer, c'était de parvenir à s'éclipser sans rien signer.

Ethel Montgomery s'éclaircit la voix.

– Nous ferions mieux de nous élever contre toutes les formes d'immoralité, proposa-t-elle. Saviez-vous qu'il y a, en ce moment même dans notre État, un mouvement en faveur de la légalisation de la bière, tant qu'elle reste d'un faible degré d'alcool ? Le but est d'en finir avec la prohibition, ici aussi. Winnifred, je partage assurément vos inquiétudes, mais je pense que nous devrions également unir nos forces pour soutenir la tempérance. Il me semble que ces deux sujets sont les deux faces d'une même pièce.

Cora prit sur elle pour retenir un soupir. Le reste du pays avait déjà jugé l'expérience de la prohibition comme un échec. Mais au Kansas, rien n'avait encore bougé. Et pourtant, d'après *The Wichita Eagle*, la consommation quotidienne d'alcool de contrebande de la ville était estimée à plus de sept hectolitres. C'était dire l'efficacité de cette abstinence forcée. Les deux faces d'une même pièce, effectivement.

Les serveurs remplissaient en silence les verres d'eau et Cora reconnut l'un d'eux, le fils cadet de Della, qui avait environ le même âge que les jumeaux. Elle lui sourit, mais soit il ne la remarqua pas, soit il fit semblant de ne pas la reconnaître.

– J'aime votre façon de penser, approuva Winnifred en se rasseyant et en murmurant un remerciement tandis qu'on remplissait son verre. Mais il s'agit là d'une lutte qui coûtera plus cher. Les *wets*[1] sont grassement financés, et bien organisés. Or je sais que la

1. Surnom des partisans de l'abrogation de la loi Volstead, *wet* signifiant « mouillé ».

plupart d'entre nous rencontrent pas mal de difficultés en ce moment. (Elle s'interrompit et lâcha un petit rire sarcastique.) Si nous voulons partir en guerre contre l'alcool, nous allons devoir faire preuve de créativité. L'une de vous a-t-elle des liens de parenté avec un millionnaire ? Un magnat du transport routier, peut-être ?

Il y eut des rires polis. Viola, à la droite de Cora, lui donna un petit coup de coude amical.

– Cora connaît Louise Brooks.

Cora se tourna vers son amie et la dévisagea d'un air ébahi. Ethel Montgomery leva les yeux au ciel et déclara :

– Je doute fort qu'elle serait prête à soutenir une loi interdisant l'obscénité.

– Elle n'a pas d'argent, de toute façon, ajouta Virginia. Elle s'est déclarée en faillite personnelle, je crois. Elle a dit aux journaux qu'il ne lui restait rien, à part sa garde-robe.

On entendit un claquement de langue.

– Toutes ces fourrures. La pauvre chérie.

Cora contempla le plafond, les cordes, les sacs de sable, les éclairages. Du temps où Louise vivait encore à Wichita, quand elle n'était qu'une jolie brunette qui se produisait partout où sa mère pouvait lui décrocher un contrat, peut-être avait-elle exécuté des pirouettes et des sauts sur cette même scène, devant des camarades de classe ou des voisins venus l'applaudir. Cora tourna la tête, regarda par-dessus son épaule les rangées de fauteuils inoccupés.

– Comment peut-elle être en faillite ? observa Viola, incrédule. Je savais qu'elle avait divorcé, mais elle s'est remariée, n'est-ce pas ? Avec un millionnaire de Chicago, non ?

– Elle l'a quitté, lui indiqua la femme qui avait manifesté bruyamment son dédain. Ce mariage-là a été de plus courte durée encore que le premier.

– Si elle est une nouvelle fois en faillite, elle va peut-être revenir vers lui. C'est ce que sa mère a fait.

Cora baissa les yeux. Elle avait entendu dire que Myra était de retour en ville. Tous ses enfants étaient grands maintenant, mais elle vivait à nouveau sous le même toit que Leonard – tous les deux seuls dans cette grande maison de North Topeka Street. Cora avait entendu dire aussi que Myra s'était tout bêtement trouvée à court d'argent, et qu'elle n'était pas en bonne santé. De l'avis général, Leonard s'était montré grand seigneur en acceptant de la reprendre.

— Louise Brooks n'aura besoin de revenir vers personne, déclara Virginia. Si elle a divorcé d'un autre millionnaire, elle doit rouler sur l'or.

— Je ne peux que le lui souhaiter. Quel âge a-t-elle maintenant - trente ans ? Et déjà deux divorces ! Le prochain candidat va y réfléchir à deux fois. Et Hollywood semble s'être lassé d'elle. Voilà des années qu'on ne la voit plus nulle part.

Winnifred esquissa un faible sourire.

— Peut-être que même Hollywood rechigne à soutenir l'exemple d'une femme qui prend le mariage autant à la légère ? Bien, en ce qui concerne la levée de fonds...

— C'est à cause du parlant, l'interrompit Virginia. C'est ce que j'ai entendu dire. Sa voix ne convenait pas. Plein d'acteurs rencontraient de gros succès dans les films muets grâce à leur physique. Mais maintenant, il leur faut une bonne voix, aussi. Et le jeu a changé du tout au tout. C'est pour ça qu'elle a été obligée de partir faire ces films en Allemagne, pour essayer de tirer encore un petit quelque chose de son visage. Elle n'avait pas une voix adaptée au parlant.

— Elle a une très belle voix, protesta Cora. Il n'y a aucun problème avec sa voix.

Tous les visages se tournèrent vers elle. Viola haussa les sourcils.

— Et elle a déjà joué dans des parlants, ajouta-t-elle. *La publicité rapporte* était un film parlant.

— J'avais même oublié qu'elle jouait dans celui-là, dit Viola. C'est son dernier, n'est-ce pas ? Et c'était il y a quatre ans.

— Lequel était-ce ? demanda Ethel. Je ne sais pas si je l'ai vu.

— Il y avait également Carole Lombard, précisa Viola. C'était la vedette. Louise Brooks avait un petit rôle. Alors, à quoi est-ce dû ? ajouta-t-elle en se tournant vers Cora. Si ce n'est pas à cause de sa voix, pourquoi est-elle ruinée ? À un moment donné, on ne pouvait aller au cinéma sans voir son visage, et maintenant ce n'est plus le cas. Où est-elle passée ?

– Je ne sais pas, dit Cora. Je ne suis pas en contact avec elle. Je suis désolée. La seule chose que je sache, c'est qu'elle a une belle voix.

Personne ne répondit. Cora comprit qu'elle avait peut-être parlé avec plus de véhémence qu'elle n'en avait eu l'intention. Elle ne voulait pas rester assise à cette table. Elle recula sa chaise.

– Cora ? dit Viola en effleurant son genou. Vous n'allez pas partir ? S'il vous plaît. Ce n'était qu'une question. Vous êtes contrariée ?

Cora secoua la tête, lèvres pincées. Oui, elle était contrariée, sans trop savoir cependant si elle avait le droit de l'être. On ne lui posait jamais que des questions qu'elle s'était elle-même posées. Mais elle, elle s'était interrogée sans jubilation, à la différence de ces femmes qui, à l'évidence, se réjouissaient de ce que Louise, autrefois si supérieure à elles, ait connu un déclin si rapide. Maintenant, elles voulaient connaître l'histoire, les détails. Cora n'en avait aucun à leur donner.

– Je dois partir, indiqua-t-elle en se levant. Merci pour le brunch, Winnifred. Quel cadeau de pouvoir déjeuner dans un lieu aussi frais.

Elle se força à sourire, repoussa sa chaise contre la table et se dirigea vers les marches à droite de la scène.

– Avant de partir, vous devriez signer la pétition, lui lança Winnifred.

Cora descendit les marches, en regardant où elle posait les pieds dans la pénombre. Pour une sortie discrète, c'était raté. Mais peut-être qu'un peu d'honnêteté était nécessaire.

– Non, répondit-elle. Je trouve les rayonnages du drugstore très bien comme ils sont. (Elle s'interrompit, le temps de remettre ses gants.) Mais merci pour le brunch, cependant.

Sans relever la tête, elle ouvrit son sac et en sortit six quarters qu'elle laissa tomber dans le bocal posé sur le bord de la scène. On n'entendait rien d'autre que le tintement des pièces contre le verre, dont l'écho se répandit dans le théâtre, puis le bruit sec du fermoir de son sac. C'était un peu théâtral peut-être, mais qu'importe. N'était-elle pas justement dans un théâtre ? Dans son dos, la tablée demeura silencieuse tandis qu'elle remontait l'allée moquettée. Cora inspira profondément, emplissant ses poumons d'air frais et propre pendant qu'elle le pouvait encore, sachant ce qui l'attendait au-dehors.

Elle aurait quitté le brunch de bonne heure, de toute façon. On était vendredi, et Joseph serait de retour à la maison à midi. Il s'était depuis longtemps arrangé pour travailler très tôt tous les matins afin de disposer de ses lundis et vendredis après-midi. Il avait dit à l'ingénieur en chef qu'il était un lève-tôt et qu'il appréciait ces heures paisibles, juste avant et après l'aube, quand il pouvait bricoler les moteurs, les ailes et les trains d'atterrissage en silence. Il était suffisamment doué dans son travail pour qu'on lui accorde cette préférence sans trop mener d'enquête. Personne n'avait fait le rapprochement, ni ne se souciait de ce que Della ne venait plus que les mardis et jeudis. Si un veuf souhaitait débaucher plus tôt deux fois par semaine afin de pouvoir se détendre à la maison pendant que sa sœur mariée vaquait aux tâches ménagères, cela ne regardait personne.

Le silence régnait dans la maison, et avec les ventilateurs qui tournaient et les rideaux du salon tirés, la maison était presque confortable.

– Bonjour ? lança-t-elle une fois dans le hall d'entrée, en époussetant sa jupe. Joseph ?

– Je suis là.

Il apparut sur le seuil du salon, vêtu d'un pantalon et d'un tee-shirt propres. Ses cheveux étaient encore mouillés, au sortir de la douche qu'il avait installée au-dessus de la baignoire un peu plus tôt cette année-là – il ne supportait pas la poussière dans l'eau du bain. Désormais, toute la maisonnée prenait des douches plutôt que des bains, en grande partie pour économiser l'eau, mais Cora ne regrettait pas de ne plus avoir à récurer les traces d'eau marron sur l'émail.

– Comment était le brunch ? (Il s'avança et se pencha pour l'embrasser. Il sentait la menthe.) Est-ce que le thé s'est glacé dans vos tasses ?

Sans lui répondre, Cora s'écarta pour jeter un coup d'œil dans le salon, puis dans la salle à manger.

– Il n'y a personne, dit Joseph, sans se rapprocher d'elle cependant.

– Je vais faire le tour pour m'en assurer, répondit-elle avec un sourire en retirant ses épingles à chapeau. As-tu déjeuné ?

Elle n'était pas toujours la plus prudente des deux. Parfois, c'était Joseph qui devait lui rappeler que leur intimité n'était jamais acquise. Une amie pouvait passer à l'improviste. Un voisin pouvait jeter un coup d'œil par la fenêtre. Et puis, on ne pouvait jamais écarter le pire – Greta rentrant à la maison plus tôt que prévu. Le lycée était cependant assez loin pour que l'adolescente, si jamais elle tombait malade au milieu de la journée, soit obligée de téléphoner pour qu'on vienne la chercher. Et depuis deux étés, elle travaillait à mi-temps au cabinet d'Alan, archivant des dossiers et répondant au téléphone. Cora avait demandé à son mari de l'appeler immédiatement si jamais Greta devait quitter le cabinet plus tôt, surtout le lundi et le vendredi. Alan, en parfait gentleman, l'avait promis, sans poser de questions ni faire de commentaires.

Au cours des années, Cora et Joseph avaient consacré une large part de leurs moments pourtant comptés d'intimité à se tourmenter pour déterminer s'il leur fallait dire la vérité à Greta. Mais cela leur avait toujours semblé trop dangereux. Lorsque Greta avait douze ans, une dispute terrible avait éclaté entre elle et son amie Betty Ann Mills, un jour où Betty Ann, qui attendait seule dans la chambre de Greta que celle-ci termine ses corvées ménagères en bas, avait lu suffisamment de pages du journal intime de Greta pour être contrariée par la façon dont elle s'y trouvait décrite. I deux filles avaient échangé des paroles hargneuses, et après le départ de Betty Ann, Greta avait été inconsolable. Tout en pleurant, elle s'était défendue auprès de Cora que son journal intime était destiné à des pensées qui ne regardaient qu'elle, et que ce qu'elle avait écrit ne l'avait pas été à l'intention de Betty Ann. Cora lui avait donné raison, l'avait consolée, mais elle avait été soulagée que Greta n'ait pas été en mesure de confier d'autres choses bien plus dommageables à son journal. Joseph et Alan étaient convenus à leur tour que c'était là la preuve qu'ils devaient continuer à mentir à la jeune fille que tous adoraient. Et qu'à l'heure qu'il était, Betty Ann Mills aurait très bien pu tenir leur vie à tous dans ses mains crasseuses de fillette de dix ans.

Mais plus ils attendaient, moins il devenait vraisemblable qu'ils seraient un jour capables de lui dire la vérité. Greta était désormais presque adulte, et elle avait grandi en croyant que Cora était sa tante, qu'elles avaient un lien de sang. Greta ne ressemblait absolument pas à Cora. Elle était blonde, grande et encore très menue, ce qui la tracassait énormément car les courbes féminines étaient de nouveau à la mode. Mais elle avait fait remarquer une fois, avec délectation, qu'elles avaient le même nez et des mains semblables.

— Je sais par les photos que je ressemble à ma mère - le visage, du moins, avait-elle dit à Cora. Mais c'est bien que je vous ressemble à vous aussi. Votre mère est morte quand vous étiez bébé. Vous et papa savez tous les deux ce que je ressens.

Il était impossible de deviner comment elle supporterait la nouvelle, ou ce qu'elle en ferait. Tous les autres membres de la maisonnée se méfiaient du petit ami de Greta, Vern, qui avait mené campagne, longuement mais encore en vain à ce jour, pour convaincre Greta d'abandonner son projet d'études universitaires. Joseph avait décidé, par stratégie, de ne pas se lancer dans un bras de fer avec le jeune homme et, par conséquent, personne ne manifestait ouvertement son antipathie à l'égard de Vern. Greta se considérait toujours très éprise, il paraissait donc vraisemblable que si jamais elle apprenait la vérité concernant sa tante Cora, elle pourrait se confier à son amoureux, même si on lui avait demandé de n'en rien faire. Cora jugeait Vern capable de grande méchanceté ; ils encourraient tous un danger bien plus grand.

Donc, ils avaient gardé leur secret, même à la maison. Ils savaient qu'ils commettaient peut-être une terrible erreur, et que si Greta le découvrait par accident, elle pourrait être blessée à jamais. Mais comme pour l'instant elle paraissait heureuse, on pouvait raisonnablement supposer qu'elle le resterait même en ne sachant rien. Après tout, Howard et Earle avaient eux aussi grandi dans le mensonge.

Mais on ne pouvait nier qu'année après année c'était le bonheur de Joseph et Cora que ce secret compromettait. Ils pouvaient se promener, aller au cinéma ou au théâtre, se permettre toutes ces activités qu'un frère et une sœur peuvent faire ensemble. Mais ils ne pouvaient pas se prendre la main ni s'appeler trop souvent par leur prénom. Ils auraient pu danser ensemble sans éveiller de soupçon, mais ils n'essayaient pas. Un jour, Cora s'était plainte à Alan de ce que tout cela était épuisant.

– Je suis désolé, lui avait-il répondu. Je suis affreusement désolé.

Ce n'était pas la réponse qu'elle avait désiré entendre, ni ce qu'elle avait cherché à insinuer. Alan était toujours son grand ami et, pour l'heure, son seul confident. Elle ne le blâmait pas. Bien au contraire. Elle avait voulu dire qu'elle comprenait.

– Tu es contrariée ? Le brunch n'était pas bon ?

Joseph tendit la main et lui caressa la joue. Ils étaient assis dans le canapé du salon ; les rideaux tirés barraient la route au soleil. À une époque, en ces après-midi où ils étaient seuls, la première chose qu'ils faisaient, c'était se précipiter à l'étage, dans sa chambre à lui ou dans celle de Cora. Parfois, l'après-midi commençait encore ainsi. Mais le plus souvent, désormais, ils voulaient juste rester assis l'un près de l'autre, pour bavarder. Joseph était libre de poser la main sur sa jambe ; elle était libre d'appuyer la tête contre son épaule.

Elle se tourna vers lui et lui sourit. Elle était contrariée, mais elle essayait de le cacher. Ils ne disposaient que de quelques heures en tête à tête et elle ne voulait pas les gâcher en se plaignant du brunch de Winnifred Fitch. Cependant elle continuait à penser à Louise, à se poser des questions à son sujet. En vérité, elle s'inquiétait pour elle – quoique ce fût toujours aussi superflu. Louise allait vraisemblablement bien. Elle pouvait trouver à épouser un autre millionnaire. Et peut-être était-ce elle qui s'était lassée d'Hollywood, et non le contraire. Cela semblait de l'ordre du possible.

Dans un cas comme dans l'autre, Cora espérait que la jeune femme allait bien. Il lui vint à l'esprit juste à ce moment-là, alors qu'elle était assise dans le canapé avec Joseph, qu'elle pouvait être fière de sa sollicitude à l'égard de Louise. Fière, oui, de n'avoir pas été à sa place autour de la table réunie par Winnifred Fitch. Une autre pensée lui vint. Ce n'était qu'une idée, une pensée extravagante. Mais l'agacement et la confusion qu'elle avait éprouvés un peu plus tôt se transformaient déjà en une agitation qui n'avait rien de désagréable. En face d'eux, une sauterelle, nullement perturbée par leur présence, grimpait lentement sur le mur.

Cora souleva la tête et balaya ses cheveux en arrière.

– L'autre jour, des docteurs m'ont écrit. Non, non, ce n'est pas à mon sujet, ajouta-t-elle en voyant l'inquiétude se peindre sur le visage de Joseph. (Elle lui prit la main.) Je vais bien. Je connais simplement l'un des deux par le club. Lui et un autre docteur, et un donateur qui n'a pas été nommé... Ils veulent fonder un foyer, à Wichita, pour des filles qui sont... Bon, enceintes et encore filles. Ils essaient de constituer un conseil d'administration.

Elle contempla le ventilateur du plafond qui tournait, la main de Joseph encore dans la sienne. Il savait écouter avec patience, ce qui était toujours secourable dans des moments comme celui-là, quand elle-même avait du mal à cerner la direction de sa pensée.

– Ils aimeraient qu'il y ait une femme au conseil d'administration. Principalement pour lever des fonds. Ils m'ont dit qu'ils cherchaient une femme de réputation honorable - ce pourquoi ils m'ont contactée, ajouta-t-elle avec un sourire.

Joseph lui pinça la taille.

– De réputation honorable, répéta-t-il.

Elle feignit de faire bouffer ses boucles coupées au carré du plat de la main.

– Tu es la seule qu'ils ont sollicitée ?

– Je ne sais pas. Personne n'en a parlé au brunch, ce matin. Cela dit, les filles-mères ne sont pas une cause très populaire.

Elle regarda les doigts de Joseph qui pianotaient sur sa jambe. Il avait beau être d'une propreté irréprochable et les récurer soigneusement chaque fois qu'il rentrait du travail, ses ongles étaient en général ourlés de noir. À cause de l'huile des moteurs.

– Tu as envie de faire ça ? demanda-t-il.

– Je ne sais pas.

Elle contempla le ventilateur. Ce serait sans doute très prenant. Mais cela dit, l'année suivante, Greta partirait à l'université. Cora passait déjà le plus clair de ses journées à lire. Howard et sa femme avaient un nouveau bébé, mais vivaient à Houston. Earle et son épouse n'avaient pas encore d'enfant, mais eux étaient à Saint-Louis.

– J'ai quarante-neuf ans, reprit-elle. Je ne sais pas si c'est raisonnable de me lancer dans une entreprise dont j'ignore tout.

– C'est un sentiment que j'ai déjà éprouvé, répondit Joseph en souriant.

Elle appuya le front contre son épaule. Évidemment. Elle avait oublié. Elle pensait rarement à tout ce qu'il avait perdu, à la façon dont il avait tout recommencé de zéro, en la suivant jusqu'ici avec rien d'autre que sa fille. Non seulement il s'était remis sur pied, mais il avait grimpé encore plus haut. La prohibition était toujours en vigueur dans l'État du Kansas, mais il aurait pu repartir à New York, ou aller n'importe où ailleurs, et recommencer son activité de brasseur. Sauf qu'à présent il adorait travailler sur les avions, il se régalait des casse-tête et défis permanents qu'offrait chaque plan. Il ne voulait pas retourner au brassage, disait-il. Si le Kansas légalisait l'alcool demain - ce qui n'était apparemment pas près d'arriver -, sans doute s'arrêterait-il dans un bar pour boire une bière de temps en temps. Mais à part ça, sa vie ne changerait en rien.

Il laissa tomber la tête en arrière et un nuage de poussière se souleva lorsqu'elle toucha le dossier.

— Bien, répondit-elle en s'éventant le visage.

Les docteurs, en hommes de bien qu'ils étaient, voulaient baptiser le foyer Charity House. Ils trouvaient que c'était assez vague pour plaire aux potentiels donateurs, et sans référence spécifique au type de pensionnaires. Et ils avaient déjà la maison, qu'une femme leur avait léguée en connaissance de cause, une gigantesque demeure victorienne, avec des pignons et des galeries couvertes, sise sur près d'un hectare de terrain juste à la sortie de la ville.

— Charity House me fait penser à Dickens, observa Cora.

Comme le New York Home for Friendless Girls, pensa-t-elle. Un foyer pour femmes déchues.

— Que diriez-vous de Monica House ? proposa le plus jeune des deux docteurs. Sainte Monique était mère.

— Non, désolé, c'est trop catholique, lui rétorqua son confrère.

Le plus jeune des deux était catholique.

— Que diriez-vous de Kindness House ? lança Cora.

Les deux médecins se consultèrent du regard, les sourcils froncés.

— La maison de la bonté ? C'est un peu... C'est... Non, désolé, répondit l'aîné des deux hommes en secouant la tête. C'est un peu mièvre.

— La bonté n'a rien de mièvre, protesta Cora. La gentillesse, peut-être. Mais pas la bonté.

Elle les regarda à tour de rôle. Ils étaient l'un et l'autre des hommes bons. Aucun des deux n'était mièvre.

– Je me disais justement que cette idée devrait être la pierre angulaire de notre mission. Notre guide.

– Quelle idée ?

Elle essaya de réfléchir. Mais il n'y avait pas mille façons de dire la chose.

– Eh bien... L'idée que toute morale est fondée sur la compassion.

Le plus jeune des deux docteurs esquissa un sourire.

– Vous être une lectrice de Schopenhauer, Cora ?

– Un peu, répondit-elle en lui souriant. Il a souvent raison, n'est-ce pas ? Mais Compassion House, je ne sais pas si...

– Dans « compassion », les gens vont entendre « passion », la coupa le plus vieux en secouant la tête. Et ce n'est pas un terme que nous souhaitons voir associé à cette population. Non, ça ne va pas.

Ce fut un travail ardu de lever des fonds pour la Kindness House, surtout au début, surtout en cette période de dépression. Bien des gens mettaient déjà la main à la bourse pour soutenir de bonnes œuvres et, ainsi que le lui exposèrent sans ambages certains de ceux qui lui opposèrent une fin de non-recevoir, Cora était en compétition avec des œuvres de charité au service d'enfants parfaitement innocents, qui n'avaient rien fait pour mériter leur souffrance. Les mères célibataires, comme le lui expliqua une femme de son club, avaient scellé elles-mêmes leur destin.

– J'ai de la compassion pour ces bébés, dit-elle. Mais ces filles, rien ne les obligeait à décroiser les genoux.

– C'est vrai, la plupart du temps.

Cora ne disait rien d'autre. Elle n'avait rien à gagner en se montrant impolie. Mais cela la blessait d'entendre parler de la sorte de ces mères, surtout depuis qu'elle avait eu l'occasion d'en connaître quelques-unes. Avec les médecins, ils avaient engagé une directrice, ainsi qu'un professeur et une infirmière à domicile, donc Cora ne s'occupait pas de la gestion quotidienne du foyer. Mais elle y passait souvent, pour voir si on avait besoin de quelque chose. Si certaines des résidentes ne voyaient en elle qu'une femme d'âge mûr portant chapeau et gants, à laquelle elles n'avaient rien à dire, d'autres semblaient contentes que quelqu'un leur demande avec un sourire comment elles allaient. Il y avait là des filles d'à peine treize ans comme des femmes de plus de trente. Il était évident que certaines avaient grandi dans de bonnes familles. Quelques-unes semblaient avoir reçu plus d'éducation que Cora, même si la fille qui paraissait la plus intelligente – elle avait été à l'université – reconnaissait s'être laissé abuser par la publicité sur les vertus du Lysol. Quelques-unes des pensionnaires étaient originaires de Wichita. Une poignée d'entre elles venaient de villes plus petites, dévastées par la sécheresse, et l'une d'elles était originaire d'Oklahoma City. Mais quelle que soit leur origine sociale, aucune ne pouvait se promener en ville, et certainement pas une fois que leur état était patent. Cora prenait des commandes de petits luxes – du chocolat, des brosses à cheveux, des livres. Une des filles, enceinte de six mois, lui demanda un jour un ours en peluche.

Mais la tâche principale de Cora consistait à lever des fonds et il s'avéra qu'elle était douée pour ça. Au fil des années, elle avait levé des fonds pour de nombreuses causes, mais à présent, et peut-être parce que celle qu'elle défendait aujourd'hui était très impopulaire, elle se sentait encore plus motivée, encore plus combative. Elle avait appris à constituer des dossiers pour demander des aides, à la fois auprès de l'État et du gouvernement fédéral. Elle donnait des goûters et des déjeuners. Elle accompagnait Alan à des réceptions où elle plaidait pour sa cause auprès de ses confrères. Elle faisait de même lorsqu'elle allait rendre visite à chacun de ses fils. Elle savait être enjôleuse. Elle pouvait se montrer persuasive tout en restant polie. Elle apprit à parler plus des bébés que des mères. Oui, répondait-elle inlassablement, la plupart des mères seraient prêtes à abandonner leur bébé pour une adoption. Dans l'un ou l'autre cas, elle insistait toujours sur le fait qu'il en allait de l'intérêt des bébés que les mères soient bien traitées.

Raymond fut l'un des plus généreux donateurs. Il fit cela sans fanfare, et son geste ne semblait comporter aucune signification ou message caché. Un soir, il sortit tout simplement du bureau d'Alan en lui tendant un chèque. Il trouvait que son projet en valait la peine. Et que faire d'autre de son argent ? Après tout, il n'avait pas d'enfant.

— Merci, lui dit-elle - ou du moins tenta-t-elle de dire car elle avait perdu momentanément l'usage de sa voix.

Ils furent tous deux surpris par le rouge qui lui monta aux joues. Puis Cora ne put résister à l'envie de poser les bras autour de ses larges épaules et de l'attirer vers lui, de respirer son parfum de savon. Le geste surprit visiblement Raymond et, l'espace de quelques instants, il garda le dos raide, les bras le long du corps. Mais Cora ne relâcha pas son étreinte. Sous ses mains, sous l'étoffe de son luxueux costume et de sa chemise, se trouvaient ces mêmes épaules parsemées de taches de rousseur qu'elle avait vues cet horrible jour où elle avait cru que sa vie prenait fin - et que cet homme sympathique et aimé était son ennemi.

Elle était reconnaissante de ce que la vie fût longue.

Par une douce journée de l'hiver 1937, Cora alla en ville faire quelques courses de Noël chez Innes, et Greta, de retour de la faculté pour les vacances, l'accompagna. Cora était contente d'avoir de l'aide car lui fallait encore acheter des cadeaux pour ses fils, mais également pour leurs épouses et les deux petits de Howard, qui seraient tous réunis pour fêter Noël à la maison. Depuis une semaine, Cora passait son temps à préparer des lits, secouer des rideaux et même faire cuire des pains d'épices en forme de petits bonshommes quelque peu difformes ou légèrement brûlés. Elle avait acheté deux paires de chaussettes chaudes et douces pour chacune des pensionnaires de la Kindness House et, pour Greta, un tube d'un rouge à lèvres qui lui plaisait et un flacon de Chanel N° 5. Pour Joseph, elle avait acheté un beau costume, après avoir compris que jamais il ne s'en achèterait un lui-même. Quant à Alan et Raymond, elle leur avait choisi des cravates assorties, en espérant qu'ils trouveraient le clin d'œil amusant.

– Greta ? Tu crois que les petits de Howard aimeraient un jouet à tirer ? (Elle fit rouler un petit wagon sur une étagère, et le Mickey Mouse, le seul passager, se mit à battre très énergiquement sur un tambour.) Walter a quatre ans maintenant. Tu crois qu'il est trop grand pour ce genre de jouet ?

Comme Greta ne répondait pas, Cora releva la tête et, à ce moment-là, la cloche de la porte retentit et Myra Brooks entra dans le magasin. Elle portait un béret noir et un long manteau, noir lui aussi, avec un col en fourrure. Elle paraissait très pâle, peut-être à cause du contraste avec son rouge à lèvres rouge brique. Mais c'était bien elle, avec les joues creuses, et dix ans de plus que la dernière fois que Cora l'avait vue. Leurs regards se croisèrent et Myra détourna très vite les yeux. Tandis qu'elle s'avançait dans l'allée centrale, Cora garda le silence. Il était possible que Myra ne l'ait simplement pas reconnue, après toutes ces années. Cora avait maintenant les cheveux poivre et sel. Mais il était tout à fait possible également que Myra n'ait juste pas envie de parler – ni à Cora ni à qui que ce soit. Dans un cas comme dans l'autre, Cora, qui tenait toujours le jouet à la main, se résigna à la laisser poursuivre son chemin.

Mais au moment où Myra dépassa le rayon des jouets, elle s'arrêta. Même avec ses talons, elle semblait petite, ratatinée. Cora vit ses épaules se soulever par deux fois, puis elle se retourna.

– Bonjour, Cora.

– Bonjour Myra. (Cora essaya de masquer sa surprise d'un sourire.) Comment allez-vous ?

Myra sembla trouver la question saugrenue.

– Eh bien... Je suis là.

Cora ne savait pas trop quoi dire. La voix et l'expression de Myra semblaient l'une et l'autre si résignées qu'une réponse enjouée aurait été malvenue. Et maintenant qu'elle était près d'elle, elle voyait que Myra avait très mauvaise mine ; son beau visage était décharné, et son cou était tout maigre sous le col en fourrure. Myra la dévisagea comme si elle attendait quelque chose, jusqu'à ce que Cora, mal à l'aise, détourne le regard. Greta, à quelques pas de là au rayon des accessoires féminins, sourit à sa tante en lui désignant du doigt le bonnet rouge qu'elle était en train d'essayer. Cora approuva d'un hochement de tête.

Myra parut s'en agacer.

— Excusez-moi, dit Cora. C'est ma nièce. Elle est de retour à la maison pour les vacances. Je ne sais pas si vous l'avez déjà rencontrée.

— Hmm... marmonna Myra, manifestement peu intéressée, sans se donner la peine de se retourner mais en continuant à fixer Cora.

Bien, songea Cora. Puisque la politesse ne semblait pas à l'ordre du jour, autant lui demander carrément ce qu'elle avait envie de savoir.

— Comment va Louise ?

— Hmm... (Myra ne sourit pas mais l'éventail de rides autour de ses yeux se plissa.) Je me disais bien que vous en viendriez rapidement à cela.

Cora reposa le jouet sur l'étagère, bien consciente que Myra la regardait à présent avec une franche hostilité.

— Je n'essaie pas de vous soutirer des informations indiscrètes, protesta Cora. Je suppose que tout va bien pour elle. J'ai vu son dernier film, l'année dernière.

— Ah oui, le western. J'ai entendu dire qu'il était épouvantable.

Cora regarda les boutons noirs du manteau de Myra. Une fois de plus, elle ne sut quoi répondre. Elle était allée voir le film parce que c'était le premier dans lequel Louise apparaissait depuis des années. Cela sautait aux yeux qu'il avait été réalisé avec un budget modeste, il faisait appel à des effets spéciaux idiots, et des hommes passaient leur temps à sauter de leur cheval pour se jeter sur leur adversaire. Comme Howard et sa famille avaient été en visite à ce moment-là, Cora avait emmené ses deux petits-fils. Les garçons avaient adoré le film, cette débauche de chevauchées débridées et de coups de feu, mais Cora, elle, l'avait trouvé à la fois bête et déprimant. De surcroît, Louise, qui n'avait qu'un rôle d'intérêt sentimental, semblait terne et accablée d'ennui. Elle avait changé de coiffure - les cheveux étaient plus longs, presque jusqu'aux épaules, et la frange avait disparu. Cora n'arrivait cependant pas à discerner si le changement ne tenait qu'à sa coiffure. Louise paraissait toujours jeune, et elle était toujours jolie, mais d'une façon plus commune. Et même si elle souriait et se pavanait devant la caméra, il y avait comme de l'épuisement dans son regard.

— Je pense que ces temps-ci elle est obligée de prendre ce qu'on lui propose. (Myra resserra le col en fourrure autour de son cou.) Mais selon moi, elle ferait mieux de laisser Hollywood la tuer carrément, et en finir, plutôt que d'agoniser comme elle le fait.

— Myra, dit Cora sans rien tenter pour masquer la froideur dans sa voix. Il ne faut pas dire des choses pareilles.

— Je dis ce que je pense, rétorqua Myra en haussant les épaules. C'est la vérité. Elle a déjà tout gâché.

Cora se rapprocha.

— Je ne comprends pas, dit-elle en baissant la voix.

— Moi non plus. Je sais seulement que Louise est une imbécile. Et une ingrate. Elle pourrait régner sur Hollywood, à l'heure qu'il est. Au lieu de quoi, elle se précipite vers le néant. Et c'est sa faute. Elle avait tout pour elle, mais elle s'est sans cesse montrée idiote et insupportable. Vous saviez qu'on lui avait offert le rôle principal dans *Public Enemy* ? Elle l'a refusé parce qu'à ce moment-là elle fréquentait un homme - qui n'avait aucune intention de l'épouser. Jean Harlow était leur second choix, mais elle, elle a été assez maligne pour récupérer la carrière que Louise a jetée à la poubelle.

— Elle est toujours à Hollywood ?

— Jean Harlow ? Oui, répondit Myra, l'œil brillant de méchanceté. C'est une star, maintenant.

— Non, Myra, je parlais de votre fille.

— Oh. Je ne sais pas trop, répondit-elle en agitant sa main gantée pour évacuer la question. Savez-vous ce que j'aurais donné pour avoir les mêmes chances qu'elle ? (Elle dévisagea Cora comme si elle attendait que celle-ci lui offre l'occasion d'en dérouler la liste.) J'ai tout misé sur cette fille, tout. (Elle remonta la manche de son manteau et montra à Cora son bras maigre aux veines saillantes.) Elle m'a sucé le sang jusqu'à la dernière goutte. Je n'ai plus rien. Plus rien du tout.

— Mais elle va bien, Myra ? Est-ce qu'elle se porte bien ? C'était ça, ma question.

Myra sembla à nouveau agacée.

— Oui, elle se porte bien, pour reprendre vos termes. C'est bien tout ce qui lui reste.

Quelle femme idiote ! songea Cora. Quelle ingrate. Mais sa colère se dilua très vite dans un élan de pitié. C'était difficile d'éprouver autre chose à la vue de cette petite femme fragile qui crachait autant de venin et d'amertume parce que le destin ne lui accordait pas de vivre ses rêves, même par procuration. Malgré sa maladie, Cora pouvait voir combien Myra avait été belle autrefois, certainement autant que Louise. Et tout aussi talentueuse. Animée d'un amour identique pour la musique et les livres. C'était difficile de savoir ce que Myra serait devenue si elle ne s'était pas mariée à dix-sept ans, si elle n'avait pas été la mère malheureuse de quatre enfants. Serait-elle désormais une musicienne célèbre ? Une meilleure personne ? Serait-elle plus heureuse ? Un exemple pour tous ?

— Je suis désolée, dit Cora étonnée de sa propre sincérité. Je ne sais que dire d'autre.

Myra sembla prise au dépourvu elle aussi. Elle regarda Cora et hocha la tête.

— Merci, dit-elle. J'apprécie.

— Mais si jamais vous parlez à Louise, s'il vous plaît, transmettez-lui mon meilleur souvenir. Dites-lui que j'espère qu'elle se porte bien.

Myra ne répondit pas. Elle se contenta de la dévisager avec ébahissement tandis qu'un vague sourire creusait ses lèvres rouges. Cora se demanderait plus tard si, même à ce moment-là, Myra ne connaissait pas sa fille mieux que quiconque. Car c'était elle – en dépit de toutes ses défaillances dans son rôle de mère – qui semblait avoir su, avant toute autre personne, que les vœux de Cora ne seraient pas exaucés.

20

Les raisons pour lesquelles Wichita obtint les commandes de guerre coulaient de source : plusieurs de ses entreprises produisaient déjà des avions depuis des années, et ces usines étaient nichées au centre du pays, hors d'atteinte des attaques ennemies. Et par un heureux hasard - ainsi que le soulignaient à l'envi ses promoteurs zélés -, sa population, comparée à celles des autres grandes villes du pays, offrait l'un des plus hauts pourcentages de citoyens américains. Le recensement de 1940 avait dénombré 115 000 personnes vivant dans les limites de l'agglomération, et plus de 90 pour cent d'entre elles étaient de citoyenneté américaine. L'ensemble de la population étrangère de Wichita consistait en 123 Syriens, 170 Russes, 173 Canadiens, 272 Mexicains et 317 Allemands - hormis Joseph, naturalisé bien longtemps avant d'être interné en Géorgie pendant la Grande Guerre.

Joseph se débrouilla bien mieux durant ce nouveau conflit puisque son salaire doubla lorsque Stearing décrocha les contrats pour la construction des bombardiers B-17. En 1941, Stearing devint Boeing-Wichita et se mit à embaucher cinquante personnes par jour. L'usine commença très vite à travailler sur le nouveau bombardier, le B-29. Joseph, respectueux de la clause de confidentialité de son contrat, n'en parla à personne, pas même à Cora, avant l'annonce officielle dans la presse de cette nouvelle arme contre l'ennemi japonais.

Et à cette date-là, Wichita avait un autre visage. L'agglomération avait vu sa taille doubler en deux ans à peine, les ouvriers de l'usine d'aéronautique nouvellement formés étant venus grossir les rangs de sa population, et ces nouveaux venus avaient besoin de se nourrir, de se vêtir, de se loger. Il fallut modifier le minutage des feux de circulation afin que les foules plus importantes puissent traverser les rues. Il y avait des embouteillages, et de longues files d'attente à la poste, et même lorsque Cora avait toutes les cartes de rationnement nécessaires, les courses au marché lui prenaient deux fois plus de temps qu'auparavant. Les ordures débordaient car les services de voirie ne savaient plus où donner de la tête, et il était devenu presque impossible de passer un coup de téléphone en pleine journée. Cependant, il y avait de l'énergie dans l'air, la sensation d'œuvrer à un but grandiose. Tout le monde comprenait que la ville et ses nouveaux arrivants étaient unis dans une seule et unique aventure : à toute heure du jour ou de la nuit, le ciel pouvait vrombir des nouveaux bombardiers Boeing qui filaient par quatre, en formation symétrique.

Cora ne chômait pas. Le nombre de mères-filles explosait, mais l'argent coulait à nouveau à flots dans la ville et Cora était déterminée à veiller à ce qu'une partie de cette prospérité soit utilisée à bon escient. Elle leva assez de fonds pour construire une nouvelle aile à la Kindness House qui, une semaine après l'achèvement des travaux, n'offrait plus une seule chambre de libre. La plupart des pensionnaires racontaient des histoires tristes de fiancé parti à la guerre et tué au champ d'honneur. Cora n'ignorait pas que certaines d'entre elles mentaient, conscientes que, sous cet éclairage patriotique, des relations sexuelles avant le mariage seraient jugées avec plus d'indulgence. Dans un cas comme dans l'autre, Cora écoutait patiemment, elle laissait ces filles lui raconter les histoires qu'elles voulaient, et elle les rassurait, toutes autant qu'elles étaient. Elle avait vu aux fenêtres des chambres les drapeaux aux étoiles bleues, et ceux, parfois dévastateurs, ornés d'étoiles dorées.

Le fils de Trudy Thomas avait été tué en Afrique du Nord, et le neveu de Winnifred Fitch était toujours porté disparu aux Philippines. Pas un jour ne passait sans que Cora songe combien elle avait de la chance – Howard était toujours avocat à Houston, et Earle, médecin à Saint-Louis. Ils venaient d'avoir trente-huit ans. Elle était la mère de deux fils qui avaient été de jeunes hommes pendant une courte fenêtre de paix.

Elle ne se doutait donc de rien lorsque, en octobre 1942, Earle lui annonça qu'il avait dégagé quelques jours dans son emploi du temps à l'hôpital pour venir à Wichita. Il expliqua simplement qu'il voulait passer un peu de temps avec ses parents ainsi qu'avec l'oncle Joseph et la petite Greta, qui était désormais adulte et elle-même mère. Peut-être en profiterait-il pour voir quelques anciens camarades et professeurs pendant qu'il était en ville. Il ne voulait pas attendre jusqu'aux vacances. Et il viendrait seul, écrivit-il puisque les enfants seraient à l'école et que leur mère, naturellement, aurait besoin d'être là pour eux le soir.

Cora et Alan étaient heureux d'accueillir Earle à la maison, même en dépit des complications que créait sa visite. Ils s'étaient habitués – en même temps que Joseph et Raymond – à jouir d'une plus grande intimité quand Greta était partie à l'université. Depuis, elle était revenue à Wichita mais elle avait épousé un maître d'école, avait donné naissance à une petite fille et vivait avec sa nouvelle famille dans un bungalow, à cinq pâtés de maisons de là. Et Greta prévenant rarement de ses visites, il fallait toujours être sur ses gardes. Mais Cora et Joseph étaient moins vigilants que lorsqu'elle vivait encore avec eux. Tard le soir, lorsque toutes les portes de la maison étaient fermées et verrouillées, ils se déplaçaient librement d'une chambre à l'autre. Raymond venait plus souvent, bien qu'il continuât à partir avant 22 heures pour ne pas éveiller les soupçons des voisins. Quelques-uns avaient fait des remarques bon enfant à Cora à propos de cet ami de la famille célibataire, en lui disant combien elle était bonne de lui ouvrir sa maison et de lui offrir un semblant de vie de famille.

Avoir Earle à la maison justifiait bien quelques accommodements. Ainsi qu'il l'avait annoncé, il passa beaucoup de temps en ville, à jouer au poker avec ses anciens camarades de lycée et à visiter les repaires qu'il avait autrefois fréquentés avec son frère. Mais tous les matins, il prenait son petit déjeuner à la maison, pour le plus grand plaisir de Cora, et il était aussi amical que toujours avec Joseph, Greta, et le bébé de celle-ci, auquel il arrachait de grands éclats de rire en le faisant sauter sur ses genoux. Un soir, il demanda à son père d'aller se promener avec lui le long de la rivière, et Cora fut heureuse de les voir tous les deux s'éloigner dans la rue côte à côte, le fils telle une réplique du père.

La vraie raison de cette visite, Cora ne l'apprit que peu avant le départ d'Earle. C'était l'après-midi, Alan et Joseph étaient au travail, la mère et le fils se trouvaient seuls dans la maison. Cora lisait sous le porche, et Earle vint s'asseoir à côté d'elle sur la balancelle qui grinçait. À cet instant précis, Cora songea combien cette journée était parfaite, lumineuse, avec une douce brise, les feuilles du chêne qui commençaient à peine à rougir. Il avait abondamment plu l'année précédente et les tournesols le long de la palissade avaient bien pris.

Elle referma son livre et sourit à son fils. Il allait bientôt repartir ; elle aurait bien le temps de lire plus tard. Earle ne lui rendit pas son sourire. Ce fut à ce moment-là qu'elle commença à soupçonner qu'une mauvaise nouvelle se profilait.

Elle scruta ses yeux, son regard doux et pensif si semblable à celui d'Alan, tandis qu'il lui disait, d'un ton ferme et avec des phrases soigneusement répétées, que le pays avait un grand besoin de médecins, que dans un tel moment il ne pouvait se contenter plus longtemps d'un rôle de spectateur, surtout dans la mesure où il était chirurgien. Lorsqu'elle commença à secouer la tête, il l'ignora. Beth et lui avaient déjà discuté maintes fois du sujet. Il s'était engagé, comme soutien médical dans l'infanterie. Il partirait dans un mois.

– Et tes enfants ? demanda Cora en appuyant les deux pieds contre la balustrade pour immobiliser la balancelle. Earle. Réfléchis. Tu es père.

Il la regarda posément, comme s'il connaissait par avance chacune de ses objections, comme s'il avait déjà eu cette conversation des centaines de fois.

– J'en ai parlé avec eux. Avec Beth et les enfants. Ils comprennent.

– Est-ce qu'ils comprennent que tu pourrais être tué ? Sois raisonnable.

Elle entendit le tremblement dans sa voix. Elle ne voulait pas d'un drapeau avec des étoiles dorées. Cependant, elle fit de son mieux pour se calmer. Elle aussi se montrerait raisonnable.

– C'est tout à ton honneur de vouloir aider, dit-elle. Vraiment. Mais tu peux aider à Saint-Louis. Nous avons besoin de médecins ici aussi. Pense aux soldats blessés qui vont revenir. Pourquoi ne peux-tu pas les aider, eux ? Qu'y a-t-il de noble à quitter sa femme et ses enfants ?

Il haussa les épaules.

– Pourquoi aurais-je le droit de rester, quand tant d'autres sont partis ? Il y avait beaucoup de pères parmi eux, c'est certain.

Ils se dévisagèrent. Elle n'avait pas de réponse. Il était son enfant, il restait son enfant. C'était là sa seule réponse.

– Il en va de mon devoir. Mère, vous n'arriverez pas à me faire changer d'avis.

Cora ferma les yeux. Ça, il n'avait pas besoin de le préciser. Elle savait très bien combien il pouvait être têtu. Comparé à Howard, toujours accommodant, Earle pouvait sembler passif et indécis, mais Cora avait appris depuis bien longtemps qu'en réalité il était le plus volontaire des deux. Quand il était petit, elle n'avait jamais réussi – en dépit des menaces, des cajoleries, des promesses – à lui faire porter un bonnet et des moufles en hiver, et à dix ans, un jour, il avait sauté dans un tas de feuilles depuis le toit du porche, alors qu'elle était là, dans le jardin, en train de lui hurler de ne pas le faire. Earle avait toujours été un enfant sage, et obéissant la plupart du temps, mais une fois qu'il avait pris une décision, celle-ci était irrévocable. Un jour où Cora avait partagé cette observation avec Alan, celui-ci l'avait considérée avec une affection amusée avant de lâcher : « Hmm, je me demande bien de qui il tient ça. »

Elle ne voulait pas qu'Earle tienne d'elle en ce moment.

— Tu en as déjà parlé à ton père ?

Il hocha la tête.

— Je devinais que ce serait plus facile avec lui.

— Qu'a-t-il dit ?

— Qu'il respectait ma décision. Qu'il aurait fait pareil, s'il avait été plus jeune. Qu'il comprenait. C'est important qu'il m'ait dit ça. Et j'aimerais que vous me disiez pareil.

Elle frappa ses genoux, en colère. Alan ! Pourquoi fallait-il qu'il se montre toujours aussi compréhensif ?

— Mère. Allons. Je vous en prie. Vous réagissez aussi mal que Howard. Écoutez, je pars en qualité de chirurgien. Je n'assisterai vraisemblablement à aucun combat.

— Où seras-tu envoyé ?

— Je ne le sais pas encore.

— Tu ne sais pas dans quel pays ?

La cime rougeoyante du chêne se brouilla devant ses yeux.

— Dans le Pacifique. C'est tout ce que je sais. Je leur ai dit que vous étiez allemande. Et je leur ai parlé d'oncle Joseph. Je sais qu'il soutient la guerre, mais ils pensent que ce serait tout de même mieux que je sois affecté dans le Pacifique.

Elle n'arrivait plus à respirer. Elle ne pensait qu'à ce qu'il allait advenir, au drame horrible, inéluctable. Earle allait être tué, il allait mourir dans le Pacifique et ce serait sa faute. À cause de son mensonge intéressé. Elle serait responsable de la mort de son propre enfant. Cela étant, risquerait-il moins en Europe ? En Afrique du Nord ? Elle n'en savait rien.

— As-tu dit cela à ton père ? Ce que tu viens de me dire ? La raison pour laquelle on va t'envoyer dans le Pacifique ?

Il hocha la tête.

— Et qu'a-t-il dit ?

— Il trouve que le Pacifique fait sens. Il pense que l'un et l'autre front sont aussi dan… aussi sûrs, je veux dire. (Il soupira.) Auriez-vous quelques informations secrètes sur la guerre, Mère ? Qu'avez-vous contre les Japonais ? J'ai entendu dire que les nazis ne sont pas des tendres, eux non plus.

Elle se raisonna. Si Earle avait encouru moins de risques en Europe ou en Afrique, Alan lui aurait dit la vérité. Elle le savait. Mais les soldats mouraient partout. Aller dans le Pacifique pouvait condamner Earle, mais pouvait tout aussi bien le sauver. Et il aurait pu y être envoyé de toute façon, même sans son mensonge.

Elle lui serra le bras très fort, à deux mains. Ils observèrent les feuilles frissonner dans la brise ; certaines d'entre elles se détachèrent et voletèrent jusque dans le vaste jardin du voisin. Earle s'écarta d'elle et la regarda.

— Dans un registre différent, saviez-vous que Louise Brooks est de retour en ville ?

Au début, elle fut agacée de ce qu'il essayait manifestement de la distraire, d'entraîner son esprit vers un autre sujet pour lui faire lâcher prise, libérer son bras. Puis, elle réfléchit à ce qu'il venait de dire et elle se tourna vers lui, en se rasseyant le dos bien droit.

— Comment ça, elle est revenue ? De quoi parles-tu ?

— Juste ça, répondit-il en chassant une mouche. Apparemment, elle est revenue depuis deux ans. Elle a ouvert un studio de danse sur Douglas Avenue, derrière le Dockum Building, mais l'affaire a capoté.

Cora scruta les yeux de son fils. Contrairement à Howard, Earle n'avait jamais été taquin. Cependant, elle n'arrivait tout simplement pas à croire ce qu'il lui racontait. Comment aurait-elle pu ne pas en entendre parler ? D'accord, Wichita était devenu une vraie ville, le pays était en guerre et les gens avaient d'autres sujets de conversation que le retour au bercail d'une star – ou plutôt d'une ancienne star de cinéma. Enfin tout de même, elle aurait été au courant ! Certes, elle avait été très occupée avec la Kindness House. Et Viola Hammond, qui lui rapportait autrefois tout ce qui se passait en ville, souffrait depuis le début de la guerre d'un cancer. Cora lui rendait visite au moins une fois par semaine, mais Viola était souvent fatiguée, et elle avait perdu le goût des cancans.

Earle, dont la circulation dans le bras s'était apparemment rétablie, l'étira devant lui.

— C'est dingue, non ? Louise Brooks. Prof de danse à Wichita ! Je crois que son partenaire et elle se produisaient également en public, qu'ils dansaient des tangos, des valses. Un de mes anciens camarades m'a dit qu'il les avait engagés pour une soirée des Jeunes Républicains.

Cora s'efforça de ne pas paraître épouvantée. Elle ne voulait pas donner l'impression de juger, même devant son propre fils. Il n'y avait rien de mal à ce que Louise enseigne les danses de salon et gagne honnêtement sa vie. Mais une réunion de Jeunes Républicains ? À Wichita ? C'était difficile d'imaginer qu'elle ait pu tomber aussi bas.

— Et que fait-elle, maintenant ?

Earle haussa les sourcils.

— Elle se ridiculise, à en croire ce qui se dit. Un de mes copains connaît son associé. C'est juste un gamin, un étudiant qui sait danser. J'imagine qu'entre eux, les choses ont tourné au vinaigre.

— En quoi cela rend-il Louise ridicule ?

— C'est la façon dont elle se conduit. Même à l'école, il se racontait qu'elle était noceuse mais…

— Mais quoi ?

— Rien.

Cora croisa les bras. Il se montrait prudent, ne voulait rien dire susceptible de heurter les oreilles maternelles. En dépit de son travail pour la Kindness House, ses deux fils semblaient très souvent la confondre avec la reine Victoria.

— Earle, dis-moi, à la fin !

— Bon, très bien. Elle s'est… jetée à sa tête - pour dire les choses poliment. De cet étudiant. Et elle n'en est pas revenue de se faire éconduire. Bon, il pourrait très bien s'agir de sa version des faits à lui, mais mon ami dit qu'elle a perdu sa beauté. Elle boit, et cela se voit sur son visage. Il paraît qu'elle a été arrêtée pour ivresse sur la voie publique. Et cohabitation obscène, ajouta-t-il en grimaçant.

Cora regarda une paire de bottes boueuses que Joseph avait abandonnée sur les marches du porche. Aujourd'hui encore, on pouvait être arrêté pour vivre dans le péché, pour vivre comme ils le faisaient dans cette maison. Louise avait simplement fait les choses plus ouvertement, sans prendre la peine de se cacher, ou de sauver les apparences.

– Elle est encore avec lui ?

– Qui, lui ?

– Cet homme avec lequel elle vivait.

Earle la dévisagea comme si elle était une cause perdue.

– Oh, Mère. Cela me paraît improbable. Ça n'avait pas l'air d'une grande histoire d'amour. D'après ce que j'ai compris de son mode de vie, le mariage n'était pas à l'ordre du jour.

– Où habite-t-elle à présent ?

– Chez ses parents. Elle n'a plus un sou vaillant. Voilà que vous semblez horrifiée, maintenant ! persifla-t-il. Je pensais que vous auriez été plus perturbée par sa conduite.

Cora fronça les sourcils. Il était difficile d'imaginer Louise et Myra vivant en bonne entente sous le même toit, surtout dans leur piètre état à toutes les deux. Il se pouvait, supposa-t-elle, que ce soit pour Myra l'occasion d'offrir à sa fille sympathie et compréhension. Mais pour ce que Cora en avait vu, Myra n'avait jamais aimé Louise d'un amour maternel, pas plus qu'elle ne l'avait considérée comme une personne à part entière. Si elle avait jamais aimé sa fille, c'était comme prolongement de son propre corps, une extension d'elle-même qu'elle utilisait inconsciemment pour tenter de réaliser coûte que coûte ses propres rêves. Or Louise avait failli à combler ses attentes, vraiment failli, de manière aussi irrémédiable que Myra elle-même.

Earle la poussa du coude, avec douceur.

– Ne soyez donc pas désolée pour elle. D'après ce que j'ai entendu dire, Louise passe du bon temps. Elle se la coule douce. D'après mon ami, elle ne fait rien d'autre que traîner la nuit avec Danny Aikman. À ce que j'ai compris, ces deux-là font la paire.

– Est-ce que c'est son... Est-ce l'homme avec lequel elle vivait ?

— Non, Mère, répondit Earle avec un sourire patient. Vous ne vous souvenez pas de Danny Aikman, du club ? La...

Earle s'interrompit et fit des petits mouvements du poignet. Cora secoua la tête, perplexe.

— Il en est. (Ses joues rosirent un peu.) De la jaquette... Mère ! s'exclama-t-il exaspéré. C'est une tapette. Il préfère les hommes. Aux femmes.

— Ah... souffla Cora.

Et c'était lui qui la regardait comme si elle était lente à la détente. Il ne se doutait donc de rien. Son propre père. Parfois, Cora se demandait si l'un de ses fils, ou les deux, se doutaient de quelque chose. Mais il était évident qu'Earle n'était au courant de rien. Et que, sans doute, Howard n'en savait pas davantage.

— Excusez-moi, Mère. Je ne voulais pas être vulgaire.

Cora secoua la tête avec impatience.

— Comment peux-tu savoir une chose pareille au sujet de cet homme ? C'est donc de notoriété publique ?

Elle cherchait en permanence à déterminer ce que les gens penseraient d'Alan, et de Raymond, s'ils étaient au courant. Mais peut-être que même à Wichita, les mœurs changeaient, avec les jeunes générations qui posaient un regard si différent sur tout. Ce Danny était en butte à des injures, mais tout le monde savait, et tolérait apparemment. Cela en soi était déjà une surprise.

— Bon, je ne sais pas s'il préfère vraiment les hommes, concéda Earle. Mais je sais qu'une fois il s'est fait arrêter parce qu'il se promenait sur Douglas habillé en femme.

Cora écarquilla les yeux.

— Il portait une robe ?

— Non, une chemise à fleurs.

— Et il a été arrêté pour ça ?

— Eh bien, oui. Ça indique clairement de quel côté il penche. Ils l'ont attrapé sur ce qu'il pouvait.

Elle dut détourner les yeux. Earle riait sous cape, et elle avait le plus grand mal à masquer sa terreur. Alan ne risquait pas de se faire arrêter en chemise à fleurs mais, de toute évidence, si jamais

Raymond et lui étaient un jour découverts, ils paieraient le prix fort. Elle se plaisait à penser que Howard et Earle le soutiendraient, mais quel choc ce serait pour eux ! Cora ne pouvait qu'espérer que jamais Alan n'avait entendu l'un ou l'autre de leurs fils blaguer au sujet des jaquettes et des tapettes. Si tel avait été le cas, il avait dû souffrir en silence.

Et maintenant, il venait de dire à leur fils qu'il pouvait partir à la guerre, qu'il respectait sa décision.

Earle se tourna vers elle, l'air à nouveau grave, et lui reprit la main.

– Je sais que mon choix vous rend malheureuse. Que vous allez vous faire du souci, et je ne peux rien contre cela. Mais il en va de mon devoir. C'est à l'éducation que Père et vous m'avez donnée que je dois mon sens des responsabilités. Cela signifierait énormément pour moi de partir en sachant que vous comprenez ma décision, que j'ai votre soutien. Père m'a déjà assuré du sien – Beth et les enfants également. J'aimerais avoir le vôtre. (Il esquissa un sourire en coin.) Sans vouloir verser dans le mélodrame, je suppose que j'aimerais votre bénédiction.

Elle hocha la tête, incapable d'abord d'extraire un son de sa gorge. Elle continuait à penser qu'il ne devait pas partir. Il était un père, un mari, et son fils. Mais elle savait ce qui était encore plus vrai, ce qu'Alan avait compris depuis le départ. Elle serra la main de son fils dans la sienne, en attendant de retrouver l'usage de la parole.

– Tu l'as déjà. (Un voile de larmes lui brouillait à nouveau la vue, mais elle s'efforça de le regarder.) Tu l'as toujours eu, Earle, et tu l'auras toujours. Quoi que tu fasses.

La maison des Brooks était toujours la plus imposante du pâté de maisons et, de loin, elle paraissait bien entretenue, avec ses murs repeints en jaune pâle et ses fenêtres étincelantes de propreté sous le soleil. Les lilas à la grille étaient soigneusement taillés, et seules quelques feuilles dorées parsemaient la pelouse. Mais en approchant,

Cora se souvint de ce que lui avait dit Myra, bien des années plus tôt, au sujet des livres de son mari qui pesait sur les fondations. Et lorsqu'elle fut devant la façade, elle vit que la prédiction des dégâts avait été exacte : même repeinte de frais, la maison ressemblait à un navire qui donne de la bande, et le porche était visiblement plus haut d'un côté que de l'autre.

Cora gravissait le perron lorsqu'elle entendit une voix amicale l'appeler par son prénom. Elle regarda sous la partie affaissée du porche et, dans l'ombre, vit Zana Henderson, replète et jolie en jupe et cardigan, installée sur un canapé tapissé en bleu paon. À côté d'elle, et par contraste, Myra semblait aussi menue qu'une petite fille, encore en robe de chambre à fleurs au milieu de l'après-midi, ses cheveux bruns clairsemés lâchés sur les épaules. Cora les salua l'une et l'autre, mais seule Zana lui sourit.

– À quoi devons-nous ce plaisir ? Êtes-vous venue vous joindre à nous ? demanda Zana en montrant d'un geste la table basse sur laquelle se trouvaient un genre de tarte, un bol de crème fouettée et deux assiettes parsemées de miettes. Cette journée d'automne est parfaite, non ? Je me suis dit qu'il n'y avait pas meilleure façon de la passer qu'en venant prendre le dessert sous le porche de Myra. Nous avons même traîné le canapé jusqu'ici pour être plus confortables.

– Vous l'avez traîné, marmonna Myra, la voix faible et éraillée. Je ne vous ai pas du tout aidée.

– Disons que vous m'avez inspirée ! Et que vous m'avez fait confiance pour ne pas l'abîmer.

Cora sourit poliment. Zana était une amie dévouée. Elle avait pris la défense de Myra quand personne d'autre ne l'avait fait, et maintenant que Myra était de retour et mal en point, que les enfants qu'elle avait abandonnés avaient grandi et quitté la maison, Zana était là, fidèle au poste, pour la réconforter. Que quelqu'un comme Myra ait réussi à se faire une telle amie, et à la garder, laissait Cora perplexe.

– En voudriez-vous une part ? s'enquit Zana en regardant Cora et en lui désignant la tarte. Il en reste plein, et vous m'épargneriez la peine de la terminer moi-même.

— Oh, non merci. En fait, j'espérais voir Louise.

C'était maintenant au tour de Zana d'être perplexe. Elle haussa les sourcils et se tourna vers Myra, qui lui lança un regard entendu.

— Hmm, fit Zana d'un ton ouvertement réprobateur. Eh bien, bonne chance à vous.

Myra fut secouée d'une quinte de toux puis chercha à reprendre son souffle, la respiration sifflante, les yeux fermés, une main sur la bouche, son corps frêle recroquevillé, les pieds se soulevant du sol. C'était éprouvant de rester là sans rien faire, d'attendre pendant qu'elle luttait en se cachant le visage.

— Je vais vous chercher de l'eau, annonça Zana en se levant.

— Je m'en charge, dit Cora en se dirigeant déjà vers la porte.

— Non, ça ne servira à rien, haleta Myra. (Elle décocha à Cora un regard inexplicablement haineux tout en agrippant le bord de la table.) Et je vais bien. (Elle toussa à nouveau.) Entrez. Deuxième étage. Je ne sais pas dans quelle chambre. Il vous faudra le découvrir par vous-même.

Le palier du deuxième étage était aveugle et sombre, uniquement éclairé par une applique dont l'une des deux ampoules était grillée. Cora, un peu essoufflée par cette ascension, s'adossa un instant aux murs lambrissés. Rien d'étonnant à ce que Myra ne fréquente pas cet étage, songea-t-elle. Ces escaliers l'auraient achevée.

Cora se posta au centre du palier. Il y avait trois portes, toutes fermées.

— Louise ? Louise ?

Elle distingua un mouvement, le tintement d'un verre. Puis plus rien.

— C'est Cora Carlisle. Votre ancien chaperon. Je suis passée vous dire bonjour.

Silence. Cora se radossa au mur. Peut-être avait-elle été stupide de venir. Il n'y avait pas de lien véritable entre elle et Louise, elles n'étaient même pas parentes. Leur seul lien était le séjour à New York, cet été-là, et même à l'époque, Louise n'avait jamais fait semblant d'avoir de l'affection pour elle. Et pourtant, elle avait tant fait pour Cora, sans le vouloir - sans même le savoir !

— Je suppose que vous m'entendez. Et je suis bien certaine que je ne parviendrai pas à vous culpabiliser d'éconduire une femme de cinquante-six ans qui vient de grimper deux étages pour vous voir.

Elle contempla ses chaussures tout en tendant l'oreille.

— Vous détesteriez mes chaussures, si vous les voyiez. Elles sont très confortables, mais elles sont très larges au bout, et sans presque aucun talon. Je me souviens que vous n'aviez pas mon style en grande estime, il y a vingt ans. Vous devriez me voir maintenant. Ces souliers ne sont pas du meilleur effet sur une femme de mon âge. Je vous promets que si vous consentiez à ouvrir votre porte, vous vous sentiriez instantanément supérieure.

Rien.

— Je ne vais pas partir. Je ne suis attendue nulle part. Je vais rester là le temps qu'il faudra, et je vais continuer à parler, parler…

La porte tout au fond du couloir s'ouvrit. Louise apparut, bras croisés, vêtue d'un pull-over noir à col montant et d'un pantalon noir. Cora essaya de dissimuler sa surprise. Elle avait vu Katharine Hepburn porter des pantalons, mais jamais elle n'en avait vu sur une femme dans la vraie vie.

— Vous avez raison. Ces chaussures sont hideuses.

La voix était plus grave, et l'élocution plus lente que dans son souvenir. Cora ne voyait pas du tout à quoi l'ami d'Earle avait pu faire allusion en prétendant que Louise avait perdu sa beauté. Même habillée comme miss Hepburn, son physique demeurait saisissant, avec ses yeux bruns et sa peau pâle. Ses cheveux, aussi noirs que son pull-over, lui arrivaient aux épaules et elle portait à nouveau la frange.

— Allez-vous m'inviter à entrer ?

— Que voulez-vous ?

— Je… Je veux savoir comment vous allez. (Cora ouvrit son sac et en sortit un paquet emballé.) Je vous ai apporté des chocolats. Je me souviens que vous aimiez bien le chocolat.

Elle lui tendit le paquet. Louise le contempla avec scepticisme. Cora commença à regretter sa visite. Peut-être Louise était-elle parfaitement heureuse de vivre dans la maison de son enfance, et de ne sortir qu'à la nuit tombée pour se faire arrêter par la police. Qui était-elle pour dire que Louise préférait son autre vie ? Si elle avait tenu à sa vie à Hollywood, avec son mari réalisateur, sa piscine et ses fourrures, sans aucun doute y serait-elle restée. Car si Cora avait bonne mémoire, Louise n'en faisait en général qu'à sa tête.

Elle prit les chocolats sans un remerciement et coinça le paquet sous un bras.

– Comment se porte votre allemand, Cora ?

Cora s'étrangla et déglutit péniblement. En dépit de la lumière faible, elle distinguait ce petit sourire narquois. Louise était la première personne à laquelle elle avait menti, bien des années plus tôt, quand ils étaient encore paniqués et manquaient d'entraînement. Cora n'avait jamais su avec certitude si la jeune fille avait réellement cru que Joseph était son frère. À l'époque, elle n'avait réagi à l'histoire qu'avec une légère déception, rapidement suivie d'un total désintérêt. Mais la façon dont elle regardait Cora en cet instant sous-entendait qu'elle savait tout, depuis le début.

– Mon frère ? Il va bien, je vous remercie.

Louise leva les yeux au ciel.

– Je parlais de la langue allemande, Cora. Je me demandais si vous connaissiez le terme *Schadenfreude* - le plaisir qu'inspire le malheur des autres. Ça vous dit quelque chose ? Il n'existe pas vraiment de mot pour le traduire, dans notre langue. Il nous serait pourtant bien utile. Surtout dans cette bonne ville de Wichita.

Cora secoua la tête. La remarque se voulait blessante. Elle espéra que Louise la connaissait mieux que ça.

– Je ne suis pas venue ici pour me pavaner, répondit-elle. Simplement pour prendre de vos nouvelles. Je ne parlerai de cette visite à personne.

– Vous pouvez en parler, je m'en fiche, lâcha Louise en lui adressant un regard circonspect qui suggérait le contraire.

– Eh bien, je ne le ferai pas.

Cora regardait maintenant le plafond. Elle voulait s'asseoir.

— Écoutez, j'aimerais que vous me consacriez un quart d'heure. Je suis désolée de venir vous débusquer comme ça. Mais je vous promets que si vous m'accordez un quart d'heure, je ne reviendrai plus vous ennuyer.

Louise la dévisagea. Il était impossible de savoir ce qu'elle pensait. Du temps où elle était célèbre et faisait des films, Cora avait lu l'article d'un critique selon qui elle était une actrice dépourvue de talent. Il concédait qu'elle était peut-être la plus belle femme jamais apparue sur un écran de cinéma, mais il lui reprochait de n'avoir rien à offrir sinon sa beauté. Le public était tellement subjugué par ses yeux sombres et la parfaite symétrie de ses traits qu'il ne réalisait pas que son visage était impénétrable et qu'il était impossible de dire quel sentiment, à supposer qu'elle en éprouvât un, pouvait se dissimuler derrière ses yeux. Le critique était convaincu que sans les cartons de dialogues explicitant les pensées de son personnage, personne n'aurait jamais su comment interpréter le beau regard de Louise. Cet homme appartenait à une minorité ; la majorité de ses confrères la tenaient pour une actrice au jeu subtil, surtout pour son époque, où l'outrance des expressions était de mise. Mais le fait était qu'en cet instant, avec Louise en chair et en os qui la dévisageait à quelques mètres d'elle, Cora aurait pu faire bon usage d'un carton de dialogue.

Louise consulta sa montre.

— Un quart d'heure à compter de maintenant ?

— À compter du moment où vous m'offrirez un siège.

La chambre avait un plafond mansardé, qui descendait d'un côté jusqu'au sol et donnait à la pièce la forme d'un triangle rectangle. Le lit une place occupait presque à lui seul l'espace limité où un adulte pouvait se tenir debout. Et la chambre était aussi sombre que le palier, avec ses fenêtres fermées et ses stores baissés, en dépit de l'après-midi agréable. Il y avait une lampe de chevet, mais la serviette de toilette drapée sur l'abat-jour affaiblissait la lueur de l'ampoule. Et l'ensemble était pour le moins dépouillé. Outre le lit, il y avait un tapis oriental, une commode, et une table de nuit sur laquelle était posée la lampe. Une coupe de pommes rouges trônait sur une pile de livres, et une paire de chaussures noires à talons était glissée sous la commode. Cora ne vit aucun autre objet personnel. Si cette pièce avait été sa chambre d'enfant, Louise l'avait assurément purgée de tout son bric-à-brac de petite fille.

Il n'y avait nul autre endroit pour s'asseoir que le lit. Il était en désordre, avec plusieurs oreillers entassés contre sa tête et un livre ouvert sur un plaid froissé ; de toute évidence, il faisait également office de divan. Mais le tapis semblait raisonnablement épais et moelleux, aussi Cora, en se retenant au montant du lit, s'accroupit-elle pour s'asseoir par terre. Louise sembla légèrement surprise – que Cora fasse une telle chose, ou simplement qu'elle en soit capable. Cela dit, Louise ne l'avait connue qu'à l'époque où elle portait son corset, une époque où une telle manœuvre aurait nécessité à la fois de l'assistance et du temps. Ce jour-là, Cora portait une robe en cotonnade ceinturée, par-dessus une combinaison et ses sous-vêtements. Elle avait beau avoir vingt ans de plus, elle restait étonnamment leste.

Louise regarda à nouveau sa montre.

— Top chrono, annonça-t-elle.

Elle posa les chocolats sur la table de nuit et s'installa sur le lit, le dos bien droit contre les oreillers, les jambes étendues sur les couvertures, ses chevilles nues et pâles dépassant du pantalon. Maintenant qu'elle était assise à côté de la lampe et que Cora voyait mieux son visage, elle comprenait ce qu'avait voulu dire l'ami d'Earle. Louise paraissait plus vieille qu'elle n'aurait dû, avec ces rides prononcées autour des yeux et de la bouche. L'extrémité de son nez était un peu rose, et un vaisseau avait éclaté sur une joue. Mais les yeux étaient les mêmes, grands, captivants. Et ils dévisageaient Cora avec impatience.

Cora étendit et croisa les jambes. Elle ne s'attendait pas à ce que Louise lui demande poliment des nouvelles de Joseph, Greta, ses fils ou Alan. Elle n'allait pas l'accabler avec ses inquiétudes concernant Earle. Il était évident qu'elle était sur la défensive, incapable de prendre en compte autre chose que sa propre douleur. Ce serait une conversation à sens unique, le genre de conversation que Cora avait souvent à la Kindness House.

— Votre mère ne semble pas aller bien, observa-t-elle.

Ce n'était probablement pas la meilleure introduction mais le temps lui était compté.

— Elle ne va pas bien, confirma Louise en examinant une de ses mains. Elle est mourante, je pense. Un emphysème. Elle ne fumait même pas - c'est un emphysème héréditaire. Ce qui veut dire que j'en aurai un moi aussi. (Elle considéra Cora avec agacement.) Allez-vous me dire que je devrais prendre soin d'elle ? C'est ça, votre mission du jour ?

— Non.

C'était encore une autre accusation injuste, mais Cora supposa qu'elle ne devait pas s'en formaliser. Louise avait bu. Elle n'était pas ivre, mais elle zézayait un peu et Cora avait senti dans son haleine cette même odeur d'aiguilles de pin que le jour où elle était rentrée à la maison avec Floyd Smithers, bien des années plus tôt. Le gin. Cora savait reconnaître son odeur à présent. C'était ce qu'ils avaient versé en douce dans le punch, au mariage d'Earle.

— Parfait, dit Louise en levant le menton. Je peux vous assurer que ma chère mère a déjà plein d'amies prêtes à prévenir ses moindres besoins.

— Oui, je viens de croiser Zana en bas.

— Ah, sa grande amie. (Louise décocha un regard exaspéré à la porte.) Zana. Chaque fois qu'elle me voit, elle ne manque pas de me dire que je suis une fille indigne, et que je devrais mieux m'occuper de cette pauvre Myra. Mais cette pauvre Myra ne veut pas que je m'occupe d'elle, voyez-vous. Elle ne veut pas poser les yeux sur moi dans mon état actuel si décevant.

Cora soupira. Louise disait certainement vrai.

— Elle vous a dit ça ?

— À sa façon. Saviez-vous que ma mère a possédé autrefois la plus grosse collection au monde sur Louise Brooks ? (Elle s'interrompit et sourit à Cora, un sourire aussi grand qu'il était factice.) Des gens m'écrivaient pour me dire qu'ils étaient mes plus grands admirateurs, mais je savais que ma plus grande admiratrice se trouvait ici, à Wichita. Mère a conservé toutes les lettres que j'ai écrites, tous les magazines dans lesquels il était question de moi, toutes les affiches de cinéma sur lesquelles je figurais. Mais ça, c'était en 1927. (Elle se rembrunit.) Il s'avère qu'elle n'a l'étoffe d'une admiratrice que lorsque tout va bien. Quand je suis revenue ici, elle a mis toutes les lettres et les photos dans des cartons, et elle m'a demandé : « Louise ? Je les garde ? Ou bien est-ce que je les jette ? »

— Je suis désolée.

Louise haussa les épaules et Cora enchaîna sur la seule question qui lui venait à l'esprit :

— Comment va votre père ?

— Hmm, fit Louise en inclinant la tête de côté. Je ne suis pas certaine qu'il sache que je suis là. C'est un homme occupé, et cela ne fait que deux ans que je suis revenue.

— Pourquoi rester, en ce cas ? s'enquit Cora avec douceur.

Elle ne voulait pas la presser de questions, mais la situation lui échappait. Louise se désintéressait du sort de sa mère, tout comme Myra se désintéressait de celui de Louise, maintenant qu'elle n'avait plus d'avenir prometteur. Et ce n'était manifestement pas pour son père qu'elle restait.

— Parce que je suis fauchée, répondit-elle, d'un ton presque badin. Allez-y, allez donc raconter ça à vos amies les pies. Faites-le savoir. Je n'ai plus rien. Rien du tout. Je croyais être fauchée lorsque j'ai quitté la Californie. (Elle contempla le plafond mansardé de la chambre.) Mais à l'époque, j'avais au moins de quoi vivre. Je n'ai même plus ça, à présent.

— Comment est-ce possible ? demanda Cora en repliant les jambes de côté. N'avez-vous pas une pension alimentaire ?

— Je n'en ai jamais demandé. Les deux fois où j'ai divorcé, je voulais juste m'en aller. Et je pensais que je continuerais à gagner ma vie. J'aurais pu faire une carrière fabuleuse dans la prostitution. Mais je n'ai jamais pensé sur le long terme.

Cora cilla.

— Pourquoi avez-vous arrêté le cinéma ?

Louise ne répondit pas immédiatement. À la place, elle étudia Cora avec attention. On aurait dit un chat de gouttière, hésitant s'il devait approcher ou fuir. Pour finir, et sans la quitter des yeux, Louise haussa les épaules.

– Hollywood me dégoûtait. Ces gens ne lisent même pas. Ils se contentent de regarder des images. (Des rides verticales entaillèrent la peau entre ses sourcils.) Ce qu'ils savent se résume à ce qu'ils voient, ils s'imaginent vous connaître uniquement à travers ce qu'ils voient de vous, et vous finissez par les imiter. Vous finissez par être qui vous semblez être. Ce n'est pas bon.

Cora hocha la tête comme si elle comprenait. Cette histoire s'articulait pourtant mal aux bribes d'informations qu'elle possédait déjà. Ce n'est pas comme si Louise avait quitté Hollywood au faîte de sa gloire, sa dignité intacte. Elle était partie par désespoir, après s'être abaissée à faire un mauvais western après l'autre. Cora avait entendu dire qu'elle avait tourné un dernier film, mais que toutes ses scènes avaient été coupées. Peut-être, dans son esprit, Louise avait-elle tourné le dos à Hollywood mais on l'avait plus vraisemblablement poussée vers la sortie. Pourquoi ? Myra avait dit qu'elle était incapable de s'entendre avec qui que ce soit. Qu'elle détruisait tout ce qu'elle possédait. Peut-être buvait-elle déjà à l'époque ? Mais peut-être aussi la boisson n'avait-elle rien à voir avec sa chute. Peut-être avait-elle d'abord décliné et s'était-elle mis à boire. Il était difficile de savoir avec certitude ce qui l'avait reconduite dans cette petite chambre triste. Peut-être sa colère et sa souffrance remontaient-elles à Cheeryvale et à Mr. Flowers. Mais la graine de son actuelle tristesse pouvait tout aussi bien avoir été plantée bien avant cela, par la tristesse de sa propre mère. Cora ne le saurait jamais. On ne pouvait exclure que ni Myra ni Mr. Flowers n'aient réellement altéré Louise. Peut-être que, même sans eux, son destin était déjà scellé, par ces manques et cette rage qui faisaient autant partie d'elle que son beau visage.

Cora regarda la petite pile de livres à côté du lit. L'un d'eux avait une tranche vierge. Un autre était un ouvrage de Nietzsche. Et tout en bas se trouvait un ouvrage de Schopenhauer – que Cora n'avait pas lu. Pour la première fois, elle se demanda ce qu'il aurait pu advenir de Louise si elle avait eu un visage légèrement différent - un visage moins parfait, des yeux plus petits, asymétriques, un menton proéminent. Elle aurait pu devenir une bibliothécaire célibataire, ou une érudite, et vivre heureuse entourée de ses livres.

— Pourquoi ici, Louise ? Pourquoi avoir choisi de revenir ici ? Vous pouvez être fauchée n'importe où.

Louise la regarda d'un air vide. Cora se pencha vers elle.

— Vous n'aimez pas cette maison. Vous n'aimez pas cette ville. Vous ne l'avez jamais aimée. Pourquoi y être revenue ? Qu'est-ce que vous êtes ? Un pigeon voyageur qui a la nostalgie du malheur ?

Louise détourna le regard, puis fixa de nouveau Cora. Elle semblait à la fois surprise et agacée.

— C'est ma maison. C'est ici que je suis chez moi.

— Sornettes ! s'écria Cora en frappant de la main le bord du matelas.

Sa colère était sincère mais le geste arracha à Louise un de ces sourires condescendants dont elle avait le secret. Cora supposa qu'elle aurait dû se récrier « foutaises ! » ou employer quelque autre terme plus cru, mais elle détestait toujours autant le langage vulgaire. Et Louise pouvait sourire autant que bon lui semblait. Elle avait très bien compris ce qu'avait voulu dire Cora.

— Vous n'êtes pas ici chez vous si vous y êtes malheureuse, poursuivit-elle. Votre mère vous rend haineuse, tout comme vous vous la rendez haineuse. Peu importe qu'elle soit votre mère. C'est un accident de naissance. Il ne faut pas y accorder autant d'importance. (Elle baissa les yeux et contempla le motif tarabiscoté du tapis.) Chez vous, c'est l'endroit où vous aurez le plus de chances d'être heureuse, Louise. Vous n'aimez pas Hollywood ? Très bien. N'y retournez pas. Mais ne restez pas ici. Allez ailleurs, même si elle est mourante. Allez là où sont vos chances d'être heureuse. Montez dans un train, et allez-vous-en.

Cora détourna la tête, légèrement essoufflée. Elle était sincèrement révoltée. Elle avait envie de se lever et de secouer Louise par les épaules. Elle avait déjà fait tout ce qui était en son pouvoir. Elle avait souvent éprouvé cette sensation d'impuissance, en travaillant à la Kindness House. Quelque énergie qu'elle dépensât pour faire valoir son point de vue, elle ne pouvait pas s'installer dans la tête d'autrui et s'emparer du gouvernail. Les gens agissaient comme bon leur semblait.

— Je suis trop vieille, chuchota Louise. Je suis au bout du rouleau. Je ne suis même plus moi-même.

— Quoi ? fit Cora en la fixant, incrédule. Louise, quel âge avez-vous ?

— Trente-six ans.

Cora fit de son mieux pour ne pas éclater de rire. Trente-six ans ! Cela semblait si jeune, la vie devant soi ! Cora n'avait-elle pas elle-même trente-six ans, justement, l'été où elle était allée à New York ? Et avant de partir, ne s'était-elle pas sentie vieille, brisée, presque sans plus d'espoir ? Elle était loin de se douter de tout ce que la vie lui réservait encore - Joseph, Greta, ses petits-enfants, son amour revivifié pour Alan, son affection pour Raymond. Toutes ces mains tenues à la Kindness House.

— Vous n'êtes pas au bout du rouleau, Louise. Je le sais. Je vous connais. Je me souviens de vous. Je suis certaine qu'il vous reste encore quelques ressources.

Louise la considéra d'un air morne. Il était impossible de savoir ce qu'elle pensait. En bas, Zana riait et on entendit l'écran de la porte se refermer en claquant. Louise jeta un coup d'œil à sa montre.

Cora agrippa le montant du lit et se hissa sur ses pieds. Un engagement était un engagement, et elle était à bout d'arguments. Mais avant de partir, sous le coup d'une impulsion incontrôlable, elle se pencha pour embrasser Louise sur le sommet du crâne, comme elle l'avait toujours fait avec ses garçons, puis avec Greta, pour leur souhaiter une bonne nuit.

Cora se résigna à ignorer quel effet sa visite avait produit - si tant est qu'elle en eût un. Elle pouvait, bien entendu, éplucher tous les matins le journal, et chercher le nom de Louise dans la liste des interpellations par la police. Ce serait au moins la preuve qu'elle avait essayé, et échoué. Mais elle préférait s'abstenir. Cela l'aurait rendue trop triste de tomber sur son nom.

Elle aurait aimé pouvoir faire montre de la même discipline en ce qui concernait les nouvelles de la guerre. Ce printemps-là, tous les matins, elle passait le journal au peigne fin, à l'affût de nouvelles du front Pacifique, de la mention d'un hôpital ou d'une équipe médicale. Elle savait seulement qu'Earle se trouvait à bord d'un bateau, quelque part – les deux lettres qu'elle avait reçues avaient été intentionnellement vagues, pour se conformer aux exigences des censeurs. Aussi, lorsqu'il était fait état dans le journal d'une bataille et de victimes, Cora attendait, habitée d'une terreur muette. Elle savait qu'en cas de mauvaise nouvelle, Beth serait prévenue en premier ; aussi, chaque fois que le téléphone sonnait, Cora sentait-elle son cœur s'arrêter. Chaque fois qu'elle allait relever le courrier, elle priait pour y trouver une lettre d'Earle, tout en sachant que ses lettres mettaient quinze jours pour parvenir à Wichita, et que rien ne garantissait qu'il fût encore sain et sauf. Elle se demandait si, grâce à son intuition maternelle, elle sentirait le moment où le malheur frapperait, où son fils serait touché. Elle avait lu des témoignages de gens qui avaient senti des êtres chers passer dans l'au-delà, bien avant d'apprendre la nouvelle.

Une part d'elle-même pensait qu'elle sentirait peut-être Mary O'Dell s'éteindre, là-bas dans le Massachusetts. Que, parce qu'elle était la chair de sa chair, elle la sentirait partir, et qu'elle pourrait faire son deuil seule, loin d'Haverhill et de ses demi-frères et sœur. Mais Cora ne sentit jamais rien de tel. Soit Mary O'Dell jouissait d'une belle longévité, soit une telle connexion n'existait pas entre elles.

Par une chaude journée de juin, au retour de la Kindness House où elle avait passé la matinée, Cora se gara devant la maison au moment où Joseph triait le courrier. Elle traversa la pelouse en courant du mieux qu'elle put mais Joseph secoua la tête.

– Non, rien de lui, désolé.

Il la regarda avec sympathie, mais ce fut tout. N'importe qui aurait pu observer la scène, et bien qu'il n'y eut rien de choquant à ce qu'un frère réconforte sa sœur inquiète d'une étreinte, ils étaient tellement accoutumés à la prudence que Joseph ne s'y risqua pas.

— Mais tu as reçu ceci, ajouta-t-il en lui tendant une carte postale.

C'était une photographie, une nature morte en noir et blanc, une silhouette d'iris dans un vase. Au verso, il y avait d'un côté l'adresse de Cora, et de l'autre un seul mot - *merci*. Cora aurait reconnu l'écriture, inchangée après toutes ces années, même sans les initiales *LB* tracées plus bas.

Le timbre de la poste indiquait NYC, et la date d'oblitération remontait à quelques jours à peine.

21

Earle ne fut pas tué à la guerre. Son bâtiment livra combat par trois fois, mais cela il ne le dit à ses parents qu'une fois la guerre terminée, quand il fut de retour à Saint-Louis auprès de sa femme et de ses enfants et eut repris ses gardes à l'hôpital. Il était impossible de savoir s'il serait également revenu indemne d'Europe – et Cora était simplement soulagée qu'il soit de retour, sain et sauf. Et puis, Greta eut un autre bébé, une petite fille auquel elle donna le nom de sa mère. Presque chaque semaine, elle amenait Donna et Andrea à leur grand-tante. Cora était consciente de sa chance, de la douleur qui lui avait été épargnée. Toutes les mères ne pouvaient en dire autant, et elle essayait encore d'intégrer toutes les atrocités qu'on lisait dans la presse – les camps de concentration, Dresde, Hiroshima et Nagasaki. Cela l'effrayait de songer combien sa vie facile et heureuse ne tenait qu'au hasard. Earle aurait pu être tué, naturellement, mais au-delà de ça : elle-même aurait pu naître n'importe où dans le monde, de n'importe quels parents, elle et ceux qu'elle aimait auraient pu endurer ces souffrances qu'elle avait tant de mal à appréhender lorsqu'elle lisait les nouvelles du monde. Cette pensée lui fit l'effet d'une révélation, quelque chose qu'il lui avait fallu des années pour comprendre pleinement. C'était pourtant ce qu'elle ressentait déjà confusément enfant, consciente de sa chance d'avoir les Kaufmann – le train aurait tout aussi bien pu la conduire entre d'autres mains, et alors, tout aurait été bien différent.

Ils eurent leur lot de petits soucis. Un jour de l'hiver 1946, Joseph glissa sur une plaque de verglas et se cassa le poignet droit. Le plâtre transforma sa main en pince géante et immobile, et pendant les trois mois où il ne put travailler, il se transforma en crabe irritable. Un ouragan de printemps d'une rare violence frappa un des sycomores du jardin voisin qui, en tombant, épargna la maison du voisin pour s'abattre sur la leur. Mais seul le deuxième étage essuya de réels dommages, et il n'y eut aucun blessé. En dépit des dégâts, des averses torrentielles et des écureuils opportunistes qui dévastaient le dernier étage, Cora savait qu'elle était bénie.

Et puis Alan tomba malade. Au début, il était simplement plus fatigué que d'habitude et n'allait plus au cabinet que le matin. Ensuite, les siestes commencèrent à se prolonger jusqu'après l'heure du dîner, et même si Cora lui mettait une assiette de côté, il y touchait à peine. Elle lui fit part de ses inquiétudes, mais il l'assura qu'il allait bien, qu'un simple repos le remettrait sur pied. Ce fut Raymond qui l'obligea à consulter le médecin, à l'issue d'une formidable dispute que Cora entendit depuis sa chambre. La résistance qu'Alan opposait à cette visite était en elle-même un motif d'inquiétude. Plus tard, Cora et Raymond comprirent qu'Alan avait deviné la gravité de son mal. Un cancer du pancréas, déjà bien avancé. Il n'y avait pas de temps pour la stupeur ni l'incrédulité. Le docteur évoqua une échéance de deux mois, et prévint qu'aucun des deux ne serait plaisant.

En l'espace de quelques semaines, Alan ne parvint plus à monter les escaliers. Cora lui apportait les repas dans sa chambre – de la soupe, qu'elle pouvait lui faire manger à la cuillère. Elle montait également les repas de Raymond. Ayant pris sa retraite l'année précédente, il organisait ses journées à sa guise. Il s'installait au chevet d'Alan dans le fauteuil capitonné de vert et, de sa voix qui demeurait autoritaire, lui faisait la lecture chaque fois qu'Alan se sentait l'envie d'écouter. C'était lui qui lui administrait la morphine et qui l'escortait aux toilettes, au bout du couloir. Raymond avait soixante-dix ans, à peine un an de moins qu'Alan, mais il avait conservé son impressionnante carrure et il était assez vigoureux pour le soulever et le mettre dans la baignoire.

Tout le temps que dura la maladie d'Alan, Greta était enceinte de son troisième enfant. Mais elle venait tous les après-midi à 14 heures, lorsque Donna était au jardin d'enfants et qu'on pouvait compter sur Andrea pour dormir sagement dans sa poussette. Si Greta pensa quelque chose de l'assiduité de Raymond, elle n'en dit rien. Peut-être n'avait-elle pas compris que ces visites quotidiennes duraient toute la journée. Et Raymond continuait à prendre congé chaque soir à 22 heures. Même à l'époque, il fallait encore penser aux voisins, à ce qu'on pouvait expliquer ou non. Mais le soir, Joseph était à la maison, et il pouvait soulever Alan chaque fois que c'était nécessaire en attendant le retour de Raymond, le lendemain matin.

À certains moments, Alan n'avait plus toute sa tête. Le docteur disait que c'était à cause de la morphine. Plus d'une fois, il prit Cora pour sa grand-mère et lui demanda s'il avait été sage, s'il pourrait encore aller faire de la luge avec Harriet. Une heure plus tard, Cora était redevenue Cora et il lui disait qu'il l'avait aimée plus qu'il avait jamais pensé en être capable, qu'il était désolé. Cora ne savait pas s'il s'excusait pour sa maladie, ou parce qu'il allait la laisser, ou encore parce qu'il se sentait toujours coupable de l'avoir épousée, de lui avoir fait vivre des années de malheur.

– Ça va, disait-elle. Ne t'inquiète pas. S'il te plaît, ne t'inquiète pas.

– Ne le dis pas aux garçons, chuchota-t-il une fois, en la dévisageant avec tant d'intensité qu'elle sut qu'il ne délirait pas. Promets-le-moi, Cora. Promets-moi que tu ne le diras jamais aux garçons.

– Je te le promets, dit-elle en lui prenant la main. Je comprends.

Quand il fut évident que la fin approchait, Howard et Earle vinrent leur rendre visite. Ils tirèrent un matelas depuis l'ancienne chambre de Howard jusque dans celle de leur père et dormirent à tour de rôle au pied de son lit, au cas où il se réveillerait au milieu de la nuit. L'un d'eux était là en permanence, dans le fauteuil qu'avait occupé Raymond – qui s'était éclipsé dès l'arrivée des jumeaux. Il aurait pu faire quelques visites sans éveiller de soupçons ; les garçons savaient qu'il était le plus vieil ami de leur père. Mais les longues veillées à son chevet, si elles s'étaient poursuivies, leur auraient semblé étranges. Cora comprenait qu'Alan avait dû faire part de ses vœux à Raymond. Sans doute s'étaient-ils fait leurs adieux le dernier jour où ils en avaient eu la possibilité.

Cora se fit du souci pour Raymond. Aux obsèques, elle fut entourée de beaucoup de gentillesse et de sollicitude, et quantité de gens vinrent l'étreindre en l'assurant de leur plus sincère sympathie. Elle apprécia leurs condoléances et écouta avec nostalgie tous leurs charmants compliments sur Alan. Mais tout ce temps, et en dépit de la douleur qui lui serrait la poitrine, elle surveillait Raymond, à l'écart, seul. Joseph le rejoignit et voulut le prendre à part, mais Raymond secoua la tête et se détourna. Peut-être savait-il ce qu'il pouvait endurer, et lorsqu'il partit, il partit seul.

Elle continua à l'inviter à dîner. Les premières fois, il refusa, mais après un moment, il se laissa fléchir. Elle ne savait dire à quel point ce devait être pénible pour lui de s'attabler avec elle et Joseph et cette chaise vide. Mais il revint, et certainement pas pour ses talents de cuisinière. Cora supposa que la compagnie des deux seules personnes au monde qui connaissaient, et reconnaissaient son deuil était importante pour lui. Il avait passé cinquante ans de sa vie avec Alan, en comptant les années pendant lesquelles ils avaient tenté de cesser toute relation. Maintenant, il semblait reconnaissant d'être assis avec Cora et Joseph à cette table où l'un d'eux pouvait désigner la chaise vide d'Alan et dire seulement « il » ou « lui » en sachant que les deux autres comprenaient.

– Je ne suis pas beaucoup plus jeune qu'Alan, lui dit un soir Joseph alors qu'ils étaient seuls, en train de faire la vaisselle.

Raymond, particulièrement taciturne ce soir-là, avait pris congé sitôt le dîner terminé.

Cora lui tendit une assiette à essuyer.

— Tu as douze ans de moins, répondit-elle. Et j'ai le même âge que toi.

Joseph passa le torchon sur le bord de l'assiette. En observant son visage, Cora comprit qu'il n'évoquait pas seulement quelque pensée morbide. Il avait une idée derrière la tête. Elle attendit. Il portait désormais des verres de lunettes plus épais et l'éclat doré dans son œil droit semblait plus large et plus vif.

— Je me demande si nous ne devrions pas parler à Greta, reprit-il. Je pourrais mourir. Nous pourrions mourir. Et jamais elle ne saura rien.

Cora plissa le front. Ils n'avaient plus eu cette discussion depuis des années. Pour sa part, elle avait arrêté sa décision il y avait fort longtemps, et elle pensait qu'il en avait fait autant. Elle regarda ses mains ridées plongées dans l'eau savonneuse. Qu'avait écrit Schopenhauer, déjà ? *Les dernières années de la vie sont comme la fin d'un bal costumé, quand on retire les masques...* Mais peut-être n'étaient-ils pas encore dans leurs dernières années, et leurs masques, pour ce qu'en voyait Cora, ne faisaient de mal à personne.

Le torchon de Joseph crissa contre l'assiette.

— Tu sais ce qu'elle m'a dit l'autre jour ? Qu'à chaque grossesse, elle se demandait si elle allait avoir des jumeaux. Puisque c'est héréditaire. Cora, elle croit que tu es sa tante.

Bon. Pour une nouvelle, c'en était une...

— Ce n'est pas le bon moment, lui répondit-elle en lui tendant une autre assiette. Son bébé va bientôt naître, et nous venons de perdre Alan. Elle n'a pas besoin d'un choc supplémentaire.

Mais elle sentit qu'il l'observait, qu'il attendait.

Il ferma le robinet, sans énervement, simplement pour l'obliger à se concentrer.

— Tu penses que nous ne devrions rien lui dire. Ni maintenant ni jamais.

Elle s'essuya les mains sur le tablier. Elle ne devait pas avoir peur. Quoi qu'elle dise, il ne la jugerait pas. Il n'avait pas changé. Il l'écouterait, comme il écoutait un pilote d'essai lui faire une suggestion à propos d'un moteur ou d'une aile. Joseph était d'un naturel circonspect, il savait écouter, ne prenait jamais aucune décision à la légère. Elle adorait sa pondération.

– C'est exact, répondit-elle. Et si toi tu penses que nous devrions le lui dire, je vais écouter tes arguments. Mais personnellement, je ne vois pas ce que ça peut apporter de bon, et ça pourrait faire tellement de mal. À elle. À Raymond. Et si jamais elle en parlait à son mari ? Si jamais elle en parlait à qui que ce soit ?

– Mais c'est la vérité.

Cora haussa les épaules. Autrefois, elle avait pensé que la vérité était importante. Elle avait été jusqu'à New York pour la trouver, pour découvrir ce qu'elle croyait avoir besoin de savoir. Et qu'est-ce que cela lui avait apporté ? Mary O'Dell. Même à l'époque, dans son chagrin et sa confusion, Cora avait compris qu'elle avait mieux à faire qu'aller à Haverhill et mettre sens dessus dessous la vie de cette femme. Et aujourd'hui, elle n'avait aucun désir de bouleverser la vie de Greta - pas pour un détail aussi insignifiant que les liens du sang.

– Je vais réfléchir à cela, dit Joseph en rouvrant le robinet.

Cora hocha la tête. Elle avait dit ce qu'elle avait besoin de dire. Tante Cora, qui adorait sa nièce chérie.

Au cours de l'hiver 1953, Cora entendit de tristes nouvelles concernant Louise. Quelqu'un, à une collecte de fonds, lui parla d'une amie dont le neveu habitait à New York. Ce neveu lui aurait dit avoir vu Louise Brooks, l'ancienne star du muet, dans un bar minable de la 3e Avenue, seule, ivre, en train de soliloquer, au beau milieu de l'après-midi. Cora savait que l'histoire qui lui était rapportée était au moins de troisième main, et elle ignorait combien de détails avaient été inventés ou ajoutés. Le neveu, qui se souvenait d'avoir vu la magnifique Louise Brooks au cinéma quand il était petit, avait prétendument failli ne pas la reconnaître, avec ses cheveux longs jusqu'à la taille, négligés et mêlés de gris. Elle ne portait plus la frange, non plus. Le neveu avait raconté que Louise tenait à peine sur son tabouret de bar, et que lorsqu'il s'était approché pour lui demander très poliment si elle était bien celle qu'il pensait qu'elle était, elle était devenue hostile et lui avait hurlé de la laisser tranquille.

Cora ignorait s'il y avait une once de vérité dans cette histoire, mais elle savait qu'elle était vraisemblable. Il aurait été vain d'attendre que le seul fait de retourner à New York, cette ville qu'elle adorait, sauve Louise, la libère des raisons, quelles qu'elles soient, à l'origine de son amour pour le gin. Et quant à la coiffure, Cora se doutait que la négligence était voulue. Si Louise désirait sincèrement qu'on la laisse en paix, quelle meilleure façon de divorcer de sa gloire que de se laisser pousser les cheveux, les laisser grisonner, de ne plus porter la frange ?

Cora espérait cependant que l'anecdote avait été enjolivée, voire même inventée de toutes pièces. Louise devait approcher désormais de la cinquantaine, et si elle passait effectivement ses après-midi à dégringoler de tabourets de bar, cela pourrait bien être le dernier chapitre de son histoire. Cora se demanda s'il y avait autre chose qu'elle aurait dû lui dire ce jour-là, dans la pénombre de sa chambre mansardée sur Topeka Street, quelque chose qui aurait pu faire davantage pour elle que la pousser à quitter cette maison. Mais elle en doutait. Même à l'époque, Louise était mue par son propre élan, exactement comme elle l'avait été cet été-là à New York. Que cet élan l'emportât vers le haut ou vers le bas, peu importait. Franchement, c'était même surprenant que Cora, en dépit de ses efforts et de sa persévérance, ait pu altérer, ne serait-ce qu'un peu, sa course.

Mais il s'avéra que Louise n'avait pas encore écrit le dernier chapitre de sa vie – loin de là. Lorsque Cora entendit parler d'elle à nouveau, ce fut par une source inattendue : Walter, le fils aîné de Howard. Cora ne connaissait pas Walter aussi bien qu'elle l'aurait souhaité. Ses sœurs et lui avaient grandi à Houston, et si Howard les amenait régulièrement à Wichita pour les fêtes, leurs visites se firent plus rares à l'adolescence, et Cora n'avait jamais eu l'impression de connaître ses petits-enfants aussi bien que les enfants de Greta. Lorsque Walter fut un jeune homme de vingt et quelques années, il prit l'habitude de se faire appeler Walt. Cora savait que son petit-fils était un intellectuel passionné de cinéma et qu'il cherchait à percer dans ce domaine à Paris, quoique entretenu par l'argent de son père. Mais, en général, elle n'entendait parler de Walt que lorsqu'il lui écrivait pour la forme après avoir encaissé les chèques qu'elle lui adressait à chaque anniversaire et Noël. Aussi fut-elle très surprise lorsque, à la fin de l'année 1958, elle reçut une vraie lettre de sa part, envoyée par avion de France.

Chère grand-mère,

Papa m'a dit que vous connaissiez Louise Brooks mieux que quiconque dans la famille, et j'ai pensé que cela pourrait vous amuser de savoir que je viens justement de la voir ici, à Paris. Elle est encore très admirée en France, et la Cinémathèque française a organisé une rétrospective de ses films. Je lui ai parlé pour de vrai à l'une des réceptions et je lui ai demandé si elle se souvenait de vous mais, franchement, elle était trop pompette pour avoir une vraie conversation. J'ai entendu raconter qu'elle se comporte en véritable diva. Apparemment, elle passe commande au service d'étage aux frais de la Cinémathèque, et jette ensuite la plus grande partie de ses repas par la fenêtre de son hôtel. Quelques-uns de ses admirateurs ramassent ses restes. J'imagine qu'ils peuvent ainsi sauver pour la postérité un morceau du coq au vin de Louise Brooks ! Donc, elle n'est pas très sympathique, mais je dois reconnaître qu'elle est un écrivain de premier ordre. Elle a publié des articles dans Objectif *et* Sight and Sound, *et les deux étaient excellents. Mais sa célébrité tient surtout à ce qu'elle a été. Quoi qu'il en soit, je me suis dit que ça vous plairait de savoir tout ça. Lorsque je serai de retour à la maison, peut-être pourrais-je venir à Wichita et pourrez-vous me raconter quelques anecdotes. Quand je dis aux gens que ma grand-mère du Kansas a été le chaperon de Louise Brooks, personne ne me croit.*

J'espère qu'oncle Joseph et vous vous portez bien.

Avec toute mon affection,

Walt

Cora était contente de s'être trompée. Elle s'était imaginé Louise dégringolant d'un tabouret de bar après l'autre jusqu'au jour où elle mourrait seule dans son coin, et voilà que la vraie Louise était en fait la coqueluche de Paris ! Heureusement que la vie était longue. Louise, visiblement, continuait à boire, et jetait de surcroît des poulets par les fenêtres. Mais qu'était-ce donc que cette histoire d'articles, dans des journaux de cinéma ? Soit il lui arrivait d'être sobre, soit elle pouvait écrire très bien même ivre.

Même lorsque Cora eut fêté ses soixante-quinze ans, elle ne se sentit jamais vieille ou diminuée. Elle continuait à conduire, pour aller collecter ses fonds et se rendre à des réunions à la Kindness House. Joseph jouissait lui aussi d'une santé surprenante. Exception faite de l'affreuse glissade sur le verglas, il ne souffrait guère que d'un rhume de temps en temps. Cependant, Cora ne s'était jamais considérée comme une personne particulièrement robuste et lorsqu'elle commença à remarquer, dans le carnet du jour, qu'un certain nombre de défunts avaient été ses cadets, elle prit conscience que sa propre fin pourrait être proche. Mais année après année, les maladies l'épargnaient, elle conservait un bon appétit, et même si elle était terrifiée à l'idée de tomber et de se casser le col du fémur, ainsi que cela semblait arriver à toutes les vieilles femmes de sa connaissance, il ne se passa rien de tel. En dépit de ses inquiétudes et de sa résignation, elle continuait à se lever chaque matin avec la sensation d'être plus ou moins elle-même.

Son médecin, qui donnait l'impression d'être né l'année où elle-même avait fêté son demi-siècle, lui demanda si la longévité était inscrite dans ses gènes.

— Votre père ou votre mère ont-ils vécu très longtemps ? Vous êtes encore en très bonne santé.

— Je ne sais pas, répondit-elle. J'ai été adoptée.

– Hmm, fit-il en prenant des notes dans son dossier. Eh bien, peu importe qui ils étaient, vos parents naturels vous ont légué de bons gènes. Vous êtes réglée comme une horloge.

Elle avait soixante-dix-neuf ans lorsque le sénateur Frank Hodge présenta à la chambre haute de l'État un projet de loi obligeant le Département de la santé publique à fournir des informations sur la contraception à toute habitante du Kansas qui en ferait la demande. Hodge, qui ne cachait pas que son objectif visait plus à rogner les allocations aux foyers pour enfants qu'à protéger la santé et la dignité des femmes, ne jouissait pas particulièrement des faveurs de Cora mais, quelles que fussent les motivations du sénateur, elle trouvait que c'était une bonne loi, et elle lui apporta son soutien, financier et autre. Elle proposa de témoigner sur l'étendue de la détresse qu'elle avait pu voir à la Kindness House, sur les ravages endémiques du Lysol employé comme prophylactique. Cependant, on ne sollicita jamais son témoignage. Elle pensa au début qu'une veuve aux cheveux blancs n'était peut-être pas le visage le mieux indiqué pour cette campagne d'opinion. Il s'avéra plus tard que, pendant les auditions, aucune femme n'avait été appelée à témoigner.

Elle fit donc ce qui était à sa portée. Elle rencontra des élus qui avaient connu Alan, elle écrivit des lettres et demanda à de vieilles amies d'en faire autant. Beaucoup refusèrent catégoriquement, y compris des femmes plus jeunes qu'elle. On était en 1965, et la contraception faisait encore figure de cause extrémiste. Un représentant épiscopal du Kansas déclara à la presse que cette loi était avant tout « un adultère financé par l'État, de la promiscuité financée par l'État, une maladie vénérienne financée par l'État ». Raymond avertit Cora qu'elle risquait fort de se dépenser en vain, car il était improbable que la loi passe. *The Wichita Eagle* lui apporta son soutien, mais *The Advance Register* menaça d'imprimer le nom de tous les sénateurs qui auraient voté en sa faveur, et prévint que des carrières seraient brisées. Au final, la loi passa bel et bien, mais sans la signature du gouverneur, et uniquement après que ses supporters eurent accepté un amendement qui ne la rendait applicable qu'aux femmes mariées. Les couples du Kansas vivant en union libre devraient attendre encore un an avant qu'une loi, fédérale celle-là, n'autorise tous les Départements de santé du pays à informer tous les adultes, mariés ou non, en matière de contraception.

Pour fêter cette victoire, Raymond apporta un gâteau à Cora, son préféré, avec un glaçage au citron, et il lui présenta à la fois ses félicitations et ses excuses. Il n'avait pas été dans son intention de la décourager, lui dit-il, il pensait sincèrement que la loi ne passerait jamais. Greta et son mari vinrent aussi célébrer l'événement. Joseph ouvrit une bouteille de champagne et Cora eut droit à un toast. Elle était gênée, et un peu fatiguée, mais elle fit de son mieux pour s'imprégner de tant de bonne volonté.

– N'est-ce pas formidable d'avoir droit à un gâteau et une petite fête sans prendre une année de plus ? s'amusa-t-elle, tout en songeant combien c'était merveilleux de voir tous ceux qu'elle aimait réunis autour d'elle, en train de sourire de sa petite plaisanterie.

Plus tard ce soir-là, alors qu'ils étaient seuls dans la maison et se brossaient les dents côte à côte devant le lavabo, Joseph la poussa doucement du coude.

– Tu vas pouvoir te reposer maintenant, lui dit-il. Tu peux prendre ta retraite.

Elle leva les yeux au plafond.

– Tu peux parler, marmotta-t-elle en se penchant pour cracher.

Joseph avait quitté Boeing depuis des années mais il passait encore le plus clair de son temps à réparer des voitures à droite à gauche. Sans cesse, des gens venaient le voir, ou lui laissaient un petit mot, pour dire qu'ils avaient appris qu'il pourrait peut-être les aider.

– Je suis comme toi, reprit-elle. J'ai besoin de m'occuper.

Il la contempla dans le miroir, tête inclinée de côté.

– C'est plus que ça. Sinon, tu ferais du point de croix.

Elle ne répondit rien. Elle pensait au cimetière de McPherson, à la petite pluie fine qui tombait la dernière fois qu'elle était allée fleurir la tombe des Kaufmann et arracher les mauvaises herbes.

La ferme n'existait plus. La propriété avait été transformée en lotissement, divisée en petits lopins accueillant chacun un bungalow avec un garage intégré. Les enfants Kaufmann avaient dû vendre.

– Tu as raison, dit-elle en replaçant la brosse sur son support. J'imagine que je veux faire ma part de bien dans ce monde.

– Tu l'as déjà faite.

Il la regarda dans le miroir, sans ciller, jusqu'à ce qu'elle comprenne.

Peut-être le savait-il. Peut-être pas. Mais il lui offrit cela avant de mourir. Un mois plus tard, il était devant la maison, penché sur le moteur d'une voiture, quand un vaisseau éclata dans son cerveau. C'était en plein milieu de journée, dans une rue résidentielle, et personne ne le vit s'écrouler. Cora était dans la maison, en train de faire la sieste. Le petit voisin, qui avait sept ou huit ans, le découvrit sur le trottoir, sans doute quelques heures plus tard, et il fila en larmes prévenir sa jeune mère, qui était elle-même en larmes lorsqu'elle vint sonner à la porte de Cora et la tirer de ses rêves.

À ces obsèques-là aussi, les gens furent bons avec elle. C'était dur de perdre un frère, lui dirent-ils, même un frère avec lequel elle n'avait pas grandi et qu'elle n'avait retrouvé qu'une fois adulte. La famille était la famille et ils étaient navrés de sa perte. Mais quelle chance inouïe qu'ils se soient retrouvés ! lui disaient-ils aussi, et Cora savait qu'ils essayaient de la réconforter parce son visage était à l'image de ce qu'elle ressentait – douleur et effroi. Oui, répondait-elle, c'était une chance incroyable qu'ils se soient retrouvés. Une chance merveilleuse, et même si elle était arrivée tard dans leur vie, Cora était reconnaissante pour toutes ces années qu'ils avaient pu passer ensemble. Greta lui tint la main, et

Howard et Earle eurent des mots très gentils pour leur oncle au moment des oraisons.

Mais ce fut Raymond qu'elle étreignit le plus longtemps, penchée par-dessus son déambulateur pour appuyer son visage contre son épaule recroquevillée, en fermant les yeux, comme un enfant qui croit que cela suffira à le dérober à la vue de tous.

Plus tard, quand elle devint un sujet d'étonnement général, une dame de quatre-vingt-cinq, puis quatre-vingt-dix ans, à l'esprit acéré, à la démarche stable, qui continuait à se lever tous les matins pour préparer son café et ne passait pas un jour sans lire le journal, Cora essayait d'expliquer que sa bonne fortune génétique et son inusable santé avaient aussi une face sombre. Le problème, soulignait-elle parfois, c'était de survivre à tant d'êtres chers. À quatre-vingt-treize ans, elle était encore assez valide pour se rendre à Houston avec Greta, en avion, assister aux obsèques de Howard et caresser sans trembler le doux visage de son arrière-petit-fils. Howard s'éteignit à soixante-seize ans, au terme d'une vie longue et heureuse. À entendre l'éloge funèbre, il était évident que le pasteur jugeait cette disparition triste, mais certainement pas tragique. Et pourtant, Cora trouvait cela si injuste, si contraire à l'ordre des choses de vivre assez longtemps pour contempler le cercueil de son fils, son petit garçon si drôle, si plein de vie. Et c'était avec effroi qu'elle songeait qu'elle pourrait également survivre à Earle.

Oh, mais il y avait également de grandes récompenses à un aussi long séjour sur terre. Cora en était bien consciente. Elle se souvenait des trajets dans la carriole des Kaufmann, avec le cheval noir qui trottait devant elle, et pourtant elle avait contemplé le dessus des nuages depuis le hublot d'un avion. Aucune génération avant la sienne n'avait vu la terre d'aussi haut. Elle avait vécu des années sans eau courante, sans que cela lui manque exagérément, et quelque quatre-vingt-dix ans plus tard, Greta l'aidait à pénétrer dans un jacuzzi dans un hôtel de Houston. Elle eut l'occasion de voter pour le petit-fils de Della lorsqu'il se présenta aux élections sénatoriales. Et même si elle devait survivre à Raymond et lutter pour se relever de ce nouveau deuil, il était toujours là en 1970, et ils eurent l'occasion de voir ensemble les images des premières marches de la fierté homosexuelle à New York et à Los Angeles – lorsqu'intervint une pause publicitaire, les deux se dévisagèrent, incrédules, tandis que leur plateau-repas refroidissait devant eux.

Et elle put profiter si longtemps de tous ceux qu'elle aimait ! Cora se souvenait de Greta petite fille, cachée sous une table, elle se souvenait d'elle jeune mère, et maintenant elle-même avait deux petits-enfants. La petite Donna, qu'Earle avait autrefois fait sauter sur ses genoux, devint une adolescente qui demanda à ses parents et à sa grand-tante Cora de bannir l'expression « gens de couleur » de leur vocabulaire et qui, un jour, prit la parole à l'église pour demander d'une voix tremblante à une assistance essentiellement composée de Blancs presbytériens de soutenir le *sit-in* de Dockum Drugs. Le plus jeune des enfants de Greta, Alan, devint en grandissant aussi beau que celui qui lui avait légué son nom, et était désormais professeur de biologie à Derby, et lui-même père de deux enfants.

Et, à la grande surprise de Cora, un jour de 1982, le fils de Howard, Walt, vint effectivement lui rendre visite à Wichita pour qu'elle lui parle de cet été où elle avait chaperonné Louise Brooks à New York. À ce moment-là, Walt était un imposant professeur d'université spécialisé dans le cinéma et déjà quinquagénaire, et Cora vivait dans une maison de retraite, près de chez Greta. Walt apporta avec lui un petit boîtier qu'il appela un magnétoscope et qu'il brancha sur la télévision, dans la chambre, en expliquant à sa grand-mère qu'il avait également apporté quelques films de Louise Brooks – qu'il les avait là, avec lui, dans son sac. Ils pouvaient en regarder un, si cela lui disait. Oui, oui, directement sur la télévision. Et si jamais elle était fatiguée, il lui suffirait d'appuyer sur un bouton, le film s'arrêterait, et elle pourrait le reprendre quand elle en aurait envie. Oui, absolument, convint-il, c'était une petite machine merveilleuse.

Il voulait lui parler de Louise. Il écrivait un ouvrage sur l'âge d'or d'Hollywood, expliqua-t-il, et tout ce dont elle pourrait se souvenir au sujet de Louise, n'importe quelle anecdote, lui serait utile. Cora lui raconta ce qu'elle était en mesure de lui raconter, en taisant ce dont elle avait promis de ne parler à personne. Elle ne parla donc pas de Mr. Flowers, elle ne lui raconta pas qu'elle avait retrouvé Louise en 1942, ivre, sans un sous vaillant et en colère contre sa mère dans sa chambre mansardée. Cora refusait de la trahir, même encore. Mais il s'avéra que Walt était déjà au courant de tout ce qui concernait Mr. Flowers et le misérable retour de Louise au bercail pendant la guerre. Il savait tout ça. Il avait lu ses mémoires, expliqua-t-il.

Pardon, pardon, lui dit-il lorsqu'il vit sa confusion. Elle ignorait donc que Louise venait de publier un livre ? Oui, un livre. *Loulou à Hollywood*. Il avait pas mal fait parler de lui dans la presse – en bien. Oui, ajouta-t-il, Louise était toujours vivante, à sa connaissance. Elle avait soixante-seize ans, et s'était retirée à Rochester. Il avait entendu dire qu'elle avait arrêté de boire, mais qu'elle n'était cependant pas en bonne santé. De l'emphysème. Mais ses mémoires étaient remarquables. C'était d'ailleurs plus que des mémoires, c'était un recueil d'essais, certains sur sa propre vie, d'autres sur l'industrie cinématographique et les gens célèbres qu'elle avait connus. Elle avait eu des critiques dithyrambiques dans *Esquire* et *The New York Times*. Tout le monde avait été très impressionné par son écriture, l'acuité de ses observations, et par son esprit.

– Je vous enverrai un exemplaire, lui promit-il. Je suis certain que ça vous plaira.

Cora le remercia. Elle ne pouvait plus lire, mais lorsque Greta lui rendait visite, elle lui faisait la lecture, en s'arrêtant, exactement comme l'incroyable petite machine de Walt, chaque fois que Cora somnolait. Et franchement, elle était si heureuse de savoir que ce livre existait, que Louise, loin d'avoir perdu la bataille, avait refleuri ! Et à soixante-seize ans ! Peut-être lui avait-il fallu tout ce temps pour découvrir qu'elle était plus que sa jeunesse et sa beauté, plus que les ambitions de sa mère, plus qu'un concours de circonstances. Son Schopenhauer bien-aimé avait peut-être raison : la vieillesse faisait tomber les masques.

Greta n'eut jamais l'occasion de lui lire l'ouvrage de Louise. Peu après la visite de son petit-fils, Cora fit une attaque, et elle passa ses derniers jours alitée, sans plus vraiment discerner de différence entre ses souvenirs et son présent. Elle ne voyait plus rien, sinon de la grisaille et des ombres, mais elle savait que ses enfants étaient là, avec elle, Greta et Earle, de chaque côté du lit.

— Tante Cora ? Vous m'entendez ? Cora ?

Elle ne pouvait pas parler, était incapable d'articuler des mots, mais elle entendait - elle entendait qu'on disait son nom. Elle entendait également au loin le grondement sourd d'un train. Elle n'était pas dans sa chambre, mais dans un l'hôpital, dans un lit aux draps rêches, et autour d'elle il y avait des petits couinements de machines, et une voix qu'elle ne reconnaissait pas. Et le bruit du train, de plus en plus présent. Peut-être y avait-il une voie ferrée près de l'hôpital, et chaque fois qu'un train passait, elle sentait une légère vibration, pas assez forte pour ébranler les vitres, mais juste assez sensible pour lui rappeler la sensation à bord d'un train, ce tangage doux mais incessant vers l'avant.

— Oui, dit-elle. Je t'entends.

Une main se posa sur son épaule. Une voix de femme inconnue, une voix amicale, lui demanda :

— Comment vous appelez-vous ? Pouvez-vous me dire votre nom ?

Évidemment, qu'elle le pouvait. Elle était Cora - qui d'autre ? Et elle était toute les Cora qu'elle avait jamais été : Cora X, Cora Kaufmann, Cora Carlisle. Elle était une orpheline sur un toit, une petite veinarde dans un train, une petite fille très aimée par un coup du hasard. Elle était une mariée rougissante de dix-sept ans, une épouse triste et stoïque, une mère aimante, un chaperon amer, et une fille repoussée par sa propre mère. Elle était une amante qui avait vécu dans le péché, une menteuse et une amie chérie, une tante et une grand-mère débonnaire, une championne des déchues, et une combattante, sur le tard, pour que toujours la raison l'emporte sur la peur. Oui, même dans ces dernières heures, paisiblement bercée entre arrivée et départ, elle savait qui elle était.

Remerciements

J'ai une dette envers tous ceux qui m'ont aidée dans les recherches préalables à l'écriture de ce livre. Al Jenkins m'a gentiment renseignée sur les voitures qui circulaient en 1922. Tracy Floreani m'a prêté main-forte pour les répliques de l'épicière italienne. Grâce à Eric Cale et Jami Frazier Tracy, du Musée d'histoire du comté de Wichita-Sedgwick, j'ai pu imaginer l'intérieur de la gare centrale de Wichita. Kathryn Olden, résidente de longue date de la ville et talentueuse causeuse, a accepté de me recevoir pour partager ses souvenirs. Alice Lieberman m'a mise en contact avec Ann Kuckelman Cobb, qui a répondu à mes questions sur les risques de l'enfantement à l'aube du XXe siècle.

Voici certains des ouvrages que j'ai lus durant la rédaction de ce roman :

Lulu in Hollywood par Louise Brooks

[Édition française : *Loulou à Hollywood*, Louise Brooks, Taillandier, 2008]

Louise Brooks : A Biography par Barry Paris

[Édition française : *Louise Brooks*, Barry Paris, Presses Universitaires de France, 2000]

Louise Brooks : Lulu Forever par Peter Cowie

Wichita : The Magic City par Craig Miner

The Damned and the Beautiful par Paula S. Fass
Only Yesterday: An Informal History of the 1920's par Frederick Lewis Allen
1920's Fashions par B. Altman and Company (Dover Publications)
The Historical Atlas of New York City par Eric Homberger
We Rode the Orphan Trains par Andrea Warren
Tears on Paper: The History and Life Stories of the Orphan Train Riders, textes réunis par Patricia J. Young et Frances E. Marks
Orphan Trains: The Story of Charles Loring Brace and the Children He Saved and Failed par Stephen O'Connor
You Must Remember This: An Oral History of Manhattan from the 1890's to World War II par Jeff Kisselhoff
Lost Broadway Theatres par Nicholas van Hoogstraten ; avec une photographie de Jock Pottle et Maggie Hopp
Denishawn: The Enduring Influence par Jane Sherman
Etiquette in Society, in Business, in Politics, and at Home par Emily Post, 1922
« Unspeakable Jazz Must Go ! » par John R. McMahon, *The Ladies' Home Journal*, décembre 1921
Articles du *New York Times* de juillet 1922
Darkness and Daylight; or Lights and Shadows of New York Life, a Pictorial Record of Personal Experiences in the Great Metropolis par Helen Campbell
The War Department: Keeper of Our Nation's Enemy Aliens During World War I par Mitchel Yockelson
The Irish in Haverhill Massachusetts par Patricia Trainor O'Malley
Erin's Daughters in America: Irish Immigrant Women in the 19th Century par Haisa R. Diner
History of Family Planning Delivery Systems in Wichita, Kansas 1965-1975 par Jane Weilert
Plainswoman: The Diary of Martha Farnsworth, 1882-1922, édité par Marlene Springer et Haskell Springer
The Tihen Notes par le Dr. Edward N. Tihen, Wichita State University Libraries' Department of Special Collections

Yesterday's Stories : Popular Women's Novels of the Twenties and Thirties par Patricia Raub

The Daily Routine of a Farm Woman at the Turn of the Century par Georgie L. Steifer

The Purity Myth par Jessica Valenti

FLEUVE NOIR
12, avenue d'Italie
75627 Paris Cedex 13

Composé par Nord Compo Multimédia,
7, rue de Fives, 59650 Villeneuve-d'Ascq

Imprimé en France par

FIRMIN-DIDOT

à Mesnil-sur-l'Estrée en février 2013
N° d'impression : 116287

Dépôt légal : mars 2013
R09658/01